Ein Fiebelkorn

Matthias Lanin

Ein Fiebelkorn

1.

„Stör' ich?"

Wilfried steht in der Tür und wischt eine Hand an der Latzhose ab. Er sieht, dass sie den Kopf schüttelt. Eigentlich nimmt er nur an, dass sie den Kopf schüttelt und geht drei schwere Schritte durch die Küche. Blau und weiß und robust sind die Möbel. Sie sind jünger, als man glaubt. Er zieht an einem leichten Stuhl und setzt sich an den Tisch, so, dass er seine Frau Johanna sehen kann.

Ihr Ehering liegt auf der leeren Arbeitsfläche. An der Stelle, an der er seit Jahrzehnten immer liegt, wenn sie kocht. Manchmal braucht er Beweise, dass diese Frau wirklich seine Frau geworden ist. Jede Angst war umsonst. Sie könnte erkennen, wie er wirklich ist, wie wenig sie ihn eigentlich mag, von Liebe nicht zu reden. Sie ist nie weggelaufen und hat ihn nie betrogen. Er war ein Mann und weiß, dass es manchmal bescheuert ist, sich an Vergangenes zu klammern.

Wilfried stützt einen Ellenbogen auf die Tischkante und kratzt sich den Handrücken. Langsam. Vielleicht stimmt etwas mit diesem neumodischen Dünger nicht. Dieses Jucken hatte er früher nicht. Einer, der noch mit Phosphat kann, den juckt doch dieser neumodische Kram nicht.

Seine Frau beugt sich über die Arbeitsfläche. Er kann weder ihre Hände noch ihr Gesicht sehen. Die ist wirklich seine Frau geblieben. Er würde gern ein paar Leute von früher mit ihr besuchen, einfach so vorbei. Aber die einen kannst du nicht mehr besuchen in dieser Welt und zu den anderen ins Heim, das muss nicht sein. Wilfried atmet aus und sie dreht ihren Kopf. Aus den Augenwinkeln sieht sie ihren Riesen, den weißhaarigen Mann am winzigen Tisch.

Manchmal stört es Johanna, wenn er einfach nur dasitzt, wenn er auf das Essen wartet, ohne etwas zu machen. Manchmal fährt sie ihn an: „Sag ma, hast du nix zu tun, Mann? Willst du mich ärgern? Hast wieder vergessen, was du machen wolltest?" Manchmal sagt sie auch alles nacheinander. Meistens hört er den letzten Satz oder die Fragen nicht mehr, weil er beim ersten Wort schon merkt, was Johanna wirklich stört. Dann geht er auf den Hof und macht seine Sachen. Sie kann in Ruhe kochen oder backen.

Die Kinder waren lange nicht da. Es muss mehr als drei Wochen her sein, sind in alle Richtungen gezogen, die Mädchen. Netti ist sogar weg von Deutschland und eine ist für immer geblieben. Wilfried kratzt sich den Handrücken und denkt darüber nach, warum man wohl weggehen sollte, wenn einen keiner zwingt. Er kann es nicht verstehen. So ein Quatsch von Sinn und Suchen, sagen die Enkel und man macht sich doch einfach nur Sorgen. „Was machen die Hühner?" Ihr Ton sagt heute nichts von „Mach deinen Kram, ich mach meinen".

Die Stille, die immer auf dem Mörtel, den tapetenlosen Wänden entlangschleicht, hat sich an die beiden gewöhnt. Doch manchmal kann Johanna das Geräusch nicht ertragen. Zuerst zerschreien einem vier Kinder jede freie Minute und dann wischt einem das Leben noch einmal eins aus und holt die kriechende Stille ins Haus. Sie redet, damit man das wortlose Platschen der geschälten Kartoffeln nicht hört und damit er mit diesem Schweigen aufhört. Einen stillen Mann hat sie sich genommen. Ihre Mutter sagte das, als wäre es eine Krankheit. „Wat wist mit son stilln Jung?" Behalten und lieben, hat sie gesagt, und Kinder kriegen. Richtig gemocht hat ihre Mutter ihn nie, aber lange hatte sie auch nicht Zeit, es sich anders zu überlegen. Manchmal kommt der Tod einem dazwischen.

Wilfried sagt nicht, wie es den Hühnern geht. Johanna legt ihr Messer weg, wischt sich mit der Schürze die Hände und die Unterarme ab. Hinter ihr sitzt er, vielleicht träumt er. Auch nach fünfzig Jahren kann keiner wissen, also so gänzlich, was der andere denkt. Das sind Träume von Kindern, von Prinzen und von Märchen.

Das Leben lacht leise, denkt Johanna und dreht sich um, geht einen Fuß leicht nachziehend zum Tisch hinüber.

Wilfrieds Augen sind kaum älter. Das ist ungerecht. Wenn sie in den Spiegel schaut, ist in ihren Augen der Schmerz zu sehen, ganz deutlich. Da spricht man nicht drüber, aber er ist da. Seine Augen sind so, als hätte ihm nie einer irgendwas getan, als wäre er der einzige Junge im Güterwaggon, den die Mädchen noch nicht geküsst und angefasst haben unterwegs. Sie lächelt den Sommer an, in dem sie aus Hinterpommern herkamen, und beugt sich über den Tisch. Direkt in seine wartenden, schweigsamen Augen wandert sie. Er hebt eine Hand und streicht ihr über die Wange. Er muss nicht aufstehen dafür. Er ist nah. Mit seiner Hand, an der er nicht verträumt herumkratzt. Mit der Hand von gestern streicht er ihre Wange bis zum Ohr. Dann grummelt er und der Satz hat nichts mit Hühnern zu tun.

„Kannst ruhig sagen, wenn ich stör."

„Sitz nur, Mann. Sitz nur." Sie denkt, wenn er sitzen will, soll er doch. Sein Leben war auch kein Zuckerschlecken. Sie lächelt und klopft ihm mit einer Hand auf die breite Schulter. Dann schlurft sie zur Arbeitsfläche zurück und schneidet die übrigen Kartoffeln.

Die Zeitung liegt schief auf dem Boden neben Wilfried. Mecklenburg-Vorpommerns Ministerpräsident hat eine neue Freundin. Sie stehen Gesicht an Gesicht und blicken in den Himmel. Wie Propaganda, immer nach vorn, immer das Gleiche. Wilfried weiß nicht, ob ihn das interessiert. Er hat keine Lust, wieder aufzustehen oder die Zeitung hochzukriegen. Er hat sich eben erst gesetzt und lesen kann er später noch. Dieser Präsident kommt ihm so gar nicht bekannt vor. Eine neue Freundin, wohl eher ein neuer Präsident. Unter dem unechten Bild steht in großen Buchstaben, dass die Ernte in diesem Jahr zu gut war.

„Ich geh mal in Schuppen." Johanna sagt es vom Flur und er wundert sich, weil sie plötzlich draußen ist. Vor den milchigen Fenstern zieht der Schatten seiner Frau vorbei. Die Küche ist groß und niedrig. Ihre alte Wohnung war schöner, aber das hat Wilfried nie laut ausgesprochen. Er ahnt manchmal, dass sie das auch denkt und dass sie das auch verschweigt. So viel Genugtuung geben sie dem Leben nicht. Hier ist es auch ganz schön, niedrig, aber irgendwie schön. Irgendwann schmerzt seine Hand und er lässt das Kratzen kurz sein. Wilfried stand oft auf dem Feld, zwischen den Furchen, mit dem Klemmbrett auf der Hand und der Sonne über der Stirn.

Auf seinem Handrücken sind jetzt rote Striemen. Wenn er die Faust ballt und sie wieder öffnet, verschwinden die Furchen nicht. Die Hände sind irgendwie weich geworden. Auf dem Herd brodelt es aus dem Topf und Wasser spritzt über den Rand. Es zischt und er kann es hören. Vielleicht müsste er aufstehen und etwas am Herd drehen, den Knopf auf drei stellen. Aber er geht nicht hin, hat es noch nie getan. Sie wird schon wiederkommen und den Knopf auf die Stufe drehen, auf der er sein müsste.

Manchmal fragt er sich, was passiert, wenn sie beide nicht mehr können. So wie Emil, der am Sonntag aufstand und in die Kirche wollte. „Emil, da waren wir gerade, in der Kirche", sagte Wilfried und es tat ihm leid um den alten Freund. Das ist die schwarze Zeit, wenn man vergisst. So nannte es Ernst, Hannas Vater, und dessen Vater Siegfried auch. Emils Gesicht rutschte und die Augen fielen nach innen. Wilfried kann es nicht besser sagen, jedenfalls schaute sein Freund anders, weil er genau wusste, dass sie am Sonntag schon in der Kirche waren, sich aber selbst nicht daran erinnerte. Der schaute nur, sah Essensreste auf dem Tisch, hörte, wie Johanna die Teller in die Spüle packte und wie das Wasser kochte. Für Emil und seine schwarze Zeit muss das alles ziemlich schlimm gewesen sein. Wilfried fragte seine Frau, ob sie die Sache mitgekriegt hat. Sie hat genickt. „So ist das, wenn man alt wird. Das kann uns auch passieren, Willi. Dass wir nicht mehr können." Emil kam später in den Altenstall. Wilfried sitzt mit geballter Faust am Tisch und ärgert sich, weil er nicht mehr genau weiß, wann Emil dann gestorben ist.

Johanna ist am Schuppen. Das Zischen vom Herd hört nicht auf und er kann sich an seinen Freund erinnern, wie er früher, ganz früher war, bevor das Schloss abgebrannt ist.

Emil Kopischke ist Schuster geworden, obwohl sein Vater Schmied war. Das hat er mit 16 Jahren absichtlich gemacht. Stark war er und grob manchmal und weil er nicht zur Fabrik wollte, ist er zum Krieg gegangen. Manche konnten es sich aussuchen und Emil wählte, wie er später nach einer Flasche Korn immer wieder lauthals feststellte, falsch. „Diese Russenweiber", schimpfte er. „Die konnten dich schneller umbringen als deren Kalaschnikow." Er hatte sich in Weißrussland in eines dieser Weiber verliebt und dann einen kleinen, später einen Riesenfehler gemacht. Die Geschichte kam immer, wenn er seine leere Flasche Korn auf dem Tisch hatte.

Tatjana – nein, Swetlana Minnskoja hieß sie. „Ihr glaubt nicht, was das für ein hübsches Ding war und dann stehst du morgens auf und die Roten stehen im Zimmer, direkt vorm Bett. Ich hab noch was fragen wollen, den Gewehrlauf, mehr hab ich ja nicht gesehen, und dann schlug einer zu. Hätte mal schießen sollen." Danach kam die Gefangenschaft und die Angst vor allen Frauen. Warum das Mädchen ihn verraten hat, hat Wilfried mal gefragt. „Keine Ahnung, die war blöde." An dem Morgen starb das Mädchen durch die Rote Armee und für Emil fingen fünf Jahre an, über die er auch sternhagelvoll kein Wort sagte. Irgendwie kam er wieder in Hinterpommern an und die Deutschen waren schon weg. Er schaffte es bis Vorpommern und wohnte, ohne jemals zu heiraten, in Uhlenkrug.

Vor ein paar Sommern, als Wilfried im Garten mit dem Stecher den Maulwürfen hinterher ist, merkte er erst nicht, dass Emil am Zaun stand.

„Mann, Emil. Was schleichst dich an wie ein Zigeuner?"

„Willi, ich ..." Er fragte an dem Nachmittag, ob jemand Swetlana gesehen hat, redete, als wäre er mit der Russin verheiratet gewesen. „Gdje zhe ona? Wo ist sie denn? Wo ist sie denn? Gdje ljubimaja moja?" Das war wieder schwarze Zeit und danach kam sie dann öfter und öfter. Zack und weg. Im nächsten Frühling hatte Emil Kopischke einen schönen Grabstein auf dem Vierecker Friedhof.

Wilfried besucht ihn manchmal, wenn er Sophia besucht. Er erzählt ihm dann, dass die Russen an ihrem Kommunismus erstickt sind und immer noch zu doof, mit einem Zaren auszukommen, und die Krähen kreischen, als wären sie Russen und würden jedes Wort verstehen. Dass er gesehen hat, wie ein Lenindenkmal ohne Kopf auf einem Floß die Wolga runter ist und dass eine Familie in Emils kleines Haus gezogen ist. Vier Kinder haben die, das muss man sich mal vorstellen. Das hat heute kaum noch wer, vier Kinder, so wie wir damals. Oft geht er aber nicht mehr zu Emil, wenn er Sophia besucht. Johanna möchte das nicht, das weiß er. Außerdem ist sein Freund schon immer geizig mit Worten gewesen, das hat sich durch seinen Tod kaum gebessert.

„Du musst bestimmt schon Hunger haben?" Zu ihrer Frage knarren die Dielen im Flur. Sie wohnen im Dienstbotenhaus, im Sklavenloch, wie er es manchmal sagt. Es macht ihm nichts aus, dass das Schloss nicht mehr da ist. Sollen doch alle Bilder der Welt verbrennen. Was er im Kopf hat, kann keiner wegmachen, nicht mal der letzte Wirt. Irgendwie wippt sein Kopf und er begreift, dass es ein Nicken ist. Er hat keinen Hunger, nicht einmal Appetit. Er wird trotzdem so viel essen, wie sie hinstellt. Das ist er ihr schuldig, eigentlich viel mehr, aber er wüsste nicht, wie er das jetzt noch bezahlen soll.

Johanna steht wieder an der Arbeitsfläche, schüttelt Kräuter, hält sie in die Spüle und wäscht sie ab. Er würde seine Frau gern fragen, ob sie über Monika reden will. Ihre Tochter, die seit ein paar Monaten darüber spricht, wie schön so eine Alten-WG sein kann. Mit anderen zusammenziehen, die sich nicht waschen, da kann man sich in diesem

Leben nicht mehr dran gewöhnen. Das ist Wilfried klar. Aber Moni ist stur, auch diesmal. Seine Tochter will ihn am nächsten Wochenende mitnehmen. Nur, damit er sich das einfach und ungezwungen einmal anschaut. Ja, ja. Er weiß, dass ihre Tochter ein kluges Mädchen ist. Wilfried will aber nicht, dass immer eine Krankenschwester da ist. Er merkt doch selbst, wenn er etwas hat. Seine Brust tut ihm manchmal weh. Aber Herrgott, er ist alt. Da darf einem die Brust auch manchmal drücken.

Im Kopf, da ist er sich sicher, ist er noch der alte, nein, der junge Willi. Der Mann, der aufs Feld geht, um die Kartoffeln anzustechen. Er zieht sie zufällig aus dem Boden, nimmt zufällig eine aus dem Bund und tütet sie ein. Er kritzelt auf das Klemmbrett den Ort, die Zeit und die Merkmale der Pflanze. Später im Labor zerlegt er die Knollen. Das Einsammeln können auch die anderen machen, nach Vorschrift müssten sie es auch. Aber er hat ihnen nicht getraut, nicht so sehr wie sich selbst. Er ist einer gewesen, zu dem die Bauern kamen, wenn sie nicht wussten, wann sie ernten mussten. Einer, den andere um Rat fragten, braucht keine Krankenschwester rund um die Uhr. Er überlegt, ob es schön wäre, wenn so eine für seine Frau da wäre, die ganze Zeit. Moni mit ihren Flausen.

Johanna gähnt beim Kräuterschneiden so versteckt, dass ihr Mann es nicht sehen kann. Sie hat nicht vergessen, dass an der Leine oben noch genug Petersilie und Schnittlauch für die nächste Woche ist. Sie ist trotzdem raus, weil sie manchmal, in letzter Zeit, einfach heulen muss. Was haste schon, wenn keene echte Frau mehr bist. Eine Greisin, mehr nicht. Und er sieht immer noch so unverschämt gut aus, ihr Willi. Sie wischt sich mit dem Handrücken über die Wange. Er hat noch nie gemerkt, was sie im Schuppen macht, zwischen den Judopokalen und den Spinnenweben. Vielleicht sagt er nur nichts dazu, weil er nicht weiß, was er sagen sollte. Es ist besser so, denkt sie. Was ihr so alles durch den Kopf geht. Manchmal ihre Sophia und dass sie denkt, das

Kind stünde im Raum herum. Im Flur an der Garderobe steht ein Geist, der keine Jacke zum Anziehen findet und nicht an die Haken kommt. Dann merkt Johanna, dass sie wunderlich wird und ist wütend. Auf sich selbst, auf Moni oder Sophia, meistens auf Willi und darauf, dass sie es nie geschafft hat, ihm oder ihnen einen Sohn zu schenken. Er hat sich nicht beschwert. Einmal vielleicht, aber danach nie wieder. Das war das einzige Mal, dass er sie weinen sah. Es ist vorher nicht passiert und seit zwanzig Jahren auch kein einziges Mal mehr.

Sie heult nicht oft. Vielleicht zwei-, dreimal in der Woche. Beim Kochen geht das und im Garten geht das auch. Es sind nicht immer Geister oder die Wut. Sie denkt dabei eigentlich nichts, einfach nichts. Irgendwas kommt hoch bei ihr, man kann es nicht sehen oder aussprechen. Sie würde gern wieder lesen, aber die Augen. Sie müsste sagen, dass sie eine neue Brille braucht. In dem Alter operiert dir kein Arzt mehr die Augen gerade. Das kann sie verstehen, aber so ganz ohne lesen, das stört.

Sie würde gern noch mal nach Hause, nach Hinterpommern oder Polen, wie es jetzt heißt. Darauf waren die anderen immer wild, auf ihre Heimat. Wer weiß schon, wieso das Schloss wirklich abgebrannt ist. Vor dem Neid der Leute kann einer, auf Teufel komm raus, nicht weglaufen. Völlig egal, wo man ist oder wie alt. Sie atmet schwer und tief aus, dreht sich zu ihrem Mann um, der noch immer am Tisch sitzt. Dem fehlt das Feld, sie weiß es. Vielleicht hätte er drüben bleiben sollen und nicht zu ihr und der Moni zurückkommen. Vielleicht würde er dann noch auf einem Feld stehen, dieser Mann. Der hat einen Blick wie Horizont. Seine Augen fragen, ob es ihr gut geht. Sie nickt und sucht nach der Wut, ihrer Schuppenwut. Sie ist fort und das Essen ist fertig.

Sie stellt die Teller hin und legt ihre Finger auf seinen Kopf. In diesem Leben bekommt so einer keine Glatze mehr. Oft denkt sie über ihn, als würde sie ihn nicht kennen. Was weiß man schon? Was wirklich? Sie nimmt sich fest vor, später mit ihm über das Heim zu reden. So wie er an einigen Tagen schwer hochkommt, wäre es doch gut, wenn jemand für ihn sorgt. Also ein Arzt. Sie selbst bräuchte das Ganze ja nicht. Sie war in ihrem Leben nur achtmal bei Ärzten und bei der Hälfte davon hat sie Kinder zur Welt gebracht. Vier Mädchen, von denen drei noch leben. Ein guter Schnitt? Manchmal ist ihr nach schreien. So laut und grundlos, wie die im Fernsehen es machen. Mit dem dampfenden Eintopf vor den Gedanken wendet sie Sätze, die sie in Büchern gelesen hat. Wie war das bei Dostojewski, wie hieß dieser Diener noch, dessen Namen man so gut schreien konnte? Patapitsch, Potapitsch hieß er. Sie weiß es noch. Als wenn man automatisch schräg wird, im Alter. Als wenn einem automatisch die ganzen Sachen aus dem Kopf kugeln. Bei ihr ist alles gerade, außer den Augen. Wenn Willi wie Potapitsch wäre, Johanna hätte ... Sie weiß es nicht. Jedenfalls würde sie seinen Namen öfter schreien.

Sie sieht sich ihren Mann an. Er lächelt und sie stellt sich vor, wie er hinter ihrem Rollstuhl steht. Sie würde mit einem Regenschirm nach ihm ausholen und „Potapitsch" brüllen und sie würde sich jung fühlen, wenn er sich bückt. Sie weiß nicht, wie sie ihn auf das Heim ansprechen soll. Seit der Sache mit Emil kann man mit ihm nicht mehr vernünftig über solche Dinge sprechen. Hospital, Hospiz – alles ein Eintopf, hat er gesagt, als würde es helfen. Als würde man nicht älter werden, wenn man es selbst nicht merkt. Sie hat Angst vor morgen und vor jedem Morgen irgendwie. Sie weiß nicht, was sie sagen soll. Schweigend bewegen sich ihre Löffel an die Ränder der Schüsseln. Klick und kling. Die Suppe ist gut wie immer. Manchmal vergisst sie das Salz, merkt es und schmeckt es nicht einmal. Kling. Man verliert den Geschmack im Alter und findet irgendwann, dass Potapitsch und Cholesterin zwei gute Wörter zum Schreien sind.

2.

Nachmittags steht Johanna am Gartenzaun. Die leeren Eier-packungen springen an ihrer Seite hoch, wenn sie mit den Schultern zuckt. Ein Besen lehnt am Maschendraht und Johanna redet über Kinder, über den Gottesdienst und das Wetter. Ihre Nachbarin zeigt mit dem Finger auf sie, als wäre sie schlecht erzogen. Aber die war schon immer ein wenig angriffslustig.

„Eine Schande ist das, das mit dem Pfarrer."

„Da siehste, was wir wert sind, heute. Mit den andern Dörfern ham se uns in Kirchenkreis gepackt. Wat ham wir mit den'n zu schaffn. Was?"

„Ja, schlimm."

„Nun kommt die Neue nur noch alle vier Wochen her."

„Da kommt man doch in die Hölle und kann nichts dafür, Irmchen." Die Nachbarin bekreuzigt sich, weil sie nicht merkt, dass Johanna das als Witz meint. Sie kennt Irmgard Baumann seit 58 Jahren, seit sie auf die Welt kam. Nach der Sache mit dem Schloss sind sie Nachbarn geworden und seitdem stehen sie oft am Zaun. Sie erzählt, dass der alte Neumann bei Willis und Johannas Trauung selbst so gerührt war. Könnte auch sein, dass er das mit seinem Sohn gewusst hat. Man weiß nicht, was Pfarrerssöhne Pfarrers-vätern alles erzählen. Bei jeder Hochzeit war der selbst am Heulen, vielleicht war er auch einfach nur neidisch.

Im letzten Herbst hat ihr guter Willi die Hälfte der Hühner geschlachtet. Er hat es leise gemacht, weil nie-mand wissen muss, dass sie nicht mehr alle schaffen, weil es irgendwann zu viel ist. Mensch, wenn man zwei Stunden braucht zum Füttern, weil alles so langsam geht, dann ist das zu lange. Er hat gesagt, die kommen alle weg. Johanna hat die Hälfte gerettet. Die Eier schmecken auch besser, aber nun haben sie nicht mehr genug für die Leute im Dorf. Die Pappen kommen immer noch zurück und Johanna füllt sie einmal in der Woche mit Eiern auf, die nicht vom Stall sind, eher vom Netto. Was keiner weiß, macht keinen heiß.

Ihr Mann ist noch in der Garage und Johanna hört sich an, wie Irmgard von ihrem Ronald erzählt. Seine neue Freundin heißt Sonja, zwar keine Pomeranze, aber ein ordentliches Mädchen. Mit 35 noch nicht verheiratet, der Jung. Das gab es bei uns nicht. In dem Alter wurde man in ein anderes Dorf geschickt, man hatte einen Namen und durfte nicht ohne das Mädchen zurückkommen. Und die Frauen haben gewartet, dass einer kommt, der ihren Namen hat.

„Na ja, man hat es ja vorher gewusst, wenn man schlau war."

„Hanna, kannst wetten. Ich hab meinen Heinz kommen sehen. Das Elend." Johanna lacht, weil sie nicht weiß, was sie dazu sagen darf. Sie selbst hat ihren Zukünftigen damals nicht kommen sehen. Und sie hat sich geärgert, weil sie mit siebzehn einen anderen hatte. Wie der Mond auf dem Grund des Kiessees und der andere Mann mit seinem breiten Rücken darin herumschwamm. Ihre Wangen werden immer noch rot, wenn sie sich erinnert, wie er aus dem Wasser kam. Wie überall die Tropfen herunterliefen und sie nicht wusste, wo man hinschauen muss, bei einem wie dem. Der lächelte und sagte irgendetwas, was sie heute nicht mehr weiß. Dann nahm er ihre Hand und sie merkte, dass seine Wassertropfen auf ihr Handgelenk liefen und einmal ganz herum, dann fielen sie auf den Sand. Johanna seufzt laut und die Nachbarin redet einfach in die Mondnacht hinein. Dann kam Wilfried Fiebelkorn und hatte ihren Namen auf dem Zettel, saß in der Wohnstube am großen Eichentisch und sagte kein Wort. Ihm gegenüber Johannas Vater Ernst, der auch kein Wort sagte. Ihre Schwestern kicherten, aber es war kein Indianerspiel.

Ihr göttlicher Gatte hat lange gebraucht, um sich an die Schienen und die Flucht zu erinnern, auf der sie sich zum ersten Mal trafen. Den Jungen aus dem Zug hat sie einfach behalten. Ja, sie und keine andere. Ihre Nachbarin redet wieder über Krause und dass der wohl in Thüringen gestorben ist vor einer Weile. War ja nie verheiratet, der arme Mann.

Johanna hat ihre Bluse mit den blauen Rosen an und den steifen, langen Rock, den ihre Tochter genäht hat. Hat sie gut hinbekommen. Sie beugt ihr geschminktes Gesicht über den Zaun und versucht, nicht zur Garage zu schielen. Es wird ihm doch gut gehen. Man kann schon auf kleinen Wegen ausrutschen und sich was brechen, liegen bleiben und dann reden die Weiber ewig am Zaun und keiner hilft. Schnatternd öffnet sich das Garagentor und dahinter erscheint ihr Kerl. Er reibt die Handflächen, als hätte er das Auto eben gebaut. Nachtschwimmer sind keine Männer fürs Leben.

Johanna umklammert die Finger der Nachbarin. Weich und weiß ist sie geworden mit den Jahren. Irmchens Zähne sehen nicht gut aus und die Schürze sollte sie auch mal waschen. „Siehst gut aus", sagt sie und verabschiedet sich so umständlich, als würden sie sich nicht jeden Tag sehen und als würden sie sich irgendwie mögen. Johanna denkt an den Spätsommer im Kindergarten, wie sie von der Bank aus Irmgard beobachtet hat. Damals vier Jahre mit ihrem riesigen blonden Pferdeschwanz und dem lilafarbenen Pullover mit dem weißen Muster. Solche Sachen sind später in anderen Kindergärten untersagt gewesen, kapitalistische Sachen. Johanna war das egal. Manchmal hat sie markiert, als wäre es ihr irgendwie wichtig gewesen. An jenem Tag hat sie etwas über Kinder im Allgemeinen und Menschen im Besonderen gelernt.

Irmgard stand heulend mit dem Kinderbesen neben dem Sandkasten. Die Kleine schrie irgendeinen Schmerz in Richtung der Kindergärtnerinnen und Johanna brüllte nur, wer da heult. Das Irmchen konnte sie genau sehen, doch das Irmchen antwortete nicht. Deshalb reagierte die Lettmann nicht. So war Johanna, nur weil ein Knirps niedlich war und laut flennte, hatte er nicht Recht. Drei größere Mädchen hörten das Krakeelen und umstellten die Kurze, fragten sie aus. Manchmal fängt so Gerechtigkeit an, manchmal stirbt sie so. Johanna beobachtete einfach weiter. Das große Trio lief zu einem Jungen, hielt ihn fest und bestrafte ihn. Was die Großen nicht wussten, Irmgard weinte nicht mehr, schaute still und sah irgendwie so aus, als würde auch sie etwas über Menschen im Allgemeinen lernen. Der Krieg war gerade aus. Ihr Mann noch verschollen und Johanna kam nicht darauf, was das vielleicht mit ihr zu tun haben könnte.

Johanna geht in die Vorratskammer und schiebt Einweckgläser zur Seite. Hinter einer Stiege mit Trockenfrüchten zieht sie eine Plastetüte hervor. So ein Knoten zerfranst schnell, auch mit alten Zähnen. Sie knistert die Tüte ganz auf. Man kann seinen Schmuck nicht an eine einzige Stelle im Haus legen. Das geht doch nicht. So leicht will sie es denen nie wieder machen, die es mit ehrlicher Arbeit nicht schaffen. Umbringen können sie einen, aber den Schmuck kriegt keiner. In der Tüte steckt noch eine Tüte. Der Faden knirscht, weil die Wolle nicht aufgehen will. Dann zieht sie eine silberne Kette heraus und wiegt sie in der Hand. Die Tüten verschließt sie wieder und überlegt, ob sie die nun woanders hinpackt. Könnte jemand zuschauen von draußen. Könnte jemand durch die Fenster sehen, wo sie ihren guten Silberkram versteckt. Gedankenleer knüllt sie die Dinger zu einem kleinen Bündel. Es rasselt nicht, in der Tüte sind nur noch Ohrringe. Mehr als zwei Stücke hat sie in keinem Versteck im Haus. Man muss erst viel verlieren, um den Wert von solchen Silbersachen zu kennen. Man muss viel verlieren, damit etwas wertvoll wird.

Wilfried fährt das Auto vor die Garage, ihren fast zwanzig Jahre alten Honda. Ein Auto, das so alt ist wie die komische Republik, in der sie jetzt leben. Nachdem sie Adolf erwischt hatten, dachte Wilfried, eine Republik ist etwas

Gutes. Da kannst mal mitreden. Da geht's mal um Menschen. Er war jung, gerade 24 im September 1949. Er hat am Frühstückstisch genickt, als ihm der englische Bauer die Zeitung rüberschob. „Congratulations, Russia took up your home", sagte er und Wilfried sah dem glatzköpfigen Tommy fest in die Augen, weil er darin den Sinn suchte. Aufheben. Aufheben? Vielleicht war er zu jung, jedenfalls verstand er nicht.

Später erzählte ihm einer, dass die Ostzone nun verfasst und dass das Ganze eine Republik ist. Als Wilfried auf dem Feld Englisch lernte, verstand er, dass hier jeder etwas gegen Russen hatte. Viele glaubten manchmal, er ist einer. Einer, der nur so tut, als wäre er ein Kraut. Die Frauen fanden, er sieht aus wie ein Räuber oder ein Wilder und versteckt sich hinter seinem Schweigen. Englisches Schweigen ist auch nicht anders als deutsches. Er ist nie einer gewesen, der etwas versteckt, auch kein Räuber. In den nächsten Monaten merkten die, dass er vom Acker mehr versteht als die meisten. Er bekam Freiraum und weniger Misstrauen. Dass Freedom nicht Frieden heißt, vergisst man nie wieder. Irgendwann konnte er in der Kammer schlafen, ohne dass jemand abschloss. Das erste Mal, als er abends dieses Knacken und Knirschen an der Tür nicht mehr hörte: Er hat so angestrengt gelauscht, er vergaß das Atmen. Irgendwann keuchte und hustete er. Wilfried vermisste die Heimat und den Krieg, weil es die schönsten Jahre mit seiner Frau waren, eigentlich die einzigen. Er wollte nicht wegschleichen, man ließ ihn gehen und er ging nach Hause.

Wilfried wischt mit einem Tuch über den Kotflügel und nickt. Sein Auto gefällt ihm so, so sauber. Seine Frau steht daneben und nickt ebenfalls, bevor er ihr beim Einsteigen hilft. Mit einer Hand schützt er ihren Kopf. Sie soll es nicht merken. Würde sich noch alt vorkommen, die Gute. Wilfried gluckst leise. Das passiert ihm öfter in letzter

Zeit, er vergisst, dass man ein Glucksen hören kann. Seine Gute sieht schön aus, wie sie nickt. Sie nickt, weil sie angeschnallt ist und fertig für die Autofahrt. Er schließt die Tür, zieht das Garagentor zu und steigt ein, ohne seine Angst zu zeigen. Es kann ja nichts passieren, sagt er sich. Nichts passieren, außer sich blamieren. Und sie will er schon gar nicht bloßstellen. Der Hof sieht leer aus und die Reste des Rasens sind zu lang, um noch zu stehen. Graues Gras ist ein Zeichen.

An der Straße ruckt sie so weit nach vorn, wie es der Gurt erlaubt. Sie sagt „Ja". Wilfried fährt auf den Asphalt. An der zweiten Kreuzung sagt sie „Rot" und „Zwei". Sie leiht ihm ihre Augen und Wilfried blinzelt trotzdem durch die Frontscheibe. Er könnte schwören, da an der Ampel stehen drei Autos, aber er wird nicht mit ihr streiten. Soll sie doch glauben, dass er nur mit ihr fahren kann. Hauptsache, sie fühlt sich sicher bei ihm.

Während der Fahrt nach Torgelow träumt sich Johanna durch die Seitenscheibe hindurch in die Wälder hinein. Kahl sind die Stämme und oben verrenken sich die einzelnen Äste zu einem Muster. Ihr wird immer so kalt, wenn sie zwischen die Bäume sieht. „Die werden euch spüren lassen, was wir ihnen angetan haben." Das sagte ihr Bruder, bevor die Russen kamen, bevor sie vor den Russen wegrannten. Entkommen sind sie ihnen nicht. Helmut fehlt ihr, weil sie ihn liebte, weil er der Ältere war. Sie kann sich nicht vorstellen, wie er jetzt mit 91 Jahren wäre. Auch ein Guter, ganz bestimmt. So alt wird auch heute kaum einer, den der Krieg verschont hat. Manchmal würde sie ihm gern von dem Unsinn erzählen, den man heute in den Zeitungen liest. Im Osten gibt es mehr Vergewaltiger, weil die Kindergärten so streng waren oder ohne Gefühle. Der wahre Grund fällt ihr nicht ein. Helmut hätte Briefe an die Redaktionen geschrieben. Er hätte ihr geholfen, als Wilfried vor zwei Jahren im Krankenhaus war. Wenn die Kinder kommen, das ist auch nicht das Wahre. Das ist nicht ihr Leben, geht sie eigentlich auch nichts an, wenn sie in der Kammer die Töpfe oder die Pfannen nicht herunterkriegt von oben. Helmut war größer als Wilfried, obwohl der schon ein Riese ist. Dünner, gesprächiger und lustiger.

Johanna erschrickt, weil sie ihren Bruder mit einem Gewehr zwischen den Bäumen sieht. Helmut hatte Recht. Die Russen hatten bannig die Wut, als sie hier durchzogen. Sie schaut nach vorn und sagt, dass sie bald da sind. Ihr Mann nickt und sie zupft ihre Bluse zurecht, weil sie gleich jeder sieht.

Wilfried parkt und geht langsam um den Honda, öffnet seiner Frau die Tür und drückt ihr ein Eurostück in die Hand. Sie geht zu den Einkaufswagen und umklammert den roten Griff, auf dem etwas von „Besser Einkaufen" steht. Sie versteht nicht, wieso das besser sein soll als früher. Da kamen die noch ins Dorf. Man wusste vorher schon, wann und wer. Man konnte Sachen bestellen und wenn man etwas vergessen hatte, konnte man noch einmal hin. Natürlich gab es weniger, aber heute ist es auch nicht schön. Ein Rad des Einkaufswagens stellt sich quer und knarzt. Sie holt sich trotzdem keinen neuen. Ein bisschen Widerstand ist gut für den Charakter, nicht nur bei Kindern. Ihr Mann steht vorm Eingang und wartet. Er legt seine Hand an den Griff und Johanna löst ihre Umklammerung etwas, lässt aber nicht los. So alt sind wir nicht, dass der Einkaufswagen mit uns fährt. Sie kaufen Eier, Milch, einen großen Sack Kartoffeln. Damals hat sie sich durchgesetzt, sonst müssten sie nicht die schlechten aus den Käfigen nehmen. Sie sagte, die Kartoffeln kommen weg und er hatte nicht einmal die Hälfte retten können. Das ging auch zu sehr auf den Rücken und die Knie, das Ganze.

Am Gemüsestand steht Wilfried ewig und betrachtet die Beutel mit den Knollen. Er erzählt etwas von Solanin und merkt nicht, dass Johanna schon zur Wurst weiter ist.

„Solanin?", fragt ein kleiner Junge. Er steht direkt neben Wilfried und schwenkt mit beiden Händen

Schaumzuckerwaffeln. Eklig rosa und unnütz. Wilfried sieht runter, sucht nach seiner Frau. Sie ist nicht da. Er erklärt dem Kind, dass das ein Gift ist, welches manchmal in Kartoffeln vorkommt. Dadurch schmecken die nicht gut. Der Giftstoff entsteht beim Keimen. Ja, beim Keimen. Wilfried erkennt seine Sätze wieder. Er hat es seinen Töchtern genauso erklärt. Es weiß schließlich kaum einer, wie kompliziert Kartoffeln sein können. Knollen-Willi haben sie erst zu ihm gesagt, als er nicht mehr Chef der Versuchsstation war. Irgendwann greift er in das Gitter und zieht einen Beutel heraus. 7,5 Kilogramm. Er fällt fast nach vorn, mitten in den Käfig hinein. Keiner lacht. Gegen Eitelkeit hilft auch kein Wetter, denkt er und wartet auf das Auftauchen seiner Frau. Keines der Mädchen wollte in die Landwirtschaft. Auch nicht weiter schlimm. Seine Leute hatten genug Krieg für die nächsten Enkelenkel, vielleicht für immer. Gerade heute kann man doch als Frau in die Landwirtschaft, in die Forschung. Ihm fallen Weiber von früher ein, von der LPG, vom Kader oder vom Büro. Keine von denen könnte seinen Töchtern das Wasser reichen.

An der Kasse fällt ein schweres Gewicht auf Wilfrieds Brustkorb. Er steht am Wagen und schaut traurig zu, wie seine Frau die Kassiererin bezahlt. Die Haare seiner Hanna sind zu einem Dutt hochgewallt. Ihr Kopf sieht annähernd so groß aus, wie er sein müsste, weil sie die schlauste Frau ist, die er je kannte. Er atmet langsam, absichtlich, damit das Gewicht weniger drückt. Sie stapeln den Einkauf zusammen in den Kofferraum. Er wartet auf sie.

Im Sommer '45 war Wilfried ein ordentlicher Dämlack. Das ging ihm erst viel später auf. So blöde war er, dass sie ihm gleich fünf Jahre vom Leben geklaut haben. Er wartete am Straßenrand darauf, dass die Laster und die Kutschen vorbeikamen und oben die Sonne nahm auch keine Rücksicht auf Flüchtlinge, auf Verräter oder auf Verbrecher. Er ist aus Viereck weg, weil er den Stoff für das Brautkleid aus

Treptow an der Tollense holen wollte. Mit den fünf altertümlichen Pfeifen vom alten Lettmann in den Taschen war er los und kam dann nie beim Schneider an. Unterwegs stolperte man von einer Militärstreife in die nächste. Zuerst die Russen, die lachten, wie Russen eben lachen. Was er denn meint, wo er hinwill. Mecklenburg, hat er gesagt. Aber eigentlich wusste er ja nicht genau, wo dieses Treptow sein soll. Da stand er nun an der pommerschen Grenze und ahnte, dass die Sieger keine Rücksicht auf alte Grenzen nehmen werden. Ein deutscher Laster hielt an und er stieg hinten rauf. Die drei im Fahrerhaus meinten noch, er soll bloß die Finger von den Fässern lassen. Sonst setzt es was. Kamen ihm gar nicht vor wie deutsche Offiziere. Aber wenn einem die Beine so wehtun, dann sieht man nicht so genau hin, wie man müsste. Woher sollte er auch wissen, dass sie schon weit hinter Treptow waren? Das war nicht sein Land und ist es nie geworden. Wenigstens hatten die keine Uniformen mit dem ganzen Adolf-Kram mehr an. So viel wusste auch ein Dämlack in diesem Sommer. Wer noch mit Adolf rumrannte, war entweder plemmplemm oder lebensmüde, vielleicht auch beides. Die letzte Russenstreife stand in einer Staubwolke und dann jubelten die vorn im Laster so sehr, dass Wilfried Bescheid wusste.

Ob die Unruhe nun vom Wind oder vom kaputten Motorgeräusch kam, weiß er nicht mehr. Er klopfte gegen das Fahrerhaus und fragte, ob sie nun bald in diesem Treptow sind. Der Laster hielt und zwei Armee-Geländewagen stellten sich direkt in den Weg. Wie diese Engländer schon aussahen, irgendwie zu dick und zu fröhlich die ganze Zeit. Durchsuchten den Laster, baten alle rauszukommen und schüttelten nur den Kopf, weil ein Idiot auf der Ladefläche sein eigenes Land nicht besser kannte. Was wusste er denn von Mecklenburg? Wilfried der Hinterpommer, Hinterwäldler, Hinterländler. Die Fässer waren voll mit silbernem und goldenem Zeug. Das hatte keiner freiwillig verschenkt. So viel stand fest und Wilfried schaute nur zu, als sie die drei Offiziere festnahmen und auf die Jeeps setzten. Der dickste Engländer fragte, ob er auch ein Nazi ist, der nur so tut, als wäre er Civilian. Da begriff Wilfried zum ersten Mal, wie blöde man eigentlich sein konnte.

Statt Seide für seine Hanna holte er in diesem Mecklenburg nur Handschellen und tausend Vierecke im Maschendraht. Er konnte es tausendmal sagen, dass er wirklich „nix Nazi is". Es half nichts. Dann der Zug, das Schiff und auf einmal hatte er viel Zeit für die genovische Konvention. Die Zettel hatten die Briten ja überall aufgehängt, damit auch jeder merkte, wer die echten Verbrecher waren. Genf hin oder her, Wilfried hat die Buchstaben „p", „o" und „w" nie wieder vertragen, ohne sich blöde vorzukommen. Seit damals ist jede noch so schöne Braut ein verfluchter Vorwurf. Ja, er schämt sich regelrecht bei weißen Kleidern.

Johanna sieht Martha Goede vor dem Markt. Sie kommt direkt auf sie zu und sie erkennen sich. Als Kind ein fabelhaftes Ding, als Mädchen schwierig, haben die aus der Schule gesagt. Johanna meint, dass manche für ihre Eltern und ihre Familie wirklich nichts können. Wie geht es Ihnen? Ganz gut. Was macht der Mann? Haben Sie nicht vor Kurzem wieder geheiratet. Ja, es ist der Zweite, auch nicht besser als der Erste. Das mit dem Scheidenlassen ist eine unartige Sitte dieser Zeit. Die kann vielleicht selbst etwas dafür, dass ihr Mann ständig herumgehurt hat. Sie steht vor ihrem Kindergartenkind, das größer und nicht lieber geworden ist. Goede mit einer Tüte an der Seite. Die Bluse steht ihr nicht und der Hut ist wirklich übertrieben. Arbeit hat er noch? Das ist schwierig geworden. Ständig zum Amt, da hatte er auch keine Lust drauf. Er hat wieder etwas gefunden. Achso. Johanna lächelt und weiß noch, wie sie gehört hat, dass das Mädchen zwei Kinder verloren hat während ihrer Schwangerschaften, zwei vom ersten Mann. Da kann man nichts machen, wenn es nicht sein soll. Die Kinder vom Neuen hat sie bei sich behalten. Vielleicht haben manche Männer den Krieg in ihren Körpern mit nach Hause gebracht und alles, was sie dann gezeugt hätten, wäre Krieg gewesen. Johanna fragt sich, wieso die Natur nicht immer so gut aufpassen kann, dann gäbe es mehr Frieden.

Die Goede erkundigt sich nach den Töchtern. Sie kennt sie schließlich, hat mit den beiden Großen im Dorf gespielt. Mein Gott, da musste man sich noch Sorgen machen, dass die nicht randalieren. Ihr Sohn soll nun im Gefängnis sein, hat Johanna gehört. Sie fragt nicht danach. Er soll zwei Touristen ins Krankenhaus getreten haben. Woher diese Wut kommt, wenn nicht von den Vätern. Das hat sie im Kindergarten schnell gelernt, dass die auffälligen Kinder, die weniger fabelhaften, immer ihre Vergangenheit tragen, die nicht ihre Natur ist. Johanna glaubt an Gott, aber manchmal sagt sie Natur zu ihm.

„Sie können doch nächste Woche wirklich mal vorbeikommen, Frau Fiebelkorn."

„Ich weiß nicht." Der Mann wartet am Auto und sieht leider nicht so aus, als würde er gleich ungeduldig werden.

„Wir werden immer weniger, wissen Sie? Und so richtig Spaß macht es erst, wenn viele da sind. Sie waren doch schon zwei Mal da, trauen Sie sich ruhig."

„Das ist nett, dass Sie mich einladen, Martha. Aber ..."

„Nicht. Sie kommen?"

„Am Dienstag, beim Bürgermeister?"

„Ja, Gemeindehaus. Sind viele Frauen, die kennen sie von früher."

Johanna verabschiedet sich. Erleichtert dreht sie sich zu ihrem Mann und dem Auto um. Als wäre das etwas Gutes, wenn man viele von früher kennt. Ihre Freunde gibt es nicht mehr, zumindest nicht in diesem Leben. Sie überlegt auf dem langen Weg über den Parkplatz, ob sie zu diesem Würfelnachmittag gehen soll. Wenn sie nicht hingeht, reden die wieder. Was zieht sie an? Sie steigt mit der Frage ins Auto. Ihr Mann hält ihr die Tür auf und irgendwie atmet er schwer, vielleicht ist er doch wütend.

Dann fahren sie zurück. Er fährt. Sie schaut. Wilfried weiß noch, wie sie bei Sophia am Bett saß. Das Mädchen war vier Jahre alt, älter wurde sie nie. Sie zog die Bettdecke bis zum Kinn des Kindes und sagte, dass Lesen wichtig ist.

„Man kann nicht alles auf einmal wissen. Aber wenn du liest, kannst du überall sein."

Sie fragte ihre Tochter, wo sie sein wollte. Die Kleine sagte „Nordpol" und Hanna hat eine Eskimogeschichte gelesen. Wie winzig das Ding in dem Bett aussah und wie oft sie da gesessen hat. Eine Schande ist das, denkt Wilfried. Einfach eine Schande. Das hatte seine Frau nicht verdient und das Mädchen schon gar nicht. Wilfried hat vergessen, wie die Ärzte es nannten. Es war so ähnlich wie Blutkrebs. Ein Kind und Krebs, komische Zeiten waren das.

Zuhause räufelt Johanna einige Pullover auf, aus denen die Enkel rausgewachsen sind. So etwas hört nie auf. Wilfried sitzt im Sessel und sieht, wie der Wind auf die Baumreihen drückt. Drei Ahornbäume haben sich da zwischen die Pappeln geschummelt. Lewenhagen wollte die Dinger wegnehmen. Zum Glück haben die Leute damals noch auf Wilfried gehört. Nein, nein, in die Politik, nur das nicht. Das Gewicht auf seiner Brust lässt langsam nach, wenn er so ruhig herumsitzt. Manchmal sollte man darüber nachdenken, wie lange man es noch schafft. Aber das würde doch nichts ändern. Er beugt sich im Sessel nach vorn und sagt etwas über das Wohnzimmer. „Wir sollten hier mal streichen."

Johanna blickt sich um. Die Ecken zur Decke sehen grau aus, wo sie weiß sein sollten. Der Putz ist schön und grob. Der hält noch hundert Jahre, denkt sie.

„Wie willst das machen?"

„Na, grün oder so."

„So wie die Kinder."

„Warum nicht?"

„Ich mein ja nur."

„Grün."

„Wann?"

„Morgen."

„Wenn du meinst." Ihr Mann nickt und sie zieht die dreifachen Wollfäden aus den Sachen. Es hackt manchmal und rebelliert. Sie rupft einmal ordentlich und der Faden bleibt ganz, der Pullover nicht. Das ist der Widerstand. In seinem letzten Hemd braucht man keine Taschen. Das hat sie nie verstanden, was mit dem Spruch gemeint sein soll. Sie springt plötzlich hoch, wirft die Wolle aufs Sofa und geht in die Küche. Im Sessel schläft ihr Mann schon. Er schnarcht im leeren Zimmer weiter, also schnarcht er nicht für sie. Mit einem Finger blättert sie im Kalender am Kühlschrank und verharrt bei einem Datum. Ja, Moni und die Kinder wollten wirklich kommen. Woher erfährt sie nun, ob heute der 7. Oktober ist oder nicht? Sie hat überhaupt nichts vorbereitet. Wie sie ihre eigene Mutter dafür gehasst hat, dieses andauernde Vorbereiten.

Kinder, geht euch umziehen. Kinder, macht die Knie zusammen. Kinder, wenn ihr heute streitet, geht's in die Kammer. Als kommt man dort nicht hinein, wenn man an einem anderen Tag streitet. Auf dem Boden liegt die Zeitung, die Wilfried heute nicht einmal angeschaut hat. Sie bückt sich, ach der Rückenschmerz, und legt sie auf den Tisch. Tatsächlich, so weit ist es mit ihr schon. Nachher kommen die Kinder. Zum Glück waren sie vorhin einkaufen. Beim Kneten des Kuchenteigs denkt Johanna komische Sachen, was wohl am Tag oder am Wetter liegt. Sie geht mit ihren mehligen Händen vor dem Bauch ins Wohnzimmer und atmet auf, als sie ihren Prachtkerl schnarchen hört. Tote schnarchen nicht.

3.

Johannas Tochter schiebt ein Glas Wasser auf dem Tisch hin und her. Sie hat ihr Bein angewinkelt und sitzt darauf wie ein halber Schneider. Johanna mochte es nie, wenn ihre Tochter so sitzt. Doch da sind Dinge, die selbst eine Kindergärtnerin nicht ändern kann. Dafür kann die Mutter nicht immer etwas, wenn sich die Kinder das woanders herholen. Die Männer sind im Garten und die Tochter erzählt, dass ihre Großen nun in der Werbung sind. Zwei Kinder wie ein Wind sind das. Die hält es nicht lange an einem Ort, bei einer Arbeit. Solche Menschen taten Johanna immer leid und nun hat sie solche als Enkel. Was soll sie als Oma schon sagen, wenn die nicht einmal auf ihre Mutter hören?

„Wie alt sind die Jungs denn jetzt?"

„Mama, das weißt du ganz genau."

„Und wenn nicht? Ich frag doch nur."

„25 sind sie."

„Ja."

„Mama, ihr solltet die Hühner loswerden."

„In ihrem Alter hast du noch lange studiert."

„Mamaaa."

Ihre Tochter schüttelt den Kopf, steht von ihrem Platz auf. Es fällt ihr schwer, weil sie einen Schaukelstuhl nicht gewohnt ist. Natürlich weiß sie, dass nur Ehrengäste in dem alten Ding sitzen dürfen. Eine der wenigen Sachen, die sie aus dem Schloss retten konnten, bevor die Flammen im Flur den Feuerkäfig zumachten. Darin blieb viel von früher zurück, Tante Gerda und die drei Rohstocks. Die hat es im Schlaf erwischt. Es hilft nichts, wenn man sich einredet, dass die qualvoll eingesperrt und bei lebendigem Leibe verbrannt sind. Ihr Mann hat den Stuhl und die Fotos gegriffen. Er hätte selbst die Bilderalben liegen gelassen, wenn sie nicht so laut danach geschrien hätte. Sind doch unsere Eltern und die Eltern von denen drin. Die kannst doch nicht liegen lassen. Johanna nahm die Geldbüchse, Sophia auf den Arm und Moni an die Hand. Manchmal ist sie wütend, noch heute. Er läuft wirklich in die Bibliothek und nimmt nicht ein Buch mit. Er greift sich dieses doofe Holzgerippe von Stuhl. Das soll einer verstehen.

Ihre Tochter hat nichts von ihrem Wasser getrunken. Sie geht um den Wohnzimmertisch und stellt sich dicht neben Johanna. Sie reden nicht mehr über Hühner oder Enkel. Sie umklammert Johannas Kopf mit beiden Armen und drückt ihn an sich. Mensch, war das früher ein flottes Mädchen. Der Bauch an ihrer Wange ist weich, mit den Jahren wird vieles weich. Sie hört die Stimme kaum, weil die Hände durch ihre Haare gleiten und weil Finger die Stirnfalten streicheln. Da streichelt einen die Tochter und es fühlt sich an wie bei der eigenen Mutter. Johanna könnte weinen. Weil es Moni gut geht, weil sie gesund ist, weil sie hier steht und sie festhält. Sie haben alles überstanden und er ist zurückgekommen. Alles ist so richtig.

Johanna kann sich an einen Winterabend erinnern, an dem der Tochterbauch noch nicht weich war. Moni bettelte: Mama, komm ins Badezimmer. Mama, sieh doch nur. Sie stand da, siebzehn Jahre alt, und tätschelte ihren Bauch, dieses flache Ding. Eigentlich wollte sie nicht, nicht hineingehen. Wieso soll sie da hinein? Mütter gehen nicht ins Bad, wenn die Kinder drin sind. Wenn man zehn wird, wird das anders und hat auch so zu sein. Sie ließ sich trotzdem überreden und sah den Rücken ihrer Tochter im Spiegel. Johanna wollte erst schimpfen, tat es dann nicht. Das Mädchen hatte die schwarze, gute Unterwäsche aus dem Schrank genommen.

„Mama, ich kann Geld für uns verdienen." Als hätten sie das gebraucht. Die Kleine drehte sich vor dem Spiegel und legte den Kopf in den Nacken.

„Ich werde Bilder machen lassen", sagte sie und Johanna verstand erst nicht, wovon ihre Tochter redete.

„Du meinst so Schweinkrambilder?"

„Nein, Kunstbilder."

„Nackischer Kram für die Männer, oder was?" Die Tochter war so überzeugt davon. Johanna brauchte ihre Zeit, um es richtig zu verstehen.

„Na, du bist echt schön. Das steht fest." Es waren nur Flausen eines Mädchens. Sie wollte die Eltern schocken. Stand da mit ihrem glatten Bauch. Die Brüste waren gerade erst gewachsen und schon wollte sie die den Männern hinlegen. Johanna weiß nicht mehr genau, wie sie ihrer Tochter diesen Quatsch ausgeredet hat, ohne dass ihr Vater es merkte. Bei dem hätte sie diesen Test mal machen sollen, dann hätte es Ärger gegeben. Sie hat ihrer Tochter keine gefeuert, sondern von Männern und Monstern erzählt. Sie hat gesagt, dass man manche Sachen einfach nicht mehr umdrehen kann. Die sind angeschoben und dann krachen sie einfach weiter und es kann sein, dass man plötzlich davorsteht, vor dem rollenden Schweinkram. Moni in einem Ferkelmagazin, das fehlte ihr noch. So eine Schönheit ist nur für einen Mann da und der hat ein ganzes Leben dafür zu bezahlen.

Johanna sieht ihre eigenen Finger auf den weißen Ellenbogen der Tochter. Irgendwann hat man jede Schuld bezahlt.

„Es geht euch doch gut, Mama?"

„Wir sind alt."

„Und Papa?"

„Der kann noch. Immer noch komisch wie immer, die Stube. Die Stube will er neu haben."

„Was?"

„Na, so Ideenzeuch. Das Wohnzimmer neu machen will er."

„Komm, wir gucken." Ihre Tochter greift nach unten und zieht Johanna aus dem Stuhl, stellt sie einfach mitten in den Raum. Fürs Schauen hätte Johanna nicht aufstehen müssen. Ihre Tochter findet es offizieller. Klar, eine Studierte hat sie groß bekommen. Eine, die keinen völlig verkorksten Männersinn hat, eine gute Mutter, soweit sie das sehen kann.

Eine, die sich ins Wohnzimmer der steinalten Fiebelkorns stellt. Moni läuft nickend einen Kreis im Zimmer. Sie sagt, dass er eigentlich Recht hat.

„Also? Bist du dagegen?", fragt sie.

„Ach, lass mal, Moni."

„Wir können das doch machen. Gerhard hat gerade Zeit und ich nächste Woche Urlaub. Außerdem wäre es doch schön, wenn wir mal wieder hier wären, alle."

Eigentlich will Johanna das Brimbamborium nicht haben. Das ist doch die ganze Aufregung nicht wert, nur weil ein alter Mann sich einredet, Grün wäre irgendwie gut. Durch deine Wohnung wirst auch nicht wieder jung. Im Garten poltert es metallisch. Männersachen klingen anders.

„Herr Höfs, das schaff ich noch ganz gut." Wilfried versucht, es nicht zu laut zu sagen. Er hat keine Ahnung, ob er noch schreien könnte, so wie früher. Der Satz gelingt freundlich. So wie ein „Lass mich in Ruhe", wenn man eigentlich will, dass der Andere Frühstück macht.

„Lass mich doch. Ich bin zwar Künstler, aber so weit reicht es noch." Gerhard, der Bildhauer. Grabsteine, das könnte Wilfried noch verstehen. So hat der Junge angefangen und dann wurde es Kunst, wie er es nennt. Komische große Statuen, die keinem ähnlich sehen. Sein Schwiegersohn zieht stark am Rasenmäher. Die Maschine bockt und stockt. Schließlich hebt der Junge sie an, kriecht auf den Rasen und greift in die Messer. Der Motor ist in Ordnung, sagt er. Die Messer sind aber Stumpen. Die verdienen ihren Namen wirklich nicht mehr. Als würde Wilfried das nicht wissen. Ganz gut, dass der Bursche nicht mitkriegt, wie sich Wilfried umdreht nach einem Platz zum Hinsetzen.

Sein Schwiegersohn fragt nach einem Knochen und Wilfried geht langsam zur Garage. Schon klar, dass der hinter ihm Angst hat und gut wirken will. Er schüttelt vielleicht den Kopf. Dann hat er wenigstens was zu tun, solange Wilfried den Knochen holt. In der Garage überlegt er kurz, ob er wirklich einen Knochen nimmt oder einen Schlüssel.

Da könnt der Bengel noch staunen, dass der olle Tatter-greis die richtige Größe mitbringt, ohne zu zögern, ohne zu reden. Schweigend gibt er ihm dann einen Knochen mit sechs Standardgrößen. Wilfried hat eigentlich keine Lust zu reden. Er macht es, damit Johanna sich nicht schämt. Er will hier keinen ärgern und mit Unhöflichkeiten hätte er rechtzeitig anfangen müssen.

„Wie verkauft sie sich denn so?"

„Gut, glaube ich."

„So Statuen oder was andres?" Der Schwiegersohn schaut kurz unter dem Rasenmäher hoch, dann zieht er eine Stange hervor, die vom Rost schon angefressen ist.

„Ach Mensch, ich dachte, du meinst Moni. Nein, meine Sachen gehen auch gut. Hab in der letzten Woche einen gro-ßen Auftrag bekommen, für den Hafen. Die wollen touris-tenfreundlicher werden und eben schöner, verstehst du?"

„Du meinst, meine Tochter verkauft sich gut?"

„Nein, war gerade so missverständlich deine Frage."

Wilfried ist nicht bescheuert. In dem Punkt ist er sicher. Wenn er irgendwann merkt, dass er nicht mehr alle bei-sammen hat, dann hört das alles auf. So wie Emil will er nicht enden. Trampelnd in der eigenen Traumwelt. Da hat man dann Pech und es ist ein Albtraum. Wilfried träumt selten. Von solchen Spinnigkeiten blieb er meistens ver-schont, das ist Frauensache. Ihm fällt ein Traum ein, den seine Frau hatte. Verrückte Sache mit dem Kater.

„Es sind zurzeit eher so Skulpturen. Ich baue Ideen in Metall hinein. Das ist aber schwierig zu beschreiben, wenn ihr mal bei uns vorbeikommt, kann ich dir ja ein paar zei-gen." Der Schwiegersohn redet mitten in den geliehenen Traum und zögert kurz, als würde er merken, dass er stört. Dann redet er weiter.

„Oder ich schick dir mal eine Postkarte oder Moni schickt sie euch. Es gibt sogar schon Denkmäler und Parks in Ham-burg, wo man mich sehen kann. Keine große Sache eigent-lich, aber kommt was bei rum, wenn du verstehst." Wilfried sah seine Frau am Küchentisch sitzen. Sie sagte, halt mich nicht für komisch, bitte. Nichts war ihm jemals fremder. In einer Welt, in der nichts bleibt, ist sie seine Norm. Ein- oder zweimal hat er zu ihr gesagt, dass sie nicht mehr alle Latten am Zaun hat. Aber das hatte nichts mit ihr zu tun, eher mit ihm und heute tut es ihm immer noch leid. Er ist schließlich auch nur ein Mensch. Er versprach es und sie erzählte von dem Kater.

„Also, ich wache mitten in der Nacht auf und der Kater steht auf meiner Seite im Bett. Er leckt sich die Beine und sieht mir direkt in die Augen. Das war allein schon unheimlich. Die gucken sowieso komisch, diese Katzen. Dann spricht der zu mir und ich denk mir nichts dabei. Ist schließlich unser Kater, dem ist zuzutrauen, dass er sprechen kann, aber aus Faulheit oder Bosheit macht er's nie. Ich sag, was quatschst du mich mitten in der Nacht denn an, du Kater. Er sagt, das ist hier mal kein Grund, ausfallend zu werden. Der hat ziemlich geschwollen geredet, als wäre er einer von Stand, ein Geleckter. Er sagt, er spricht nur heute Nacht und wenn ich ihn was fragen wollte, sollte ich das am besten gleich machen oder weiterschlafen. Ich sagte, verzieh dich und lass mich schlafen. Klar, konnte ich nicht mehr einschlafen und das Ding war weg. Ich bin also später in der Nacht hoch und suche überall nach ihm. Draußen, im Schuppen, beim See, am Dorfplatz. Nirgends eine Spur von unserem Quatschkater. Weißt ja, dass ich ihn noch nie leiden konnte. Dann kam der Schock. Ich bin zurück ins Bett und höre dich schnarchen, beug mich rüber und plötzlich bist du der Kater. Siehst mich nur schlaftrunken an, als hättest du einen in der Krone. Fragst mich, was los ist, und ich wache auf."

„Geht es dir gut?" Wilfried schaut seinen Schwiegersohn an und versucht ein Lächeln.

„Klar."

„Ich habe die Messer mal eingespannt und durchge-funkt." Er grinst.

„Ist herrlich ordentlich deine Werkbank, da sollte ich mir ein Beispiel nehmen. Solltest mal hören, wie Moni immer schimpft bei mir. Naja, ist deine Tochter, ist deine Ordnung, ne?" Der Bengel lacht nun, als hätte er gerade einen Witz gemacht. Wie wäre es jetzt, ein Kater zu sein? Ob alte Kater auch streunen gehen oder werden die von den Jungspunden verjagt und dürfen nichts mehr anstellen?

„Habe ich gleich fertig gemacht." Der Schwiegersohn dreht die Maschine zum zweiten Mal mit dem Kopf auf den Rasen und zieht am Riemen. Dann springt das Ding an und der Junge beginnt zu mähen. Wilfried sieht, dass er es gut macht und geht zur Veranda, um sich hinzusetzen. Manch-mal ist er froh, ein Mann zu sein, eigentlich meistens. Das mit dem Träumen fehlt ihm kein bisschen. Im Leben ärgert man sich so schon genug.

Johannas Tochter wirkt wie immer. Sie läuft über den Flur irgendwohin, wo sie nicht mehr zu sehen ist. Johanna kann sich vorstellen, wie das Mädchen die Hände an den Hüften abwischt und in ihre Tasche greift, wie sie flucht, weil die Tasche von innen unordentlich ist, unaufgeräumt. Die Kleine ist über sechzig, die wird nicht mehr ruhig in diesem Leben. Dann kommt sie mit der ganzen Tasche in die Stube. Johanna hat sich wieder hingesetzt. Sie deutet jetzt auf den Schaukel-stuhl und lächelt, weil ihrer Tochter das Fluchen ins Gesicht geschrieben steht. Sie hört ein Murren und sieht, wie sich das Mädchen auf das Gerippe setzt, weit vorn auf die Kante, als könnte man von dort schneller verschwinden. Sie schaukelt, kramt lange in der Tasche. Sie sagt „Mist" und dann zieht sie vier dicke Bücher heraus, die sie auf den Tisch packt, so hef-tig, dass Johanna sich erschrickt.

„Bücher." Johanna wartet.

„Hab ich für dich ausgesucht, weil du doch früher so gern gelesen hast." Sie dreht die Wälzer und schiebt sie auf dem Tisch so herum, dass Johanna die Titel erkennen kann.

„Hmm", sagt sie nur und ihre Tochter sagt die Titel auf, als könnte man das Lesen verlernen mit den Jahren.

„Das nicht", sagt Johanna und zeigt auf ein dunkles Buch, auf dem etwas von Glut steht. Davon hat sie genug. Das muss keiner mehr beschreiben für sie.

„Aber, das ist das beste, Mama. Ein Ungar, den sie vor ein paar Jahren wiederentdeckt haben. Hat große Preise bekommen und die Geschichte wäre was für dich."

„Meinst du?"

„Ja, Mama."

„Wieso denn? Ich glaub, ich mag es nicht." Ihr Töchterchen scheint kurz nachzudenken, weil sie nicht versteht, wie man ein Buch so schnell ablehnen kann, ohne einen einzigen Blick auf eine einzige Seite.

„Ein paar Freundinnen haben es auch gelesen. Jeder mag es irgendwie. Es ist kein bisschen verstaubt. Es handelt vom Krieg."

„Schon klar", sagt Johanna und ihre Tochter lässt sich nicht stören.

„Es handelt davon, was vom Krieg übrig ist in den Männern, also Soldaten, weißt du. Ich glaube, das wäre wirklich etwas für dich."

„Ja, ja, in Ordnung", sagt Johanna. Muss sie jetzt Bücher über ihren Willi lesen, über all das, was Leute in Leuten wie ihrem Mann finden wollen. Johanna klingt gereizt, hat schließlich auch alles Recht so zu klingen. Ihr muss niemand mehr erklären, was in Männern übrig bleibt und von Glut oder Feuer will sie nichts lesen. Wozu auch? Sie nimmt die Bücher vom Tisch. Eines fällt ihr beinahe aus den Händen. Sie geht damit ins Schlafzimmer, lässt die verdutzte Tochter einfach mit der Tasche in der Stube zurück und kommt nach ein paar Augenblicken zurück. Die Bücher sind schwerer, als sie gedacht hat. Johanna ein wenig außer Atem. Sie lässt sich nichts mehr erzählen. Das sollte man echt gelesen haben. Das sollte man echt machen. Die sollte man echt als Feind ansehen. Für sie mittlerweile alles derselbe Quatsch. Wie lange braucht man für vier Bücher? Johanna weiß es nicht genau. Aber sie wird ganz genau überlegen, welches sie zuerst liest. Vielleicht schafft sie die drei auch nicht mehr in diesem Leben, wer weiß das schon. Sollte sie ihrer Tochter sagen, dass sie eine Brille bräuchte? Alles Weite erkennt sie noch richtig gut. Aber was dichter als ein Arm ist, alles diesig jetzt. Da verwischt einem die Zeit einfach die Nähe.

Johanna nickt, obwohl niemand redet. Sie versucht zwei Bilder ihrer Tochter zusammenzubringen. Auf der einen Seite sitzt die 63-jährige Tochter, die von heute. Auf der anderen ein schlankes Mädchen, eine Neunjährige, die Tochter von damals. Die Kleine saß damals auf der Liege mit kübelweise Wut und Hass im Blick. Auch wenn man Kindergärtnerin ist und ständig mit bockenden Kindern zu tun hat, so etwas lässt einen nicht kalt, schon gar nicht bei der eigenen Tochter. Das Mädchen musste drei Tage lang auf der Liege sitzen, weil ihr Vater es so wollte. Der Grund – ihre Sturheit. Ob das Sitzen dagegen half oder es schlimmer gemacht hat, fragt sich Johanna noch heute manchmal. Wenigstens hat sie mit dem Lesen angefangen. Mit neun Jahren und diesem Mann als Vater darf ein Kind nicht beim Abendbrot stehen und sagen, dass es eine Fünf bekommen hat. Er fragt, wieso eine Fünf und sie sagt, weil sie eine Geschichte lesen sollten. Monika war eine, die nicht lesen wollte. Johanna fand es überzogen, wie er reagierte. Irgendwie hatte er aber auch Recht, nur die Dauer der Strafe war zu viel. Ihre Tochter saß still auf der Liege, manchmal nörgelte sie, bis Sophia sie überredete. Einfach mit einem Kindersatz. Ihre Schwester hatte schon keine Haare mehr, der Rest verschwand später.

Jeder Mensch hat eine Farbe von Sonnenaufgang, die genauso ist wie er. Bei Büchern ist es so ähnlich. Bei Johanna ist das Dostojewski. Was an dem verstaubt sein soll? Dann wäre Johanna auch verstaubt irgendwie. Und wenn schon.

„Moni?" Ihre Tochter wartet still. Ob sie annimmt, dass Johanna die Bücher allesamt in den Schrank getan hat? Am Blick kann man nicht sehen, ob einer studiert hat oder ob er lügt. Kannst nicht einmal erkennen, ob einer gut ist oder böse. Johanna hat nie eine der Töchter vorgezogen oder ein Kind auf der Arbeit. In ganz ehrlichen Momenten weiß sie, dass es nicht ohne geht. Sie mag immer die Tochter am liebsten, die gerade bei ihr ist. Wie mit den Augen und der Nähe. Es kann später sein, dass man blind ist oder fast blind. Dann ist man wirklich allein, dann ist es aus. Im Kindergarten mochte sie immer die Kleinen am meisten, die gerade bei ihr waren.

Johanna liebt ihre Tochter, weil sie liest. Sie wirft ihr nichts vor. Kinder machen Fehler. Eltern machen Fehler. Da haben sich beide nichts vorzumachen.

„Dass ihr hier wohnen bleibt", sagt die Tochter auf einmal.

„Ja." Johanna weiß, dass es keine Frage war. Sie weiß, was ihre Tochter sagen will.

„In der Stadt könntest du was mit Kindern machen. Das fehlt dir doch. Das seh ich doch."

„So was kann man nicht sehen." Jetzt klingt Johanna zickig. Die Tochter soll doch mit diesem Umziehenquatsch aufhören. Wenn sie es später einmal wollen, ziehen sie um. Drängen hilft da keinem weiter und schon gar nicht, bei jedem Besuch damit anzufangen.

„Aber du könntest ... Wir könnten ..."

„Ja, ja. Komm mit." Johanna weiß nicht, wie das Gerede weitergehen sollte, aber sie hat keine Zeit für die Launen der Tochter. Sie hat selbst genug davon. Wenn man alt wird, fühlt sich jeder Stuhl wie ein Schaukelstuhl an.

Johanna murrt leise, als ihre Tochter ihr beim Kuchen helfen will. Sie steht irritiert vor dem Sofa und nickt kurz. Dann gehen sie in die Küche und ihre Tochter schneidet den Kuchen an. Sie füllt den Wasserkocher auf. Wasser aus der Wand, das man auch warm haben kann, wenn man will. Mit diesem roten Knopf auf dem Hahn muss keiner frieren. Ob ihre Tochter im Leben mal gefroren hat? Sie stellt den Kocher auf die Unterlage und sieht ihr beim Anschneiden zu. Die beißt sich immer noch auf die Unterlippe, wenn sie sich konzentriert. Johanna hat es ihr nicht austreiben können. Nun ist es zu spät. Diese Frau beißt sich auf die Lippe und hebt die Stücke einen Fingerbreit hoch, um sie zu lockern. Wenigstens hat sie mit dem Lesen begonnen, bevor es zu spät wurde.

„Sieht gut aus. Den hast du selbst gemacht, oder?"

„Das hätte ich in der Stadt nicht machen müssen, meinst du?"

„Hör auf, Mama."

„Hast du es gut?", fragt Johanna.

„Ja, ziemlich. Die Kinder fehlen mir ein bisschen." Sie blickt kurz rüber. „Das kennst du bestimmt. Hast ja viel mehr gehabt als ich."

Johanna nickt nur. Von draußen hört sie den Rasenmäher. Sie würde gern raus und ihm beim Mähen zuschauen. Sie vergleicht ihn manchmal mit welchen von früher, mit ihm selbst und denen, die sie nicht geheiratet hat. Sie rechnet oft zu seinen Gunsten.

Sie streicht mit ihrer Hand über die Seide der guten Tischdecke. Diese Finger waren schon immer zu lang für eine Frau, aber wenn es den Mann nicht stört. Skeletti haben die Kinder sie genannt, vor der Sache mit Adolf. Wie oft hat sie deswegen geflennt. Sie weiß noch, dass Helmut versucht hat, die Sache schönzureden. Die haben doch Angst vor dir, Hanni. Die sind neidisch auf dich und deine schönen Haare, Hanni. Sie hat ihm nicht geglaubt, aber es war schön gelogen. Die Russen haben sie nie Skeletti genannt. Kurz denkt sie daran, sich das Bügeleisen auf den Bauch zu halten, damit sie den wieder spüren kann. Das einzig Gute war, dass die ihre Töchter nicht bekommen haben. Keiner. Denen hat keiner an den Haaren gezogen.

Johanna denkt daran, wie sie 1944 in der Gerste saß. Sie konnte den Hof sehen. Das war einer der größten

Bauernhöfe in Garrin. Sie sah, wie sie ihre Mutter an den Haaren ins Haus zogen. Sie haben den Hund getreten, bis er nicht mehr jaulte. Helmut hielt ihr den Mund zu im Korn und sie flennte auf seine Hand. Damals hat sie zum ersten Mal das Feuer gesehen, obwohl das Haus nicht brannte. Es sah aus, als würde es glühen im Himmel, am Waldrand, in den Fenstern des Hauses, in dem sie groß wurde oder erst halbgroß. Die Soldaten schrien russische Sätze und dann war es still wie in der Hölle. Eine Hölle, wo nur der eigene Herzschlag und das eigene Schluchzen übrig ist, mehr nicht. Ihr Bruder hat sie weiter hineingezogen ins Feld und dann sind sie gelaufen. Er kannte die Gegend und sie war achtzehn Jahre alt. Der Hund hat gejault, ihre Mutter nicht. Sie haben sie nicht mehr wiedergesehen. Was für ein Monster ihr Bruder damals für sie war. Er hätte doch umdrehen können, sich die Axt aus der Scheune nehmen und die Russen in Stücke hauen. Johanna hat es ihm ein paar Mal vorgeworfen. Als er dann tot war, hörte sie damit auf.

Keiner kann denen im Himmel sagen, dass man dankbar ist und dass es richtig war. Dass man Sachen nicht mehr ändert. Wie war der Satz? Die Stärke hat, Sachen zu erkennen, die man nicht ändern will. Sie denkt ans Stillhalten und Feuer in den Wolken, wenn man die Schmerzen nicht merkt.

Die Decke ist fertig und sie wirft sie hoch. Wie eine Wolke sinkt der Stoff auf den großen Tisch im Wohnzimmer. Ihre Tochter scheppert mit dem Silber, obwohl Johanna ihr nichts davon gesagt hat. Sie hat immerhin ein paar Jährchen hier gewohnt, die Frau. Johanna zieht die Gardinen auf, wie früher. Das große Fenster zur Straße. Heute fährt hier kaum noch einer lang. Sie freut sich, dass sie die alte Straße nicht aufgerissen haben, um einen stinkend schwarzen Asphalt rauf zu gießen. Durch das offene Fenster könnte jeder sehen, dass im Haus Fiebelkorn heute gefeiert wird. Die Leute von früher, auch die, die längst auf der anderen Straßenseite stehen. Sie könnten jetzt ihre Hüte lüften und nicken und lächeln und staunen über die Pracht auf den Tischen.

Wilfried sitzt auf der Bank. Er fragt sich manchmal, wie das im Mittelalter gewesen ist. Die hatten überhaupt keinen Schimmer von Gemüse oder Getreide, haben nur so rumgestümpert mit den Pflanzen. Klar, gab es Mist und Drei-Felder-Wirtschaft, aber ehrlich, das war eine Riesenverschwendung damals. Sein Schwiegersohn mäht ziemlich überlegt, zieht gerade Linien auf den Rasen. Vielleicht malt der gerade ein Bild und mäht nur aus Versehen. Aber er macht es gut. Mit Sicheln oder Sensen hätte es früher länger gedauert, war alles ehrlicher den Pflanzen gegenüber, aber wirklich Ahnung hatten die nicht. Mittelalter und englische Gefangenschaft sind verwandt. Bei beiden kriegen die schnell mit, dass es einen gibt, der ihre Sachen besser macht, und geben dem mehr freedom, bis er dann weg ist. In welche Richtung man wohl abhaut, wenn man in der Vergangenheit ist? Nur eine, rückwärts nimmer, vorwärts immer.

Ab und zu schaut der Schwiegersohn rüber und Wilfried lächelt ihm zu. Obwohl er es nicht gut findet, wie der sein Leben so durchmogelt. Er mag ihn trotzdem. Wenn einer so Rasen mähen kann, kann er kein schlechter Mensch sein.

Die Briten hatten keine deutschen Gefangenen, offiziell, also vor den Prozessen. In Wirklichkeit waren dort noch mehr Verlierer, die Tschechen und die Ungarn. Raubeine waren das, mit denen brauchtest du dich nicht hinsetzen und Armdrücken. Mit einem Arm haben sie dich auf den Tisch gepresst und mit dem anderen hielten die eine Flasche. Er hat nur einmal den Fehler gemacht, mit denen zu trinken. Gab mächtig Ärger, weil er wohl irgendwo reingefallen ist. Wilfried mochte einen von denen besonders. Sdenek oder wie er hieß. Mit dem saß er einmal am Fluss. Sie haben auf den Laster gewartet, hockten auf Dieselfässern.

Stan lehnte sich nach hinten und grinste. Das war einer, dem viel durch den Kopf schoss. Das hat Wilfried schnell gemerkt. Deshalb hat dieser Tscheche auch so viel gegrinst, weil dem immer irgendwas durch den Kopf raste. War wohl viel Komisches bei.

„Weißt du, min dietscher Friend. Wenn ich nich lach, dann hätt ich auch sagen kinnen, dass ich Jud bin friher." Wilfried hat das nie als Angriff verstanden. Er war schließlich kein Nazi und so dumm wie die Engländer war dieser Tscheche auch nicht. Dass man an der Sprache erkennt, ob einer tausend Juden auf dem Gewissen hat – so ein Quatsch. Stan hat ihm die Wirbel auf der Mitte des Flusses gezeigt. Sieht von Weitem aus wie Bomben auf einem Dorf, oder? Wilfried wusste nicht, wie Bomben auf einem Dorf aussehen. Er stellte sich das laut vor, mit Feuer, viel Tod und danach ganz sture Stille. Wenn man weit weg ist, hört man erst gar nichts. Man sieht schon die Häuser zerbrechen und später, wenn alle tot sind, kommt der Krach, sagte der Tscheche. Wilfried nickte und sein Freund glaubte ihm erst nicht, dass Wilfried und der Krieg sich nie kennengelernt haben.

„Dachte, ihr Dietschen habt den erfunden, den Krieg."

„Immerhin etwas", sagte Wilfried, weil er nicht wusste, was man dazu Besseres sagen kann. Er sah lange in die Wirbel auf dem Fluss, bis der Laster kam. Wenn er ein bisschen die Augen zukniff, konnte er sogar Häuser und stumme Schreie sehen in der Gischt. Er weiß nicht, was Stan wirklich meinte. Er weiß nur, dass dieser Fluss und seine Strudel mit den Wasserwolken darauf unberechenbar waren. Krieg wird wohl wie Wetter sein, ganz genau genauso.

„Ich mähe vorn auch noch bis zum Kaffee." Sein Schwiegersohn steht plötzlich vor ihm. Wie ist er denn dahin gekommen? Hat Wilfried wirklich kurz geschlafen. In dem Alter darf man die Jungschen machen lassen und sich mal ausruhen. Nur schlafen oder schnarchen, wenn direkt vor einem ein Junge mit dem alten Mäher langgeht, dafür ist er dann doch zu jung. Der Andere fragt ihn, ob er mitkommen will. Wilfried schiebt sich hoch und geht um das Haus. Durch ein Fenster sieht er seine Frau mit der Tochter stehen. Sie halten sich an der Hand und beugen ihre Körper zueinander. Die lieben sich wirklich, auch wenn so viel Zeit so viel ändern kann, das nicht. Sind in der Küche und plappern, typisch Weiber. So viele Worte, das kriegt er nie im Leben aufgeholt. Im nächsten vielleicht. Im nächsten.

Er setzt sich vorn auf eine Bank. Wie gemütlich das Haus und der Hof geworden sind. Es ist ihm nicht wirklich wichtig, dass etwas gemütlich ist. Es ist einfach so passiert, fast aus Versehen. Aber jetzt kann es auch nicht schaden, wenn man überall Bänke zum Sitzen hat. Er sieht, wie sein Schwiegersohn den Mäher anschmeißt, will noch fragen, was die Enkel machen. Aber der Mäher ist erst mal an, das geht vor.

Vielleicht hat Stan auch immer gegrinst, weil er an seine Frauen dachte. Der hatte den Dreh raus, das merkten alle. Die Sache mit Irene hätte er sich schenken müssen. Das war einfach zu blöde, mit der Frau vom Bauern etwas anfangen. Der hat drei Wochen gebraucht oder länger, bis er das spitz bekam. Wilfried hat es früher gewusst und versucht, es zu verhindern. Halbtot haben sie Stan geprügelt und auf eine andere Wirtschaft geschickt. Zuerst war der dann im Krankenhaus und danach sahen sie sich nicht mehr. In den Siebzigern kam ein Brief. Das vergisst er nicht mehr.

Der Brief kam mit hundert Stempelabdrücken. Seine Frau hat ihn auf den Tisch gelegt und gefunkelt. Mach auf, Mann. Bist du nicht neugierig. Das war er, keine Frage. Ob sie dachte, er hat einen englischen Bengel? Das Geld, das kaum für hier reichte, wird jetzt auf diese Insel geschickt? Mit dem Brief auf dem Tisch war etwas mit ihm los. Er fühlte sich wie ein Säufer, wie einer, der seit Jahren trocken ist. Einer, der früher seine ganze Bagage in Dutten gesoffen hat, den sie auf der Arbeit rausgeschmissen haben, den die Frau verlassen hat, weil er ihr paar Backpfeifen gibt, wenn er trinkt. Wie so einer, der seit zwanzig Jahren keinen Tropfen mehr getrunken hat und der immer noch eine Heidenangst hat. Solche Alkis sind Pfeifen. Die trinken einen Tropfen und sind wieder, wie sie waren, einfach kaputt. Wilfried dachte, der Brief ist der Tropfen, nun wird alles, wie es war. Mit all der englischen Einsamkeit, der Angst, der Sehnsucht und dem Kram. Er erkannte nur den Absender, Irene Miller hatte selbst ihren Namen geschrieben. Dass die noch lebte.

Im Nachbargarten grüßt einer mit erhobener Hand. Wilfried winkt zurück.

„Hast jetzt deine Leute, die machen lässt, Willi?"

„Das sind die Kinder", schreit er zurück. Der Schwiegersohn mäht weiter, als würde man nicht über ihn reden. Manchmal besser so, wenn man so tut, als würde, als würde, als würde man nichts merken. Der Nachbar ruft noch etwas von Fußball, von Dorffest und einem Zelt. Wilfried glaubt, dass der wieder ein Zelt im Garten aufstellen wird. Grillen oder was die dann machen, viel Alkohol.

Der Brief war zwanzig Jahre alt und von Stan, Sdenek Jarolim. Bevor Wilfried die krakeligen Buchstaben auf dem Umschlag sah, wusste er nicht, wie sein Freund mit Nachnamen hieß. Auf der Rückseite hatte Irene noch ein paar Zeilen geschrieben, dass die den Brief selbst lange hatte und nicht wusste, wo Wilfried abgeblieben ist. Dass Stan auch ihr einen langen Brief geschickt hat, dass er noch ein paar Mal bei ihr war und dass sie Wilfried danken.

An diese Episode will Wilfried nicht denken. Das musste Stan mit sich und seinem eigenen Gott aus'machen. Bevor er wieder schnarcht oder nicht weiß, ob er schläft, steht Wilfried auf. Er winkt dem Schwiegersohn und geht in die Werkstatt, um zu schauen, ob der Junge alles ordentlich gelassen hat. So hat er es schon den Lehrlingen erklärt: „Je weniger Platz ihr habt, umso ordentlicher müsst ihr sein. Deshalb gibt es nur die Buchten für euch."

Am Tisch fragt ihre Tochter, wie es dem Rasen geht. Wie soll es dem schon gehen, kann sich nicht wehren gegen das Mähen.

„Der überlebt uns sicher", sagt Wilfried. Die Kinder sehen erschrocken aus, seine Frau sieht aus, als hätte er etwas sehr Dummes gesagt. Er versucht, sich nichts vorzumachen.

In letzter Zeit überlegt er bei Dingen oder Tieren immer öfter, ob die ihn überleben. Eine ganze Weile hat er als Phänologe diese Listen geführt, als frischer Rentner. Wann und wo die Schneeglöckchen auftauchen, wo die Buche zuerst keimt, welche Herbstblüher zuletzt sterben. Die Tabellen gingen zum Wetteramt in Potsdam, die erfassten alle Listen und bauten daraus Karten für die Agronomen von heute.

Das wird man nicht los, dieses Genaue. Kartoffelmann, Listenmann. Vorher hatte er in der Station Tabellen für das Ministerium für Land-, Forst- und Nahrungsgüterwirtschaft zurechtgemacht. War ganz gut, dass er die Tabellen nicht sofort fallen gelassen hat mit 65. Sie fand es auch gut, dass er noch etwas zu tun hatte und ihr nicht völlig auf die Nerven ging. Immer nur drinsitzen ist auch nicht das Wahre, so sah er das schon vor zwanzig Jahren. Dass sie die DDR überleben, hätte er nicht gedacht. Insekten, Fische, Kaffeetüten und Fernsehserien werden sie noch schaffen, aber Katzen, Iltisse und Feuerwehr-Autos, bei denen ist Wilfried nicht sehr optimistisch. Er findet, dass es keine Schande ist, wenn man einsieht, dass man nicht für immer da ist. Wieso soll man das nicht sagen dürfen? Weil die anderen es nicht wollen oder verstehen?

„Schwiegersohn, geh mal in die Küche und hol mir die Zeitung." Der Mann steht zu schnell auf, springt fast hoch, als würde über dem Tisch eine Giftwolke sein, aus der er raus muss. Nach einer Ewigkeit in der frischen Küchenluft bringt er Wilfried die Zeitung. In dem Alter konnte Wilfried noch laufen wie ein Hirsch. Wenn sein Schwiegervater ihn gefragt hätte, hätte er die Zeitung sofort gebracht und nicht erst rumgebummelt. Das war auch ein Mann, grundanständig und gelassen.

Wilfried weiß, dass er den Vater seiner Frau mit Abstand überlebt hat und blättert die Zeitung über dem Kuchenteller weit auf. Er stößt mit der Nase an das dünne Papier, weil die Buchstaben verdammt klein sind. Er liest, dass bald Wahl im Land sein soll und dass die die Steuern senken wollen. Einer will die Renten erhöhen. Gehoppt wie gesprungen. Lügner gibt es in jedem Land. Wilfried kann es denen nicht übel nehmen. Wenn er mit seinen achtzig noch nicht weiß, wann er besser das Maul hält, wie sollen die es dann wissen? Er mag diesen Süßkram von Kuchen nicht so gern. Auch eine Sache, die seine Frau weiß, aber nicht hören will. Ein Schnaps wäre nicht schlecht. Oder zwei. Bevor er wieder etwas Falsches sagt, sagt er eben gar nichts mehr.

Johanna lässt ihrem Mann die Papiermauer, die er über den Tisch hält. Soll er doch in der Zeitung lesen, solange es noch geht. Ruppig war er schon immer, aber nie brutal. Die Kinder kennen ihn und werden es verstehen. Johanna mag es nicht, dass er jetzt immer öfter ins Kommandieren kommt. Mach das, mach dies. Als würde sie noch besser können als er. Der Schwiegersohn steht selbst schon auf wie ein alter Mann. Am Tisch hört Johanna die Stille kriechen, während sie ihrer Tochter in die Augen sieht. Schaut das Mädchen ihrem Mann nach, wenn er rausgeht? Als Mutter würde man sehen, wenn das Kind einen hat, den sie nicht leiden kann, einen, der sie quält, oder nicht? Diese Bauchgefühle helfen überhaupt nicht, nicht wirklich. Im Kindergarten hat sie gelernt, diesen tauben Bauch zu ignorieren. Man kann Kinder doch nicht dafür bestrafen, dass man heute schlechte Laune hat. Es gab genug Frauen, die ihre Arbeit auf die Art machten. Das hätte mal einer untersuchen sollen, im Allgemeinen. Kindergärten und Kindermorde, was für eine bescheuerte Idee. Ihre Tochter erzählt, dass Netti ihr eine E-Mail aus Amerika geschickt hat. Johanna stellt sich das wie einen Brief vor, den man auf den Computerbildschirm bekommt. Die Kinder haben es ihr ein paar Mal erklärt. Wieso schreibt man dann nicht gleich einen richtigen Brief?

„Sie hat geschrieben, dass sie das Haus ausbauen. Die Bilder hast du ja auch gesehen, oder?" Johanna nickt, obwohl sie sich nicht erinnern kann. Welches Haus war das nun, das in Amerika steht? Es ist eigentlich auch ziemlich egal. Die Häuser der Kinder sind alle größer als ihr eigenes, so soll es sein.

„Also sie bauen aus, weil sie zwei Kinder mehr da haben, hat sie geschrieben. Jetzt sind es fünf, glaube ich. Drei Jungen und zwei Mädchen, von überall her." Johanna weiß, dass in ihrer Tochter Netti irgendwie viel von einer Kindergärtnerin steckt. Damit braucht man ihr natürlich nicht zu kommen. Mama, was ich mache, ist viel komplizierter. Komplexer, sagt sie. Sie kümmert sich um richtig verrückte Kinder von reichen Eltern. Sie hat das Haus extra in der Nähe einer großen Schule gebaut, damit sie es nicht so weit haben. Johanna hat lange gebraucht, um zu verstehen, dass ihre dritte Tochter keine eigenen Kinder haben kann. Wenn sie schon welche betreut, wieso nimmt sie dann die ganz verlausten? Auch ein Mädchen, dem man nichts reinreden kann.

„Torsten macht das mit seiner Firma, soll gut laufen trotz Finanzkrise. Er hat fünfzig Bauarbeiter und baut meistens Firmenhäuser oder Supermärkte. Du kannst dir nicht vorstellen, wie weit der reisen muss zu seinen Baustellen. Aber jeder sucht sich den Beruf aus, den er will. Netti sagt, sie nimmt schon richtig zu. Zehn Jahre Amerikaner sind zehn Kilogramm." Johanna versteht nicht, wieso Amerikaner dicker sein sollen als andere Menschen. Die Soldaten in Berlin waren ganz normal, auch nicht dicker als die Russen.

„Würdest du auch nach Amerika gehen, wenn dort Geld ist?" Johanna stellt ihrem Schwiegersohn die Frage. Frauen sind niemals der Grund, wieso eine Familie über einen Ozean zieht. Die können sich noch vorstellen, wie es für eine Mutter ist, wenn das Kind auf der anderen Seite wohnt. Sogar, wenn sie selbst niemals Kinder kriegen können. Ihr Schwiegersohn sieht wirr aus und seine Frau redet dazwischen, bevor er etwas sagen kann. Egal, wie er antworten würde, eine richtige Antwort gibt es nicht. Eine gute Frau ist sie geworden, die Kleine.

„Weißt du, was ich Mama heute vorgeschlagen habe?"

„Nein. Was?"

„Dass wir ihnen die Wohnstube neu machen. Was sagst du?"

„Was heißt neu machen? Also, ja, okay."

„Okay? Na die Wände neu streichen oder tapezieren. Eine neue Lampe, neue Möbel. Die Couch muss raus." Johanna fragt sich, wieso die Couch nicht mehr gut sein soll. Der Polsterer kam vor ein paar Jahren und hat das Ding in Ordnung gebracht, war ein Bekannter von Ilse. Auch wenn es nichts gekostet hat, er hat es sehr gut gemacht. Wieso soll die Couch raus?

„Wieso soll die Couch raus?", fragt Johanna. Ihre Tochter sieht sie an, als hätte sie etwas sehr Dummes gesagt. Es ist wie bei Nettis Hochzeit. Das Mädchen selbst war entspannt, vielleicht zu entspannt vor ihrer Hochzeit und Moni hat jeden verrückt gemacht. Johanna kann ihre Große verstehen. Heiraten, das macht man nur einmal. Da muss alles stimmen. Sie hätte nur die anderen nicht so einbeziehen müssen. Es ist eine unanständige Sitte, wenn du anderen zeigst, dass du es schwer hast. Schmerzen vergleichen sich nicht.

„Mama, das Ding ist älter als ihr."

„Das stimmt nicht."

„Dann eben fast so alt."

„Moni, wo sind deine Manieren. Heißt das, dass wir auch alt genug sind, dass man uns rausschmeißt." Ihre Tochter legt ihrem Mann eine Hand auf den Arm und lächelt dann die Mutter an, als käme sie eben aus dem Nachbargarten. Nicht, dass die Mädchen dort verbotene Äpfel oder Birnen holten. Das durften sie, wenn sie aufpassten dabei. Nur wenn sie dann Äste abbrachen, weil sie wie ihre Mutter waren, dann schauten sie so. Ach, sie war schon immer tapsig, das ist erblich.

„Mama, was soll ich dazu sagen."

„Am besten nichts oder die Couch bleibt, wo sie ist."

„Im Gegensatz zu euch ist das Ding alt und hässlich. Ihr seid alt und schön."

„Na immerhin", grummelt Wilfried hinter seiner Zeitung. Niemand weiß, ob er es zum Kompliment der Tochter oder zu den Nachrichten sagt.

„Wieso soll das Sofa hässlich sein, Moni? Da hast du noch drauf gesessen mit den Jungs."

„Jaaaa." Johanna kann ihre Tochter immer noch so erschrecken, dass sie nicht weiß, was sie sagen soll. Jetzt kommen gleich die Geschichten von den Jungs, so sieht es aus.

Johanna denkt an den Abend, als sie in die Stube kam. Es war schon in der neuen Wohnung. Moni lag halb mit einem Jungen auf der damals neu angeschafften Couch. Sie weiß, dass kein Licht brannte in der Stube. Draußen drückte der Herbst an die Fenster und der Hof war leer. Johanna hörte ein leises „Nein, nein, nein" und sie fackelte nicht lang mit dem Bengel. Sie ging zum Sofa. Die beiden merkten nicht einmal, dass sie da war. Es war seltsam irgendwie. Sie fühlte sich, als würde sie sich selbst sehen, sich selbst, nur früher. Aber an einige Sachen sollte man nicht denken. In dem Moment damals, hat sie es getan und war nicht gut genug, um es zu merken. Sie griff mit aller Kraft nach dem Arm des Jungen, zog ihn da weg, wo er gerade war oder hinwollte. Sie riss den, er muss 16 oder 17 gewesen sein, herunter von der Couch. Es störte sie nicht, dass der an den Tisch krachte. Er hatte ja seine Sachen noch halb an. Da konnte sie ihn leicht vor die Tür setzen. Man kann schließlich kein Kind auf die Straße setzen, das seinen Schlüpfer nicht anhat, nicht als Kindergärtnerin. Man wird schon wegen weniger von Müttern verklagt heutzutage.

Er versuchte nicht, sich zu wehren. Moni protestierte genauso leise weiter, wie sie vorher protestiert hatte. Nein – dieses Wort wollte Johanna von den Töchtern nicht hören. In ihrem Haus wurde denen nichts getan, das stand fest. Wenn sie damals ihren Mann aus dem Bett geholt hätte, wären sie auf alle Fälle verklagt worden. In dem Punkt ist sich Johanna heute sicher. Später saß sie bei ihrer Tochter und fragte, was sie denn gemacht hätten. „Mama, darüber redet man nicht. Du kannst doch nicht einfach ... Du bist ein Scheusal." Na und? Dann war Johanna eben für ein paar Wochen ein Scheusal, besser so als anders.

„Soll das Sofa denn auch gelb sein?"

„Wieso gelb?"

„Na ihr wollt doch die Wände gelb streichen, so wie es bei euch Jungschen Mode ist."

„Äh."

„Na, so wie sie die Häuser am Mittelmeer haben. Wir sind nur alt und nicht meschugge. Wir wissen doch noch, was Mode ist, Monimäusi."

„An Gelb hatte ich noch nicht gedacht. Danke."

„Also doch?"

„Wenn ihr es wollt."

Nach der Sofanacht hat sie die Töchter mehr beachtet. Nicht, dass sie zu kurz gekommen waren bis zu dem Abend, aber Aufklärung ... Woher sollte sie denn wissen, dass sie das in der Schule nicht haben. Sind doch sonst so freizügig, diese komischen Kommunisten mit ihrem FKK und dem nackschen Kram. Sie hatte trotzdem manchmal das Gefühl, dass die Arbeit sie von den eigenen Töchtern fernhielt. Johanna ist eine gute Mutter gewesen. Eine, die die gierigen Männer fernhält, solange es geht. Irgendwie denkt sie, die Couch kann doch weg, mitsamt der Erinnerung an den Abend und an das, was mit Johanna war an diesem Abend. Wie kann man gleichzeitig so wütend auf das eigene Kind und doch so neidisch sein? Ihr Ehemann hat sie immer begehrt. Er macht es immer noch, aber das ist nicht das Gleiche, als würde dich ein 17-Jähriger wollen. So viel weiß Johanna von den Männern.

Wilfried überlegt, wieso man so oft wählen soll. Wenn einer gut ist für einen Thron, dann verwächst der nicht so schnell. Die machen die Leute doch ganz verrückt mit ihrem ständigen Wählen. Wenn man ihn wählen würde, er hätte das zuerst geändert. Sonst ist man die ganze Zeit nur damit beschäftigt, dass sie einen wieder wählen. Wilfried weiß, dass er wieder wählen wird. Politiker stehen auch auf der Liste der Sachen, die er überlebt, auf jeden Fall ihre Stühle. Für die Merkel hat er nicht viel übrig, deshalb wird er das Kreuz da machen, wo die nicht ist. Er glaubt schon, dass Frauen im Allgemeinen regieren könnten. Aber eine, die so garstig aussieht und so tot. Nein, nein, die kann das nicht, die nicht. Viel Unterschied gibt es bei denen sowieso nicht, dann kann er auch nach dem Aussehen gehen. Menschen, die nur nicken, wenn ihnen einer aufs Maul haut, die sollten überhaupt nicht auf den Listen stehen. Hinter seiner Zeitung hört er, dass die Kinder die Wohnstube neu machen wollen. Sollen sie doch. Er wird dabei keinen Finger krumm machen, war schließlich nicht seine Idee. Aufpassen wird er, ob sie das vernünftig machen. Einer, der mähen kann und ein Zimmer streichen, der kann schon mal was.

„Gelb kommt nicht in Frage."

„Nun meldet er sich ja doch noch", sagt seine Frau.

„Ich mein nur, Gelb ist keine Farbe für Wände, vielleicht für Silos, aber nicht für Wohnzimmer."

„Wir wollten die Wand überhaupt nicht gelb machen, Papa."

„Dann ist gut."

Eigentlich ist Wilfried egal, ob sie die Wand gelb machen. Nur wollte er nicht, dass sie die Farbe bestimmen, bevor er dazu etwas sagt. Außer Gelb ist ihm jede Farbe recht für die Wand. Das ist die Prinzipienfarbe. Ihm fällt der Name von dem Basta-Mann nicht mehr ein. Den mochte er, sah nicht so verwachsen aus wie die Gestalten, die jetzt in den Zeitungen sind. Was sind denn das für Menschen, so ganz ohne Kanten? Seine Frau schiebt unter der Zeitung einen Teller durch, auf dem zwei Stullen sind. Unter den Stettiner Nachrichten liegen Leberwurst und Käse, tausendmal besser als jeder Süßkram. Er nimmt die Zeitung zur Seite und schaut seiner Frau in die Augen. Er sagt nicht „Danke", das wäre auch Quatsch. Sie ist immerhin seine Frau und der kurze Blick, den versteht sie schon. Er schiebt sich die Stullen in den Mund. Sein Gaumen tut irgendwie weh und er hört, dass sie mit den Kindern über Netti redet. Irgendwann kannst du als Vater nicht mehr sagen, dass die Töchter ihre Beine unter deinem Tisch haben, dass sie sich ihre Flausen für ihre Träume aufheben sollen, dass sie doch nicht wissen können, ob dieser Mann der Richtige ist. Wilfried fand es schade, dass sie so weit weggegangen ist. Sie hat es freiwillig gemacht, ist keine Gefangene, das Mädchen. Trotzdem, es könnte auch viel schlimmer sein. Sophia ist noch weiter weg und dabei konnte er auch nicht sagen, dass sie die Beine unter einem Tisch hat. Seine Zweite hatte ihn nie gefragt.

Wilfried weiß noch, wie seine Frau zum Bestatter ist und zu ihm sagte, er soll es den Mädchen sagen. Er sagte: „Mach ich." Er hätte lieber gefragt, wieso sie das nicht macht. So etwas lernt man als Kindergärtnerin doch, aber er hat sein Maul gehalten und überlegt. Das war schlimm, damals. Die Mädchen saßen in der Küche. Lischen lag noch im Korb in der Ecke und die anderen beiden baumelten mit ihren Beinen auf den Stühlen herum. Wilfried hat sich hingesetzt und ernst geschaut. Die Mädchen dachten bestimmt, jetzt gibt's Mecker vom Vater. Aber der wusste nichts in dem Moment.

Alles leer. Wie sagt man seinen eigenen Töchtern, dass die eine einfach abhaut und nie, nie, nie zurückkommt. Der Tod ist ein verdammter Saubatalug, hinterhältig und dann zeigt er einem den Finger. Man kann doch keinen Krieg überleben, die Frau wiederfinden und das ganze Zeug. Und im Frieden kommt der Arsch und holt sich deine Tochter, weil er sagen will, dass er noch da ist, dass er der Chef ist. Der Meister aller Throne, oder wie? Als hätte Wilfried das jemals vergessen.

„Mädchen, ihr müsst jetzt zuhören", sagte er. Das Baumeln auf den Stühlen hörte auf und vier Augen sahen ihm beim Überlegen zu.

„Sophia war doch krank, das wisst ihr beide?" Sie nickten.

„Nun ist sie weggegangen, weit weg."

„Ist sie nun gesund?", fragte Moni. Die beiden sahen überhaupt nicht traurig aus und Wilfried dachte, er sollte das Ganze sein lassen. Am besten noch einmal anfangen. Er nickte, weil Sophia nun wirklich nicht mehr krank war und das ist so etwas Ähnliches wie gesund.

„Sie ist so weit weggegangen, dass sie nicht mehr zurückkommt." Sie begriffen es immer noch nicht.

„Versteht ihr das?"

Stille.

„Eure Schwester kommt nie, nie, nie mehr wieder. Sie war so krank, dass sie nur da gesund sein kann, wo sie jetzt ist." Wilfried kam langsam in Fahrt und merkte nicht, dass seine Stimme lauter wurde. Später irgendwann fing Lischen auch an zu schreien, als hätte sie es als Erste kapiert.

„Sie ist in Himmel, damit ihr Bauch ihr nicht mehr weh-tun kann."

„Können wir sie besuchen?" Wilfried weiß nicht mehr, welche Tochter die Frage stellte. Er dachte nur, dass er doch keine bescheuerten Menschen in die Welt gesetzt hat. Sophia ist mausetot, was war daran nicht zu begreifen? Dann riss ihm der Faden und er schrie seine Töchter an, dass das verdammte Mädchen tot ist, jetzt und für immer. Man kann die nur besuchen, wenn man selbst in Himmel kommt. Aber die Katholiken denken wohl, so ein Mädchen kommt in die Hölle, in irgendeinen Sonderraum. Scheiß Religion. Er dachte, dass die Kommunisten überhaupt nicht an Himmel glauben. Wo kommen die dann hin? Die Kinder fingen an zu flennen. Lischen im Korb sowieso, dann die anderen beiden. Eine wollte aufstehen und zu Sophias Bett laufen, zumindest dachte sich Wilfried das. Er hielt das Mädchen am Arm fest und zog es an sich. Er drückte die beiden, bis sie nicht mehr weinten, flüsterte, dass ihre Schwester es nun besser hat als vorher. Man könnte fast glauben, das Totsein ist irgendwie besser. Das Baby hat sich nicht beruhigt, bis seine Frau nach Hause kam.

„Wenn ihr richtig schreiben könnt, könnt ihr ihr einen Brief schicken", sagte Wilfried. Er wollte die beiden nicht mehr loslassen, weil das Drücken auch ihm half, nicht mehr so wütend zu sein auf den ollen Assi mit seiner Sense. Der Kloppi mit seinem verhurten Humor. Seine Frau sagte damals kein Wort wegen der Sache mit dem heulenden Baby. Sie redete noch einmal mit den Kindern und Wilfried wusste nicht, ob es reine Schikane war, dass er es ihnen zuerst sagen sollte. In den Frauen steckt man nicht drin, die haben immer Hintergedanken. Die sagen einem, man soll den Töchtern sagen, dass die Schwester krepiert ist und eigentlich wollen sie, dass man es sich selbst sagt oder ihnen. Am liebsten wollen sie, dass man das Mädchen zurückholt und alles wieder heilmacht. Weil alle Männer immer alles heilmachen, weil sie das können. Wilfried hat Emil ein paar Jahre später gefragt, aber der hatte auch keine Ahnung von den Frauen. Den haben die ja schließlich kaputtgemacht im Krieg. Vielleicht hat Wilfried nur gefragt, um einmal darüber zu reden.

Johanna weiß, dass es ungerecht ist. Aber immer wenn sie mit den anderen Töchtern über Netti redet, wird sie wütend. Keine Ahnung, wieso. Am liebsten würde sie gar nicht über Netti reden, außer mit Netti selbst. Das Mädchen fragt manchmal, auch heute noch, was sie mit den Kindern machen soll. Johanna kann ihr immer etwas sagen, manchmal ganz sicher. Warum der Bengel den Mädchen an den Haaren zieht, was man da machen kann? Warum die andere immer so rumschreit, wenn sie ins Bett soll? Wie kann man Kinder überhaupt ans Schlafen im Dunkeln gewöhnen? Die Antworten sind auch immer ähnlich, weil Kinder viel weniger kompliziert sind, als man glaubt. Johanna hat schnell begriffen, dass die Kleinen, wirklich alle, mit Spiegeln durch die Gegend rennen. Die halten sie einem vors Gesicht und meistens ist man sauer auf sich selbst, wenn man denkt, dass sie einen wütend machen. Die Sache mit Netti, wenn sie mit anderen über ihre Tochter spricht, ist so ähnlich. Es gab doch einen Spruch, der mit der eigenen Medizin. Schmeckt die nun oder schmeckt die einem nicht?

Johanna wundert sich immer, wenn Netti von Kids spricht, wenn ihre Sätze so dunkel klingen, dass man den ganzen Ozean hört. Johanna fragt, ob Moni nicht wüsste, wieso Gisela noch immer keinen Mann hat. Das Kind ist 53. Wenn die noch älter wird, findet sie doch keinen mehr.

„Vielleicht will die gar keinen Mann, Mama."

„Wie?"

„Na, ich meine Lischen. Vielleicht ist Lischen so glücklich, wie sie ist und braucht gar keinen Mann."

„Jede Frau braucht einen", sagt Johanna. Sie fragt sich, wer sonst in der Garage aufräumen soll und an wen man sich lehnt, wenn man nicht mehr so richtig kann. Sie kann Gisela nichts vorschreiben. Vielleicht könnte sie es, aber was würde es nützen. Man befiehlt seinem Kind etwas und dann fährt es auf dem Weg gegen einen Baum. Dann ist man schuld und der Schnitt wird schlechter. Der Schnitt, wie viele man durchgebracht hat und wie viele liegen geblieben sind unterwegs. Ihre Jüngste ist das einzige Mädchen, das nichts mit Gott zu tun haben will. Als könnte man sich das aussuchen. Herrgott, die ganze Welt würde ohne den auseinanderfallen. Sie diskutiert mit ihrer Ältesten über Männer und daneben sitzt der Schwiegersohn. Das ist doch, als würde sich ihre Tochter den eben wegdenken. Gönnt sie ihrer Schwester nicht einen wie den, einen, der Geld mit nach Hause bringt, wenigstens ein wenig? Einen, der nicht unterwegs irgendwo bei irgendwem Halt macht? Das Lischen kannte Männer, nicht wenige. Aber wenn man so flatterhaft ist, das merken die und dann bleibt man sitzen. Wer flattert, kann eh schlecht sitzen.

Der Krieg war noch nicht ganz zu Ende. Die Gegend war ruhig, aber im Radio sagten sie, Berlin, also die letzte Bastion der Deutschen, wird fallen. Johanna konnte sich gut vorstellen, was dieses Fallen heißt. Sie konnte sich nicht vorstellen, wie tief man fallen kann nach einem Krieg. Wie einer auf dem Spielplatz, den sie treten, nach dem sie ihn geschubst haben. Das hat sie dann viel später gelernt. 1944, das war so ein Winter, wie es ihn heute nicht mehr gibt. Da bekam man das Gefühl, dass auch die Jahreszeit auf der Seite der Russen ist, dass die mit ihren sibirischen Zehen das ganze Eis mitbrachten, dass ihre Hexen mit nach Deutschland sind und oben in den weißen Wolken singen und fluchen.

„Was du manchmal für einen Quatsch denkst", hat Helmut gesagt. Das war kurz, bevor er verschwunden ist. Sie hatte ihm die Sache mit dem Wegrennen verziehen, auch wenn sie noch nichts darüber gesagt hat. Wenn man ein paar Tage mit seinem Bruder durch das Eis rennt, wird man sicher komisch im Kopf. Man fängt fast an, sich in den zu verknallen oder ihn für einen Vater zu halten. Johanna hat geflucht und Helmut war böse deswegen. Sie hat versucht, es zu erklären.

„Sag mir doch, wo der Scheißkerl ist? Wo ist der die ganzen Jahre denn?"

„Wie meinst du das? Gott ist immer da."

„Nein."

„Wie, nein?"

„Na, ist in den Ferien, verreist ist er. So muss dat sin."

„Aha."

„Und während er weg ist, können die unten machen, was sie wollen, und dann machen sie eben Krieg."

„Hanni, kannst das ruhig glauben, wenn du willst. Aber ich glaube, dass er nie weg ist."

„Glaub doch, was du willst."

„Mach ich."

„Wie kann er denn zulassen, na der, dass wir uns gegenseitig umbringen? Dass Deutsche in Osten gehen und da Affen werden?"

„Wer hat dir das erzählt?"

„Ist doch egal. Stimmt doch, oder?" Er sagte nichts, stand auf und packte den Kram zusammen, damit sie weiter Richtung Westen konnten. Johanna fragte, ob er auch ein Affe war, eine Bestie. Helmut wurde wütend und lief weiter.

„Ich will nicht, dass du über diesen Schiet-Russland-Schiet redest. Hörst du? Nie wieder red'st darüber." Er schüttelte sie so sehr, dass ihr schlecht wurde. Für sie war das ein „Ja" und sie hatte Angst vor ihm, obwohl sie nur ihn hatte, damals. Später ging ihr auf, dass er vielleicht dabei war, wenn alle zu Monstern wurden, wenn die mit Hexen im Kopf mordeten und die Sachen mit den Russen machten, die die Russen später hier machten. Ein paar Tage später saß sie in der Kiste auf dem Laster, bei jedem Schlagloch flog die Plane hoch und sie konnte ihre eigenen Finger sehen. Helmut hatte sie reingesteckt und saß selbst in der Nähe.

Später holte sie ein Amerikaner raus. Der lachte und sagte irgendetwas und sie suchte nach ihrem Bruder. Der Laster stand in einem gottlosen Gerstenfeld. Hinten brannten Häuser, fremde Häuser und Johanna sah kurz im Qualm Helmuts Gesicht. Als würde der lächeln und sagen „Lauf, Schwesterchen, lauf." Die Amis haben ihr dann eine gelangt, weil sie dachten, das deutsche Mädchen ist hysterisch und macht gleich einen Unsinn. Ihr war nicht nach Unsinn. Johanna weiß noch, dass ihr nach gar nichts zumute war.

Die Leere hörte erst sieben Jahre später auf, als ihr Mann zurückkam. Der Gute, der konnte Helmut nie ersetzen oder ihren Bruder von der Liste streichen am Rathaus. Dann hätte man sich nicht so verrückt machen müssen. Johanna kommen diese elenden Jahre vor, als wäre es nur ein Tag gewesen. Es ist so wenig passiert, dass sie noch weiß, dass sie in Gottes verdammigten Namen sieben Jahre jünger sein müsste, als sich ihr Körper anfühlte.

Ihre Tochter räumt die Sachen vom Tisch und Johanna ruckt hoch, um ihr zu helfen. Natürlich müsste es andersherum sein. Das ist auch das Altsein, nicht die Schmerzen oder das Blindwerden, sondern dass man mit dem ewigen Gestern nicht aufhört. Johanna wird in diesem Leben nicht mehr verrückt und weiß, dass auch das Erinnern ein Ende hat. Aber besser so, als mit einem Lätzchen im Altenschuppen. Dann ist man vorher tot, bevor der letzte Nagel eingeschlagen wird.

Ihr Mann schiebt seinen Stullenteller übern Tisch und fragt, ob alles in Ordnung ist. Er spricht das nicht aus, sondern schaut nur. Johanna antwortet und nickt nur und wäscht ab. Dann stellt sie das Geschirr auf den Tisch. Ein Blick zu ihrer Tochter reicht, damit das Mädchen das Besteck wieder aus dem Schubfach nimmt und auch auf den Tisch legt. Hier in diesem Haus wird nichts in den Schrank getan, bevor er es nicht in Ordnung findet. Vielleicht ein Grund, ohne Mann zu leben. Im nächsten Leben könnte sie aufhören mit diesem ganzen Erinnernquatsch. Reicht doch eigentlich auch, wenn sie einem einmal etwas antun, wenn der Herr im Himmel in seinen Ferien ist. Man muss nicht so dümmlich sein und es dann immer wieder und wieder – im eigenen Kopf.

Ihr Mann nimmt jeden Teller und riecht dran. Das Besteck sortiert er in zwei Stapel. Den kleineren müssen die Frauen noch einmal abwaschen. Was willst du machen, wenn es dein Vater schon so gemacht hat? Da spielt sich nichts ab. Wenn es nicht gut riecht, kommt es nicht in Schrank. Johanna weiß nicht, was für Frauen es in der Familie ihres Mannes gab, dass die sich das angewöhnt haben. Aber es ist eben passiert und nun ist es, wie es ist.

Ihre Tochter kennt das Ritual. Johanna muss das Geschirr und das Besteck nicht ein zweites Mal zur Kontrolle vorlegen. Ist keine Schikane. Ist Gewohnheit. Ihr Schwiegersohn sieht ganz kurz so aus, als würde ihn die Fiebelkorn-Macke abschrecken. Der muss auch einiges von ihrer Tochter gewohnt sein. Denkt bestimmt, dass das alles zum norddeutschen Dorfleben gehört. In dem Moment piept und summt es in der Küche. Jetzt sind alle erschreckt und Johanna am meisten, weil es nach Harfen klingt. Woran merkt man, wenn der Tod kommt? Dieses Zirpen und zarte Summen wäre ziemlich schön. Ganz ohne Pauken und Trompeten. Man muss nicht so untergehen, wenn man nicht so gelebt hat.

Sie sieht aber, dass ihr Schwiegersohn ein Telefon aus der Hosentasche zieht. Also doch nicht der Alte, der dich holen kommt. Sie merkt sich die Klänge. Die Harfen werden kurz lauter, dann drückt er auf das winzige Ding und spricht hinein. Er entschuldigt sich im Raum, als würde ihm die Verwechslung leidtun, als wüsste er, dass hier jemand erwartet wird, dessen Musik man noch nicht kennt. Johanna denkt an Tunnel und weiße Lichter. Ihr Schwiegersohn geht mit rotem Kopf aus dem Zimmer und redet in das Ding. Die Männer waren nur kurz in der Küche. Einer, um zu schnuppern, und einer, weil er es wohl nicht allein aushält für lange.

Johanna beobachtet ihren Mann, wie er einfach am Tisch sitzt, ohne etwas zu machen. Die Zeitung liegt vor ihm, die Jahre hinter ihm und die Stille versteckt sich gerade. Manchmal braucht Johanna ein wenig Ruhe vor diesem Ding, das an den Wänden krabbelt und sich abends auf die Fensterbank legt. Weil es wohl raussehen will und trotzdem drinnen bleibt. Manchmal stört es sie. Manchmal nicht. Ihre Tochter räumt die Sachen weg und setzt sich zum Schwiegersohn.

„Und was ist los?"

„Was soll schon los sein."

„Sag schon."

„Wahlen."

„Da müssen wir nicht mehr mitmachen. Kennen die ja überhaupt nicht, die neuen Hüpfer."

„Mama, das geht nicht."

„Ist doch wahr. Die machen rum und reden und reden und dann regieren sie ein Land, in dem wir überhaupt nicht wohnen. Die Renten wollen sie bestimmt wieder erhöhen, oder?" Er nickt und lächelt. Johanna beschließt, sich noch ein wenig mehr aufzuregen, weil er es gut leiden kann. Sie wollte es nie, dass er immer dann zärtlich wird, wenn sie besonders wütend ist. Es sieht so niedlich aus, wenn du dich aufregst. Als ob sie deshalb wütend wird. Na, hör mal. Außerdem wird sie es nie ohne Grund, meistens ist er sogar der Grund. Steht ihm nicht zu, sie irgendwie ulkig zu finden. Angst sollte er haben oder wütend sollte er werden. Das hat nie geklappt bei ihnen. Jetzt freut sie sich über sein Lächeln, dieses voll und ganz ehrliche und runde. Das hat nur mit ihr zu tun, mit nichts anderem.

„Siehst du. Und dann ist es völlig egal, wer das sagt oder welche Partei. Das mit Parteien ist auch nicht besser als ohne. Ilse hat mir erzählt, dass ihr Mann sich stellt, also zur Wahl, oder ihr Sohn. Weiß nicht mehr so genau. Der will beim nächsten Mal ins Meisterbüro einziehen. Weißt noch, wie der Tribanek? So hoch, so hoch können sie erst singen und dann werden sie stumm, mit einem Mal, wenn man sie wirklich gewählt hat. Ist ja ein verfluchter Wortrumdreher gewesen."

„Komm. Er hat die Straße zum Wald gemacht und das Fest war doch auch besser."

„Davon kannst du dir auch nichts kaufen." Er nickt und hört nicht mit dem Lächeln auf. Johanna spielt noch ein bisschen Wut in die Küche. Vielleicht ist er froh, dass es diesmal sicher nichts mit ihm zu tun hat. Vielleicht ist es ihm auch egal, dem Guten.

„Und wenn der Sturm kommt und die alten Bäume in die Gärten kippt, dann hat er zu viel zu tun, der gute Herr. Wofür man manchmal wählen geht. Wenn du es genau wissen willst, haben wir uns mit dem selbst weggewählt. Ohne den wären wir nie mit den anderen Dörfern zusammen. Fusion sagen sie dazu. Wegen dem Geld, sagen sie dazu." Er lehnt sich im Stuhl zurück und schaukelt leicht, als wäre er jünger, allein dadurch, dass sie schimpft. Manchmal könnte er ihr wirklich zustimmen, statt sich nur zu freuen. Aber er muss nicht. Es reicht in letzter Zeit, wenn er so lächelt, als wär's für immer.

„Am Ende war der Kindergarten weg, alles eine Folge von ner Folge. Am Anfang die Wahl. Kann einem an einem Tag keiner sagen, was dann die Folge von der Folge ist. Weißt du, wir wählen einen, der in einem halben Jahr ganz anders ist und ..."

„Straßen baut für Panzer, meinst du?"

„Ach, Menschenskind. Deine Witze." Er gluckst, kaum hörbar. „Nein, ich meine, es reicht ja, wenn der plötzlich etwas anderes sagt als vor der Wahl. Er will die Renten erhöhen, wäre ja gut, wenn er es dann macht, aber nebenbei erhöht er die Steuern und dann bist du gelackmeiert, weil du zwar mehr hast, aber mehr brauchst. So was sind Teufelskreise und deshalb sollte man nicht wählen. Wir wählen diesmal nicht." Johanna kann es knapp verhindern, dass sie am Ende des Satzes lauter wird. Als könnte nur ihr Mann entscheiden, ob sie wählen gehen.

„Hanna, ich meine." Er beugt sich wieder vor und legt seine Hand auf ihre Hand. Manchmal behandelt er sie wie ein Kind und sie mag es nicht, dass sie es mag.

„Wir gehen wählen, wir beide." Er kann so sprechen, dass ihn niemand auf dieser Welt unterbrechen will. Er entscheidet schließlich ganz allein, ob er etwas zu sagen hat.

„Weil wir es noch können, wie der Hund, verstehst? Wenn wir begraben sind, können die andern wählen, oder nicht. Ich, also ich wähle nicht die Steuern, ich wähle Puppen auf Stühle rauf."

„Jetzt fängst du mit dem Kasperletheater an!"

„Warum nicht?"

„Komm schon, das ist wichtig, wenn du schon mit Autobahnen anfängst. So fing das nämlich an, hätten alle wissen können, was das für einer ist. Dass der sich übernimmt und dann ..." Johanna redet weiter auf ihn ein, doch den kann sie nicht ändern. Der dachte immer, dass jeder sein Kreuz machen muss. Sie findet zwar, dass die Renten die Autobahnen von heute sind, aber irgendwie hat ihr Mann auch Recht.

Erst jetzt merkt Johanna, dass die Tochter dem Schwiegersohn hinterher ist. Sie sieht ihrem Mann ins altersgraue Gesicht, streichelt über seine Hand und steht auf. Einfach nachsehen, wo die Kinder sich herumtreiben.

Zum Thema „Wahl" ist das letzte Wort noch nicht gesprochen, oder zu grünen Wänden. Sicherlich geht sie wieder hin und wählt irgendwen. Der weiß längst, wo er sein Kreuz macht. Manchmal glaubt sie, dass er einfach rät, weil das immer noch besser ist, als gar kein Kreuz zu machen. Vielleicht macht sie es absichtlich anders, wenn sie schon hin muss.

Im Flur atmet Johanna leise an die Wand. Sie hört die Kinder reden, die nicht wissen, dass sie lauscht. Johanna möchte eigentlich nichts wissen, was die nicht sagen wollen. Trotzdem aufpassen, wie die miteinander sind. Sie hat schließlich viel erlebt, da hört man bestens, ob welche passen oder nicht. Moni sagt es ständig, Gerhard ist der Richtige. Soll eine Mutter alles glauben, was die Kinder sagen? Einige Kinder üben das Lügen ständig und hören nicht einmal auf, wenn sie groß sind, die Lügen oder die Kinder oder beide.

Johanna hat es immer gesagt, Todsünde, Kinder. Wisst ihr, warum die so heißt? Weil es die allerschlimmste von allen schlimmen Sünden ist. Ihr sagt einem andern etwas, das nicht stimmt und ihr macht das mit Absicht, weil es euch Spaß macht. Wisst ihr, warum das so schlimm ist, dass es wie der Tod heißt? Weil ihr den dann damit dümmer macht, obwohl der euch mag. Das ist schlimm und so was geht auch nicht mehr weg, wenn man danach die Wahrheit sagt. Es wird ein kleines bisschen besser, aber weg ist es nie. Wie der Tod, versteht ihr?

Natürlich waren ihre Methoden umstritten, nicht bei den Eltern, eher bei der Leitung. Die Leute, die am Tisch sitzen oder im Sessel mit denen von der Partei und ihren Russenköppen in Messingbilderrahmen. Die wussten selten, was Kinder sind. Huch, ganz kleine Menschen. Frau Fiebelkorn, nehmen sie die weg, weg, weg. Sie hat drei Kinder groß bekommen. Die Größte ist gut geraten, obwohl sie die Erste war. Auch etwas, worauf man stolz sein kann.

Johanna versteht nicht alles, was die auf der Veranda reden. Trotzdem fühlt sie sich, als würde sie schwindeln schon beim Hören. Sie war in diesen Dingen nie gut.

„Versteh mich doch, es ist der Bürgermeister.“

„Ja, mein Gott. Ich weiß, wer er ist und was es bedeutet.“

„Und?“

„Versetz dich mal in meine Lage!“

„Ich?“

„Denk mal, dass deine Eltern noch leben würden.“

„Was? Meine was?“

„Nein, bitte. Stell dir vor, die würden noch da sein und du könntest ihnen das Wohnzimmer machen. Dann würdest du den doofen Bürgermeister auch Bürgermeister sein lassen, oder? Du würdest alles machen, damit wir denen das Wohnzimmer machen.“

„Mann, das ist es nicht. Ich mache das doch gern. Ich weiß, ich verstehe ...“

„Du verstehst nichts, gar nichts. Nein, es geht um meine Eltern. Wir wissen doch nicht, wie lange sie es noch machen.

Es ist doch kein Akt, nur eine kleine Freude. Für sie. Bitte!"

Ihre Tochter hat Recht. Wieso sagt man das so? Sie macht es nicht mehr lange. Was macht man denn? Sie kennt seine komischen Listen. Er macht immer welche, obwohl es meistens sinnlos ist. Neulich hat er eine Liste gemacht mit Orten, die sie zusammen besucht haben, und dann hat er die Strecke zusammengerechnet. Er hat eine Statistik geschrieben, in welchem Alter sie wie oft um die Erdkugel rum sind. Diese Flugzeuge, dass die immer sein mussten. Er würde auf die Liste schreiben, was man noch macht, bevor man nichts mehr macht. Atmen, Lieben, Kochen, Einwecken, Rasenmähen, Kinderanrufen, Fernsehen und Haareschneiden. Bei ihm vielleicht Rasieren und in der Werbung jungsche Weibsen angucken, aber das braucht kaum Zeit und so viel anders wäre seine Liste auch nicht.

Johanna weiß, dass ihr Schwiegersohn gute Gründe haben muss und sie denkt, dass sie es nachher zufällig umdreht. Sie wird sagen, wisst ihr Kinder, wir haben uns das überlegt mit der Stube. Wir sind alt und haben uns dran gewöhnt. Mit Sätzen, die so anfangen, in denen sie ihr Alter zuerst erwähnt, hat sie immer Recht. Kann keiner widersprechen oder er lügt. Schön ist das alles nicht. Sie wird sagen, dass sie ihr Zuhause so mögen, wie es ist. Es kann doch nur schlechter werden. Kinder, versteht ihr? Wir sind euch trotzdem sehr dankbar deswegen. Wirklich, aber es muss nicht sein. Eigentlich traurig, dass es eine Todsünde ist, so etwas zu sagen. Eine für die Kinder. Wegen ihr muss sich keiner mehr zanken, das lohnt nicht mehr.

„Ich versteh schon, aber wir sind doch auch eine Familie."

„Das hast du nicht gesagt, oder?"

„Doch, sind wir doch. Ich meine, wenn ich da bei dem Quatsch reden würde, könnte ich vielleicht eine Stelle kriegen und wir hätten es geschafft. Endlich."

„Es sind meine Eltern und deine auch. Hör auf mit dem Denken, was sonst noch wäre. Machen wir es? Gerd, Gerd."

Johanna an der Wand. Die könnte man auch mal machen.

Das würde abfärben auf sie vielleicht, frischer und anders. Wie wären sie und ihr Mann mit anderen Farben geworden? Anders? Wie die Kinder, ob Sophia wegen der Tapeten ... Ob Netti dann geblieben wär, wenigstens auf dem gleichen Kontinent, nicht mit der Wolkenstimme hinter irgendeinem Riesenmeer? Ihre Töchter könnten Söhne sein, wenn sie damals einen anderen genommen hätte. Johanna denkt an einen See und fragt sich, wie der wohl gewesen wäre, wenn der andere nicht zurückgekommen wäre aus England. Dann geht sie ins Wohnzimmer und sucht ihren Mann, den Guten. „Entschuldigung", sagt sie und er versteht wieder nicht, warum. Der Krieg hat viele behalten, sicher auch ein paar gute Männer, mit denen es sich aushalten ließe. Besser wären sie nicht und ehrlicher vielleicht auch nicht, aber anders.

Wilfried fragt sich, ob er was falsch gemacht hat. Seine Frau kommt einfach ins Zimmer und bleibt lange bei ihm mit ihrer Hand auf seiner Schulter. Das kennt er so nicht. Vielleicht er selbst oder vielleicht die Kinder haben irgendwas angestellt. Wird doch keiner gestorben sein. Er lächelt. Soll er jetzt aufstehen? Hat er etwas vergessen? Ist die Handbremse nicht angezogen gewesen und das Auto nun im See? Seine Tochter kommt rein und die Frau lässt ihn sofort los, weil das Kinder nichts angeht. Gehört sich nicht, wenn andere dabei sind. Wilfried war immer einer, der Ofen ausgezeichnet anmachen konnte. Sicher, schnell, gleichmäßige Hitze bei wenig Rauchentwicklung. Aber Romantik, Nähe mit Menschen oder solchen Quark zeigen oder machen, nein, das konnte einer wie der Fiebelkorn nie richtig. Mit Worten schon gar nicht.

Das Licht streift ins Zimmer. Die Sonne kniet draußen vor dem Haus. Sie blinzelt mit ihrem Rot durchs Fenster und Wilfried sieht seinen Arm, die Hand auf der Lehne. Außen und oben ist Wärme, das spürt man. Als wäre er ein Stein, so fühlt es sich an. Das ging ihm niemals aus dem Kopf, dass er alte Menschen für Steine gehalten hat. Wenn die über hundert sind, bleiben sie einfach stehen. Einfach, weil alle anderen schon tot sind. Meistens bleiben die auf Friedhöfen oder in Parks stehen und das sieht dann aus, als hätte einer dort Statuen hingestellt, die genau wie Menschen aussehen. Man kann sich kaum vorstellen, dass sich dann noch einer traut, selbst welche zu bauen. Vielleicht versucht der Schwiegersohn deshalb keine Menschen, weil er klug genug ist und weil er Angst hat.

Der Major in Birĕdlhuć, der im Bett lag und immer nur da, der war der Erste, den Wilfried sah. Der war schon kurz vor einer Statue. Wilfried, der kleine Willi, stand neben dem Bett, als der Pfaffe mit dem Polen sprach. Man konnte damals noch nicht so richtig polnisch, erst später mehr und mehr. Er hat die gefalteten Hände auf der roten Decke gesehen und gedacht, dass die steinhart sind, dass man damit Bäume umschlagen, Kartoffeln zerdrücken oder Monstern Angst machen kann. Wie fühlt man sich, wenn man so alt ist, dass einem der Körper zu Stein wird? Man bewegt sich langsamer, das weiß Wilfried jetzt selbst. Das mit den Bäumen und den Monstern hat sich nicht so ergeben. Die Sonne draußen auf der alten Haut. Wilfried kann seine Haare auf dem Arm nicht mehr erkennen. Er weiß aber, dass da welche sind. Die Wärme ist nur oben, unten ist der Arm kalt. Wie ein Stein, wie ein Stein. Seine Frau wird eine kleine Eidechse, die auf der Hand in der Sonne sitzt. Aber sie konnte ja nie mit Tieren.

Sie redet und steht krumm im Raum. Wilfried hört, wie sie den Kindern sagt, dass man mit der Stube keine gottlose Hast haben sollte. Ihre Tochter besteht darauf. Am Wochenende fangen sie mit dem Ganzen an und sie duldet keine Widerrede. Den Sturkopf kann man leicht erben, wenn eine wie seine liebe Frau die Mutter ist. Dann weiß man sicher, dass die Kinder so werden. Ein Sohn wäre auch so geworden. Macht keinen Unterschied. Immerhin haben sie ihm

Enkel geschenkt und nicht nur Mädchen. Er freut sich, dass ihre Tochter die Brüder mitbringen will. Können auch was für die Alten machen, die Bengel. Ohne euch hätten sie ja nicht den Erfolg im Leben, den sie haben, sagt seine Tochter und lacht. Dann kommt sie rüber und verabschiedet sich. Beim Umarmen merkt Wilfried, dass sie vorn und hinten warm ist. Das dauert bei ihr noch mit dem Versteinern. Er will aufstehen, um ihr in der Tür zu winken. Wenn sie mit dem Wagen auf die Straße fahren. Sie drückt ihn in den Sessel, mitten in einen Streifen aus Licht und die Wärme treibt Wilfried Tränen in die Augen. Das hat nichts damit zu tun, dass seine Tochter für zwei Tage wieder nach Hamburg fährt. Wirklich nicht. Menschenskind, die kommt am Wochenende. Das Haus füllt sich dann wieder mit Trara und mit Leuten. Alles welche, denen man besser nicht widerspricht. Wegen der Sonnenstrahlen fallen ihm die Fussel aus den Augen, oben warm und unten ganz kalt. Wilfried bleibt sitzen, hört draußen das Auto und wartet darauf, dass seine Frau wieder reinkommt. Ganz klar, dass sie ihm gleich viel erzählt. Sie schätzt dann alles ab und fragt, ob er das nicht auch so sieht. Was meint er denn? Warum ihm Tränen über das alte Gesicht rieseln, danach wird sie nicht fragen.

4.

Johannas Mann wird auf seine alten Tage noch sentimental. Kaum zu glauben. Sie sieht, dass ihm Tränen über die Wangen rutschen. Als wäre das ein Abschied für immer. Früher war er nicht so. Ist jedem selbst überlassen. Jeder zeigt halt, was er zeigen will.

Sie weint nicht vor dem Haus. Es riecht nach Rasen und ihre Tochter winkt durch eine Autoscheibe. Jemand kurbelt das Fenster ganz langsam ein Stück herunter, bevor sie auf der Straße sind. Die Tochter ruft etwas. Johanna kann sie nicht mehr verstehen. Sie nickt, als wäre es nicht so und geht dann ins Haus zurück. Bevor die Kinder in der Kurve verschwinden, steht sie in der Tür, atmet einmal schwer und geht in die Küche. Ist Einiges liegen geblieben. Später sucht sie ihren Mann. Noch immer sitzt er ruhig und lächelnd auf dem Gerippe.

„Hast du nichts zu tun?" Johanna findet ihre eigene Frage böse. Eigentlich will sie ihm erzählen, dass die Kinder etwas viel Wichtigeres vorhätten am Wochenende. Dass die das nun sausen lassen wegen der alten Stube. Sie kann nicht. Sie weiß es nicht. Sie hat doch schlimm gelauscht. Das macht einen richtig wütend, wenn man etwas erzählen will, es aber nicht darf. Aber die Wut kriegt er an seinen Kopf, so war es schon immer. Das macht es auch nicht besser. Und dann stellt der Held in seinem Sessel auch noch solche Fragen, die er gerade eben stellt. Willst du nicht, dass die die Stube machen? Hättest einfach was sagen können, meint er. Und dann wäre sie wieder die Böse. Er hätte es auch allein merken und die Kinder abhalten können. Stuben sollte man sowieso nicht übers Knie brechen.

„Der Hahn hat's wieder im Kopp", sagt sie, obwohl es nicht stimmt. Ihr ist danach, etwas kaputt zu machen. Manchmal hilft das weiter, manchmal. Sein Männerlächeln verschwindet sofort. Er steht langsam auf und geht hinaus. Er nickt und verschwindet in der Dunkelheit im Flur.

Sie hört ihn an der Garderobe, dann die große Tür, alles so langsam, als könnte den jetzt nichts auf der Welt mehr aufhalten. Die Dinge, die er macht, hat er schon beschlossen.

Es ist jedes Jahr das gleiche Spiel, nur diesmal etwas früher. Mit ihrem Satz hat sie den Hahn auf dem Gewissen. Sie schämt sich nicht, weil auch der sie bald gebissen hätte. Das passiert immer, bevor der Herbst zu Ende geht. Da werden die Biester bissig und alt genug, um zu merken, dass Johanna Angst vor ihnen hat. Dann versuchen sie ihr Glück und sie sagt den Satz, der zum ersten Mal nicht stimmt. Vielleicht wäre das der eine Hahn gewesen, der liebe, der immer friedlich in der Ecke bliebe, wenn sie ihn füttert. Was muss, das muss.

Wilfried geht zur Garage und nimmt die Knicker aus dem Schrank. Er fischt eine kleine Dose aus dem Schubfach. Er denkt dabei überhaupt nicht nach. Das fing vor ein paar Jahren an, dass das mit dem Denken aufhörte. Er wird nicht dümmer, noch nicht. Nur klappt das meiste ohne seinen Kopf. Manchmal ist das ziemlich entspannend. Er zieht ein paar Diabolos und ein paar Erinnerungen aus der Dose. Er lädt die Knicker damit und das Ding ratscht so, als würde es auf der Liste der Sachen stehen, die man überleben könnte. So schnell ordnet Wilfried die Knicker nicht ein. Er ist kein Träumer und kennt die Zukunft nicht. Er hat das kleine Gewehr in der Hand und schlenkert damit zu den Hühnern. Der Hahn steht dort ganz unschuldig in einer Ecke. Der weiß nicht, was ihn erwartet. Wilfried denkt noch, was für ein verlogenes Biest. Alles verlogene Biester. Mucken nie, wenn er auftaucht und gehen die Frau an. Die Hühner schlagen mit ihren Flügeln, weil der Hahn auf dem Boden quietscht. Wilfried geht hin und hebt den Lügner an. Er trägt ihn aus dem Verschlag und legt die Knicker vor dem Schuppen auf ein Fass. Naja, seine Listen haben einen ziemlichen Ratefaktor, wenn er ehrlich ist. Er ist nicht der liebe Herrgott, der kennt die Zukunft. Aber so ein mickriger Menschenmann, was soll's. Wilfried greift dem Hahn an den Hals und wringt einmal. Er hört das Knacken und legt den Kadaver vor den Schuppen. Seine Frau wird das Ding schon richten. Ohne Groll, weil das Ganze zu erwarten war, räumt er dann auf. Wilfried bringt die Knicker weg und stellt sich noch kurz an seinen Aktenschrank. Er zieht die Türen auf und greift nach einem Ordner.

Ja, seine Handschrift ist für einen Mann wirklich klein. Aber man muss in den Spalten und den Zeilen bleiben, sonst macht das Ganze keinen Sinn. Er sieht sich die Aufzeichnungen an, die Roteiche hat nachgelassen in den letzten Jahren. Ist wohl die einzige ihrer Art. Er fragt sich, ob er mal hin sollte. Dann sagt er seiner Frau Bescheid, dass er mal in den Busch geht. Dass das mit Dschungel nichts zu tun hat, weiß sie natürlich. Aber Natur ist Busch, man kann nicht jedem erklären, wie verschieden Wetter und Natur in Wirklichkeit sind. Wilfried zieht seine Stiefel an und die dicke Jacke. Das mit dem Herbst hätte man auch vorher wissen können. Ist nicht mehr seine Aufgabe, obwohl die ihn dafür noch gern behalten hätten. Wofür man alles Orden bekommt in dieser Welt. Manchmal für nichts oder dafür, dass du so bist, wie du bist. Er hat das Ganze nie für Orden gemacht, mehr für die Bauern, meistens für sich selbst. Leere Tabellen sind doch wie tote Kinder.

Johanna zieht eine Schürze über und bleibt kurz in der Küche stehen. Beim Umbinden tun ihr die Knie weh, was an sich keinen Sinn macht. Ob das am Stehen an sich liegt? Wenn du so alt wirst, dass du nicht mehr stehen kannst, stirbst du sicherlich im Bett. Legst dich hin und stehst nicht mehr auf. Irgendwer behandelt dich dann wie einen Patienten oder wie ein Kind, beides zusammen wäre am schlimmsten. Sie kann noch allein stehen. So weit ist es noch nicht gekommen, das steht fest. Mit dem Blecheimer geht sie zum Schuppen. Dort liegt der Hahn, wo er liegen sollte und auf jeden Fall, wie er liegen sollte, nämlich tot. Vielleicht wäre das Viech wirklich ein liebes gewesen.

Niemand wird erfahren, dass sie das Tier auf dem Gewissen hat. Kann sich sowieso hinten anstellen. So ein Gewissen wird mit den Jahren auch nicht jünger oder stärker. Sie rupft den Hahn und schafft es, dass die meisten Federn im Eimer landen. Ein paar nimmt der Wind hoch und treibt sie in der Luft herum. Johanna findet das lästig, sie muss nachher über den Hof und die Dinger einzeln aufsammeln. Ein bisschen Strapazen gleichen die Sache mit dem Lügen wieder aus. Das ist wie bei den Katholiken, die beten und beten ihre Rosenkränze und gut ist. Bei Sophia, ihrem einzigen Kind auf der anderen Seite, hatte auch keiner wissen können, ob die lieb oder bissig geworden wäre. War mit ihren vier noch zu klein, um ein richtiger Mensch zu sein. Das fängt erst später an, inner Vorschule. Vorher sind die wie Tiere, testen und versuchen und sind eigentlich zu dumm, um allein klarzukommen. Wenn schon Tier, dann aber niedlich.

Das ist wie mit den Faschingsfeiern. Eltern wissen das mit dem Vormenschsein, obwohl sie es selbst niemals denken oder sagen würden, nein, nein. Trotzdem ziehen sie ihre Kinder an wie Bären oder Katzen oder Einhörner. Auch nur Pferde mit einem Horn auf dem Kopf. Johanna pustet widerspenstige Federn in den Eimer. Ihre Töchter können das nicht mehr: Tieren die Federn aus dem Leib zurren. Das muss man nicht mehr können, sagen sie. Mama, kauf doch einfach Hühner aus dem Tiefkühler. Mama, spar dir doch deine Kraft. Johanna fragt sich manchmal, wofür man so viel Kraft sparen soll. Komische Spargesellschaft.

Als ihr Mann jung und dümmlich war, kam er mit einem Motorrad an. Sein Grinsen verschwand nicht, als sie ihm Vorwürfe machte. Man weiß doch nicht einmal, wie man die Mädchen über den Winter kriegen soll und der Hohlkopf kommt mit dem Motorrad. Gewonnen hätte er es und außerdem sei da die Forschungsstation. Auf jeden Fall hätte er ein gutes Gefühl, dass sie es schaffen. Es macht ihm Spaß, hat er gesagt. Johanna hat zwei Tage geschmollt und sich selbst nicht leiden können dabei. Als würde sie dem eigenen Mann nicht das Glück gönnen, das der auf zwei Rädern vielleicht finden könnte. Dann hat er sie mitgenommen. Die Mädchen waren bei den Nachbarn und sie sind zur Ostsee hoch. Schmollend hat sich Johanna an ihn gedrückt auf der Fahrt, froh, dass sein Rücken so breit ist, dass sie so beschützt ist. Sie hat nichts mehr gegen das Motorrad gehabt. Es war, als würde man auf dem Ding ein Mensch werden. Sie dachte an Nächte und wie ähnlich sich die manchmal anfühlen. Sie hörte, wie die Bäume das Motorengeräusch zurückwarfen. Sie spürte den Riesen, den stummen, den sie geheiratet hat. Auf dieser Fahrt zur Ostsee wurde er wirklich ihr Mann. Dieser Rücken, diese Kraft, dieses Schattensein.

Der Hahn ist fast fertig. Sie legt ihn kurz auf dem Schoß ab und lehnt sich nach hinten. Der Rücken ist nicht mehr der gleiche. Fängt schon bei einem so lütten Federvieh zu schmerzen an. Aber ist keiner da, der es sonst machen könnte. Alle ausgeflogen, denkt sie und lächelt, weil es genauso sein sollte. Ja, genauso.

Der Dummkopf mit seiner MZ hat es während der ganzen Fahrt nicht gemerkt, was mit Johanna passiert ist. Wie denn auch, er saß schließlich vorn und hat sich in die Kurven gelegt. Johanna legte sich dann mit hinein in seine Kurven. Sie freute sich über den Wind und über ihre Haare, über das Zucken auf seinem Rücken, wenn er mit seinem Fuß den Gang wechselte. Sie kamen auf Usedom an und es ging zu schnell. Ihretwegen hätten sie weiterfahren können, nach Rügen, zum Darß oder sonst wohin. Ihr Mann fragte, als er seinen Helm vom Kopf stülpte, ob ihr kalt war unterwegs. Sie schüttelte ihren Helm und nahm ihn dann ab, um den Fahrer zu küssen. Johanna breitete die Decke am Strand aus, oben die Sonne, vorn die Wellen.

Das war einer der Tage zum Nichtvergessen. Sie erzählte ihm, warum diese oder die andere Mutter an der Ostsee einen Fehler macht mit den Kindern. Er glaubte nicht, dass man dabei viel falsch machen kann. Manchmal hatte sie bei den Mädchen das Gefühl, dass er sie für Stecklinge hielt. Du kannst doch deinen Arm nicht ausreißen und dann wächst daraus ein zweiter Mann, der wie du ist.

Sie diskutierte mit ihrem Motorradquatschkopf, wollte aber nicht streiten. Sie wollte der Grund sein, wieso er überschäumt. Das ging damals noch, weil sie jünger war und fester und nun ist sie eben alt. Sie ging nicht ins Wasser, weil sie nicht wusste, ob sie wieder schwanger war. Eigentlich hatte ihr die Geschichte mit Muttersein und dem Kram nach Sophia gereicht. Könnte eben sein, dass jedes Kind ein wenig kränker zur Welt kommt und die Natur zeigt, dass alles eine Grenze hat. Die Kleine war so krank, dass sie lange keine Kinder mehr bekommen sollte. Ein windstilles Alterchen ist sie geworden.

Es riecht nach Gas. Die Federn sind auf dem Kompost, zwei Schippen Erde darüber. Nun ist das nackte Ding, das nie wieder kräht und keinen mehr angehen kann, wirklich im Eimer. Johanna hält ein Streichholz über den Herd und es riecht nach versengten Federkielen. Draußen gackern die Hühner so, als würden sie den Geruch erkennen. Dämlich, Tiere sind einfach zu dämlich. Johanna kann es mit dem Gegacker geradeso aushalten. Solange die noch Eier legen, sind sie wenigstens zu etwas nütze. Hunde kommen und kamen ihr nie ins Haus, weil die von Natur aus böse sind. Dabei ist es völlig gleichgültig, ob jemand böse ist, weil er keine Seele hat oder weil er einfach viel zu blöde ist, um zu erkennen, was er anrichtet. Die Schäferhunde, mit denen die Gestapo durch die Häuser lief, waren keinen Deut anders als die, mit denen die Russen nach Faschisten gesucht haben. Oder nach Frauen.

Wilfried steht, die Arme in die Seite gestemmt, vor

einem Wasserloch auf dem Acker. Mehr als eine Schilfart hat es bis hier geschafft. Er bewundert eine kleine dornige Hundsrose zu seinen Füßen. Wildblumen sind sowieso schöner als das Zeug aus dem Baumarkt. Natürlich würde er so etwas seiner Frau nicht sagen. Er lächelt über dem winzigen Hagebuttenstrauch, weil er sich ihre Antwort vorstellen kann. Mein Guter, was wäre denn die Alternative, würde sie sagen. Soll ich vielleicht in den Wald gehen und da Blumen sammeln oder willst du mit mir gleich hinziehen, wieder so ein Baumhaus? Manchmal wird sie richtig gehässig, wenn er ihr einen Anlass gibt. Ist natürlich nicht mit Absicht. Nur noch wenig mit Absicht. Als Mann musst du auch keine Kinder rauspressen, hast es eigentlich besser als die und das mit den Hormonen hat Wilfried auch nie richtig verstanden. Bei Pflanzen hält sich das mit der Laune in Grenzen. Wer nicht lügen kann, kann auch nicht ehrlich sein.

Er sieht, dass die Früchte der Hundsrose überreif sind und dass sie graue und weiße Schleier auf den Blättern hat. Man hätte nur aufpassen müssen, wann der Mehltau im Frühherbst anfing. Womit trat der Mehltau in seinen Listen immer versetzt auf? Es fällt ihm nicht ein, aber der helle Belag erinnert ihn an Winter. Genau, er wollte eigentlich zur Roteiche weiter, aber wie er über der Hagebutte steht und an Winter denkt, verschwindet das Denken.

1979, das hätte keiner wissen können damals. Haben die ein Geschrei gemacht und ein Gewese. Er weiß noch, dass die in der Station später wütend auf ihn waren, weil er den Winter in Schutz genommen hat. Wilfried hatte nun wirklich nichts damit zu tun. Väterchen Wilfried, Väterchen Frostfried. Er gluckst. Dem Busch steht es zu, auch einmal doll zu sein. Was erwarten die denn, die denken, der Busch soll Rücksicht auf das deutsche Volk nehmen? Die vom Kader haben behauptet, dass in dem Winter keiner gestorben ist in der sozialistischen Republik. Was für ein Unsinn. Er glaubte zwar nicht, dass das Wetter erst aufhört, wenn es seine bestellten Leichen eingesackt hat. Wetter an sich ist keine böse Sache. Aber so ein Winter wie '79, der kostet einfach Leben, weil man eben nicht damit rechnet. Die Partei meinte, im Westen sind 17 Menschen am Winter gestorben. Tote. Abschreckung und Propaganda. Später merkte sowieso jeder, dass es im Osten auch fünf waren.

Wilfried und der Mehltau auf der Hagebutte. So richtig wie Schnee sieht er eben nicht aus und so richtig am Wetter sterben, das ist auch ein Unsinn. Man stirbt eher, weil man mit dem Auto zu schnell ist, weil man die Fenster nicht richtig zumacht, weil man hinfliegt und dann liegen bleibt in der Kälte. Kurz vor Silvester hatte er es geahnt, nicht dass es so schlimm kommen würde, aber so ähnlich. Wilfried, der Prophet. Er gluckst wieder und geht langsam zur Roteiche rüber. Wie lang ne Meile werden kann, die man schon tausend Mal gegangen ist. Man lernt eben nicht aus, auch wenn man so unheilbar kauzig ist.

An Silvester hat er damals von der scharfen Luftkante über dem Erzgebirge gehört. Die Tiere waren ziemlich unruhig und dann kam der Sturm. Sie hatten gar nicht erst versucht, die Mädchen zur Schule zu bringen. Es ging auf einmal dreißig Grad runter. Wilfried ordnete das mit den Decken in der Station an und dass die Leute schnell nach Hause kommen. Und dann diese riesigen Schneewehen nach dem Sturm. Seine Frau malte mit den Mädchen Schnee-Engel. Ein Spiel, das sie wohl im Kindergarten gelernt hat. Wilfried fand den Tag so trocken, dass man auf Deibel komm rut die Kälte nicht merkte. Das ganze Weiß rutschte von außen auf die Familie und man kam enger zusammen dadurch. Er malte zwei akkurate Abdrücke von Engeln dazu, so dass vor dem Haus vier kleine und zwei große lagen, weil Netti auch für Sophia einen mitgemalt hatte. Auch wenn die Kuhle, die er für seine Frau gemacht hat, eigentlich zu groß war, wurde er das Bild der eigenen Familie im Schnee nicht mehr los. Mit zusammengekniffenen Augen waren die verwehten Berge richtig weiß. Selbst als dann der Frühling kam, an den man fast nicht mehr glaubte, blieb die Erinnerung weiß. Gestorben sind welche, ja, ja. Andere sind dichter zusammen, die nicht verhungert oder erfroren sind.

Wilfried findet, dass die Roteiche sich gut gemacht hat, seit er das letzte Mal hier war. Bäume sind die schönsten Pflanzen, so wetterfest wie nichts anderes. Menschen können vielleicht mithalten, sind aber doch behämmerter als Bäume. Wilfried denkt an warme Grießsuppen, an die Stimme seiner Frau, wenn sie die Schneekönigin liest, an Lisel, die mal mit dem ganzen Körper in einen seiner Gummistiefel passte. Die Mikroskope sind kaputt gefroren und die Hälfte der Keime eingegangen, aber das Wetter macht nichts mit Absicht. Die Menschen machen etwas draus, was böse oder gut ist. Er reibt ein Eichenblatt zwischen den Fingern. Sonnenstrahlen linsen durch die Krone des Baumes. Er stellt sich vor, wie ein hundert Jahre alter Mann an dem Baum steht und ihn lobt, wie gut er gealtert ist. Es soll Leute geben, die so düschig sind, dass sie mit Pflanzen reden, als wären Bäume deutsch oder polnisch. Mein Gott, er könnte mit hundert auch noch hier stehen und die Eiche loben und ihr Hoffnung machen, dass sie die nächsten hundert Jahre gut übersteht. Wenn man den Winter '79 geschafft hat, friert man wohl nicht mehr richtig. Die Roteiche, so wie sie jetzt aussieht, steht sicher auf der Seite der Dinge, die ihn überleben werden. Wilfried dreht sich um und geht nach Hause, langsamer als früher. Von irgendwo drückt der Wind heftig. Sein Brustkorb schmerzt. Der Deibel bläst immer von vorn, immer.

Johanna hört, dass das Telefon klingelt. Sie geht hinein und ärgert sich über ihr rechtes Bein, zu dick, zu schwer. Die letzten Jahre ist es schlimmer geworden. Irgendwie auch komisch. Man überlegt, welcher Mann im Dorf dem eigenen am nächsten kommt. Wen soll man schon nehmen, wenn man den Guten verloren hat? Wenn man nicht weiß, ob er irgendwo noch atmet, lacht, eine Flasche auf dem Tisch oder eine andere Frau auf dem Bauch hat. An den Bauch hat sie oft gedacht und sie war sauer, weil er sich nicht meldete.

Einen Brief hätte er wenigstens schreiben können, dort, wo er war. Sie überlegte, welchen Mann sie will und dachte dann, der Sohn vom alten Pfarrer vielleicht, vielleicht. Ein höflicher und gutaussehender Mensch. Aber sie hat sich damals in etwas reingesteigert und segelte im Spargel hin. Natürlich hätte der Spaten dort nicht liegen müssen, wo sie sich lang gemacht hat. Aber er hat da gelegen und das Bein ist mit dem Knie genau drauf. Manchmal sagt der liebe Herrgott es einem überdeutlich, dass man nicht sündigen soll. Sie konnte ein paar Monate nicht richtig gehen und hat sich die Sache mit dem Pfarrerssohn aus dem Kopf geschlagen. Wenn der Herr es will, wird man eben eine alte Jungfer. Oder wenn er gerade nicht zurückfindet.

Als Johanna im Flur ankommt, ist das Telefon längst stumm. Sie steht vor dem Tisch, auf dem das Telefon schweigt. Auf der Anzeige leuchtet es. Doch sie hat die Brille nicht auf. Im Wohnzimmer oder in der Küche, vielleicht auch vorm Schuppen. Sie stützt sich auf dem kleinen Tisch ab. Eigentlich würde sie gern fluchen. Dann klingelt das Ding wieder und sie hält den Hörer ans Ohr.

„Fiebelkorn am Apparat."

„Hallo, Mama. Schön, wie du dich meldest."

„Fiebelkorn. Lischen, Lischen."

„Hach, hach Mama, wie geht es dir?"

„Gut, dein Vater ist grad im Busch, aber mit dem kann man sowieso nicht reden an dem Telefon." Johanna zieht den Hocker um den Tisch herum und setzt sich mitten in den Flur. So feierlich, als wäre der wöchentliche Anruf ihrer Tochter nicht wöchentlich.

„Uns geht es ganz gut. Moni war da, habt ihr schon telefoniert?"

„Vorhin. Sie sagt, sie will die Stube neu machen. Wisst ihr das schon?"

„Hmm."

„Klar, wisst ihr das. Wieso wollt ihr die denn machen, die gute Stube?"

„Weiß nicht, Lischen. Manchmal glaube ich am Telefon, dass du dich lustig machst, weil deine Stimme immer so klingt. Könntest dir wirklich mehr Mühe geben, manchmal."

„Mama, wir streiten nicht. Ich bin nicht ironisch. Ich meine nur, dass ihr die doch immer gut gefunden habt."

„Das stimmt schon."

„So wie sie war?"

„Aber, wenn Moni das machen will. Ich finde es gut. Die Ecken sind so hässlich. Die könnte man wirklich mal machen, weißt du?"

„Sollte man."

„Dein Vater ist jedenfalls im Busch gerade. Die Goede hat mich wieder gefragt, ob ich mit würfeln gehe, kann man sich nicht vorstellen."

„Die Goede?"

„Ja."

„Und machst du es?"

„Weiß ja gar nicht, was ich da soll. Sind alle jünger als ich und aus dem Kindergarten."

„Das ist kein Grund, Mama."

„Und dann das Würfeln, da kannst du nichts machen, um zu gewinnen. Es geht immer nur im Kreis und du bist dran, wenn du dran bist." Johanna muss an Tod denken, sagt aber darüber nichts.

„Ja."

„Das ist mir viel zu stupide. Ich stricke lieber. Lesen wäre auch schön."

„Ich bin Zweite geworden."

„Zweite? Bei was?"

„Bei den Stadtmeisterschaften, du weißt doch noch welchen Sport ich mache?"

„Ja, ja. Judokampf, Lischen."

„Zum ersten Mal Zweite geworden, da könnt ihr auch stolz drauf sein. War ja leider keiner da, um das zu sehen."

„Weil du keinen Mann hast, Lischen. Wenn du einen hättest, dann wärst du bestimmt auch öfter hier und würdest nicht so viel arbeiten."

„Mama, das hat nichts, das hat gar nichts miteinander zu tun. Also das zweite und das dritte schon, aber ich versuche am Wochenende auch vorbeizukommen, ja?"

„Fein, das wär gut. Moni und die Kinder sind da."

„Ach so."

„Da könntet ihr euch auch alle sehen. Ich glaube, sie wollen die Stube dann machen. Was ist das nun mit deinen Männern?"

„Wie? Nicht diese Frage."

„Kann nicht anders, Lischen. Solltest doch wissen, bist auch ein Dickschädel."

„Geht es dir wirklich gut? Du wirkst irgendwie zickig, Mama."

„Zickig, nein. Wieso soll ich zickig sein?"

„Ist auch egal."

„Da wird er sich aber freuen, dass du auch kommst, dein Vater. Ich weiß nicht, ob er so viel Aufregung noch verträgt."

„Ich bleibe nur kurz, versprochen. Ich wollte mit einer Freundin zur Ostsee hoch, weißt du?"

„Aha."

„Weil wir ..."

„Erzähl doch deiner alten Mutter mal, dass ihr euch da Männer sucht."

„Wenn, ach Mama. Ja, wir suchen uns da Männer und dann lassen wir es krachen."

„Gut. Gut. Bring deine Medaille mit."

„Meine was? Ach so, ja mache ich. Mama, ich habe dich lieb."

„Ich dich auch, Lischen."

„Mir geht es gut."

„Ja, gut. Wir sehen uns am Sonnabend?"

„Ja, bis Sonnabend. Darf ich dann wenigstens Blutdruck messen und einmal horchen?"

„Meinetwegen. Du machst uns. Und die andern machen die Stube, ja?"

„Genau so, Mama. Und ärger Papa nicht so doll, wenn du so in Laune bist."

„Als würde ich ... Mach es gut, Lischen."

„Tschüssi."

Johanna legt den Hörer auf den Apparat und weiß, dass ihre Tochter noch lauscht. Vor allem bei Gisela hat sie immer das Gefühl, dass man nur falsche Sachen sagen kann. Es ist nicht so, dass sie sie nicht liebt. Sie war nie eine schlechte Mutter, für keines der Mädchen. Aber ihre Berliner Tochter war eines dieser Kinder, das immer nur das Gegenteil macht. Links! Nein, rechts. Still! Wieso denn? Heirate mal! Wen denn? Ich will nicht. Wie Töchter am Ende werden, ist bestimmt auch Glückssache. In seltenen Momenten denkt Johanna, dass die Hauptsache ist, dass es ihrer Tochter gut geht, dort wo sie jetzt ist. Solche Sachen kann man nicht ahnen, da muss man einfach glauben. Glück und Glauben sind auch zwei komische Vögel. Sie holt den Hahn ins Haus, um ihn auszunehmen.

Auf dem Weg nach Hause wischt sich Wilfried seine Augenbrauen ab, erwischt einen letzten Gedanken. Ein Schweißtropfen in der Kälte, in dem er dachte, dass man auch ein Riese sein sollte, sich einfach um das ganze Zuhause legen und dafür sorgen, dass niemand die Frau oder die Mädchen holen kann. Niemand käme an dem Riesen vorbei.

Vor dem Hof knarrt das Gartentor. Das kann man jedes Jahr tausendmal einschmieren. Es knarrt mit Absicht, so ein Gartentor mit Charakter. Dann passt es auch zu der Frauenbande, die in diesem Haus gewachsen ist. Wie oft saß er daneben, wenn die Mädchen sich unterhalten haben und hat aufgehört daneben zu sitzen, weil er einfach nicht mitkam.

„Kinners, was rast ihr denn beim Sprechen, als hättet ihr nicht jenuch Tid." Es war die Älteste, die dann zu ihm herübersah und verstand, dass er gern verstehen wollte. Dann lächelte sie und machte sich über die Mädchen lustig.

„Papa, haben sie nicht."

„Merkt man."

„Wenn wir älter sind, ist das vielleicht anders, aber es ist so ..."

„Klar, glaub man, das wird sich nie ändern, meine Große."

„Ja?"

„Weil ihr Frauen seid, irgendwie meine, aber Frauen." Wilfried versuchte zu lächeln, obwohl er bannig wütend war. Damit hatten die Kinder nichts zu tun. Was wäre denn, wenn er einfach zu langsam ist, um zu verstehen. Was wäre, wenn nicht sie zu schnell wären, wenn er zu wenig Zeit zum Zuhören hätte, jetzt noch? Er wollte niemals dümmer werden im Alter, das auf keinen Fall, und jetzt verstand er die Mädchen nicht. Er wusste damals schon, dass das weniger mit ihm zu tun hatte, als mit der Anzahl der Frauen, die am Tisch saßen. An seinem Tisch, dachte er. Natürlich war er stolz auf die Mädchen. Eine Ärztin, eine in Amerika und die Große berät die große Politik. Was wünscht man sich als Vater mehr. Er hat kein Problem, wenn sie schlauer sind als er. Dann fiel ihm auf, dass er nicht so wütend wäre, wenn es so wäre. Er wollte gar nicht schlau sein. Er wollte nur nicht dümmer werden.

Er ging auf den Hof und schlug auf das Holz ein, mit der Axt aus dem Himmel und der Wut aus dem Bauch. Die Splitter flogen wild und hell über den Hof. Was er nie richtig verstand, war die Art, wie die Mädchen miteinander sprachen. Das war in der Station damals nicht so mit den Frauen. Vielleicht waren die auch komisch oder dumm gewesen. Seine Mädchen erzählen nicht nur schnell, sondern auch durcheinander und wechseln die Themen. Wie diese dicken schwarzen Fliegen in der Luft die Richtung wechseln, links, links, rechts. Nur wenn sie einander anfliegen, wird es ganz aufgeregt. Ihm war, als wär er vom Zug gefallen, als seine Frau ihn zum ersten Mal im Leben gesehen hat. Als würde er hinterherlaufen, ohne zu wissen, warum. Die Mädchen störte das nicht. Wilfried beschloss, dass es wohl nicht unhöflich ist, wenn sie so reden. Er saß da vor dem Hauklotz und der großen Axt und diskutierte mit sich selbst, ohne das Thema zu wechseln. Er ist nicht begriffsstutzig geworden, noch nicht.

Als er durch den Garten zum Haus geht, sind dort keine Spielsachen. Wo lagen die überall herum? Seine Frau hat mal gesagt, dass er eigentlich drei Arme oder mehr haben müsste. Er fragte nur: „Was?", und sie sagte, dass es ein Bild für die Götter ist, wenn er die Mädchen an den Händen hat, wenn er sie zum Bus bringt, wenn er so riesig die Kleinen an seinen großen Armen durch die Welt führt. Wenn sich Wilfried richtig erinnert, hat seine Frau bei dem Anblick sogar Tränen inne Augen gekriegt. Kann gut sein, dass das etwas damit zu tun hatte, dass er so lange in England war. Weg war, naja. Man kann sich selbst nicht sehen mit den Kindern, vielleicht sieht das wirklich bärig aus. Wilfried ging dann besonders männlich und begriff nicht wirklich, dass es genau das war, was seine Frau so rührte an dem Bild.

In der Küche riecht es nach totem Tier, nach frischem Blut ein wenig. Man weiß gar nicht mehr, wie gut dieser Geruch sein kann. Die Brille auf Johannas Nase ist so leicht, dass sie kaum zu merken ist. Ist leicht beschlagen das Ding, aber irgendetwas ist ja immer. Von Weitem schon sieht sie die Gestalt durch das Fenster. Ein Mann, ihr Mann, der langsam übers Feld kommt. Langsam, aber sicher. Sie geht ein paar Schritte zur Seite und greift nach dem Deckel des Brotkorbs. Vier, fünf, das müsste reichen, wenn sie nur eine Stulle isst zum Abendbrot. Trotzdem nimmt sie eine Tüte aus dem Gefrierfach und knackt ein paar Schnitten vom

Block. Morgen muss man auch noch etwas essen, klar. Sie spült den Hahn ab und lässt ihn noch ein paar Minuten im Wasser liegen. Sie könnte das Radio anmachen. Die würden erzählen, was man so erzählen muss. Aber wenn sie nicht zum Würfeln geht, muss sie auch nichts wissen, muss sie nicht mitreden.

Die Goede hat damals ihren Mann verloren. Wieder so eine komische Geschichte, dass der ganz ohne Krieg und SS verschwunden ist. In der DDR konnten sie dich auch holen, aber so war es bei dem nicht gewesen. Die Goede stand völlig verheult vor der Tür. Was sie nun machen soll, er hat sich schon fünf Tage nicht gemeldet. Johanna dachte sich gleich, dass der ne andere hat. Man kennt das ja aus Filmen und so. Dann lügen dir die Männer das Blaue vom Himmel und machen das gleich zweimal, für jede Frau ne eigene Lüge. Johanna war nie doof und ihr Mann eben ein stattlicher, einer, dem andere auch hinterherschauen und dem sie auf'n Bauch wollen. Aber, was man nicht weiß ... Der Goede hatte ein Doppelleben. Später tauchte der wieder auf und war plötzlich ein anderer Mensch, als hätten sie ihm das Gehirn geklaut. Sie nahm das Mädchen mit ins Haus und setzte die auf den Hocker, sagte erst überhaupt nichts zu dem Gejammer. Irgendwann ging sie rüber zu dem Mädchen, das nicht begreifen wollte, obwohl sie es selbst doch wissen musste. So blöde kann keine Frau sein, wenn sie es nicht will. Sie reichte ihr einen Teller mit Rübenstreifen. Für den Eintopf hatte sie genug und das Mädchen schluchzte und knabberte an den Stangen.

„Ob er tot ist, mein Volker? Er war immer so ein fröhlicher und die Polizei meint nur, dass der sich wohl umgebracht hat. Kannst du dir das vorstellen, Hanna? Das sagen die einem ins Gesicht."

„Klar."

„Da ist nichts klar. Vielleicht hatte er einen Unfall, vielleicht liegt er irgendwo rum."

„Kindchen", sagte Johanna. Wie sollte man das vorsichtig machen? Wenn es so nicht geht, dann eben anders. Zwei Töchter kamen gerade aus der Schule und sie holte sich fremde Probleme ins Haus. Als hätte sie nicht genug für sich selbst, zum Rumackern.

„Kindchen, du weißt doch, was mit dem ist, oder nicht? Weißt du es wirklich nicht?" Die blickte wütend und verstört über ihren Mohrrüben. Johanna konnte das nicht gut. Ihre Mutter hatte die Goede verloren durch die Zecken. Und nun konnte sich Johanna nicht hinstellen und dem Jammerlappen erklären, ihr Mann ist ein Schwein, so wie viele. Dass sie sich am Riemen reißen soll und dass dieses Geflenne nix, überhaupt nix bringt, dass sich das nicht gehört. Johanna erklärte nur, dass es im Krieg eine Regel gab: Erst, wenn die Männer ein Jahr nichts von sich hören ließen, konnte man denken, sie sind halbtot. Erst, wenn sie sich 18 Monate nicht meldeten, konnte man sich nach einem Neuen umschauen. Ob da denn keiner sei, der ihr gefiele. Das war ziemlich das Falsche, was sie in dem Moment versuchte. Denn die Goede fing an zu brüllen, schmiss die restlichen Rübenstreifen in der Küche rum.

„Meiner ist kein Waschlappen und kein Schwein. Kannst nicht von deinem verkorksten Leben auf andere schließen, blöde Brüllkröte." Johanna machte es nichts aus, dass die Kinder sie so nannten. Sie hatte den Ruf, dass sie so laut schreien konnte, dass man davon für immer taub oder stumm wurde. Dann war sie eben eine Hexe oder Kröte, sollte das die Welt doch glauben. Mensch, das Kind hat ihren Mann verloren. Der kannste nix vorwerfen. Johanna drückte das Mädchen so lange, bis die Wut weg war. Sie blieb dann noch und aß den Eintopf mit ihnen. Zum Schlafen ging sie nach Hause. Sie sprachen nicht mehr über den Nachmittag. Doch Johanna muss oft daran denken, wie weit die Goede die Augen aufgerissen hat, als sie die Rüben schmiss. Ob die das beim Würfeln auch macht, wenn sie verliert?

5.

Johanna hört, dass die Gartentür knarrt und packt den Hahn in eine Tüte. Sie reißt das Fenster auf, weil ihr Mann es nicht leiden kann, wenn es nach Blut riecht. Dann doch lieber etwas Kälte. Mit seinem Geruchssinn, da ist er ganz eigen, der Gute. Sie geht in den Flur und hängt sich einen Schal um. Hinter ihr geht die Tür und sie dreht sich zu ihm. Er sieht friedlich aus, wie er da steht mit seinem großen Leib, hat eine ganze Menge angehoben mit den Jahren. Er steht in der Tür und sieht nur ruhig rüber. Johanna schlurft in die Küche zurück. Sie ruft noch, dass er nicht vergessen soll, was sie heute Abend vorhaben. Er hat sie bestimmt vergessen, die Dokumentation, die heute Abend kommt. Ihr ist es nicht egal, weil sie nicht alles gesehen hat in ihrem Leben. Sie hätte gern mehr gesehen, so wie er. Manchmal würde sie gern Klavierspielen oder englische Sachen verstehen, so wie er. Manchmal fühlt sie sich komisch, wenn er allein zu den Gräbern geht, um Sophia Blumen zu bringen.

In der Küche läuft eine Fliege über die Arbeitsfläche, eine besonders kleine Obstfliege. Johanna drückt sie mit einem Finger kaputt. Sie wäscht sich nicht, weil Wasser kostbar ist, kostbarer, als man meinen könnte. Also, warum friert ihr denn das Brot ein, Mama? Wie kann man das nicht verstehen. Eines ist zu viel für sie beide und zum Wegwerfen oder für die Hühner auch zu schade. Dann gibt es nur noch eines, das ist doch klar wie Kloßbrühe. Sie schmiert Leberwurst auf zwei Stullen und legt auf die dritte eine dicke Käsescheibe. Ihre Schnitte belegt sie nicht, etwas Butter und ein bisschen Salz. Ihr ist irgendwie schlecht. Als sie mit dem Teller in die Stube geht, sitzt er auf der Couch und kneift die Augen zusammen. Seine Brille liegt direkt vor ihm, doch er setzt sie nicht auf. Was für ein Schnösel, ihr stiller Schnösel. Er lächelt und fragt, auf welchem Sender das denn kommt.

„Was denn?", fragt sie.

„Na, deine Sendung, die, die wir gucken."

„Weiß nicht. Iss erst mal." Sie holt die kleine Fernsehzeitung aus dem Ständer. Wo ist die Brille? Ah da. Die Schrift ist sehr klein, aber hier ist der Sender. Sie sagt eine Zahl und er schaltet um. Eine Frau wirft die Haare. Meistens passen die Fernsehfrauen nicht zu ihren eigenen Haaren.

„Das handelt von zwei jungen Leuten, die mit dem Fahrrad durch Asien fahren", sagt sie und meint ihre Sendung, ihre gemeinsame heute.

„Haben sie heute früh im Radio empfohlen." Es riecht nach Leberwurst und er sieht aus, als würde er nichts verstehen. Johanna tätschelt seinen Arm und nimmt sich die Wolle. Es gibt jetzt kein Kind mehr, für das man Pullover strickt. Wann ihre Kleinste endlich auch mal Mutter wird, fragt sie sich. Da sind die Enkel vielleicht schneller als die Jungfer, die olle. Fallenlassen, fallenlassen, auf'nehmen.

Ein blauer Mann redet im Fernsehen von Sodbrennen. Johanna will sich den Namen merken von dem Mittel. Sie sieht im Seitenblick, wie ihr Mann sich weit nach hinten lehnt. Genauso wird er die nächsten Stunden sitzen bleiben. Vielleicht schläft er so ein und sie wird ihn wecken, weil keiner einen wie den tragen kann. Wie er die Töchter immer getragen hat in ihre Bettchen.

Wilfried denkt, das Fernsehen wird heute von Frauen gemacht. Manchmal rast es nur so und er fühlt sich wie an den Abenden beim Hin und Her der Mädchen. Die beiden Jungschen in der Dokumentation fangen in der Mongolei an mit ihren Fahrrädern. Verrückte Sachen sieht man genug im Leben, denkt Wilfried. Es könnte sein, dass die Geschichte von vorne bis hinten erstunken und erlogen ist. Im Fernsehen kann man mehr schummeln als am Abendbrottisch. Er mag das nicht besonders. Wilfried fragt sich, ob es ein Film ist oder eine Diashow. Angenehm, wie alles so gemütlich gezeigt wird. Das ist männlich und erinnert ihn an seine Kindheit. Ein Fahrrad mit vielen Satteltaschen steht neben einer Jurte, so außen an der Wand. Als Kind liebte er alles an der Mongolei. Lag wohl am Alter oder an der Entfernung, der äußeren.

Außen, außen, ja. Der Kratzwinkel, der alte Lehrer, hatte ihn gefragt, worum es in dem Buch geht. Fiebelkorn, mach es kurz, was im Buch lang ist, hatte der gesagt und Wilfried hatte geschwiegen. Schweigen, sehr mongolisch. Das sieht man bei den Radfahrern auch. Die reden doch kaum. Die beiden Jungschen quatschen und fragen und meckern schon ein wenig. Die Mongolen stehen da im Wind und lächeln, manche nicken auch. So im Nachhinein war Schweigen eine ziemlich gute Antwort. Dem Kratzwinkel hat sie nicht gefallen. Wilfried weiß nicht mehr, wie oft der dann gefragt hat oder ihn gedrängt hat. Nicht sehr oft. Dann gab es mit dem Stock. Der hätte auch mit den Fingern hauen können, so knöcherne Hände, wie der hatte. Was Wilfrieds Finger mit dem Schweigen zu tun hatten, weiß er heut noch nicht. Wenn schon bestrafen, dann sinnvoll. Der Alte hätte ihm auf den Mund oder auf den Kopp prügeln sollen. Immerhin hat Wilfried später mit Absicht geschwiegen, obwohl das ja gefährlich war. Das zwirbelte mächtig und die Finger waren auch am Nachmittag beim Spielen noch rot. Er beschloss dann, dass er ein Khan werden will. Er dachte oft daran, wie er mit tausend Reitern im Rücken durch die Wüste rast, der König in der Mongolei. Willi Khan, Urenkel des Dschingis, Sohn des Kublai Khan.

Das Buch handelte vom Leben in der Steppe, vom Schweigen, vom Anderssein. Der Dschingis war mächtig erfolgreich beim Erobern und das Ganze war für den kleinen Willi eine einfache Sache. Der Khan war schlauer als die anderen, sogar als die Chinesen. So einfach. Dann starb der natürlich und alle dahinten sind Kommunisten geworden.

Wilfried sitzt ganz ruhig auf dem Sofa. Neben ihm knirscht die Wolle, die Nadeln klackern. Seine Frau schaut zum Fernseher. Was sie wohl denkt? Ob sie auch gern mit dem Fahrrad? Ob ihr was gefehlt hat im Leben? Radfahren hat sie nie gelernt. Dann wünscht sie sich vielleicht zu wandern. Wilfried kennt sie gut. Die hat noch ein paar große Wünsche. Er selbst hat nichts Großes mehr vor. So kurz vorm Schluss wäre das doch unrealistisch. Mit solchen Zielen biste automatisch unzufrieden, ja. In der nächsten Werbung stößt sich Wilfried von dem Sofa hoch, blickt die Frau kurz an. Sie schaut erschrocken, als hätte sie gedacht, dass er jetzt für immer neben ihr sitzen bleibt. Er sagt nur: „Ist schon dunkel draußen." Er wird die Hühner reinholen. Wenn man das vergisst, sind die am nächsten Morgen schon mal weniger. Auf Küken hat er keine Lust mehr und geht langsam durch den Flur, zieht die Jacke vom Haken runter und die Träger der Latzhose hoch.

Nachdem er die Hühner stumm im Verschlag zusammen und danach in den Stall gescheucht hat, steht er kurz vor der verschlossenen Tür. Drin ist ein Lärm, als wär'ns die Landfrauen. Beim Nachbarn leuchten Fackeln im Garten. Viele Leute, die reden und lachen. Wenn die Hühner nicht so laut wären, man könnte bestimmt Musik hören. Einer bewegt sich dicht hinter der Hecke. Wilfried wohnt schon immer auf dem Land. Er ist nicht blöde. Die machen da ihr Fest und sind alle aus der Stadt. Das kennt man doch. Die sind zu faul ein paar Minuten ins Haus zu gehen und dann stellen die sich zum Pinkeln draußen anne Hecke. Aber nicht an seine. Wilfried geht auf die Gestalt zu. Dann bemerkt er, dass der sich hinter der Hecke hinhockt. Oh, eine Frau also. Wilfried ist kurz verwirrt. Er erinnert sich daran, wie Frauen aussehen und wird wütend, weil er unrealistisch und unzufrieden damit ist.

„Ey, sagen Sie mal", sagt er. Er sieht nicht in die Richtung. Ein Lustmolch war er nie, aber ein Mann. Eine Stimme sagt, dass die Klos besetzt waren und es ihr leidtut. Sie wird aufpassen, dass das keiner mehr macht.

„Mehr tanzen, weniger trinken", sagt Wilfried und gluckst. Er dreht sich um und denkt immer noch an Frauen. Die hat er eben ordentlich erschreckt. Wie war der Witz noch gleich? Das ging doch mit Puppen tanzen und Pinkeln irgendwie. Irgendwie schade, dass das kein Mann war. Hätte man sich anschnauzen können. Wilfried kann sich nicht erinnern, wann er das letzte Mal richtig geschrien hat. Braucht keiner glauben, dass einer, der wenig Worte macht, nie richtig laut ist. Als er zurück ins Haus geht, hört er drüben Lachen und wirklich Musik. Tja, alles hat ein Ende, nur die Wurst. Über die Lieder, bei denen man schunkelt, sollte man nicht nachdenken.

Er will den Jungschen nicht übelnehmen, dass sie jung sind. Das wäre irgendwie Blödsinn. Nur ein einziges Mal hat seine eigene Frau richtig geschrien. Er ahnte vorher nicht einmal, was die für ein Organ hat. Das war nicht von Weitem, als er in dem hässlichen Raum saß vor dem Kreißsaal. Das war zuhause, als er auf dem Hof das Stroh lüftete. Er hat die Forke weggelegt und ist ins Haus. An der Art, wie sie schrie damals, hatte er gewusst, dass es nichts Schlimmes war. Er hätte laufen können, sogar ziemlich schnell. Aber er ging langsam und sie schrie: „Sind hier denn alle verrückt geworden? Vom Teufel, vom Teufel hab ich euch doch erzählt." Bis er im Kinderzimmer war, hörte er noch, dass sie das nicht verdient hätte. Dass nun Schluss mit lustig ist. Was das für Sprüche sind. Trotzdem kam man nicht dagegen an und zog den Kopf ein bei ihren Worten. Bestimmt so Muttersprüche. Das sind die wunden Punkte bei jedem Menschen und Mütter haben die auch.

Die Kinder hatten in ihrem Zimmer einen Metalleimer, in dem sie Papier verbrannten. Moni und Netti saßen in der Ecke, als wären sie unschuldig. Die Kleine saß neben dem Eimer, hatte sogar noch ein Stück Papier in der Hand. Dicht vor ihr, bedenklich dicht, stand seine Frau, wie er sie nicht kannte. Die Kinder konnten das nicht wissen, dass man das Feuer hassen lernt, wenn es einem das Leben so oft kaputt macht. Wilfried wusste nicht viel von ihren Sachen, als die Russen kamen. Aber die Sache mit dem Schloss hatte seiner Frau arg zugesetzt. Logisch hat die Versicherung viel bezahlt, aber ganz ging das nicht weg dadurch. Seine Frau war stinkig mit ihrem Gott im Himmel, obwohl der sie verschont hatte. Sind andere verbrannt in den Flammen in der Nacht, in dem Unglück.

Sie schrie die Kinder an. Heulten ja schon alle. Da nahm sie Wilfried am Arm und zog ihn auf den Flur. „Du musst sie bestrafen", zischte sie. „Versohl denen den Arsch, unser Haus zündet keiner mehr an! Keiner, verstehst du?" Wilfried verstand schon, aber er versohlte niemandem etwas an diesem Nachmittag. Erst am Abend bekamen die Mädchen ein paar Schellen. Die Kleine musste ohne Teddy schlafen. Mann, das war echt schlimm genug.

Wilfried hatte immer eine Regel beim Bestrafen: Nicht solange du wütend bist. Solange die Schläge, die sie kriegen, mehr mit einem selbst zu tun haben als mit ihnen. Sein eigener Vater hatte diese Regel nicht. Alle seine Brüder bekamen was ab, wenn einer etwas angestellt hatte. Dabei konnten die nichts dafür. Wenn du nicht aufpasst, schlägst du den Kindern das Leben kaputt. Mit einer einzigen kleinen Ohrfeige aus den falschen Gründen. Vor der Zeremonie hatten sie am meisten Angst. Vor diesem Erklären vorher, ganz ruhig, und sie kamen nicht daran vorbei. Sie bettelten nicht und verstanden. Das war das einzige Mal, dass seine Frau geschrien hat. Das einzige Mal, dass sie ihn gebeten hat, die Kinder zu prügeln. Diese Angst vorm Feuer. Wilfried hat sie nicht, kann sie aber gut verstehen.

Als er in die Stube zurückkommt, schaut seine Frau säuerlich. Er sagt, die Nachbarn feiern. Viele, wird wohl spät. Sie nickt und winkt ihm mit einer Hand. Er setzt sich, weil er nicht im Weg stehen will und sowieso nicht weiß, was es über die Feiern von irgendwem zu sagen gibt. Die Jungschen sind wohl in China und kommen an einen Checkpoint. Wilfried sieht zu. Neben ihm klackert es und draußen wartet der Wind, um es ihm schwer zu machen. Soll der mal warten.

Johanna findet es mutig, was die jungen Leute machen.

Mutig und auch dumm. Was haben die schon davon? Vom Wandern hat man auch nichts, trotzdem machen die von der Volkssolidarität das ständig. Zusammensein kann man auch im Sitzen, denkt sie. Was geht es sie an, ob die Nachbarn feiern? Solange die nichts kaputt machen und wieder aufräumen danach, sollen sie doch feiern. Die kleinen Fernseh-Chinesen findet Johanna irgendwie durchtrieben. Die lächeln und sind trotzdem nicht nett. Sie hat nichts gegen dieses Asien. Ja, mit dem Essen kann man sie jagen und diese abartige Sprache. Einen Dänen kann man noch irgendwie verstehen, aber Chinesen. Nun ist eine Masche runter und weg. Johanna räufelt ein paar Finger zurück. Kommt man ja nicht dran vorbei, wenn man nicht aufpasst.

Die beiden in der Sendung wollten sich auch an den Chinesen vorbeimogeln. Hat nicht geklappt. Ob alle Amis so wahnsinnig sind, fragt sie sich. Gegen Krieg haben die auf jeden Fall weniger, sonst würden sie nicht überall einmarschieren, wo einer zu husten beginnt. Als Deutscher weißt du, wann man sich raushält. Sind ja nicht alle Probleme irgendwo auf der Welt dafür da, vom eigenen Land gelöst zu werden. Manche kümmern sich nämlich um den eigenen Kram ganz allein. So wie die Neger. Mit den Chinesen wird das auch nicht anders kommen.

Sie kann sich an die Posten erinnern, an denen man auf der Flucht vorbeimusste. Die Züge wurden durchsucht nach Leuten, die zu blöde waren, ihre Uniformen auszuziehen. Waren immer ein paar bei, die sie dann mitnahmen. Verräter hingen an den Lampen der Städte. Auf dem Dorf gab es die nicht, die Lampen. Sie dachte damals, wenn du tot bist, kümmert es dich auch nicht, dass du ein Schild um den Hals hast. Nicht einmal, wenn auf dem Schild das deutsche Wort falsch geschrieben und durchgestrichen ist. Wenn du tot bist, bist du tot. Deutsch oder sonstwie. Die Jungschen im Fernsehen sind niedlich irgendwie. Er kümmert sich um seine Frau, weil sie die Fahrt nicht halb so gut verkraftet wie er. Hätte sie auch vorher wissen können. Aber manchmal kann man nicht mehr zurück, wenn man auf dem Weg ist. Hinten Russen, vorn Faschisten oder Chinesen.

Der saß ihr gegenüber und hat ihr in die Augen geschaut. Er ist irgendwann dazu gestiegen, gab keine Bahnhöfe mehr zu der Zeit. Der Zug hielt manchmal an, nicht für jeden, aber wenn man Glück hatte, hielt er an. Das war auch der Grund, wieso man auf der Flucht immer das Gefühl hatte, lebend kommt man nirgendwohin. Johanna wusste nichts und vor ihr saß dieser Kerl. Sie kann sich an einen mächtigen Backenbart erinnern, oder hat sie sich das ausgedacht? Flaumiges Fell am Rande des Gesichts. Als die Soldaten durchkamen, hat er ihr einfach in die Augen gesehen. Erst war es ihr unangenehm, dann verstand sie es. Sie hätte sagen können, dass sie ihn liebt. Auf jeden Fall meinte Johanna mit ihren 23, dass der damals ein Leben mit ihr gelebt hat, ohne zu fragen. In der Minute, in der der Zug angehalten wurde, und die Hunde bellten. Eine Trillerpfeife ein paar Mal. Dass der damals in ihren Augen ein Leben hatte, mit dem sie nichts zu tun hatte. Es war schön und graulich irgendwie. Aber vielleicht hat es ihm auch geholfen, auch falls er später ein Schild um den Hals bekam. Wie ein Leben in eine Minute passt, wenn man spinnig wird. Vor einem eine junge Frau mit Rußflecken im Gesicht und mit Haaren, die nicht schön gemacht sind. Johanna musste weinen, als der dann raus war. Sie dachte an Helmut, der auch weg war. Auf den Schildern stand nie „Träumer".

Was den jungen Menschen von heute so einfällt? Johanna legt die Nadeln weg. Sie dreht die Handgelenke, knack, knack. Diesen Druck hat sie in vielen Gelenken, hat aber noch kein Wort gesagt. Ihr Mann muss nicht alles wissen. Wie er da sitzt und schwer atmet und so tut, als würde er noch mitschauen. Er sieht aus, als hätte er keinen Druck auf den Gelenken, als würden seine Knochen nicht wehtun. Er sieht aus, als könnte er auf den Hof und dort eine volle Regentonne auf die andere Seite tragen. Er würde es langsam machen, aber er könnte es. Vielleicht könnte er auch sie tragen. So eine Regentonne müsste doch schwerer sein, oder? Nun ist er doch eingeschlafen. Gleich das Schnarchen. Wen kümmert schon, ob die zwei in der Sendung irgendwann ankommen. Alles kindisch. Wenn man keine echten Probleme mehr hat, dann macht man sich welche.

Sie denkt daran, wie Kinder ihre Eltern vergessen, wenn man zwei Stuhlreihen aufstellt und die Musik ab und zu aus'macht. Dann wird gesprungen und geschubst. Am Ende jubeln sie dem Gewinner zu, als würden sie nicht wissen, dass man die Stuhlreihen wieder aufstellen kann. Johanna mag es, wie Kinder vergessen. Sie beugt sich zur Seite und legt eine Decke über seine Beine. Sie kann sich nicht erinnern, wann er mal erkältet war. Aber vielleicht liegt das an ihr, weil sie auf ihn aufpasst und weil sie ihm den Schnupfen vor der Nase wegschnappt. Der Gute sieht so ruhig aus, als würde er Kraft sparen für später.

Johanna saß zigmal vor den Kindern, die ihre Bilderbücher kaum in den Händen halten konnten, weil sie so zappelig waren. Sie saß ein paar Mal vor den eigenen Töchtern, die auch nicht anders waren, und hat die Geschichte mit dem Küken erzählt. Sie konnte die Worte nie auswendig. Kam aber eher auf die Moral an. Kinder und Moral, wie Kakao, nur schwerer zu mischen.

„Ein kleines Entchen kroch aus seinem Ei. Ich hab mich gerade durchgepickt, sagte es. Von irgendwo sagte ein Küken: Ich auch. Ich geh dann mal spazieren, sagte die Ente und watschelte los. Ich auch, sagte das Küken und hüpfte hinterher. Na gut, ich buddle nun ein bisschen, erklärte das Entchen. Ich auch, das Küken. Ich habe einen Wurm gefangen, schnatterte die Ente. Ich auch, piepste das Küken zurück. Ich gehe mal baden, sagte das Entchen. Ich auch, piepste das kleine Küken. Oho, ich kann aber schwimmen, meinte die Ente. Ich auch, schrie das Küken. Dann ging es unter und prustete ganz doll.

Es rief so laut um Hilfe und das Entchen brachte es ans Land zurück. Ich geh wieder schwimmen, sagte das Entchen dann. Ich nicht, piepste das Küken."

Die Sendung ist immer noch an. Ein einziges Geheule ist das geworden, weil Hühner einfach nicht schwimmen können. Aber manchmal kann man nicht zurück. Du kannst heulen oder schreien. Aber entweder vorwärts oder gar nichts mehr.

Johanna kennt das von der Arbeit. Einigen Kindern konnte man tausendmal etwas sagen, die haben es einfach nicht verstanden. Aber die ganz Artigen mochte Johanna auch nicht, die ganz unkindlichen, die ihre Füße still hielten wie kleine Bürokraten. Sie fragte sich damals schon, was die Eltern mit denen machen. Ihre Töchter durften immer raus. Blaue Flecke und schorfige Knie, mal eine blutige Nase, das verwächst sich alles, bis man heiratet.

Die Mädchen spielten unter dem Apfelbaum. Auch wenn ihr Vater auf der Bank dabei saß. Sie suchten diesen Platz, weil er vielleicht auch da war, wenn er nicht da war. Das war die Papazone. Ostzone, Westzone, Zonenzone. Alles so eingeteilt, dass man manchmal schreien möchte und die Zonen über den Haufen latschen. Ist egal, wer sich auf welcher Seite jahrelang um alles gekümmert hat. Keiner hat sie beim Grenzenziehen gefragt, keiner. Sie sollte einfach mit den bloßen Füßen über die Grenzen rüber, so dass sie keiner mehr erkennt, dass es keine Kontrollposten mehr gibt, die mit ihrem Gewehr auf zwei hübsche Radfahrer warten.

Jetzt schnarcht er aber richtig. Ihr Mann hat auf der Bank geschnitzt, wenn er zuhause war. Meistens, damit sie ihre Ruhe hatte, das weiß Johanna. Kann nicht jeder so gelassen sein wie der. Das kann er von keinem erwarten. Die Flöten brachten selten Töne raus und Musik schon gar nicht. Die Flitzebögen, das war mitleiderregend. Es ging wohl mehr ums Schnitzen selbst oder um das Sitzen in der Zone, vielleicht auch darum, bei den Mädchen zu sein, ohne reden zu müssen. Dann war er Papa, wenn er zuhause war. Ein Guter, denkt sie. Ein Guter.

Die beiden kommen in Indien an und gehen auf ein Schiff. Im Abspann steht, dass es alles ohne Schummeln gedreht wurde. Würden sie auch nicht hinschreiben, wenn sie es machen. Dann kann man sich solche Sätze wirklich kneifen. Die Mauer beschützt uns vor dem Kapitalismus. Ja, ja. Wenn die so sinnig gewesen wäre, hätten die nicht hundertmal versucht zu erklären, wieso es die geben muss. Da hat sich Johanna nie etwas vorgemacht. Sie legt das Strickzeug auf den Korb und wippt, um leichter hochzukommen. Ihr Mann schnarcht vor sich hin. Sie macht den Fernseher aus und dreht sich zu dem schlafenden Riesen um. Sein Kopf bewegt sich beim Atmen hoch und runter, als würde er nicken. Er war kein Jasager, ihr Fiebelkorn. Aber im Schlaf nickt er, damit der Hals nicht aus der Übung kommt.

Sie geht ins Badezimmer. Die Lampe flackert ein paar Mal. Oft ist es sehr dunkel hier und meistens geht die Sonne wieder auf, meistens wird es auch Sommer. Johanna ordnet ein paar Bilder dieser Chinesen in ihrem Kopf. Nicht ihre Erinnerungen, nicht ihre. Das war nicht ihr Zug, den die Chinesen durchsucht haben. Ihr Zug war ein anderer und es waren Amis. Das war nicht ihre Angst, dass Indien nie zu Ende ist. Sie hatte tausend eigene Sachen, die mit Angst zu tun hatten, aber nicht diese. Nicht ihre Erinnerung. Bestimmt wird das später noch anstrengender, die Geschichten von den wirklichen fernzuhalten.

Manchmal denkt sie seine Geschichten mit, obwohl er nur wenig erzählt hat. Wie er dort in England war und was mit Frauen war, hat sie nie gefragt. Kann ihr kein Mann erzählen, dass er ein paar Jahre seinen Kram für sich behält. Unsinn, die sind halt so. Selbst, wenn sie gute Männer sind. Sie rührt das Pulver ins Wasserglas und legt ihre Zähne rein. Altstofflager Johanna Fiebelkorn, kannst nun wirklich allen deine Zähne zeigen, ohne zu singen. Sie grinst und hört sofort wieder auf. Im Spiegel die dunkle Höhle zwischen den Lippen. Sie wäscht sich am Waschbecken und wischt die Schminke aus dem Gesicht. Dann leert sie den kleinen Eimer, in den sie nur Dinge macht, die mit Schönsein zu tun haben. Er muss nicht merken, wie oft sie den Eimer leert. Er muss nicht merken, dass sie immer noch so lange braucht, um vernünftig auszusehen, eher noch länger als früher. Das mit der Haut und diesem Schminkpulver ist auch so eine Sache. Das Pulver hat sich jedenfalls nicht verändert. Schnell fischt sie die Zähne aus dem Glas und leckt sich über die Lippen. Minzig wie Tee. Sie geht in die Stube und stößt ihn unsanft an. Er braucht eine Weile, um klarzukommen. Der sieht nicht so aus, als hätte er vom Krieg geträumt.

Wilfried schweigt und kratzt sich die Hand. Er hat gerade von einem Reiter geträumt, der durch eine Stadt fegt. Er schlägt mit einem Säbel auf Pappfiguren ein, die am Rand stehen und aussehen wie Menschen. Wenn man stillstehen würde und nicht so hetzen wie der Reiter, dann würde man denken, dass es eine ganz normale Stadt ist. Hässlich, wie die alle sind. Dass einer die Zeit angehalten hat und nun alles aussieht, als wäre es nur aufgestellt. Wilfried ist aus Pappe und aufgestellt vor einem Schaufenster. Im Schaufenster sind die Menschen echt, weil ihre Zeit weitergeht. Er kommt durch diese Scheibe nicht durch. Er kann sich nicht einmal bewegen, weil doch alles still ist, bis auf den Reiter. Er linst nach hinten, weil die Augen wohl noch gehen. Irgendwo dahinten wütet er herum mit seinem Säbel und dem mongolischen Gebrüll. Hatten die eigentlich Säbel damals? Träumer sind nicht die Schlausten. Das steht fest.

Er sieht die dicke Scheibe vor sich. Dahinter eine Familie, die am Abendbrottisch Platz nimmt. Er kennt hier keinen. Er will aus diesem vermaledeiten Stadtding raus, wo es keine Zeit gibt. Kann man sich nicht bewegen, kann man nicht weglaufen. Er braucht die Zeit. Dann hört er Hufe auf der breiten Betonstraße und ärgert sich, dass ihn irgendwer so dicht am Bordstein aufgestellt hat. Die Hufe kommen näher, dann brüllt jemand in der Sprache, die nicht seine ist. Das ist doch keine Sprache. Er hört den Säbel rauschen. Dann sagt seine Frau, dass es schon halb zehn ist.

Er ist eingeschlafen, während der Sendung. Worum ging es dabei nochmal? Er hört, was sie sagt. Seine Frau hatten die im Traum ans andere Ende der Stadt gestellt, nur so aus Grausamkeit. Damit er sie auf keinen Fall rettet. Was könnte dieser Mongole bedeuten? Ob sie ihm manchmal den Kopf abhacken will, die Gute? Wilfried kämpft sich aus dem Sofa hoch. Ist auch ziemlich alt geworden, das gute Stück. Nun musset bald weg, irgendwie ne Schande.

Weil das Sofa nicht mehr federt, wie es sollte, ist das Aufstehen schwer, das Atmen auch. Er sagt nur: „Klar." Seine Frau geht wohl ins Schlafzimmer, um sich umzuziehen. Er stapft ungleichmäßig ins Bad und wäscht sich mit kaltem Wasser. Lauwarmes ist ihm schon immer auf eine komische Art verlogen vorgekommen. Er spült die Zähne kurz und schrubbt mit einer Bürste rüber. Die sind schwerer kaputt zu kriegen als echte Zähne, denkt er. Dann geht er ins Schlafzimmer und legt die Dinger in das Glas auf seiner Seite des Bettes. Auf der anderen Seite schaut sie unter dem Federbett hervor. Das ist doch das Einzige, was ein Mann braucht. Ihre Hand wandert auf seine Seite und ihre Stimme erzählt von der Sendung und wieso diese Amerikaner einen an der Klatsche haben. Sie hofft, dass das nicht auf die Kinder abfärbt, wenn die so lange da drüben wohnen. Wilfried sagt nichts mehr, bis er eingeschlafen ist. Hat sie wieder die Fenster vergessen? Sie schlafen doch offen, weil er es so will. Sein Bett ist dünner als ihres und das ist gut so. Stickig heute, aber er schläft trotzdem ein. Vielleicht findet er diesen Mann noch, der die Pappdinger hinstellt. Dem sollte mal einer die Leviten lesen, den sollte mal einer vor ein Schaufenster packen, durch das er niemals durchkommt. Das würde auch nicht helfen. Dann schläft er traumlos, weil Träume ja eigentlich nicht seine Art sind.

Johanna hört erst nichts, dann sein Schnarchen. Nicht so laut, dass es eine wie sie beim Schlafen stört, aber hörbar. Wer schnarcht, ist nicht tot. Wieso die Lisel am Telefon immer so zickig ist? Das mit dem Vorwurf, Johanna ist selbst irgendwie launisch, ist doch vorgeschoben. Ein Gegenangriff. Was hat sie bei der nur falsch gemacht? Vielleicht war das von vornherein zum Scheitern verurteilt, weil sie als Einzige kein Wunschmädchen war, nicht einmal ein Wunschkind. Johanna liegt noch eine Weile wach. Eine Weile als Ewigkeit. Würde sie auch nicht überraschen, wenn der Hahn gleich kräht. Ach ja, kann er gar nicht mehr in seiner Plastetüte neben der Spüle. Die Sonne kann zum Glück keiner abmurksen mit einem Satz. Sie schiebt das Federbett zur Seite und zieht die Latschen an. Mit dicken Socken ins Bett, das hat sie schon als Kind so gemacht. Sie schlurft in die Küche. Es ist dunkel drinnen und draußen auch. Wovor soll man sich schon fürchten, wenn man so alt ist? Ein Schauer läuft ihr trotzdem über den Rücken. Was für ein dummes Weib. Da denkt man daran, warum man sich nicht fürchten muss, und kriegt Angst davon. Diese Stille sitzt über dem Türrahmen. Kein Wunder, dass man durch die Tür nicht gehen will.

Johanna nimmt etwas aus dem Kühlschrank. Die Küche wirkt dunkler, wenn man das kalte Licht von dem Ding im Gesicht hat. Sie setzt sich hin und flucht ohne Worte. Menschenskind, warum man nur so daddelig ist. Mit vierzig hatte sie noch geglaubt, dass das irgendwann aufhört, wenn das mit den Kindern zu Ende ist. Hat sich nicht so ergeben. Einmal komisch, immer komisch. Sie isst ein paar Pralinen, schiebt die letzte auf dem Tisch hin und her. So dauert das Ganze noch länger. Dann steht sie auf und geht doch unter der Stille hindurch ins Schlafzimmer. Er schnarcht noch, der Gute. Wie diese Ruhe die ganze Wohnung kälter macht. Johanna deckt sich zu. Die Latschen stehen gerade und halb versteckt unter dem alten Bett. Die Stille ist eine Spinne oder eine Fliege. Was wäre schlimmer? Irgendwer hat gesagt, dass Menschen im Schlaf viele Spinnen runterschlucken. Kann dem Magen nicht schaden, oder doch? Wenn die aus Stille bestehen und so eisig sind, dann ist es aus mit dir, dann ist mit dem Kram hier endgültig Schluss. Die Gardinen wehen leicht ins Zimmer, als würde es draußen jemand sehr schade finden, dass er nicht zu ihnen kommt. Nun ist aber genug mit dem Quatsch.

6.

Nach dem Aufwachen braucht Johanna eine Weile, das ist meistens so. Dieses ganze Schlafen ist doch unsinnig. Kräfte sparen, Kräfte sparen. Sie ärgert sich auch, dass sie immer wieder ans Reiten denkt. In den Sechzigern ist sie noch geritten. Sie hatten ein eigenes Pferd, zuerst bei sich und später bei Linburg und der LPG. Kannst glauben, das schadet Inka nicht, sagte ihr Mann und sie glaubte ihm nicht, weil die doch mit jedem Mal trauriger aussah. Woran will man erkennen, ob ein Pferd traurig ist? Sieht man an der Körperhaltung, sagte Johanna und ihr Mann ging rein, klatschte dem Pferd mit der Hand auf die Seiten und sah sich den Kopf an, als wäre er Tierarzt. Er dachte bestimmt, dass ihre Sorgen nur Spinnereien sind. Er hat sich um sie und ihre Spinnereien gekümmert. Was will man mehr.

Er nickte und sagte zu dem Tier, dass es mal nicht versuchen soll, sie übers Ohr zu hauen. Bissel traurig sein, weil man nicht arbeiten will, oder was? Obwohl Johanna sich wirklich Sorgen machte, musste sie lachen. Noch bevor er aus dem Stall kam, erzählte sie ihm die Sache mit der Freese und dem antifaschistischen Schutzwall.

Gitta oder Gitti hieß die. Es war 1961 und bevor sie mit den Kindern auf den Hof sind, hat die Freese, die damals Leiterin des Kindergartens war, ihnen das mit dem Schutzwall erzählt. Johanna saß ruhig mit den vier anderen Erzieherinnen im Büro und erinnerte sich, dass ihr Mann einmal gesagt hat: „Kannste wissen. Wie die marschieren. Das wird noch schlimmer." Ob er genau so etwas gemeint hat? Wusste ja niemand, dass das überhaupt geht, dass man eine ganze Stadt mit so einem Wall einsperren oder aussperren kann. Zuerst hatte sie verstanden, dass die Amis ihren Teil zugemacht haben. Sie hatte noch eine komische Frage gestellt und die Freese hatte ihre Ansprache wiederholt, als wäre Johanna selbst ein Kind. Sie hatten die Aufgabe, es den Kleinen zu sagen. Doch sie wollte nicht. Sie wusste selbst noch nicht, wie man das erklären soll.

Eine ganze Stadt einkerkern. Das hat man doch im Mittelalter gemacht, damit die verhungern da drinnen. Dann sind die durchs Tor und haben auf den Straßen alle Reste übern Haufen geritten. In Westberlin verhungert bestimmt keiner. Da wartet niemand darauf, dass der Sozialismus die Tore auf'macht und die Partei da Säbel rasselt. An dem Tag war sie so verwirrt, dass sie nichts sagte zu den Lütten. Manchmal ist Nichtssagen genauso schlimm, wie das Falsche zu sagen. Nachmittags fragte die Freese, ob Genossin Fiebelkorn ein Problem mit dem Schutzwall habe. Ob sie nicht verstünde, v-e-r-s-t-ü-n-d-e, was das für eine großartige Sache für den Sozialismus sei, wie das auch ihre Kinder vor Spionen schützt. Johanna sagte „ja" und „nein" und dass hungern nie ne gute Sache ist.

Bei Inka fragte sie ihren Mann, ob sie nun Ärger kriegt. Als hätte der seinen Ärger immer vorher kommen sehen. Auf jeden Fall hat er es immer geschafft, nicht das Falsche zu machen. Nein, Kommunisten waren sie nicht, nie. Faschisten oder sonst etwas auch nicht. Da muss man schon ne Menge für anstellen.

„Nun haben sie ihre Mauern aus'm Kopf raus auf die Straße gepackt", sagte Johanna.

„So hoch kann die gar nicht sein", sagte ihr Mann und beruhigte sie. „Die Freese hat so viel Angst, dass andere mehr Grips im Kopf haben. Die freut sich doch, wenn Genossin Fiebelkorn ein bisschen Plemmplemm ist. Die wird das für Dummheit halten und nicht für Aufmucken", sagte er. Manchmal ist es gut, wenn die anderen dich für dumm halten. Dann hast du wenigstens deine Ruhe, wie das Pferd, wie die Inka, die in der Genossenschaft immer trauriger wurde, und schließlich ihre Ruhe hatte. War sie eben zu blöde für die Feldarbeit. Traktoren klagen nie über Traurigkeit.

Johanna schiebt die Decke zur Seite, weil sie ihn nicht mehr Schnarchen hört. Sie geht zuerst ins Bad, weil sie das Frühstück macht und weil es schon immer so war. Die Zähne drücken leicht, nachdem sie wieder im Mund sind. Sie geht mit der Nase dicht an den Spiegel und stützt sich auf das Waschbecken. Ein schweres Knirschen. Das Badezimmer ist dunkel. Im Spiegel ist Licht. Lange Schattenstriche verdüstern ihr Spiegelgesicht. So alt bist du also geworden, kleine Hanni. Die Schatten kriegt man weg, die Dunkelheit im Rücken nicht. Die kommt näher mit jedem Tag, bis sie dich hat oder ihn.

Wilfried wartet mit dem Aufstehen. Er blinzelt zum Fenster. Eigentlich müsste er auf der Seite zur Tür liegen, um die Frau zu beschützen. In sein Schlafzimmer wird die Rote Armee auch nicht mehr kommen. Er sieht nicht genau, was es ist. Aber irgendetwas kriecht auf der Scheibe lang, ein Käfer, eine Spinne vielleicht, vielleicht auch ein Wurm. Er denkt über den Schatten des Dings nach und wie der riesig im Schlafzimmer lang wandert. Das Wandern ist der Schatten Lust, das Wa-a-andern.

„Wie war der Krieg denn so?", fragte er Emil einmal beim Angeln. Nichts schäumte auf dem See. Das Boot lag ziemlich ruhig und Wilfried dachte daran, wie Stan es ihm erklärt hatte. Emil war anders. Das war einer aus dem Norden. Da versteht man sich leichter.

„Lang", sagte er.

„Hast wen doht jeschossen?"

„Ja. Viele. Die meisten siehst ja nicht."

„Klar."

„Gib ma die Dose. Die verdammten Würmer hauen mir heute immer ab. Also Krieg ist schiet."

„Willst nicht erzählen?"

„Na, was denn, Willi? Kannst nicht so Fragen stellen, musste schon richtig machen."

„Angst hat man?"

„Jop."

„Ein Verbrecher wirste?"

„Nee. Der olle Krieg, das ist der Verbrecher. Ich mein, der ist nix für Menschen. Passt nicht zusammen."

„Hmm."

„Wenn es unbedingt wissen willst, ich träum nicht mehr davon. Ab und zu von dem Svetchen und wie die geworden wäre, das ja. Aber vom Totschießen, kein Stück. Hab halt wie alle damals nur gemacht, was man mir sagt, auch wenn die grottendämlich waren, die Offiziere. Auf die Jungschen konntest nicht aufpassen, im Krieg."

„Kannste so auch nicht."

„Na schon mehr, aber ich hab ja keine Kinder. Also als die Russen anfingen, uns richtig die Faust zu geben, sind einige weg. Da warste sicherer tot als durch die Russen, dat kannste glauben."

„Hinten und vorn die Feinde?"

„Jenau."

„Und als du gefangen warst?"

„Mensch, Willi. Du olle Quasselstrippe, zieh mal!" Wilfried hatte nicht auf sein Flott geachtet, zog zu spät, zog zu fest. Der Fisch war ihm egal. Er wollte wissen, wo der Krieg in Emil war und welcher Teil tot unter'm See liegt.

Später ist er früher gestorben als die anderen, vielleicht lag das am Krieg. Wilfried hat es nicht erfahren und eine Quasselstrippe war er nie. Auf dem Boot haben sie noch ordentlich einen gehoben und der Schutzpolizei zugewunken, die an dem Tag zweimal vorbeikam. Die haben eine Frauenleiche gesucht damals. Emil und Wilfried haben sie auch nicht gesehen. So betrunken wie sie waren, hätten sie die nächsten Wasserleichen werden können, wenn der Wind einmal ernst gemacht hätte. Wenn in Pommern einer weht, dann richtig, sagte der alte Lettmann immer.

Wilfried hat die Zeitung geholt und auf die kleine Ecke gelegt, die neben ihm frei ist. Er wartet auf seine Frau, weil sie beim Essen immer jeden Bissen zweimal dreht im Mund. Das ist ihr unangenehm. In Gesellschaft schlingt sie dann richtig. Was soll sie auch machen, wenn es nun mal eben nicht schneller geht bei ihr? Sie kaut langsam an dem Marmeladenbrot und er denkt, dass er wirklich schon lange keinen Hunger mehr hatte. In letzter Zeit ist das mit dem Essen eher eine Beschäftigung, wie eine Gewohnheit, wie Rauchen, so wie er es sich vorstellt. Morgens, mittags, abends, immer essen, essen, essen. Bald ist damit Schluss.

Die Wikinger oder die Germanen haben an dieses Walhall geglaubt. Kannste dir vorstellen, man stirbt und dann gibt es nur noch Bankett. Das große Fressen nach dem großen Gong. Er will sich das nicht vorstellen. Er wünscht sich Ruhe, einfach Ruhe. Keine Ahnung, wie das bei den Christen ist oder bei den anderen. Von seinem Säbeltraum sagt er kein Wort. Seine Frau macht es ihm leicht, weil sie wieder von den Kindern anfängt.

„Was das soll, frage ich mich", sagt sie. Willi sieht ihr beim Essen zu. Er greift selbst nach einer Stulle und isst, damit sie sich nix denkt.

„Na, dass die Kinder hier die Wohnung machen. Also richtig nötig ist das nich. Ist schon lange her, ja, ja. Aber gut ist sie noch, die Stube, und dann das mit dem Sofa, das versteh ich schon mal gar nicht."

Sie schüttelt den Kopf und er schluckt seinen Käse runter, als wäre es Stacheldraht. Lass die doch machen, wenn sie wollen. Uns stört das wohl nicht mehr.

„Lass sie doch", sagt er.

„Ist ja nicht so, dass sie nicht gefragt hätten, haben sie ja. Du warst dabei, aber Mitreden wolln sie uns auch nicht mehr lassen, stimmt doch. Wenn ich es mir richtig überlege, will ich die alte Stube behalten. Die könnten die Veranda machen, das könnten sie. Aber auf die Idee kommt ja keiner. Das sehen die Leute doch, was denkst du Willi?"

„Hmm, die sieht man."

„Genau. Die ist schließlich älter als die Stube, da vorn, das Ganze. Wenigstens hat er ja gemäht, der Gerhard. Ich könnte das nicht, mit den ständigen Fragen, was wird. Die sind beide solche Lebenskünstler, wie man's sagt. Richtige Durchschläger sind das. Früher hätte man so etwas nicht ins Haus gelassen, aber heute."

Launisch ist sie heute und empfindlich. Wilfried nimmt sich vor, es langsam angehen zu lassen. Das mit der Liste bedrückt ihn, wenn ihn überhaupt noch etwas bedrücken kann. Er war nie einer, der vor Kummer nicht aus dem Haus geht. Aber die Liste wird mit jedem Tag länger und weniger anstrengend ist das Leben auch nicht. Sollte wirklich leichter gehen, aber das kommt vielleicht später, im Grab. Mit der echten Ruhe dann. Welche Pflanzen wohl ihre Wurzel da reinschlagen? Ob die merken, dass er einer war, der sich ein bisschen auskannte mit ihnen? Ob sich Hagebutten verirren und bleiben, weil die Weiterbleibenden, die Lebenden sich nichts bei denken?

Ob man selbst zu dem wird, wovon man am meisten Ahnung hat? Wilfried stellt sich vor, dass er eine Roteiche wird, eine starke. Dann wird man doch nur wieder alt und das Spiel beginnt genauso, so wie's aufhörte. Seine Frau würde ein Kind werden, ein ewiges Kind, denn davon hat sie am meisten gewusst. Ja. Ein Kind, das auf einer Schaukel sitzt, die an einem starken Eichenast aufgehängt ist. Sie würde schaukeln und singen. Er würde Schatten machen und stark aussehen. Wäre auch nicht anders als jetzt.

Wilfried kullert ein gekochtes Ei auf dem Tisch in ihre Richtung. Sie erschrickt und lächelt. Er hatte schon immer zu raue Hände für die Eierschalen. Sie pellt das Ei ab. Wird wohl darüber ihr langsames Essen vergessen.

Johanna weiß noch, wie sie sich für die Wohnung im Schloss beworben hatten. Ihr Mann sollte in die Partei, dann hätte der Emil was drehen können. Er zögerte lange und sie redeten. Sie sah ihm zu, wie er sein Ei zerdrückte und griff dann forsch zu, nahm das arme Ding und pellte es ab. Er hatte es wie ein Tölpel gedrückt, nicht ganz zermatscht, aber ein Riese, ein ungeschickter, das war er schon, ihr Guter. Sie sah, dass er protestieren wollte. Er kann das allein. Manches kann man eben nur zu zweit schaffen. Er meinte, die Partei ist nicht sein Ding. Er wollte sich raushalten, aus dem Anfang und dem Ende, aus dem Nazikram und dem Kommunistenkram, der jetzt lief. Natürlich konnte man bei der Besatzung schneller Freund werden, wenn man inne Partei war. Er wusste das und sie auch. Johanna hat ihn nicht überredet und bekommen haben sie die Wohnung trotzdem. Wie Emil das angestellt hat, weiß sie heute noch nicht. Er muss irgendwas gelernt haben in den Lagern, irgendwie kannte er die Russen besser. Vielleicht die Sprache. Vielleicht das Saufen.

Sie stellt ihm das nacksche Ei in den Becher und er merkt zuerst gar nichts.

„Hast du was?", fragt sie und es klingt freundlicher, als sie gedacht hätte.

„Weiß nicht."

„Sag schon!" Er reibt sich den Ellenbogen und nimmt den winzigen Löffel. Er köpft das Ei und macht den Mund auf, nicht um zu essen, sondern um etwas zu sagen. Er schließt ihn wieder und Johanna wartet.

„Kannst dich an das Feuer erinnern?" Sie ahnt nur, was er meint.

„Welches?"

„Ja, welches." Ihr Mann grunzt und isst sein Ei. Mit einem Schulterzucken und vollem Mund spricht er weiter. „Das Schloss natürlich." Sie nickt und ihre Laune wird schlechter. Er sieht es irgendwie und redet nicht weiter davon. Was gibt es über das Feuer noch zu reden? Sie kann kaum einen Tag nicht daran denken. Nicht dass ihr Leben dadurch viel schlechter wurde. Nur die Fotoalben und die vielen Bücher. Eher die vielen Bücher und die Fotoalben. Ist nur eine Frage der Reihenfolge, was im Schock nicht viel aus'macht. Vielleicht wollte er sich entschuldigen, dass er nur mit dem Stuhl rauskam. Obwohl er schweigt, hört Johanna ihn noch.

Das Grunzen setzt sich an den Schränken fest. Wenn es ein fröhliches Geräusch ist, was soll es schon machen. Sachen können dich umbringen oder eben nicht. Ein „Hmmm" im Staub, das wäre ein Buchtitel. Sie denkt an Potapitsch und dass der ziemlich viel kichert, wenn Babuschka nicht in der Nähe ist. Der arme Mann, einer, den sie immer nur scheuchen. Sie ließen sich nie von einem scheuchen, manchmal drängen oder schubsen, aber nie, dass es keinen Anstand mehr gab. Ihr Mann schaut komisch und sie fragt, ob das Ei nicht gut ist. Er schüttelt den Kopf.

„Dann lass das Grübeln, das bekommt dir nicht im Alter. Das Feuer ist vorbei, lange vorbei", sagt sie. Er nickt.

Wilfried hat Schmerzen beim Atmen und zeigt es nicht. Wieso soll er denn ans Feuer denken? Denken schon, aber Grübeln, das ist nicht seins. So war er nicht und das wird auch nichts mehr. Er lässt sie in dem Glauben. Immer noch besser, als wegen der Schmerzen jammern. Er ruckt vom Tisch hoch, so heftig, dass das Besteck klirrt. Er sagt, dass er auf'n Hof geht, dass er frische Luft braucht. Sie ist heute zickig und er wird verschwinden. Er könnte sagen oder denken oder machen, was er will. Sie würden doch nur zanken, weil nichts richtig ist. Sie lässt ihn bestimmt nur auf den Hof, weil sie glaubt, er will die Gedanken ans Feuer loswerden. Wieso hatte er damit angefangen? Keine Ahnung.

Johanna sieht ihn draußen vor dem Fenster entlanggehen in seiner Latzhose. Von links nach rechts. Er hat die dünne Jacke an. Viel zu dünn. Der holt sich noch den Tod, bevor er an der Reihe ist. Der wird nicht vor ihr weggehen. In dem Punkt will sie keine Ausreden hören und in dem Punkt kann sie wieder laut werden. Dann sagt der manchmal, dass es unwahrscheinlich ist, dass sie gemeinsam sterben. Dass es unwahrscheinlich ist, ist ihr völlig egal. Auch nur eine Ausrede. Was würde sie nur ohne ihn machen? Sie weiß es nicht und räumt den Tisch ab. Sie schwankt zweimal dabei und versucht, es nicht zu merken. Ihr Finger fährt über die

Stellen am Schrank, die besonders viele Kratzer haben. Sie mochte glatte Dinge immer gern, saubere Böden, polierte Spiegel, die gefegte Eisfläche auf dem See. Aber ihre Finger mochten immer andere Sachen. Kratzer am Schrank oder seine Falten, wenn er eine Frage nicht versteht. Vier oder fünf hat er dann auf der Stirn und sofort, wenn sie rüberstreicht, sind sie weg.

Sie haben vor zwanzig Jahren auf dem Sofa gesessen, das nun raus muss. Er hat sie am Arm festgehalten, damit sie nicht aufstehen kann.

„Das musst du sehen", sagte er. Sonst sagte er nichts. Johanna dachte, es sind doch nur Nachrichten. Was geht uns die Welt an? Dann sah sie seine Falten auf der Stirn und setzte sich wieder. Das Abendbrot kann warten, wenn er es ernst meint. Sie saß auf der Kante und sah, dass die Leute in Berlin über die Mauer klettern, dass da Tausende unter den Straßenlampen Alkohol trinken, dass viele schreien. Ein richtiges Tosen war das, da konnte sie nicht unterscheiden, ob die jubeln oder ob die stöhnen vor Schmerzen.

„Die Panzer kommen nicht. Die kommen einfach nicht."

„Wieso willst du denn, dass die kommen?", fragte sie und legte ihm eine Hand auf die Stirn. Die Falten waren gleich fort und er lächelte nur eine Weile.

„Will ich nicht. Ich dachte nur ..."

„Nu haben wir die auch überlebt."

„Die auch", sagte er, ließ ihren Arm los. Er hatte so fest zugepackt, dass sie blaue Flecke hatte davon. Damit musste man rechnen, wenn man sich so einen nimmt. Der machte es schließlich nicht mit Absicht, konnte nichts dafür, dass Johannas Arm zu weich war für seinen Griff. Vierzig Jahre Diktatur. Ihr Mann klatschte laut in die Hände und lachte kurz. Es ist nicht so, dass sie nicht gespannt waren. Johanna wusste, dass sie gespannter war als er. Er sagte nichts mehr über die Mauer, brauchte nur länger mit der Zeitung die nächsten Tage. Es dauerte auch nicht lange und die sah völlig anders aus. Dann wurde sie teurer und es hat bis heute nicht aufgehört, das Teurerwerden, das Andersaussehen.

Es ging sie eigentlich nichts an, die Sache mit der Mauer und dem Rücktritt des Zentralkomitees, diese Übergangsregierung und die peinlichen Auftritte der Bonzen. Er war schon Rentner und sie wurde es gerade. Johanna war an diesem Abend auf alle Fälle schadenfroh. Sie wäre am liebsten zu der Mayer, der Wenzel und dem Arnelsen gegangen. Das habt ihr nun von eurem Stock mit den drei Buchstaben. Haben euch die Holzwolle zum Abwischen gegeben und selber haben sie sich mit Seide den Arsch abjewischt. Ha, wie die keifenden Parteileute immer noch zugeknöpft bis oben bei sich zuhause jetzt sitzen und die Leute auf der Mauer sehen, hah.

„Nun sitzen die und heulen nur noch. Die werden so heulen", sagte sie und stand auf, ging in die Küche, um Abendbrot zu machen. Ihr Mann konnte nicht wissen, was sie damit meinte. Was dachte er, wer nun heult? Die sozialistische Gestapo und die Regierung meinte sie nicht. Eine Stunde später sagte er über dem Schmalzbrot, dass er auch glaubt, die werden nun alle heulen, dass die Flüsse über die Ufer kommen. Johanna war noch mehr sicher, dass er der Richtige ist. Nachtschwimmer wissen von den Tagen nichts. Dabei können die einem nicht helfen, kein Stückchen.

Wilfried steht lange auf dem Hof. Er sieht die Haustür an und den Rasen. Der hat es in diesem Herbst wirklich zu leicht. So leicht darf man es den Pflanzen auch nicht machen. Die brauchen doch Stress, um vernünftig zu bleiben. Konditionen heißt das. Er steht an der Klinke und denkt über nichts mehr nach, stapft durch den Flur. Links die Zimmer, rechts die Zimmer und hinten in der Küche seine Frau. Das einzig Gute an dem neuen Haus, wirklich. Er steht in der Tür und schaut sie einfach nur an.

„Siehst aus, als willst da n Weilchen stehen, oder?", fragt sie.

Er schüttelt den Kopf, kaum sichtbar. Nein, lange will er nicht stehen. Manchmal hat er das Gefühl, er läuft seinen Gedanken nach. Die gehen vor und sind zuerst draußen, erst dann kommt er und holt sie ein, wenn sie ihn lassen. War ein Leben lang andersherum. Wie man als junger Mann so dümmliche Dinge sagt, nur weil die Gedanken irgendwo in der Ecke warten. Als könnten die einen auch auslachen, so wie die Frau, die einen anstarrt, und dann den ganzen herrlichen Kuchen auf den Boden schmeißt. Irgendwann kommt der Kopf zurück und sagt einem, dass man es versaut hat. Die bist du los, ein für alle Mal. Kannst deine Worte nicht mehr wegmachen, nicht aus ihrem Kopf rausholen. Sie hat nicht mehr alle Latten am Zaun. Das mag ja stimmen, aber sagen hätte man's nicht dürfen. Wilfried hätt's nicht sagen dürfen. Es ging mehr in die Brüche als nur der Kuchen. Sie hat die Sauerei in der Küche weggemacht und mit dem Rest war sie auch allein, mit seinem Satz. Heute weiß einer wie er, dass man einfach mal sein Maul halten sollte. Warten, bis der Kopf da ist, dann gibt es auch kein schlimmes Erwachen hinterher.

Gerechtigkeit und Konditionen bekommt er auf seinen Listen nicht unter. Man kann nicht alles wissen. Sie räumt den Frühstückstisch leer und wischt langsam mit dem Lappen über den Tisch. Er sieht, wie sie die Stühle zurechtrückt. Sie nimmt die Zeitung und legt sie auf die nasse Fläche. Menschenskind, die wird doch nass. Er sagt nichts. Ein- oder zweimal blickt sie zu ihm rüber. Dass deren Vater es bis hier geschafft hat, war ein Wunder. Die Mädchen waren alle munter, aber dem haben sie noch in Ostpreußen in den Bauch geschossen. Muss die ganze Fahrt gelegen und gefiebert haben und dann kommt einer wie der Fiebelkorn.

Wilfried geht durch die Küche. Er kann dem Drang nicht widerstehen und stellt sich hinter seine Frau. Stabil ist sie geworden und kleiner. Vielleicht werden Männer auch einfach größer und Frauen kleiner, wenn das Alter kommt. Im Wasserhahn sieht er seine eigenen weißen Haare. Dann fährt ein Schmerz durch seinen Körper, ganz von unten, von tief unten kommt er. Der Rücken ist ein langer Weg für so einen Wanderschmerz und gerade jetzt läuft man niemandem hinterher. Wilfried stemmt einen Arm auf die Hüfte und prustet eine Weile. Sie dreht sich um mit Schaum an den Händen. Er kann einen kleinen Teller sehen und greift danach. Sie sieht erschrocken aus, lässt den Teller aber los. Wilfried nimmt ihn und stellt ihn zu dem gewaschenen Geschirr. Dabei weht ihm der Schmerz ins Genick, so stark, dass er vornüberfallen könnte. Er ist nie gefallen und er wird es jetzt nicht tun. Seine Frau steht immer noch da, als wäre er der Deibel selbst. Das Geschirr ist gut so. Die wäscht das schon richtig.

„Kannst wegstellen", sagt er und fasst seiner Frau an den Oberarm.

„Hast heute die Tollwut, mein Guter?"

„Was?" Er blickt erst hoch, dann wieder runter. Den Arm lässt er los und geht langsam raus, mit der Zeitung in der Hand.

„Die tolle Wut", sagt sie und beugt sich wieder über den Abwasch.

„Hol mal tief Luft draußen, damit nicht noch was anstellst heut", sagt sie so leise, dass er eigentlich mehr annimmt, dass sie genau das gesagt hat. Bescheuerterweise nickt er auf dem Flur noch. Was hat denn das mit Tollwut zu tun? Er will nur eben das Geschirr nicht haben, muss nicht jeden Tag sein. Sie macht es gut und er will auch ein bisschen gut sein. Dafür ist es vielleicht zu spät oder nicht. So nett kann einer wie er im Leben nicht werden, wie die es verdient. Das mit dem dreimal Schreien und dem toten Kind, das kann er nicht mehr ändern. Und das Feuer.

Wilfried hat ihr nie erzählt, was er mit dem alten Lettmann besprochen hat. Er stand vor dem Haus in kurzen Lederhosen, hat sich an den schwarzen Balken festgeguckt und an den Hosenträgern rumgespielt. So rein körperlich konnte er einer Frau viel geben, das wusste er damals. Das konnte er dem Alten aber nicht sagen. Weiß Gott, nur das nicht. Er hat sich vorm Haus überlegt, ob er sagen wollte, was er sagen wollte. Hier hatten sie die Lettmanns untergebracht, in dem Haus der Naziwitwe. Den Zettel von der Bibel hatte Wilfried in der Tasche. Ein kleiner Klumpen, der mal eine Bibelecke war, die seine Mutter irgendwo rausgerissen hat. Johanna Lettmann war in hässlichen Buchstaben raufgekrakelt. Er wusste nicht einmal, welche sie war von den Mädchen, die ihm entgegenliefen.

Wat wist denn hier? Wer biste? Wat stehst so dömelich hier rum? Wilfried weiß noch, dass die ihn ganz irre machten mit ihren Fragen und mit ihren Kleidern. Dreckig waren sie, aber er war auch nicht sauber in den Tagen nach der Flucht. Er dachte noch, dass es ungerecht zugeht in der Welt. Haben die vor den Nazis und den Russen das größte Haus, haben sie es danach auch. Hat er jedenfalls gehört von den anderen im Dorf. Er ging an den Mädchen vorbei, ohne seine Braut anzusprechen. Er machte eine Verbeugung in der Waschküche, weil dort ein großer Lärm war.

Die einzige Verbeugung in seinem Leben.

Die Alte da unten gehörte gar nicht zur Familie, aber er wusste damals nicht, dass Mutter Lettmann schon inner pommerschen Erde war. Die Frau im Keller hat ihn in den ersten Stock geschickt. Hat gleich mit dem Heulen begonnen, als er da aufgetaucht ist. Vielleicht eine Tante oder eine Witwe. Dabei machte er doch eine gute Figur, aber vielleicht ist das auch egal. Vielleicht heulen die sogar, wenn ein Kaiser oder ein Kanzler die Mädchen aus'm Haus klaut. Er ist dann hoch in den ersten Stock und da saß der alte Lettmann mit Papierkram an einem Tisch. Die deutsche Witwe ging wohl vorbei und lächelte ihm zu, als wären sie beide nur Gäste in dem Haus.

Der Alte schaute hoch und drehte ein paar Blätter gleich um, weil die geheim waren oder sonst was. Wilfried hustete und ging langsam zum Tisch.

„Ich seh schon. Setz dich, min Jung."

„Guten Tag, Herr Lettmann."

„Lass gut sin", sagte der. Wilfried weiß noch, dass er eine tiefe Stimme hatte, eine Stimme, die nicht nach Bauchschuss klang. Er dachte noch, wieso der nicht im Bett liegt und wieso da nicht Ärzte traurig dreinschauen in seiner Nähe. Der Lettmann hatte nur ein paar Verbände, mehr konnte man vom Tod noch nicht sehen. Wilfried wusste überhaupt nichts mehr von den Wörtern. Er hatte sie sich zurechtgelegt und wollte so höflich sein, wie man sein muss. Nun durfte er sich nicht einmal vorstellen. Aber er hat sich ja auch nicht ausgesucht, herzukommen und das zu machen, was man eben machte. Der Alte sagte, er soll mal um den Tisch kommen. Wilfried stand auf, der Stuhl kippte fast nach hinten, weil er nicht trödeln wollte. Er setzte sich auf einen Stuhl, der direkt beim Alten an der Ecke stand. Auf dem Flur kicherten die Mädchen und der Alte schrie, dass sie verschwinden sollen. Eine musste die Tür zumachen. Dann saßen die Männer an der Ecke.

Irgendwann hielt der Alte seine Hand auf die Tischkante. Wilfried wollte nur noch weg. Wie die Leute bei Adolf, dachte er später. Aber der alte Lettmann war kein Würstchen. Der machte einem auf andere Art Angst als einer in Uniform, als einer mit ner Luger. Wilfried zerrte den Zettel aus der Hosentasche und faltete ihn umständlich auf. Dann legte er ihn auf die Hand, die vor ihm wartete. Der Alte leckte eine Handfläche an und rieb den Zettel zwischen seinen Händen. Er hielt ihn gegen das Fensterlicht und nickte nur einmal.

„Wat kannst mich bieten?" Wilfried verstand nicht.

„Min Jung, du wist min Kind. Wat krieg ick dafür?" Nun erst begriff Wilfried, was der Alte von ihm wollte. Davon hatte seine Mutter nichts gesagt. Kein Wort. Er dachte kurz, was für ein herzloses Stück seine Mutter ist, ihren einzigen Sohn herzuschicken und ihm nichts mitzugeben. Er wollte nicht sagen, dass er nichts hatte. Er ließ sich mit der

Antwort Zeit. Hätte sich auch gut vorstellen können, dass der Alte ihm eine schellt, eine ordentliche Kelle, und dass er das Haus nicht mehr mit zwei heilen Ohren verlässt. Draußen hätten die Mädchen gelacht, dass wieder einer mit eingekniffenem Schwanz vom Hof fliegt. Er sagte einen einzigen Satz.

„Wat muss, dat muss."

Dann saß er noch lange mit dem Alten. Still, ohne Worte. War ein guter Geschäftsmann, der alte Lettmann. Ein anständiger Mensch, schlauer als alle Leute, die Wilfried bis dahin kannte. Deshalb der größte Hof, deshalb diese Tochter.

Wilfried setzt sich in den Schaukelstuhl. Er legt die Zeitung schräg auf die Fensterbank. Die Kinder haben Recht, man könnte die Stube wirklich machen. Die Farbe ist auch völlig gleich.

„Ich mach nen Eintopf", sagt seine Frau in der Tür.

„Mach ma", sagt er und zwischen den Worten drückt ihm jemand die Luft weg, das bisschen, was er noch hat. Sie verschwindet und poltert im Haus. Wenn er nicht wüsste, dass sie da ist, er könnte meinen, das Haus poltert selbst. Der Schaukelstuhl wird härter unter ihm und das Fenster rückt ein Stückchen weg. Komisch, wie das mit der Luft manchmal ist. Dann legt sich der Schmerz zwischen seine Rippen und Wilfrieds Kopf nickt langsam. Er versteht das Ganze nun und ahnt, wo der hinwill, der alte Knabe.

Wilfried steht aus dem Stuhl auf. Es dauert eine Weile. Ohne Luft kann man nicht viel machen. Aber es ist nicht die Luft oder das Atmen, das ihm heute zu schaffen macht. Der Schmerz will wieder zu seinem Herzen, wie vor zwei Jahren. Mit Trara haben sie ihn in die Klinik gebracht und die Ärzte zogen die Augenbrauen so hoch. Wilfried ist nicht doof, selbst wenn ihm die Luft ausgeht. Er hat gesehen, dass jeder seine Augen gerollt hat, wenn er auf die Listen schaute. Einmal im Leben würde ihn interessieren, ob

Ärzte das vernünftig machen. Ob die in den Tabellen bleiben, wenn die die Krankenlisten ausfüllen. Vorgeschichten gibt es genügend, um Millionen Zeilen zu füllen.

Er schlurft durch die Stube. Der Flur ist weit weg. An der Garderobe bleibt Wilfried stehen. Zur Küche ist es zu weit. Dann brüllt er den Namen seiner Frau. Zweimal, einmal laut und einmal lauter. Der Schmerz kann ihn mal am Arsch. Seine Stimme verliert er erst, wenn es die Ärzte in die Tabellen schreiben. Die können doch nicht immer helfen.

Erschrocken taucht seine Frau am Ende des Flurs auf, kommt bis zu ihm hin. Mit einer Hand auf der Brust und einem Keuchen im Gesicht steht Wilfried mit seiner Jacke im Flur.

„Frau, musst mich zur Klinik fahren." Sie steht und schaut nur, sieht sich die Hand auf ihrer Schulter an, dann an ihrem Mann hoch. Es stimmt doch, dass Frauen kleiner werden. Irgendwann sind sie alle Eidechsen und ihre Männer sind Steine. Sie nickt nur.

Wilfried fummelt an seiner Jacke. Diese Reißverschlüsse mochte er noch nie. Viel zu klein und gegen den Wind sehen die auch keinen Stich. Auf den Feldern hatte er diese kleinen Reißdinger nie an den Jacken. Man könnte sich gleich eine Grippe bestellen, übers Telefon, wenn man den Wind an sich ranlässt. Er gibt es auf und geht mit offener Jacke zur Tür. Hinter ihm rumpelt das Haus oder seine Frau. Er schlurft nach draußen, stolpert fast auf den zwei kleinen Stufen vor der Veranda. Die kriegt ihn nicht aufgehoben. So weit darf es nicht kommen, dass er sich langmacht. Nur ins Auto und hinsetzen. Der Schmerz ist ehrlich. Er macht ihm nichts vor und er lügt nicht. Jetzt sitzt er mitten auf dem alten Herzen, wie ein Wagenrad, ein kleines, ein sehr schweres. Das Einatmen geht zu schwer und das Ausatmen zu leicht. Wilfried ist nicht dumm. Eine Elster hockt auf dem Gartenzaun. Hock du nur, an mir is keen Silber. Kannst lange warten.

Seine Frau fährt das Auto vor die Garage. Wilfried steht an der Regentonne und merkt, dass die Luft sogar die Zeit weiter wegrücken kann. Er zieht die Autotür auf und setzt sich auf den Beifahrersitz. Das dauert seine Zeit. Kannst den Schmerz nicht abhängen, der kommt mit. Langsam und sicher. Sie schließt das Garagentor und sagt, dass sie ihre Brille holt.

„Wat muss, dat muss", sagt er. Seine Frau kann nicht ohne Brille fahren. Blind wie ein Huhn wäre sie dann. Sie geht zum Haus und Wilfried sieht durch die Scheibe zum Zaun. Die Elster ist nicht mehr da, hat wohl aufgegeben.

Dieses Warten ist nicht seines. Das dachte er schon '52 in diesem hässlichen Flur. Mein Gott, war der grauselich. Oranges Linoleum und pissgelbe Wände. Wilfried verstand nicht, warum das die ersten Farben sein sollten, die frische Menschen auf der Welt sehen. Die müssten eigentlich sofort wieder abhauen. Eine Welt mit solchen Farben, was sollen wir da. Er saß erst mit einem anderen in diesem Saal in der Klinik. Dann saß er eine Stunde ganz allein dort. Das Fenster war zu klein zum Rausschauen. Unten war nur der Parkplatz und Autos beruhigen einen auch nicht, wenn man sich so fühlt. Er hatte genug Zeit, sich das zu überlegen. Er fühlte sich wie Weihnachten mit echtem Weihnachtsmann, also bevor er wusste, dass es der alte Zottner war. Dann dachte er, dass es eher wie eine Anhörung in der Bezirksleitung ist, weil man nicht weiß, ob etwas Gutes oder etwas Schlechtes kommt. Er machte sich Sorgen um seine Frau. Er kannte die schlimmen Geschichten. Das Kind ist am Leben, aber die Mutter ... Für ihn, wenn er hätte entscheiden dürfen, er hätte immer seine Frau behalten und nicht das Kind. Die Listen von Ärzten funktionieren wohl anders. Jeder kriegt das, was er verdient.

Dann wartete er nur noch. Ist ein Gefühl wie alt sein. An einem rauschen Krankenschwestern und Ärzte vorbei, auch diese fahrbaren Liegen, mit den Kaputten. An einem rauscht alles vorbei, nur der ganz schmale Streifen Himmel über dem Parkplatz nicht. Der wird rot und orange, ohne wie das Linoleum auszusehen. Das wären anständige Farben für frische Menschen. Irgendwann hatte das Warten ein Ende und eine Hebamme hat ihn durch eine Tür zu seiner Frau gebracht. Die lag schon nicht mehr im Kreißsaal. Sie sah verschwitzt aus, wischte sich mit einem Tuch über die Stirn und hörte damit auf, als er im Raum stand. Die anderen beiden Frauen, die noch hier lagen, schauten ihnen zu, als wären sie im Kino. Er wusste doch nicht, was Leute so machen, wenn die Frau es gut überstanden hat. Lieberherrgott, er hatte keine Lederhose mehr an, aber er wusste nicht viel mehr. So fühlte er sich, genau so.

Wilfried stellte sich neben das Bett. Die Farben sahen in den Zimmern genauso krank aus, als würde das Leben nur aus kranken Sachen bestehen. Es roch eklig. Er legte eine Hand auf das Bettlaken und seine Frau schob ihr Handgelenk hinein. Dann drückte er zu, nur ein wenig. So, dass sie ihn merken konnte. So, dass er sich festhalten konnte und merkte, dass ihr Herz noch schlägt. Gesagt haben sie nichts und bestimmt die anderen Frauen damit enttäuscht, im Kino redet immer einer. Es läuft meist anders. Und dann noch als man denkt. Später haben die dann das Baby reingebracht und erklärt, dass es wieder ein Mädchen ist. Sie fragten nach dem Namen und Wilfried dachte nur, etwas muss schiefgelaufen sein. Das ist doch kein Mensch, so klitzewinzig wie das Ding aussah. Da fehlt doch ein Stück. Die haben nicht alles rausgeholt aus seiner Frau und nun bleibt das Ding hier immer nur halb im ganzen Leben.

„Wat meinst?", fragte seine Frau.

„Wat?"

„Der Name." Das sagte sie schon lauter. Hatte auch keine Lust, sich zu unterhalten. Eine, die ständig quasselt, wäre auch nicht gut gewesen für ihn.

„Sophia", sagte er nur. Wegen seiner Tante, dachte er. Die konnte schön singen und hatte es gut im Leben. Er sprach nie darüber, wieso Sophia nun Sophia hieß. Seine Frau, die Gute, sie nickte und die Hebamme schrieb in die erste Zeile der Babyliste den Namen „Sophia Fiebelkorn".

Johanna ärgert sich im Flur. Sie steht und dreht sich langsam rechts und links. Tüdelig wird man. Mannmann, wo ist diese Brille hin? Wenn er sie fahren lässt, muss es schlimm sein. Das ist klar. Dann fällt es ihr ein und sie geht ins Schlafzimmer. Auf den Büchern ihrer Tochter liegt das Ding. Johanna greift danach. Sie sieht kurz in den Spiegel im Flur, wirft das rote Tuch um den Hals. Zum Schminken bleibt keine Zeit mehr. Vor zwei Jahren haben die Ärzte gesagt, es hätte anders ausgehen können. Das hat sie nicht kapiert. Wie hätte es denn ausgehen können? Es fiel ihr erst viel später ein, was sie gemeint haben. Sie schließt die Tür ab und geht zum Auto. Sie ist nun lange nicht mehr gefahren, aber das verlernt man nicht, so wie das Schwimmen oder das Luftanhalten. Sie setzt sich ins Auto. Ihr Mann auf dem Beifahrersitz bewegt sich nicht. Er hält mit geschlossenen Augen die Luft an. Auch besser so, wenn ihm das Atmen schwerfällt. Er spart sich seine Kraft auf, damit es nicht anders kommt.

Johanna dreht den Schlüssel. Das Auto springt an und sie rückt ihre Brille zurecht. Das erste Anfahren geht leicht. Leise rollt das Auto zur Straße runter. Sie merkt, dass der Motor nicht mehr an ist und schielt zum Beifahrersitz rüber. Er guckt nicht. Er lacht nicht. Was für eine Leistung. Für sie war er immer einer, der sich beherrschen konnte, auch wenn er ein Mann war. Ja, die lassen sich gerne gehen. Mit Frauen, mit Saufen, mit Geprügel. So einer war er nie, hätte auch nicht gut zu ihr gepasst. Der Motor springt wieder an und geht sofort wieder aus, weil das Pedal nicht mitmacht.

„Hannakind, konzentrier dich jetzt. Ist doch nicht schwer. Einfach ruhig und ... wie schwimmen", sagt sie zu sich selbst. Sie denkt ans Nachtschwimmen und niemand antwortet ihr. Unterwegs muss sie zweimal an einer Ampel halten. Einmal weiß sie nicht, ob sie fahren darf und wartet und steht lange, bevor sie sich traut. Er könnte auch mal helfen, der Gute. Ist schließlich auch sein Auto. Sie wollte nicht ins Krankenhaus, wieso muss sie das allein machen.

Kurz vor der Klinik rutscht ihr Mann auf die Seite. Sie hört ein Klopfen, als sein Kopf gegen die Fensterscheibe stößt. Der spart nichts mehr. Der markiert nicht. Sie kommt irgendwie vor die Klinik, fährt direkt an Eingang. Ein Nebel is dat heute, aber könnte auch ein Tränenschleier sein. Dann tragen ihn die weißen Jungs rein und sie weiß nicht, was sie mit dem Auto machen soll. Als hätte sie verlernt, was man mit Autos macht. Das geht in Sekunden, dass man alles verlernt.

7.

Unterwegs berührt ein Sanitäter Willi am Hals, an der Wange auch, wie es aussieht. Man geht hinterher. Die kennen sich mit solchen Sachen bestens aus, da muss man sich nichts einreden. Gibt irgendwo immer Leute, die ihren Beruf nicht können. Hier aber nicht. Schon klar, die beeilen sich nicht, weil es ein Quatsch wäre. Das Thema Willi ist erledigt. Sie gehen mit ihm zu einem Seiteneingang der Klinik. Man hört die Räder der Krankenliege nörgeln. Man hört, wie einer zu ihr sagt, gleich wird ein Arzt kommen. Sie soll in der Wartehalle warten. Was soll man da sonst machen und was soll man jetzt mit einem Doktor?

Es gibt in der Halle nichts, was sie machen kann. Man hat schon oft genug gewartet, wenn man so alt ist. Es bleibt einem nur übrig, kerzengerade in der Halle zu stehen, dicht neben dem Schild mit den Stationen. Man liest, die Chirurgie und die Innere sind auf einer Etage, darunter Urologie und das passt auch irgendwie. Die Vorhänge in der Halle waren sicher irgendwann prächtig. Sind solche schweren, die eigentlich nichts dunkel machen sollen, müssen nur gut aussehen. Eine Schande, wenn die so verkommen. An den Rändern ganz speckig und ranzig, das kann sie sogar von hier sehen. Leben retten und Krankheiten heilen wird kein leichter Beruf sein. Man hat es selbst einmal versucht und das war kein Zuckerschlecken. Trotzdem könnte sich einer das bisschen Zeit nehmen, um diese herrlichen Vorhänge ma zu waschen. Dauert doch keine Tage oder Wochen und sie wären wieder wie neu. Ein junger Mann kommt an ihre Seite. Man reicht ihm die Hand. Wirkt so fahrig und müde, der Jung. Als würde er seinen Beruf manchmal hassen. Krüger steht auf seinem Namensschild und er stellt sich als Arzt vor. Er fragt nach ihrem Namen, weil sie kein Namensschild bekommen hat. Weiß Gott, auf dieser Brust wäre noch genug Platz für ihren Namen, auch wenn die früher schöner war.

„Johanna Fiebelkorn", sagt sie und er nickt, schreibt den Namen auf sein Klemmbrett. Er kann nicht eine Sekunde stillstehen. Man kennt ja, weiß Gott, genügend solcher Kinder. Früher dachte man noch, das verwächst sich mit der Zeit, diese Ruhelosigkeit. Wenn die verheiratet sind und selbst Kinder haben, wenn ihnen das Leben ordentlich links und rechts die Backpfeifen ins Gesicht schmeißt, dann hören die mit dem Zappeln auf. Es stört sie nicht, dass der Arzt von einem Bein aufs andere schwingt.

„Wollen Sie sich nicht setzen, Frau Fiebelkorn?" Man schüttelt lächelnd und höflich den Kopf. Man wartet.

„Ich muss Ihnen leider sagen, dass ihr Mann verstorben ist, Frau Fiebelkorn."

„Ja."

„Verstehen Sie mich, Frau Fiebelkorn?" Man kneift dem Arzt in die Wange, nur leicht. Er hört kurz mit dem Zappeln auf und blickt sie erschrocken an. Schaut ziemlich selten hoch, der Gute, vielleicht ist so ein Klemmbrett auch nur ein Schutzwall. Willi mag die Dinger auch gern leiden.

„Wenn ich sag, ich versteh's, dann versteh ich's auch, mein Jungchen." Man sagt es ruhig und zieht die Hand aus dem Gesicht des Arztes. Einer, der es nicht gewohnt ist, dass ihn Leute anfassen. Trauriger Mensch. Manche Kinder muss man einfach nur öfter drücken als andere. Die brauchen das als Ausgleich irgendwie.

„Ja." Er hustet und versteckt sich wieder hinter'm Schutzbrett, fährt mit dem Kugelschreiber über die Zeilen und redet, ohne sie noch einmal anzusehen. „Ich lasse dann die Unterlagen fertig machen. Es wäre schön, wenn Sie hier ein paar Minuten darauf warten. Brauchen Sie Hilfe? Sollen wir jemanden anrufen?" Unterlagen also. Man könnte meinen, ein letztes Zeugnis mit den letzten Noten könnte einem Willi nicht schaden. Wen interessiert es jetzt noch, wie Willi wirklich ist? Sie weiß es selbst nicht einmal, wie ihr Mann in seinem Inneren so ist. Wie wollen die sein Zeugnis schreiben? Das steht nur ihr allein zu, niemandem sonst.

Der Arzt zeigt ihr die Rezeption, als wäre sie ein blindes Huhn oder verwirrt, vielleicht auch krank. Er dreht sich weg. Ist regelrecht zu sehen, wie der gleich losrennen wird mit seiner gottlosen Unruhe und dann macht er dem lieben Herrgott ein paar Striche durch die Rechnung oder auch nicht. Bevor er wegläuft, blickt er noch einmal zu ihr, ganz kurz. Er hätte etwas vergessen, müsse sich dafür entschuldigen. Dann fragt er, ob sie ihn noch einmal sehen will.

„Wen?"

Der Arzt sieht sie nur an.

„Ja, Ihren Mann. Ich meine, die meisten sagen dann auch nein. Ich vergesse es schon manchmal. Weil ... Naja, weil sie nicht wollen."

„Ich möchte", sagt Johanna. Der Arzt nickt seinem Klemmbrett zu. Diese Tabellen mit Namen und Spalten haben auch nichts geholfen. Wenn einer weg will, geht er einfach. Punkt. Einer wie Willi lässt sich nicht aufhalten. Selbst, wenn er vorher Bescheid gesagt hätte, hätte es nichts geändert.

„Sie brauchen wirklich keine Hilfe? Sie schaffen das?" Ohne eine Antwort stürzt er durch den Saal. So schnell könnten ihre Worte gar nicht hinterher fliegen, um den einzuholen. Hatte sicher Angst, dass sie ihn noch einmal anfasst. Würde dem gut tun, wenn ihn ein paar mehr anfassen. Es gab Kinder, früher. Die musste man auf dem Boden rumrollen. Gab ja noch keine Bällekisten, in die man rein konnte damals. Und da haben sie die Kinder auf dem Boden, mit geschlossenen Augen. Ab und zu ein kleines Kuscheltier darunter, damit sie merken, dass sie was merken. Sie setzt sich neben die Rezeption auf einen Stuhl. Die Sessel hier mag sie nicht. Sehen schon so weichbirnig aus, die Dinger. Braucht man sich nur fallen lassen und sie quetschen einem das Gehirn aus den Ohren raus. Wenn man seinen Anstand nicht mehr hat, was hat man noch? Ihr Rücken ist gerade. Augen nach vorn. Gar nichts hat man dann noch. Überhaupt nichts.

Die Krankenschwester, die auf sie zugeht, kommt Johanna bekannt vor. Wie die ihre Unterlippe nach vorn schiebt, dat macht einen richtig deprimiert. Auf dem Schild steht Schwester Julia. Hat auch eine Brust, die langsam runter wandert. Johanna steht auf und gibt der Jungschen die Hand. Diese Julia lässt nicht los und Johanna weiß, die heißt mit Nachnamen Eckmann. Die war in ihrem Kindergarten. Artiges Ding, obwohl die es nicht leicht hatte. Man kann es irgendwann nicht mehr so sehen. Dass man den Kindern immer die Eltern ansieht. Die sagen die Sätze von zuhause und dann ruft man jedes Mal die Polizei, wenn man merkt, dass die Väter sie schlagen oder sonst was machen. Der alte Eckmann, was für ein heruntergekommener Säufer das war. Hat seine Arbeit verloren und zuhause wohl geprügelt. So genau konnte sie das auch nicht wissen, weil das Mädchen trotzdem immer brav war.

„Es tut mir ja so leid, Frau Fiebelkorn."

„Ach ja, danke." Ihre Antwort klingt schief, ziemlich windschief. Sagt einem aber auch niemand, wie man auf solche Sachen antwortet. Was der wohl jetzt leidtun kann? Die Sache mit Willi bestimmt. Trotzdem nett von ihr irgendwie, das zu sagen. Gibt sich halt Mühe, das Kind. Brav, auch wenn Krankenschwester nichts für Johanna wäre. Trotzdem ein ehrlicher Beruf.

„Ich soll Sie hinbringen. Wollen Sie das wirklich? Sie können ihn auch später noch sehen, wenn er besser aussieht."

„Lass mal. Ich mach das schon", sagt Johanna.

„Es tut mir so leid, wirklich." Jetzt erst lässt die Eckmann Johannas Hand los. Sie gehen zusammen zu einem Fahrstuhl, der nach unten fährt. Moment mal, wer hat gesagt, dass ihr Willi nach unten darf? Der kommt in Himmel, bei dem Thema duldet sie keine Widerrede. Ist doch ein guter Mensch, immer gewesen. Wenn sie den aus Versehen woanders hinbringen, können sie die echte Fiebelkorn kennenlernen, die einsame Schreikröte.

Wie viele Flure hat so ein Krankenhaus eigentlich? Da kriegt man das Gefühl, die Eckmann führt einen absichtlich überall und im Kreis herum. Sie verlassen den Keller nicht. Kaltes Licht und manchmal einer, der das Mädchen grüßt. Dann stehen sie vor einer Liege, über der ein weißes Tuch liegt. Was sollen sie denn hier? Sie wollten doch zu ihrem Willi.

„Ich warte dann kurz da, Frau Fiebelkorn." Oh, dann ist Willi unter dem Tuch. Das kann man nicht ahnen, dass sie einen so schnell abschreiben. Er ist keiner, der fixe Ideen hat oder der schnell nachgibt. So war er niemals. Man versteht ja nix in so'nen Momenten. Wann hat er sich denn diesen Unsinn ausgedacht? Denkt doch sein ganzes Leben schon nach, bevor er spricht oder was macht. Nur ein- oder zweimal hat er das Maul vorm Denken aufgerissen. Hat er gemerkt danach. Johanna hat es ihm klar gezeigt. Das war nicht in Ordnung, so auf dem Armen herumzutrampeln.

Sie steht jetzt ganz allein in diesem kleinen Raum. Die Tür ist auf. Endlich angekommen. Ihr Bein schmerzt wie verrückt. Sie ignoriert das und traut sich nicht ans Tuch. Es ist nicht so, dass sie noch nie einen gesehen hat, der mit dem Leben aufgehört hat. Waren auch ein paar bei, bei denen man im Lazarett genau wusste, dass die das freiwillig gemacht haben. Schwächlinge, das ist wie abhauen. Johanna hört die Stimme der Eckmann von weit hinten.

„Tschuldigung", sagt sie. „Lassen Sie sich ruhig Zeit, das ist ... Es tut mir leid." Die soll endlich aufhören, sich zu entschuldigen die ganze Zeit. Wenn einer das machen sollte, dann wohl Willi. Nicht sie. Sie sollte ihren Mund halten, am besten abhauen. Johanna würde sie eintauschen, wenn es ginge. Man kann sich auch Sachen einreden, manchmal. Die Eckmann kommt rein und zieht langsam das Laken beiseite. Johanna steht noch auf derselben Stelle. Willi ist bis zum Bauchnabel zugedeckt jetzt. Eine Decke ist das, die hat das neumoderne Persil auch noch nie erlebt. Das Mädchen verschwindet wieder, zum zweiten Mal. Man weiß nicht, was man machen soll, wenn man so in so einem Raum ist. Vor ihr Willi. Bewegen sich nun beide nicht mehr. Nur seine Augen sind geschlossen, als würde er schlafen. Den rollt keiner mehr übern Boden. Nein.

Johanna wartet noch eine Weile, ob sie vielleicht ein Schnarchen zu hören kriegt. Er rührt sich nicht. Er könnte doch grunzen oder wie tausend Kettensägen lärmen. Seine weißen Haare sind schön, besser als das Blond von früher. Sie geht irgendwann den endlosen Meter näher. Eine ihrer Hände will zu seinem Kopf und ihm die Haare von den Ohren wischen, vielleicht einfach auf diese Stirn. Da sind keine Falten mehr zu sehen. Willi Fiebelkorn, ganz sorgenfrei. Man kann sich mit solchen Sätzen ruhig Zeit lassen, wie die Eckmann schon sagt. Für immer. Was das heißt, das weiß doch keiner so genau.

Johanna ignoriert die Hand, die zur Stirn will. Sie hebt den anderen Arm an. Das geht ganz von allein, planlos, automatisch. Sie ballt die Faust und grunzt nun selbst. Dann boxt sie ihm mit der Faust direkt in die Seite. Das geht so schnell und so stark, dass die Hand danach mehr schmerzt als das Bein. Wenn es juckt, soll man kratzen. Einfache Regel. Ganz simpel. Man kann manchmal nicht erklären, warum man irgendetwas irgendwie macht. Manchmal gewinnt Gott einfach die Oberhand und macht etwas mit diesen schäbigen Menschenleibern. Wieso hat er denn dem Willi mit ihrer Faust voll an die Rippen gelangt? Herr im Himmel, verdient hat der das auf alle Fälle. Aber nun steht sie da mit ihrem Gewissen und kann sich nicht entschuldigen. Willi, sogar ein Stückchen verrutscht, beschwert sich nicht. Liegt weiter wie ein Träumer. Vielleicht fängt er jetzt damit an, kann man nich wissen. Sie zieht ihm die Decke wieder übern Körper.

Wenn man vier Kinder großziehen wollte und einen Mann hat, so einen wie den hier, dann deckt man oft welche zu und singt, bis sie schlafen. Ist auch nix Wunderbares oder Großartiges dabei. Nur übers Gesicht kann sie ihm das steife Laken nicht ziehen. Am Hals ist Schluss und ihre Stimme ist bestimmt sehr aus der Übung mittlerweile.

Auf dem Flur wartet die Eckmann und verdrückt sich eine Träne. Johanna weiß nicht, wie die das hier aushält, wenn sie bei jedem so sensibel ist. Dann ist es der falsche Beruf. Mit geradem Rücken und erhobenem Kopf geht sie hinter der Krankenschwester den Flur runter. Erst der Fahrstuhl, dann die große Halle. Sie nimmt eine Aktenmappe, die irgendjemand ihr reicht. Was soll sie mit einer Sterbeurkunde? Das ergibt doch keinen Sinn. Der träumt doch nur. Gibt wohl keine Traumurkunden, hier irgendwo. Das sollte man sich mal überlegen, ob man nicht in der falschen Welt ist. Die kommen einem immer gleich mit Sterben, als gäbe es nichts Wichtigeres. Ihren Töchtern muss sie das ganze Elend auch noch beibringen. Auch nicht wirklich was, worauf sie jetzt Lust hat. Aber das hat Zeit. Jemand bringt sie zum Parkplatz, bestimmt die Eckmann wieder. Weicht ihr nicht von der Seite, als hätte Johanna Zucker inne Taschen. Das Kind entschuldigt sich oder bemitleidet irgendwen. Wenn das noch länger geht, kriegt die was zu hören. Mensch, lass die alte Fiebelkorn mal in Ruhe. Der redet man nix ein, was nich passiert. Nein, nein. Beim Einsteigen fragt sich Johanna, hinter welchem Kellerfenster Willi jetzt liegt. Ein Laken auf dem Kopf, verlogen ist das alles. Er hat es versprochen. Er hat es fest versprochen und nun ist er doch weg.

8.

Johanna sitzt im Auto. Manchmal weiß man nicht mehr, wie man angekommen ist. Vom Krankenhaus ist sie noch losgefahren. Dann stand sie hier. Sieht so aus, als hätte sie den Weg ohne Unfall geschafft. Das Auto ist noch ganz, die Auffahrt noch da, das Haus auch. Alles sieht normal aus. Kann eigentlich gar nicht sein. Jetzt, mit der Hand am Schlüssel sieht sie sich alles an. Sieht genauso aus wie vorher, aber haargenau. Mit dem Verstummen des Motors wird es ziemlich ruhig. Sie wartet und niemand macht die Tür für sie auf. Keiner, der seine Hand auf ihren Kopf legt, damit sie sich nicht stößt. Das kann einen schon irritieren, auch so als vernünftigen Menschen.

Was hat der sich nur gedacht? Großer Gott im Himmel. Ohne ein Wort zu verschwinden, nicht die feine englische. Aber Willi ist keiner, der viel Federlesen macht. So einer sollte auch so verschwinden. Was sein sollte, ist total egal. Ja, es geht sie nicht einmal etwas an. Was er denkt, was sie denkt, was alle denken. Er muss jetzt aussteigen aus diesem alten Auto, ohne Widerrede. Es kümmert sie überhaupt nicht, wo er im Augenblick ist. Er muss sich entschuldigen für die Verwechslung, für den ganzen Ärger und dass er nicht selbst zurückgefahren ist. Ihre Tür sollte genau in diesem Augenblick aufgehen und seine große Hand sollte auf ihrem alten Kopf sein. Die Finger umklammern noch immer den Schlüssel. Manchmal rasselt es in einem Hals. Man kann die Luft regelrecht hören, wie sie ins Auto strömt. Ausatmen, ausatmen. Wie ein weiter Wind an einer Klippe, an einem Riesenabgrund. Windjammer, auch so ein Wort.

Sie steigt aus und zieht am Seil des Garagentors. Mit dem ganzen Gewicht hält sie dagegen, weil das Tor so viele Jahre auf dem Buckel hat. Es knarrt und lärmt, bis es endlich oben ankommt. Mit dem Schlüssel startet der Motor. Ist schon zittrig geworden, der Gute. Ohne eine Schramme fährt sie das Auto rein und wartet dann wieder. Unlogisch, sie weiß es ja. Aber man muss Willi vielleicht nur Zeit lassen. Solche großen Fehler brauchen ihre Zeit, bis sie das Gewissen finden. Ihr ist jetzt, als müsste sie gleich weinen. Bevor es so weit kommt, steigt sie aus und zieht das Tor wieder herunter. Vorn das Tor zur Straße ist noch offen. Johanna hängt es ein. Willi kriegt es alleine auf, wenn er später kommt, wenn er es sich anders überlegt. Das komische Tor will nicht, wie sie jetzt will. Wie der Riegel so an allen Seiten rostig ist, passt er überhaupt nicht in diese Kerbe. Johanna fummelt am eiskalten Metall. Ärgerlich, der Oktober ist in diesem Jahr schon so dermaßen kühl. Weil der Winter wieder nicht warten kann, bis er dran ist. Keiner wartet. Kein Wunder, wenn man schnell ins Zittern kommt. Ein Riegel passt nicht, wenn er vor seiner Zeit friert. Soll Willi doch zusehen, wie er das wieder heilmacht. Ein Mistwetter und sie lässt das Tor so, wie es ist. Wenn die Jahreszeit gegen einen ist, dann eben sperrangelweit auf.

Nichts ist anders. Johanna geht ins Haus. Das Gras war vorher schon grau, oder? Hässlich. Der Rasen und der Garten, das sind seine Sachen. Sie schaut normalerweise nicht hin. Er guckt auch nicht, ob sie Salz an den Eintopf macht. Keine Ahnung, wie der Rasen vorher ausgesehen hat. Vielleicht hat Gerhard beim Mähen etwas falsch gemacht. Kein Wunder, wenn einer aus der Stadt den ganzen Rasen versaut, weil er nichts auf die Reihe bekommt. Und dann bleibt alles an ihnen hängen. Die Küche ist immer noch am Ende des Flurs. Ihre Garderobe links. Ihr Telefon gegenüber. Sie hängt die dicke Jacke an einen Haken. Was macht man mit dem Drang, die wieder anzuziehen? Sie muss sich am Riemen reißen. Ist doch Unsinn, die Jacke ausziehen und wieder an und immer und immer. Dann rausgehen zum Auto und wieder zurückfahren. Willi könnte in dieser Minute ja sterben. Er weiß nicht, wie er nach Hause kommt. Manchmal muss man sich entgegenkommen, sich in der Mitte treffen.

In der Küche merkt sie, dass sie langsam spröde wird in ihrem Schädel. Der Hahn liegt noch in seiner Abkühltüte.

Den hätte sie längst vereisen müssen. Sie zieht die Leiche heraus. Das Knistern klingt vorwurfsvoll. Sie legt das Ding auf die Arbeitsfläche. Dann bindet sie die Schürze um und stützt sich ab, weil sich das Haus ein Stückchen dreht. Das stört jetzt wirklich nicht. War zu erwarten, dass die Welt sie umkippen will. Das bisschen Rütteln reicht nicht. Wer damit rechtzeitig rechnet, ist stark. Ja, sie ist zum letzten Mal überrascht worden. Sie nimmt den toten Hahn und bringt ihn zum Schuppen. Ihr ist nicht mehr kalt, als wäre die Schürze wärmer als jede Jacke. Das Viech packt sie im Schuppen in die Truhe auf der leeren Seite. Sie sieht ihm beim Blauwerden zu. Gegenüber stehen die Judopokale von Lischen. Das bisschen Schmutz macht den Ruhm auch nicht kleiner. Johanna schiebt die Trophäen hin und her, bis man alle sehen kann. Sollte einer in den Schuppen kommen, ob der zuerst auf die kleinen Judokämpfer schaut? Oder sieht er zuerst das Blut im Eis und den Hahn?

Siebzehn Jahre war sie alt. An einem Sonntag hat sie die Pfützen zum ersten Mal gesehen. Es gibt nicht viele Sachen, die ihr die Galle hochtreiben. Wenn sie an diesen Tag denkt, schmeckt sie es wieder, als wäre es gestern gewesen. Sie stand vor dem Schloss in Garrin. Schüchtern und neugierig, beides auf einmal. Es war viel größer als ihr eigenes Schloss. Das Gutshaus auf dem Hügel hinterm Dorf. Sie sollte an diesem Tag ihren Schwestern die Stullen bringen, mehr nicht. Aber sie traute sich nicht hinein in das Haus. Liefen andauernd Leute davor herum, hinein und wieder raus. Zwei Laster knatterten vorm Eingang und wenn einer wegfuhr, kam meist der nächste. Leichenkutschen und Halbleichenkutschen hießen die später. Das wusste sie an dem Tag noch nicht. Johanna in der prallen Sonne wusste nur, dass sie nicht mehr umdrehen konnte. Da musste sie jetzt durch. Man kann die eigenen Schwestern nicht hungern lassen, nur weil man sich so anstellt, weil man Angst vor Sachen und vor Leuten hat. Sie ging zum Eingang und ein paar Soldaten rannten sie beinahe um. Ein verdrecktes Gestell trugen die durch die große Eingangstür. Ein glattes Wunder, dass der da drauf nicht runtersegelte. Es ging hier nichts automatisch auf, so wie heute in den Krankenhäusern. Deshalb waren beide Flügel des Eingangsportals ausgehängt. Sie wusste noch nicht, dass im Schloss keine Kranken waren. Alle eher verwundet, so oder so. Die einen am Kopf und die anderen am Leib. Das mit den fehlenden Armen und solchen Sachen hat sie weniger erschreckt. Richtig widerlich waren die Pfützen. Dunkle Flecken, als würden an den Stellen Stücke vom Boden fehlen. Als könnte jeder, der dumm genug war und rauftrat, durch diese Lachen in die Hölle fallen. Später wusste sie, dass die Pfützen aus geronnenem Blut waren und dass nichts passierte, wenn man drauftrat.

Johanna erkannte keinen. Irgendwo waren ihre Schwestern in dem Lazarett und sie suchte nach ihnen. An dem Tag ist sie einem Arzt in die Arme gelaufen. Die gingen nicht in weiß damals, hatten ganz normale Soldatensachen an mit einem Kreuz auf dem Arm, einem blutroten. Johanna hörte ihn sagen, sie soll den Verband da fertig machen. Er muss sofort weg. Und sie? Sie wollte auch weg, stand aber nur stumm vor einer Liege auf diesem Flur. Vor ihr ein Mann, seine Beine voller Blut. So schwarz, als wäre es gar nicht von einem Menschen. Hinter ihr lief der Arzt durch das Foyer und überall waren diese Soldaten. An Schreien oder Flennen kann sie sich nicht erinnern. Wie tapfer man manchmal wird, wenn man das Schlimmste hinter sich hat. Komisch waren die Bilder an den Wänden. Die hatten sie hängen lassen. Die Kreciaks hatten in dem Gutshaus gewohnt, bevor die Front kam. Sind als Erste abgehauen. Man munkelte im Dorf, dass die für die Nazis Panzer gekauft haben. Im Flur sah sie auf den Gemälden nur Männer, die ihre Brust nach vorn streckten. Einer war anders, der saß neben einem toten Reh und redete mit einem Hund. Erst tote Rehe und dann so etwas im gleichen Haus.

Der Verwundete auf der Liege hustete ein paar Mal.

„Willst mich nicht verbinden, Mädchen?"

„Schon", sagte sie. Sie wusste überhaupt nicht wie. Wo waren ihre Schwestern jetzt? Hätten es doch vormachen können. Wenn sie den jetzt nicht verbindet, dann stirbt der. Kein anderer wäre schuld daran, wenn der unter die Erde kommt. Da steht man auf einmal ganz alleine da. Sie hatte das Verbandszeug schon lange in den Händen. Manchmal merkt man nicht, wenn ein Arzt einem etwas in die Hand drückt. Traumurkunden. Sie beugte sich runter und sah ihn lächeln. Wenn es nicht anders ging, musste sie es versuchen. Irgendwann hob der seinen Kopf und sagte „Dankeschön". Dann fiel der Kopf auf die Trage und er rührte sich nicht. Seine Augen auf eine gemalte Brust gerichtet, als könnte man stundenlang auf diese blaublütigen Herrschaften starren, wenn man selbst schwarzes Blut hat. Was sollte man davon halten? Nun hatte sie ihr Bestes gegeben. Der Verband war gar nicht mal so schlecht und gerade war sie fertig damit, da ging der tot. Frechheit. Gott und seine Witze manchmal. Später sagten ihr die Schwestern, der war nur eingeschlafen von der Medizin. Ihr tat es leid, weil Gott doch Gedanken lesen kann. Sitzt auf seiner Wolke und unten lacht niemand über seine Scherze. Johanna ist dann abgehauen.

Am nächsten Tag stand sie wieder vor dem Haus, diesmal ohne Schmalzstullen. Was wäre passiert, wenn sie nicht hineingegangen wäre? Was hätte der Arzt dann gemacht oder das Schwarzblut? Sie dachte solches Zeug und am Dienstag nahmen ihre Schwestern sie mit. Die arbeiteten jeden Tag dort, fast einen Monat schon. Johanna lernte das Gutshaus kennen. Nein, nein. Da hat niemand geschrien oder geheult. Das ging nicht. Noch drei Wochen später kam sie sich dort vor wie eine Lügnerin. Als hätte der Sonntag niemals aufgehört. Sie lief herum und tat, als könnte sie den Verletzten helfen. Johanna wusste nichts und das Schlimmste war, das merkte keiner. Ihre Schwestern hatten ihr das mit dem Verbinden gezeigt, auch wie man in einer

Wunde das Blut wegdrückt und wen man ruft, wenn die Neuen ausflippen. Sie hatte keinen Spaß. Das kann ihr niemand erzählen, dass ihm dieses Flicken irgendwie Freude macht. Jeder muss irgendwann sterben und sonst war keiner da, der ihre Soldaten repariert. Einmal hat sie im Lazarett eine gelangt bekommen von einem Kerl. Der erschrak sich gleich, weil sie keinen Mucks machte. Dann kam die Spritze und der langte keinem mehr etwas, schlief einfach ein und am nächsten Tag war er auf dem Leichenlaster. Ein Doktor meinte, dass das von den Schmerzen komme, wenn die losprügeln oder ihr an die Wäsche langen. Das hat sie nicht geglaubt. Schlechte Menschen – schlechte Manieren. Aber über Tote soll man nicht lästern.

Sie hat nicht gejammert und vier Wochen nach dem ersten Sonntag standen die Russen vorm Schloss. Die sind ihrem eigenen Krieg regelrecht hinterhergerannt. Die wollten die Nazis nicht nur aus dem eigenen Land wegjagen, das hat denen nicht gereicht. Die wollten die Nazis mit Stumpf und Stiel ausrotten. Ein Arzt lief den Russen entgegen und sagte russische Wörter. Wie ängstlich der plötzlich aussah und dann bekam er eins mit einem Gewehrkolben. Da war das ganze Schloss noch stiller, als es sowieso schon immer war. Mit all diesen Halbtoten. Zusammen mit ihren Schwestern hat sie sich oft gelangweilt. Dann haben sie aus Spaß die Leichen gezählt. An Freitagen war eher wenig los. Sie kamen auf 14 Tote und mehr als 40 Verletzte. Guter Schnitt, guter Schnitt.

Die Russen haben im Ernst darüber nachgedacht, ob sie alle Halbtoten um die Ecke bringen. Johanna durfte weglaufen und zuhause war es auch nicht besser. Da kamen die Mörder in dieser Sekunde an mit dem Hass auf die Deutschen. Sie hörte diesen einen Schuss, einen einzigen. Der war nur für ihren Vater. Spritzen findet man nur so lange schlimm, bis man Schüsse gehört hat. Wirklich, da können die Kinkerlitzchenspritzen kein Stück mithalten. Helmut hat den Schuss wohl auch gehört und er zog sie von der Straße runter, bevor sie beim Haus ankam.

Diese Statuen, diese kleinen Judomenschen, berührt sie manchmal, wenn sie hier weint. Durch veralterte Tränen glänzen die auch nicht besser. Aber wirklich, der Schuppen ist ein verlogener Zigeuner. Müsste sich doch eigentlich bis zum Rand füllen, damit man in den tausend und Millionen Tränen endlich ertrinkt. Sie könnte sich auch die Pokale in beide Augen rammen, dann hätte sie endlich Ruhe. Heute wird sie nicht weinen. Noch nicht. Wie wäre es, wenn der Schuppen nicht ihr Reich ist? Wenn es nicht mehr klappt? Wenn sie ihre Wut nur deshalb hier stapeln kann, weil Willi im Haus ist? Er würde „Faktor" dazu sagen. Willi, ihr Faktor, der ihr nun zum Tränenschmeißen fehlt.

Die Tür am Schuppen ist nicht so störrisch wie das alte Tor vorm Hof. Johanna geht nach hinten, blickt von dort die Wiese runter. Ein weiter Weg, den er da immer geht zum Busch. Man muss nicht verstehen, warum er das macht. Besser als nichts zu machen, das auf jeden Fall. Johanna atmet ein und geht hinein. Sie müsste Essen machen und mag nicht. Solange man nicht allein ist, spielt das keine Rolle. Ob einem nach Kochen ist oder nicht. Aber so genervt, so kennt sie sich selbst nicht. Sitzt da am Tisch auf Willis Stuhl und blickt zum Herd. Der Topf steht schon bereit. Das Wasser ist drin. Alles wartet regelrecht darauf, dass jemand das Gas anstellt und die Flamme anzündet. Genug Flammen, genug Feuer. Der Topf soll doch versauern, bis er schwarz ist. Sie wird kein Essen machen, wenn der Herr sich nicht bequemt, wenn er mal wieder wegbleibt für ein paar Jahre. Im Krieg hatte er auch kein Wort gesagt, wann er wo hingehen wollte. Das mit dem Kochen ist sowieso nur noch Zeitvertreib. Natürlich, er muss satt werden mit seinen Armen und dem Körper. Aber für sie ist es alles sinnlos. Man verliert ziemlich den Hunger im Alter. Keine Ahnung, woran das liegt. Sie kommt mit weniger aus, als sie damals im Krieg hatten oder auf der Flucht. Damals hätte man mal alt sein sollen. Das hätte echt gespart für die anderen. Man sollte mehr alte Menschen in die Kriege schicken.

Es ist schon kurz vor vier. Das wäre fürs Mittagessen mal bannig spät. Sie schüttet das Salzwasser in die Spüle. Die pure Verschwendung, hat sie auch ihm zu verdanken. Einen Kaffee mit viel Milch schüttet sie sich trotzdem in eine Tasse. Wenn ihr nur einer sagen könnte, wonach ihr gerade zumute ist. Woher soll man so etwas wissen? Sie setzt sich in die Stube und starrt die Decke an. Als könnte Gott direkt von oben durch das Dach lächeln, in die Stube und auf ihr Gesicht. Hier lächelt keiner, nicht einmal der oben. Da hast auf einmal viel mehr Zeit. Auch etwas Gutes. Aber wie soll etwas gut sein, womit man nichts anfangen kann? Viel Zeit zum ins Wasser gehen, zum Grübeln, zum Grübeln.

Die Zeitung meint, heute ist Dienstag. Ein 8. Oktober 2013. Dass sie den Tag erlebt, hätte sie nicht gedacht. Und er? Sie blättert in der Zeitung. Wie man die lesen soll, erklärt einem auch keiner. In der Küche sucht sie die Brille, ohne die es nicht geht. Das Ding ist nicht auf der Arbeitsfläche, nicht auf dem Tisch. Ihr kommt es vor, als hätte sie das vor langer Zeit schon einmal erlebt. Das Suchen nach diesem Gestell, diesem dünnen Ding aus Glas. Kann auch gut sein, dass es ein Albtraum war. Einer, der öfter mal vorbeischaut. Im Flur sieht man die Brille auf dem kleinen Tisch neben dem Telefon. Wer hat die dahin gepackt? Sie war es nicht. Ist doch meschugge, sich die Brille im Flur abzunehmen. Egal, wer es war, sie setzt sie auf und schlurft inne Stube. Am Fenster plumpst sie in den Schaukelstuhl. Kaum dort, flackert es vor den Augen. Der Stuhl wackelt, als will er gleich einstürzen. Sie steht auf. Sie braucht eine Weile, dann dreht sie sich zum elendigen Gerippe um.

„So nicht, mein Freund. So nicht", schreit sie. Wenn der Stuhl Augen hätte, würde er ihren Zeigefinger sehen und ihr verdunkeltes Gesicht. Lang geübte Kinderstrenge. Das Holzgerippe kann nicht gucken, schon klar. Sie tritt das Ding nicht kaputt, setzt sich lieber auf ein Sofa, das auch bald verschwindet. Dann eben doch wieder die Zeitung. Sie blättert das Ding umständlich auf. Wer hat sich eigentlich ausgedacht, dass die Blätter so groß sein müssen? Wäre doch genug, wenn sie halb so groß wären. Bücher druckt auch keiner in diesen Aus'maßen. Dann wäre die Karenina ein dürres Stück.

Johanna hat das Gefühl, sie muss gleich loslachen, so richtiggehend brüllen vor Lustigkeit. Irgendwie macht sie es nicht. Sitzt nur da und schimpft mit dem dünnen Zeitungspapier. Willi muss ihr zeigen, wie man das vernünftig blättert. Ihre Arme sind zu klein. Die Seiten knatschen, krachen und knirschen. Natürlich knickt alles an der Seite ein und dann kann man überhaupt nicht mehr blättern, weil Eselsecken einen nicht lassen. Sie liest Todesanzeigen, hat sie schon immer gern gemacht. Man vergleicht die schwarzen Kästen und die gedruckten Blumen, alles so dunkel. Kindergärtner ist wirklich ein komischer Beruf. Hat man sein ganzes Arbeitsleben mit Leuten verbracht und dann findet man in diesen Vierecken in der Zeitung wieder zueinander. Jeder haut vor ihr ab. Johanna, die Durchhalterin, die Frau, die sie alle überlebt. Die ewige Jungfer. Klar, weil Leben kurz und sie lang ist. Nimmt keiner seine guten Manieren und sein Talent mit auf die andere Seite. Dahin geht man nackt, ohne Anstand und ohne Gewissen. Sie sucht kurz nach Willis Namen. Steht noch nicht drauf, aber bald. Sie wartet diesmal keine fünf Jahre mehr auf ihn.

Sie sieht seine Brille auf dem Fensterbrett liegen. Eigentlich müsste er die jetzt dabeihaben. Ohne kann keiner den Horizont sehen. Das behämmerte Ding liegt einfach nur vorm Fenster und wartet, bis er zurück ist. Johanna Fiebelkorn ist auch kein Deut klüger als die Brille. Sie wartet auch. Sie will die Kinder noch nicht anrufen, falls sich das Ganze noch in Luft auflöst. Man muss die nicht scheu machen, haben selbst genug zu tun mit ihrem Leben. Manchmal denkt sie daran, wie es wäre, wenn sie nicht 1927 geboren wäre. Vielleicht erst nach dem Adolf-Krieg. Klar, sie hätte ihren Willi nicht kennengelernt, den Guten. Dann wäre ein anderer weggelaufen, ohne ein Wort zu sagen. Aber sie hätte nicht hungern müssen und die Russen wären ihr nicht hinterher, die Scheusale. Es gibt genug alte Querköpfe, die es immer wieder sagen. Früher war alles besser. Früher war alles schwerer zum Aushalten. Die sollten mal Zeitung lesen, nicht nur die Seiten mit den Todesanzeigen, die gab es schon immer. Wie passt denn das bitte zusammen, besser und schwerer zu ertragen? Für Johanna ist das Leben nicht leichter geworden oder schlimmer oder sonst wie. Die Alten sind echt dumm, die solche Sachen sagen. Als würden das Schöne und das Schwere irgendwie verheiratet sein. An den Kindern kann man sehen, wie schwer es heute wirklich ist. Stimmt schon, dass die manchmal aus Mücken Russen machen, dass die den Krieg nicht kennen und deshalb schon bei einem Stromausfall solche Sinnkrisen kriegen. Aber besser so als Angst vor den Schüssen, vor diesem Knallen. Man wusste nicht einmal, wen sie damit erwischten. Irgendwer war es ja immer.

Mit der Zeitung in der Hand geht sie in die Küche. Die Uhren sagen einem auch nicht wirklich, wie spät es ist. Dreiviertel sechs. Was soll das eigentlich heißen? Sie greift in den Kühlschrank, in den Brotkorb und schmiert sich Griebenschmalz dick auf eine Stulle. Am Tisch sitzt sie und isst. Sie ist allein mit der Zeitung. Auch nicht das Wahre, wenn man es merkt. Die Zeitung, so still wie ihr Willi. Einer Schauspielerin ist die Hose runtergerutscht und dieses Virus ermordet weiter die Leute im Land. Pandemie oder wie? Hätte man nicht wissen können, dass die Schweine sich irgendwann an den Menschen rächen. Die Stulle schmeckt ihr trotzdem, auch ohne Salz.

Bevor es dunkel wird, geht sie zum Auto und holt die Aktenmappe. Die vom Krankenhaus haben sie ihr nicht einmal gezeigt. Alles muss man selbst machen. Im Inneren sind ein paar Blätter, auf denen oben das gleiche Datum steht wie auf der Zeitung. Lässt sich leichter umblättern alles. Die Blätter wehren sich nicht und auf einer Seite steht zwischen vorgedruckten Sätzen: Herzstillstand. Ihr Willi ist wirklich ein Idiotenkind manchmal. Hält nicht nur die Luft an, sondern auch sein Herz. Hat bisher selten übertrieben, aber das ist doch zu viel. Wie kann man sich so anstellen, nur weil man Angst hat? Mit der ganz oberen Seite wollte einer nett sein. Hier steht, was man im Sterbefall alles macht. Nun ist aber genug. Wieso steht das hier? Johanna Fiebelkorn versteht es nicht. Man versteht nicht, was das alles soll. Dabei haben Willi und sie die Diktaturen überstanden. Vorschriften bleiben. Anders, aber genauso penetrant. Ganz oben auf der Liste steht etwas von Verwandte und Freunde benachrichtigen. Wer hat sie denn benachrichtigt? Für welche Menschen ist diese Liste eigentlich gedacht? Hilft ja allet nüscht, sie muss den Kindern Bescheid sagen. Es wird dunkel und Willi hat das Tor noch nicht abgeschlossen. Nein, sie wird ihm das nicht abnehmen. Damit er noch seine Chance kriegt oder damit die Hoffnung es leichter hat, von hier zu verschwinden, wenn sie nicht aufpasst.

Johanna setzt sich in den Flur. So ein Hocker ist ehrlicher als diese Sessel. Schaukelstühle noch schlimmer. Man sieht, worauf man sitzt. Niemand tut so, als würde es nach einer Weile nicht wehtun und mit dem Schmerz merkt man, dass man lange sitzt. Sessel können einem das Gehirn aufweichen. Das hat sie mal gelesen irgendwo. Sie starrt das Telefon an. Die Kinder haben extra eines gekauft, auf dem auch Willi die Zahlen wählen kann. Ein Mann mit Männerfingern, nicht so Hexenfinger wie sie. Welche ihrer Töchter soll sie zuerst anrufen? Wie sagt man das überhaupt?

Euer Vater ist heute verschwunden.
Euer Vater hat sich weggestohlen.
Euer Vater ist ein Feigling und weg ist er auch.
Euer Vater hat kein Wort gesagt und nichts versprochen.
Euer Vater ist euer Vater.

Sie weiß nicht, was sie sagen soll. Anrufen muss sie trotzdem, sind schließlich auch seine Töchter. Haben ein

Recht darauf, auf alle Fälle. Johanna steht auf und schaltet das Flurlicht aus, damit sie im Dunkeln sitzt. Manchmal kann sie so besser denken als im Hellen. Sie schaltet das Licht einmal ein und wieder aus. Das Ganze wiederholt sie, bis sie keine Angst mehr vor dem Anruf hat. Beim letzten Einschalten humpelt sie mit einem Stöhnen zurück zum Hocker. Das Bein schmerzt jetzt heftig. Was rennt sie auch im Flur umher, ganz ohne Sinn? So kann sie keinem die Schuld am Bein geben. Daran nicht. Sie wählt Lischens Nummer in Berlin und wartet. Nach ein paar Wartezeichen nimmt jemand ab. Johanna hört eine Frauenstimme, aber es ist nicht ihre Tochter, die spricht.

„Ja. Guten Tag", sagt Johanna. Die junge Frau redet ungeniert in ihre Begrüßung. Da kommt eine alte Frau nicht mehr mit. Gleichzeitig überlegen, wie man das denn sagt. Was gibt es eigentlich zu sagen? Ist diese Liste aus dem Krankenhaus vielleicht völliger Quatsch? Man denkt und denkt und hört nichts mehr.

„Dann sprechen Sie nach dem Ton", sagt die Frau und dann ist sie endlich leise. Johanna möchte mit der nicht über Willi reden. Die hat sich nicht einmal vorgestellt.

„Bitte, sagen Sie meiner Tochter, dass ich angerufen habe. Machen Sie das? Kindchen?" Keine Antwort. Johanna nimmt den Hörer und will ihn auflegen. Dann hält sie ihn noch einmal ans Ohr. Es könnte sein, dass Lischen sich verleumden lässt von dieser Frau. Ihre Jüngste war schon immer ein wenig komischer als die anderen beiden. Der traut sie zu, dass sie nicht mit der alten Mama reden will, weil sie gerade Sport macht oder weil sie sonst einen Unsinn anstellt. Im Gefängnis könnte sie sein oder gerade die Koffer packen, weil sie nach Asien auswandert. Oder noch schlimmer, nach Russland.

Tja, nun hat man sich schon überwunden. Das Bein tut immer noch höllisch weh und dann ist alles für die Katz. Johanna kratzt sich an der Nasenspitze, dann an der Schläfe. Sie wählt Monis Nummer. Netti ist diesmal kein Ausweg. Zu weit weg. Vielleicht ist Willi zu ihr rübergeflogen, einfach so, weil er eine Idee hatte. Das ging so schnell. Ihm fiel einfach nur auf, was Netti mit den Kindern machen kann oder dass ihr Baumhaus so nicht hält, wie sie es drüben gebaut haben. Mit Bäumen kann er wirklich gut, ihr Guter. Nun ist er rüber und rettet die spielenden Kinder im Baum. Der Baummann. Musste alles mächtig schnell gehen, damit nicht wirklich noch ein Kind herunterfällt und stirbt und eine seiner Töchter in Knast geht. In Amerika geht das schnell. Das kennt man aus'm Fernsehen. Manchmal murksen die ihre Verbrecher auch gleich ab oder die sich untereinander, weil keiner aufpasst auf die. Zahn um Zahn. Ihr fällt die Zahl nicht ein. Willi kann ihr nachher bestimmt sagen, wie viele es pro Jahr sind. Er hat eher ein Gedächtnis für Zahlen.

„Ja, Mama?" Und schlimm sollen diese Gefängnisse sein, also dreckig und die anderen schlagen einen immerzu, bis man halbtot ist, als hätte jeder den Hass.

„Hallo, schön dass du uns anrufst. Hab ich einfach vergessen. Tut mir leid. Wir beide sind gut angekommen gestern. Unterwegs war nix und haben ja auch frei." Jemand hustet ins Telefon, nicht etwa laut, nur unerwartet.

„Wir haben schon Farben ausgesucht und einfach viel mehr gekauft, für die Stube, weißt du? Gerd ist eher für Orange. Ich find Papaya schön." Ohne nachzudenken legt Johanna den Hörer auf. So geht das nicht. Manchmal kann man eine Sache nicht zu Ende bringen und muss noch einmal ganz von vorn anfangen. Sie beugt sich vor und rückt das Telefon auf dem Tischchen zurecht. Es ist gerade zur Kante. So ist es besser. Licht an. Licht aus. Sie macht sich klein und krumm, damit sie merkt, wie gerade sie gleich wieder sitzt. Das Telefon klingelt sofort, wie sie es erwartet hat. Diesmal hört sie zu. Wie so ein Hähnchen, das regelrecht krakeelt, bevor die Sonne aufgeht. Sie zupft am Kragen ihrer Bluse und leckt sich die Lippen, während es noch zweimal klingelt. Dann nimmt sie den Hörer ans Ohr.

„Fiebelkorn am Apparat."

„Mama? Die Leitung. Alles in Ordnung mit dir?" Sie sagt immer noch kein Wort und wird langsam wütend. Man ist doch nicht mehr siebzehn. Man steht doch nicht zum ersten Mal vor einem Verwundeten.

„Wir wurden getrennt. Was ist los?"

„Moni, ich muss dir etwas sagen, mein Kind." Johanna findet die Stille angenehm. Man kann doch annehmen, dass es der Tochter genauso geht, oder nicht?

„Dein Papa ist heute weggegangen."

„Was?"

„Ich muss dir sagen, dass sie ihn dabehalten haben und er kommt nicht nach Hause. Er liegt im Krankenhaus."

„Hmm. Mama?" Sie hat es nicht verstanden, das ist sicher. Damals hat sie es Willi überlassen, weil sie nicht konnte. Weil sie, auf Teufel komm raus, nichts dazu sagen konnte. Sophia war weg und Punkt. Nun soll sie das Gleiche ihren Töchtern über den Vater erzählen. Diesmal ist niemand da, der das für sie machen würde. Wenn er noch kommt, könnte er es ihnen ja selbst sagen. Hat er doch immer so gemacht. Vorbei, diesmal nicht.

„Er liegt da im Keller, sieht aus, als würde er schlafen. Verstehst du, was ich sage?"

„Was, du meinst? ... Ach."

„Ich meine, er ist weg und kommt wohl nicht so schnell wieder. Die haben sich auch kein Stückchen beeilt dabei. Die Julia Eckmann hat mich dann zu ihm gebracht. Auch ein bisschen verwachsen das Kind. Sie sagte, ich kann mir Zeit lassen. Als könnte man da Abschied nehmen."

Das hätte er überhaupt nicht verdient, so wie er abgehauen ist. Einen Abschied mit Pauken und Trompeten, mit wehenden Fahnen. Das würde doch alles nicht passen. Dem müsste man die Meinung sagen. Nur wie?

„Herrjemine. Ach, Mama. Ist es was Schlimmes? Was hat Papa denn?"

„Keine Ahnung, Moni. Stell nicht immer solche Fragen. Ich weiß doch auch nicht, was er hat. Ich weiß es nicht.

Kannst ihn ja fragen. Er liegt da im Keller im Krankenhaus. Ein Laken haben sie auch gleich drübergezogen.
Das kann man doch nicht verstehen. Kannst du? Ich kann
nicht. Du? Auch noch übers ganze Gesicht und dann im
Keller. Ich soll mir Zeit lassen." Johanna hört, wie in Hamburg jemand zu oft einatmet. Sie hatte einige Kinder auf
der Arbeit, die so waren. Wenn die sich stießen oder traurig waren, haben die zu oft eingeatmet. Ventiliert, hat
Willi erklärt. Dann musst du denen eine Tüte vors Gesicht
halten, bevor sie umkippen. Merkwürdige Sache. Eigentlich sollte man nur Mördern eine Tüte übern Kopf ziehen
oder kleinen Katzen, die keiner haben will. Es ist eine aus-
dauernde Stille diesmal.

„Wann?", fragt Moni und ihre Stimme klingt, als wäre sie
nun auch hinter einem Riesenozean.

„Heut Mittag, ja. Ich hab doch nur meine Brille gesucht.
Das komische Ding, als würde es sich mit Absicht verste-
cken. Kommst du klar, Mädchen?" Johanna schiebt die
Schultern nach hinten und nimmt den Kopf hoch. Wenn
man nicht aufpasst, schleifen sich schlechte Haltungen ein.
Alles schleift sich ein und wird dann zum Charakter. Das
hört nie auf.

„Das ist ja schrecklich, Mama. Ich weiß nicht, was ich
sagen soll. Du bist zuhause?"

„Wo soll ich sonst sein? Nur er ist nicht hier, liegt da noch
rum. Bestellt und nicht abgeholt."

„Verstehe."

„Du musst ruhig atmen, mein Kind, sonst kippst du noch
nach hinten."

„Klar."

„Ja, du hast ja Gerd. Der soll sich mal kümmern, nich? Ich
rufe dann wieder an, wenn du wieder kannst." Der Tisch
beginnt zu wackeln wie von allein. Als hätte der nun Lust,
auch irgendetwas zu sagen. Der soll sofort seine verdammten Füße still halten. Sie hat schon genug Sorgen. Sie sagt
ihrer Tochter, dass sie ein liebes Kind ist. Jemand sagt, dass

es schrecklich ist. Dann legt Johanna auf, damit das Kind sich nicht am eignen Atmen verschluckt. So ein Freizeichen tut dabei sicherlich Wunder. Kommt und geht regelmäßig, auch etwas, womit man jederzeit rechnen kann.

Mit der Hand am Telefon wird ihr klar, dass der Tisch wackelt, weil ihr Knie daran zappelt. Nun hat sie gedacht, dass der seinen Rappel bekommt und eigentlich ist sie schuld. Kann man sehen, wie man will. Das Telefon steht nicht mehr zur Kante. Sie rückt es richtig und stellt den Hocker schräg untern Tisch. Wie klein sie sich auf einmal vorkommt. Vielleicht nur reine Ansichtssache. Kann keiner hundertprozentig sagen, ob man nicht kleiner wird, wenn man alle anderen überlebt. Jeder, der abhaut, klaut einen Zentimeter. Dann müsste sie schon so ein Wicht sein, auf Augenhöhe mit den Kindern. Sie steht im Flur, stemmt einen Arm in den Rücken, streckt sich so, dass man es nicht sehen kann. Dann lacht sie zwei- oder dreimal, nicht lange, aber laut.

Den ersten Punkt der Liste hat sie am ersten Tag erledigt. Für den zweiten und die anderen hat sie morgen noch Zeit. Johanna schaltet den Fernseher ein und holt sich die Stricksachen, vergisst dann beides und geht in die Küche. Sie schneidet ein paar Mohrrüben und Sellerie klein. Die Messer müsste er wieder schärfen auf seiner Werkbank. Die werden auch langsam alt und stumpf. Sie kocht das Gemüse nur kurz in brodelndem Wasser und wirft einen Brühwürfel hinein. Sie merkt den Spritzer kochenden Wassers an ihrem Handrücken nicht. Aus guten Hühnern der Sud. Der Würfel löst sich auf und sie vergisst beim Blick in den Blechtopf, sich wieder hinzusetzen. Die Flammen schlagen an dem Ding seitlich hoch. Muss man nur verstehen oder spüren, wie weit ein Topf so etwas ertragen kann, bevor er in die Knie geht. Dann schlürft sie die Suppe und es fühlt sich falsch an. Außer Salz ist nichts dran an dieser Plörre. Das mit dem Essen, Essen und noch mal Essen ist ein Mist. Früher hat es noch Spaß gemacht. Wenn Willi mit seinem Finger über ihren Arm streicht und sagt, hast gut gemacht die Suppe. Das ist gut, aber so alleine essen. Die Suppe ist viel zu heiß, sie schlürft trotzdem. Soll die Zunge doch taub werden. Bis er zurück ist, wird sie wieder reden können. Wenn nicht, auch egal. Dann ist nur noch die Stille hier, die irgendwo sitzt oder hängt. Mit der kann man auch kein vernünftiges Wort wechseln. Und aufhängen kann sich auch keiner daran.

Nach dem Abendbrot geht sie ins Wohnzimmer. Niemand schnarcht hier. Nur die Kiste macht ihren Lärm. Hört sich fast an, als hätte man das Haus noch voll. Johanna fand es immer eigenartig, dass die Enkel bei laufendem Fernseher schlafen können. Willi kann das auch. Vielleicht fühlt man sich weniger allein im Lärm. Veräppeln kann man sich ja selber am besten, dafür braucht man keine Faschisten. Sie kennt diesen Betrüger, diesen Lügenkasten. Sie nimmt die Stricksachen und sieht selten hin. Nachrichten muss sie nicht sehen. Sagen sowieso nichts, was einem wichtig ist. Bomben in Afghanistan, wieder einmal Deutsche, die da welche werfen. Tote Kinder, tote Mütter, überall nur Tote. Wenn man müsste, könnte man eine Liste machen, ob Bomben oder Schüsse schlimmer klingen. Johanna ist es gleich. Eine Bombe ist auch nur ein Riesenschuss, vor dem keiner wegrennen kann.

Johanna will den Fernseher abschalten. In dem Kasten machen weiß bemalte Menschen einen komischen Sport. Sie kennt sich mit solchen Sachen nicht aus. Sie hatte nichts dagegen, wenn die Töchter Sport machten. Willi ist ja auch ein Zuschauer. Jetzt nicht beim Fußballspielen. Willi und sein Kniegebeuge. Mit den Liegestützen hat er aufgehört. Es sieht gut aus, wenn er sich bewegt, ist langsamer geworden mit den Jahren. Sieht nach Schmerzen aus manchmal. Sie hat ihn nie gefragt, wieso er das macht. Ging sie nichts an. Männersachen. Die Mädchen haben sich ein Beispiel an ihm genommen. Nur Netti schlägt in dem Punkt mehr nach ihr. Was das Lischen für blaue Flecke von ihrem Gekämpfe immer hatte, das glaubt man als Mutter nicht.

Die Menschen in der Sendung hüpfen umeinander herum und im Hintergrund ist eine Musik an. Sie benutzen sich gegenseitig als Klettergestell und die Männer, denen sieht man kaum die Männlichkeit an. Die lassen die Frauen durch die Luft fliegen, alles langsam wie hinter einer Zeitlupe. Dänische Tanzkompanie also, dann ist es wohl kein Sport. Dann ist es Tanzen. Was es alles gibt. Es ist nicht ihre Zeit, das wird ihr klar, wenn sie solche Sachen sieht. Tanzkompanie, aha. Irgendwie auch schön, wenn es denen gefällt. Tanzen wie Sprechen. Anquatschen als Sport. Ist oft so, wenn man noch jung ist. Den Sender kennt sie nicht. Man muss nicht alles wissen auf der Welt. Einen Dänen kannte sie auch nie. Wenn das Tanzen sein soll, hat sie es auch nie gekonnt.

Sie schaltet den Fernseher endlich ab und humpelt ins Badezimmer. Die Tablette zischt im Glas und die Zähne sehen nie nach Zähnen aus, wenn sie dort auf dem Waschbecken im Glas untergehen. Ertrinkende Zähne, was für eine komische Zeit ist das nur.

Man kann sich im Schlafzimmer Zeit lassen, wie die Eckmann das schon sagte. Herumstehen und auf die Lampe starren, wie sie da unter der Decke hängt. Das Licht kommt nicht einmal bis zur Tür. Wie ein Verhörzimmer. Wenn einer auf dem Bett sitzt, hat er das Licht genau auf dem Kopf. Dann kriegt er von der Gestapo einen Knüppel übergebraten und die stellen ihre Fragen. Wenn er nichts sagen kann oder nicht versteht, weil er vielleicht Pole ist, dann dauert die Sache nur länger. Künstliches Verlängern. Beim Foltern sicher schlimm. Schlimme Sache. Im Dunkeln schlurft Johanna zum Bett rüber. Oder den Gewehrkolben übern Schädel. Sie könnte sich auf seine Seite legen, diese tiefe Mulde. Männerseiten sind so. Sie würde sich auf seine Seite legen, damit er nicht heimlich zurückschleicht. So betrunken ist er ja selten gewesen, dass er das nicht gemerkt hätte. Einmal lag sie nur da und er torkelte zu ihrer Seite, setzte sich stöhnend und schwankend. Ja, er hat ihr den Kopf gestreichelt. Sie hat nur markiert. Er dachte trotzdem, dass sie schläft und hat ihr den Kopf gestreichelt. Willi wusste nicht, dass sie es merkte und er machte es trotzdem. Was für ein guter Mann. Ihr wehte eine Alkoholfahne ins Gesicht, aber das machte das Streicheln auch nicht schlecht. Gesagt hat er nichts und auf'n Bauch zog er sie sich auch nicht. Mit einem Franzmann hätte sie da mehr Ärger gehabt, das ist klar.

Sie bekommt auf ihrer eigenen Seite des Bettes die Augen schwer zu. Irgendwann geht es doch. Immerhin ist sie der Chef in diesem Körper, solange es noch geht. Schlaff ist Johanna und müde. Sind die Fenster zu oder nicht? Sie mag es lieber, wenn die Luft herein kann in der Nacht. Willi schläft nur mit so einem dünnen Ding zugedeckt. Trotzdem erträgt er es, wenn sie die Fenster auflässt. Heute sind sie zu und der Schlaf ist zu nahe für noch mal hoch. Manchmal wacht man nicht mehr auf, wenn man mit solchen Gedanken ins Bett geht. Heute wird niemand ihren Kopf streicheln. Aber es geht auch ohne. Immer schön bescheiden bleiben. Du bist ja nicht der Mittelpunkt der Welt, Frau Fiebelkorn.

Johanna war neun Jahre alt. Ihre Mutter hat vier der Geschwister mit in die Stadt genommen. Alles war groß und laut, voller Pflastersteine auf den Wegen. Sie durfte mitkommen und dann sah sie ihn zum ersten Mal. Fast zehn Jahre lang hat sie danach von ihm geträumt, nicht oft, aber sehr regelmäßig. Das ist ein Gefühl, wenn einem der Körper wegwächst und man immer wieder verschwitzt aufwacht, weil man denselben und denselben Traum hat. Auf dem Kolberger Markt stand an diesem Tag ein großes, rotes Zelt. Johanna weiß nicht mehr genau, ob es ein Wochentag war. Vor dem Zelt liefen hunderte Menschen herum und dann wollten ihre Schwestern nicht hinein. Die Mutter hätte es bezahlt. Sie hatte es schon laut gesagt. Wieso wollten die nicht in Zirkus? Wären sie mal reingegangen, vielleicht würden sie heute noch leben. Zwei ihrer Geschwister hat später der Krieg erwischt. Hätten doch nur eine Sache im Leben anders machen müssen, damit alles anders kommt.

Johanna weinte, was ihre Augen hergaben. Selbst Helmut konnte sie nicht beruhigen. Ihre Mutter nahm die Kleine und drückte sie gegen eines ihrer Beine. Sie schimpfte mit den Schwestern, die trotzdem nicht reinwollten. Dann gingen sie eben über den Markt. Johanna heulend, die anderen lachend. Sie kann sich nicht erinnern, dass ihre Mutter einmal lachte. Die war für Humor nicht zu haben. Vielleicht nahm sie nur Rücksicht und überließ das Lachen den anderen Menschen, weil es ihr nicht zustand. Neben dem großen Zelt spielten ein paar Zigeuner mit Feuerkeulen, mit kleinen Äffchen und solchen Sachen. Sie hatte noch nie so ein riesiges Zelt gesehen. Ein bisschen war sie froh, dass sie da nicht hineinmusste. Man wusste nicht, ob ein Zauberer einen wegzauberte oder ein Tiger einen wegfraß. Das konnte man doch nicht wissen. Damals.

Sie sah endlich den Mann in seinem schwarzen Anzug, von dem sie noch so oft träumen sollte. Er bewegte sich wie ein Geist. Dabei war sich Johanna sicher. Wenn es Geister gab, ohne Frage, dann bewegten sie sich genau wie der. Er war langsam und genau, wie er so ging. Sein Gesicht hinter einer weißen Maske. Auf der einen Wange eine schwarze Träne, die sich nicht bewegte. Unten die viereckigen Steine mit ihren Ritzen. Man konnte stundenlang raufstarren und hat es doch nicht begriffen, wo welche Linie langging. Ein dünner Mann war es und sie wusste nicht einmal genau, ob es überhaupt einer war. Manchmal denkt sie, es muss ein echtes Monster gewesen sein. Sein Kopf drehte sich so weit auf die Schultern und seine Arme folgten seinen toten Augen. Die Träne bewegte sich nicht und die großen, weißen Hände machten Kreise in die Luft. Er berührte eine unsichtbare Wand und stemmte sich mit vollem Gewicht dagegen. Sie bewegte sich nicht. Er suchte nach einem Loch und dann war hinter ihm auch eine Wand. Er drückte die eine mit dem Fuß, die andere mit den Händen und nun hätte die Träne auf den Boden fallen müssen. Der Mann, so traurig und so gruselig. So wie der musste ein Teufel aussehen, der auf die Erde kommt. Der hat seinen Menschenkörper noch nicht so lange. Deshalb kann er mit dem mehr machen als alle anderen. Johanna sah, wie die Wände auf den Mann zukamen. Es wurde immer dichter und am Ende ging er in ein Loch hinter einem kleinen Brett und kam wieder hoch. Die Wände waren weg und er ging zu den Leuten. Alle klatschten und jubelten und einige gingen doch vorbei, sahen dem Teufel nicht mal nach. In seine weißen Hände legten die Leute Münzen und immer, wenn er eine bekam, bewegte er sich, wie es Hexen machen. Das war kaum zum Aushalten.

Ihre Familie blieb stehen. Doch Mutter gab ihm keine Münze. Wie höllisch traurig diese schwarze Träne war, weil sie nicht auf den Boden durfte. Er beugte sich zu Helmut und Johanna runter. Ein weißer Finger stupste vor Johanna etwas an. Sie hat nichts gespürt. Er hatte sie nicht einmal berührt. Er tippte noch einmal gegen eine Wand, die Johanna nicht sehen konnte. Dann drückte er die Gespensterwand von oben auf den Boden, setzte sich rauf und wippte den Kopf links und rechts. Helmut ging hin und piekte ihn mit seinem Finger. „Tut das weh?", fragte Helmut und Johanna hätte ihm eine langen können, weil er ihn doch wütend machte. Dann piekte der Mann sich mit dem eigenen Finger und wiederholte die Frage. „Tut das weh?" Seine Stimme klang so, als wäre er auch ein Kind plötzlich. Johanna fing wieder an zu weinen, weil sie Angst um ihren Bruder hatte. Was der Teufel mit kleinen Kindern machte, das hatte man ja gehört. Der war ganz und gar nicht zimperlich. Johanna träumte manchmal, dass sie in einem unsichtbaren Käfig steckte und der Teufel sie retten wollte. Manchmal versuchte er auch, sie mit runter zu nehmen. Er legte Spuren und tat so, als wäre er Helmut. Als dann die Männer kamen, hörte das Träumen auf.

Seit einem halben Jahrhundert ist Johanna nicht mehr mit diesem speziellen Schweiß auf der Stirn wach geworden. Sie hat wieder von ihm geträumt. Das steht fest. Es wird hell um sie und sie kann sich nicht einmal wirklich an den Traum erinnern. Wird wohl etwas mit Willi gemacht haben in der Nacht, der Teufelsmann. Ist schon klar, dass man nachts die Sachen im Kopf rumdreht, die am Tag zu groß sind. Da muss man kein Doktor sein, um das zu wissen. Jemand streichelt ihre Hand. Johanna blinzelt und erkennt Lischen, die auf ihrem Bett sitzt. Also nicht ihr Willi. Das Mädchen im Sonnenschein. So spät? Wie spät? Sie kann sich nicht erinnern, wann sie das letzte Mal nach der Sonne aufgestanden ist. Das gehört sich einfach nicht, lang zu schlafen. Und es ist die pure Verschwendung. Willi hält davon noch weniger als sie. Wie die Kinder es machen, ist ihre Sache. Unglaublich, dass die Sonne heimlich vor ihr raus ist. Johanna ist nicht einmal aufgewacht, als Lischen hier ankam. Und dann macht man die Augen auf und die Tochter sitzt im Bett und heult einem die Laken voll. Mit einem Taschentuch wischt sich Lischen über die Nase. Wieso sie ihre blonden Haare so mit Strähnen versaut? Die färbt sich ihre Farbe doch ganz kaputt. Man muss nicht versuchen, sie davon abzubringen.

Nur weil man ab und an träumt, ist man nicht bescheuert. Die Welt ist die Welt und Träume sind Träume. Einmal hat sie Willi einen Traum erzählt, den er sowieso am gleichen Tag wieder vergaß. Danach hat sie es nie wieder gemacht, weil die Welt die Welt ist.

„Mein Mädchen, warum weinst du denn?"

„Ach, Mama." Johanna merkt an der Hand, dass jemand drückt.

„Musst du nicht auf Arbeit sein? Du wirst doch keinen Unsinn machen in deinem Alter?" Sie schüttelt den Kopf. Scheint sich langsam zu fangen, das Kind. Wieso sitzt eine heulend am Bett ihrer Mutter? Hat sie etwas angestellt? Hat er etwas? Sie denkt schwer vom Traum und von der Sonne ganz schwer. Ihre komische Zeit.

„Lass mich erst mal aufstehen, bitte." Lischens Kopf geht vom Schütteln zum Nicken über. Sie steht auf und streicht sich ein paar Falten aus der Bluse. Hat doch wieder Zwiebelsachen an, die Kleine. Die ertragen Kälte nicht wie Johanna. Dann zwiebeln die sich ein, ziehen zwei Hemden unter, einen Pullover drüber und obendrauf noch eine Bluse. Zwiebelsachen. Schichten sind das, die aneinander reiben, und es wird wärmer. Ihre Kinder sollen nicht frieren und wenn es eben nur so geht, dann eben so. Zum Glück hat sie noch keine Enkeltöchter, bei denen man schauen muss, dass sie ihren Bauch bedecken. Wie die Jugend heute durch die Gegend läuft. Hauptsache jeder kann sehen, wie ein Bauch ausschaut. Am besten noch ein Bauch mit einem Eisenring durch den Nabel. Nein, nein, das ist nicht ihre Zeit. Lischen sagt etwas von Frühstück und geht endlich aus dem Zimmer. Muss nicht sehen, wie ihre alte Mutter langsam aus dem Bett kommt. Geteiltes Leid ist doppeltes Leid.

Johanna dreht sich und kommt aus den Federn hoch. Ihre Füße suchen die Holzlatschen. Am Fenster fällt ihr ein, dass ihr Kind die Zähne gesehen haben muss, die auf dem Nachttisch im Glas stehen. Die ist sowieso Ärztin geworden. Der braucht man nichts vorzumachen. Kann sich das kranke Bein anschauen. Sie humpelt zum Nachtschrank und stopft die Zähne in den Mund. Kalt und nass wie ein echter Herbst. Hinter dem Fenster sieht er trocken und kalt aus. Man weiß nicht, wann der Herbst aufhört und der Winter anfängt. Manche machen das zu ihrem Beruf, heißen Phänologen. Das wissen nur die Menschen, die ihren Willi kennen. Der kann sofort sagen, wann der Winter kommt. Schaut in den Busch und schaut sich dort um. Dann nickt er und sagt: „Drei Wochen." Kein Scharlatan, kein Gaukler. Alles Wissenschaft, kann man erforschen. Für Johanna wäre das nichts, immer diese Listen und was man sich alles merken muss. Orden gibt es auch dafür. Aber wozu braucht sie einen Orden? Wer solche Töchter hat, braucht keine Orden.

Sie kichert auf dem Weg zum Badezimmer. Sie macht es leise, damit ihre Jüngste es nicht hört. Die ist, weiß Gott wo, im Haus unterwegs. Warum auch immer die hier ist. Im Bad wischt sich Johanna den Traumschweiß aus dem Gesicht, wäscht sich mit eisigem Wasser. Morgens schon warm? Wer merkt dann noch, dass er nicht träumt? Das ist die Zeit, einfach die komische Zeit. Sie braucht lange und weiß nicht, wie spät es ist. Sie hat nicht nur die Sonne verschlafen, das würde noch gehen. Sie ist sogar nach den Hühnern raus. Vielleicht auch die einzige Art, wie sich ein toter Hahn rächen kann. Sorgt dafür, dass keiner mehr normal aus den Federn kommt. Gehässiges Biest, so fängt es immer an. Der wäre auch keinen Deut besser geworden. Sie steht vorm Spiegel und zieht die Sachen vom Stuhl an. Andere in ihrem Alter brauchen dabei Hilfe. Faulpelze, wer rastet, rostet. Es ist nicht leicht, das behauptet auch keiner. Das Bein schmerzt, man kommt nicht mehr richtig runter, selbst die Arme sind kürzer geworden. Was macht man mit seinen Socken und den Füßen? Aber wer die Mühe scheut, der soll doch sterben. Faulheit ist der Anfang vom Ende, das steht schon in der Bibel.

Johanna braucht ihre Zeit im Bad und sie humpelt zwischendurch ins Schlafzimmer. Dort zieht sie unter dem Bett eine Holzschachtel hervor, unter der eine Tüte klebt. Sie wribbelt einen Wollknoten mit den Zähnen auf und zieht eine silberne Kette aus einem Beutel, der in einem Beutel ist. Sie legt die Kette um den Hals. Im Bad sieht sie in den Spiegel. Dass die Johanna Fiebelkorn sein soll, kann man einfach nicht glauben. Es gibt keine Stelle im Gesicht, die nicht faltet. Als würde das Leben in ein Frauengesicht hineinmalen. Alles, was einem passiert, steht in den Falten. Sie sieht aus wie ein Feld mit Augen, wie ein Acker mit Furchen. Ungerecht, wie das Leben immer ist. Wieso malt es Willi nicht seine Buckelei ins Gesicht? Seine Feigheit oder sonst etwas. Irgendwie wird sie das wohl verdient haben.

Lischen sitzt in der Küche am Tisch. Johanna sieht die Sachen sofort. Die gehören nicht hierher. Ihre Tochter kann sie nicht aus dem Kühlschrank oder der Vorratskammer geholt haben. Als müsste das Mädchen einkaufen, bevor sie herkommt. Was denkt die sich nur? Frechheit. Johanna geht zum Schrank und nimmt ein Glas Honig. Den bekommen sie von Schneider zweimal im Jahr, weil Willi ihm seine Völker schon oft gerettet hat mit seiner Wissenschaft. Sie stellt das Glas zu den bunten Sachen ihrer Tochter auf den Tisch. Also, Brötchen hat die auch gebacken. Versucht bestimmt nur, ihrer tranigen Mama einen Gefallen zu tun. Nun fangen die Kinder plötzlich an, zu verstehen. Nun wollen sie nur noch das Beste für die beiden Alten. Ja, ja, Johanna erwartet nichts von ihren Töchtern. Die können nichts dafür, dass sie auf die Welt gekommen sind und überlebt haben. Die Toten können auch nichts dafür. Johanna hat auch ein paar Fehler gemacht als Mutter. Man erwartet von einer, die hunderte Kinder hatte, dass sie perfekt ist oder wie? Das Wissen von der Arbeit hilft einem zuhause nicht die Bohne. Könnte sein, dass es Gott mit seiner Familie genauso geht. Wie man seinen eigenen Sohn nur so zum abschreckenden Beispiel machen kann. Der konnte schließlich auch nichts dafür, dass der sein Vater war.

„Ich hab schon mal Frühstück gemacht", sagt Lischen und gießt Johanna Tee in eine Tasse. Schlaues Kindchen, weiß es noch. Pfefferminze, gut.

„Schön", sagt sie nur. Lischen kann nicht wissen, dass sie auf Willis Platz sitzt. Von dort sieht er zu, wie sie kocht, wenn er nichts Besseres zu tun hat. Wenn ihr so ist, darf er zuschauen. Wenn ihr so ist. Lischen atmet zweimal scharf ein.

„Darf ich etwas sagen, Mama?"

„Was denn?"

„Ich, also. Ich ... Vielleicht sollten wir einfach frühstücken, ganz ohne Worte. Einfach nur hier sitzen, Mutter und Tochter."

„Sag schon, Kindchen."

„Ich bin gleich hergefahren, nachdem Moni mich angerufen hat. Hatte Nachtschicht gestern, hab mich noch abgemeldet. War nichts Tolles los. Zwei Unfälle, aber das ist wenig in einer Nacht wie dieser. Hätte ja eh nicht mehr einschlafen können."

„Aha." Will die nun den ganzen Tag verquatschen? Johanna weiß nicht, was das bringen soll. Man ist es nach so langer Zeit nicht mehr gewohnt, dass einer hier ist, dass einer andauernd nur quasseln will. Entweder die ist nun wirklich eine Quasselstrippe geworden oder sie hat einfach Sorgen. Sie kann das Schweigen nicht ertragen, weil sie dann nachdenkt.

„Hättest, weiß Gott, nicht einkaufen brauchen."

„Ja, ja. Ich weiß. Mir war so."

„Na dann." Johanna greift nach vorn und nimmt sich ein warmes Brötchen aus der Schüssel. Wusste das Lischen wohl nicht, wo der Korb ist. Manchmal sollte man einfach netter zueinander sein. Auch nicht leicht, wenn die Tochter es so schwer macht. Johanna versteht nicht, warum die überhaupt hier ist und wieso man extra einkaufen muss, bevor man herkommt. Als hätte sie nichts im Hause. Ob sie nach dieser Nacht- und Nebelfahrt überhaupt noch geschlafen hat? Aber schön, dass sie Ärztin geworden ist. Das kann man anderen Leuten gut erzählen. Die retten Leben, die haben gehörig Bücherwissen im Kopf. Ärzte sind auf alle Fälle kluge Leute. Daran zweifelt keiner, nie im Leben.

„Dir geht es nicht so gut, oder?", fragt Lischen und schmiert sich Honig auf ein Brötchen. Honig hat Johanna genug da. Wenn sie den so mag, dann hätte sie nicht anhalten müssen unterwegs. Die Brötchen sind viel zu warm. Wenn die Butter so tief versinkt, das ist die reinste Verschwendung.

„Wie meinst du das?"

„Na, ich seh doch, wie du gehst. Das Bein, oder?"

„Ach ja, das Bein.“

„Schlimmer geworden seit gestern?“

„Seit wann? Seit paar Wochen wieder schlimmer. Aber müssen wir jetzt so rumquatschen, Kindchen?“

„Wenn du meinst, Mama.“

„Nach dem Frühstück meinetwegen. Die wichtigste Mahlzeit des Tages oder hast du das schon vergessen, weil du immer nur Schichtdienst hast?“

„Ach, Mama.“

„Iss jetzt.“ Man schafft es nicht immer, obwohl man es sich fest vornimmt. Das mit dem Nettsein ist so eine Sache. Weil Lischen es mit ihrem Gegacker immer übertreiben muss. Das ist, als würde man kochen und dann alles zu den Hühnern schmeißen, weil einem gerade so ist. Damit wird Johanna jetzt nicht anfangen.

Sie essen Frühstück und Johanna merkt genau, dass Lischen nicht rübersieht zu ihr. An die Stille kann man sich nur gewöhnen, wenn man ein Mensch dafür ist. Lischen hält es trotzdem durch, mal kein Wort zu sagen. Zum Glück sieht sie nicht wie eine Sportlerin aus mit ihren mächtig blonden Haaren, mit ihren blauen Augen. Hübsche Frauen haben sie in die Welt gesetzt, sie und ihr Willi. Die Enkel sind auch gelungen, zumindest diejenigen, die bisher kamen. Ein halbes Brötchen hat ihre Tochter noch in der Hand. Sitzt da mit ihrem Frühstück und starrt auf den Honig, als würde der was Schlechtes wollen. Lischen bewegt sich kaum und Johanna weiß nicht, was in ihrem Kopf vorgeht. Sicher weiß sie es selbst nicht einmal.

Irgendwann sind sie fertig. Man muss das nicht endlos in die Länge ziehen, wenn es dem Kind so schwer fällt. Weil keiner mehr etwas sagt, sieht sich Johanna nach dem Schweigen um. Vielleicht hat Willi das wirklich mitgenommen, als er gestern abgehauen ist. Wäre das erste Mal, dass Weglaufen Sinn macht. Wäre, wäre. Johanna lacht einmal, kurz und trocken. Lischen schaut erschrocken.

„Lass mal abräumen“, sagt Johanna.

„Ich weiß nicht, was ich sagen soll."

„Manchmal ist das so im Leben."

„Ja, manchmal wohl."

„Kannst mir beim Abräumen helfen und dann hab ich eine Aufgabe für dich."

„Ach, Mama. Du kannst mir nicht erzählen, wie es gestern gewesen ist, oder?"

„Du meinst dein Vater?" Lischen nickt und dann stopft sie sich das halbe Brötchen auf einmal in den Mund. Das sollte wirklich funktionieren. Seine Gedanken schmiert man irgendwo rauf und dann steckt man den ganzen Kram ins Maul. Man kann jeden Zweifel und jede Frage kaputtkauen und runterschlucken. Immer, wenn sie wiederkommen, schmiert man weiter. Dick und rund würde man werden. Aber man müsste nicht immer so hirnamputiert rumsitzen den ganzen Tag. Fett, aber glücklich.

Gemeinsam räumen sie die Sachen vom Tisch in die Schränke. Das neumodische Esszeug, das die Kleine gekauft hat, packen sie in den Kühlschrank. Wie kann man Ananas und Mango in einem Glas einwecken? Johanna verstaut den Frischkäse noch weiter hinten. Ein Käse wie in Indien mit Curry. Wer kauft so einen Kram? Das verstehe, wer will. Sie waschen das Geschirr ab und es ist keiner da, der daran riechen will. Johanna wird es selbst nicht machen. Steht ihr nicht zu und auch sonst keinem. Man kann sich das plastisch vorstellen, wie der Neumann nach dem Essen herumsitzt und treudoof in die Gegend schaut. Sie würde hingehen und ihm das Geschirr hinstellen, weil Männer das so wollen. Der hätte nicht gewusst, was Männer machen müssen. Ja, ruhig war der auch. Johanna mit einem Hang zur Stille und zur Stille in den Männern. Ohne den Pfarrerssohn wäre es nicht gegangen nach dem Krieg. Sie war gleich schwanger, als könnte der Willi eine nur durch seinen Blick zur Mutter machen. Was für ein Kerl. Den Neumann hat es nicht gestört, dass ihr Bauch immer dicker wurde. Der war schon über beide Ohren in sie verschossen. Man konnte nicht wissen, ob Christen genug Platz in ihrem Herzen haben. Vielleicht passt da nur Jesus rein und sonst keiner. Einer, der ehrlich ist und auch mal zupacken kann, das ist ein richtiger Mensch. Den sollte der liebe Herrgott nicht für sich alleine behalten. Was ist denn mit den Frauen? Bei Willi ist genug Platz für eine Johanna Lettmann. Wenn man es so sieht, war ja alles richtig so. Nur von ihrem eigenen Herzen hat Johanna keine Ahnung.

Lischen geht zu ihrem Auto. Steht direkt vor der Garage, als hätte der Händler es eben erst hingestellt. Silbern und glänzend. Hat bestimmt eine Stange Geld gekostet das Ding. Mercedes Benz. Sie gönnt es den Kindern. Sollen die sich ruhig die besten Sachen kaufen, die nicht bei jedem Schlagloch wackeln und zerbrechen. Johanna steht in der Stube und sieht, wie ihre Tochter noch im Auto sitzt. Wie das Kind die Tür verschließt. Die wird doch nicht einfach wegfahren. Wenn man so enttäuscht ist von der Mutter und keiner freut sich über die gekauften Sachen. Lischen hat sich das Ganze bestimmt schöner vorgestellt. Was will sie überhaupt hier? Dann fällt Johanna die Liste wieder ein. Sie sieht, dass der Schaukelstuhl leer ist und könnte diesmal wirklich Hilfe gebrauchen. Man muss alles genau machen, richtig. Man bekommt dabei keine zweite Chance und wenn der wirklich wegbleibt, schadet es ihm recht, dass sie diese letzte Liste nicht gebacken kriegen. Jawohl, das hat er sich selbst eingebrockt. Willi.

Johanna sieht, dass Lischen in ihrem silbernen Auto verrückt spielt. Sie hämmert mit den Händen aufs Lenkrad ein und schreit die Tachos an. Steht einfach auf Null, einfach immer nur auf Null, wenn man sich nicht bewegt. Es ist ihr peinlich, ihre Tochter zu bespitzeln. Sie würde es auch nicht mögen, wenn Willi ihr zum Schuppen folgt und dann durch die Scheibe lunscht. Wer seine Sorgen hat, braucht einen Platz zum Schlucken. Da muss man einen allein lassen, das gebietet nicht nur der Anstand. Johanna zwingt den Blick von Lischen weg und sieht sich die Blumen auf dem

Fensterbrett an. Sie geht von der Stube ins Bad. Im Spiegel rennt die einem auch ständig nach. Nicht einmal hier kann man allein sein mit sich selbst. Im Hof gackern die Hühner wie doof. Die hat sie ganz vergessen. Sie zieht sich die Jacke über, schöpft im Keller mit dem Plasteeimer eine große Ladung Körner und bringt sie den Hühnern. Wenn es nach Moni gegangen wäre, wären die vor Willi kaputt gewesen. Dann müsste keiner mehr raus. Eigentlich hätte der alles gleich mitnehmen können, wenn er schon feige verschwindet. Die Hühner, die kriechende Stille, diese dumme Liste, die man abarbeitet, wenn einer weg ist. Wer sich wohl um ihre Liste kümmert, wenn sie ihm nach ist?

Paul Neumann hat sie erst kennengelernt, als sie schon eine Weile hier war. Hätte vorher keiner wissen können, dass Vorpommern und Hinterpommern doch so verschieden sind. So ein Sommertag. Warmer Wind, der keine Geräusche an Häuserecken oder an Dachkanten macht. Ein guter Wind. Willi war ohne ein Wort weg und es verging kaum ein Tag, an dem sie sich nicht darüber ärgerte. Mit ihrem Bauch und den Rückenschmerzen stand sie vorm Haus. War doch viel zu groß für sie allein. Sie ist gleich reingezogen, bevor Willi weg ist, bevor ihr Vater starb. Er konnte noch sagen, dass er diesen Willi leiden kann. Der kriegt meine Tochter, so viel steht fest. Weißt ja nicht, wie einer im Leben noch wird. Kannst nur sagen, wie er jetzt ist. So war ihr Vater und dann hat sich sein Bauchschuss entzündet. Ein Vaterbauch ist nicht das Gleiche wie hundert Lazarettbäuche.

Sie stand mit der Hand im Rücken vor dem Haus. Oben auf dem Dach krakselte dieser Paul herum, aber Johanna ist nicht sicher mit dem Namen. Man kann Dächer nur reparieren, wenn es gerade nicht regnet. An diesem Tag war eine winzige Wolke zu sehen. Der mit seinen schwarzen Locken auf dem Dach. Sie mochte ihn, das war nicht das Problem. Wenn Willi vorher nur ein Wort gesagt hätte oder zwei. Er hat die Schnauze voll und nun ist Schluss. Dann wäre sie doch frei gewesen und hätte den anderen von oben gleich runter ins Bett geholt. Dicker Bauch hin oder her. Sie war auch jung. Sie hatte auch Wünsche im Leben. Das Problem war nicht nur, dass der oben durch und durch Christ war. Eine Dachschindel fiel ihm aus der Hand und sie rutschte ganz langsam an der Schräge herunter, polterte Johanna direkt vor die Füße. Sie nahm das Ding und roch daran. Er lachte sie von oben an, fragte, ob es ihr gut geht. Manchmal stellte er Fragen, als wären sie schon verheiratet. Sie lachte auch und warf ihm einen Handkuss zu. Er wirkte verwirrt. Sagt einem auch keiner, was man mit unsichtbaren Küssen machen soll oder ob das schon eine Todsünde ist. Du sollst nicht begehren des Andern Weib. Dann hämmerte er die Schindeln, die keinen Abgang gemacht haben, aufs Dach und im nächsten Herbst musste niemand im Nassen sitzen.

Johanna hatte ihre Schwestern aufgenommen. Die sagten ständig, dass sie sich den schnappen soll. Wenn nicht Johanna, dann wollten die Schwestern um ihn knobeln. Was für ein Lockenchristkind. Das war vielleicht das größte Problem. Johanna ging ins Haus und kochte. Sie weiß nicht mehr, was es war. Nach dem Krieg war alles ziemlich einfach in den Küchen. Sie dachte lange darüber nach, ob sie sich nackt ins Schlafzimmer legen sollte. Mit irgendetwas musste sie den Pfarrer auf dem Dach bezahlen. Sie hatte sonst nichts, nur ihre Jugend. Und mit der hätte sie ihn anständig bezahlt. Das hätte er nie vergessen. Bevor der mit dem Studium und solchen Sachen begann, sollte er noch seine Hand anne Frauenbrust packen. Vielleicht wäre ihm dann sein Gott aus der Seele gesprungen. Natürlich zog sie sich nicht aus. Er hat gesagt, dass sie reden müssen.

„Hanna, die Leute reden schon über uns, weißt du?"

„Lass die doch reden. Die reden immer nur."

„Das meine ich nicht. Ich will mit dir über uns reden." Er saß beim Essen, schlang das Ganze in sich rein. Der Paul war eher die dürre Sorte Mann. Eine Sorte, die so drahtig ist und trotzdem zupacken kann. Von dem nahm man nicht an, dass er jeden Wind aushält. Hätte ihn regelrecht vom Dach fegen können, wenn dem Wind so gewesen wäre. Vielleicht blieb der nur oben, weil Gott ihn so erschwerte oder seine Gedanken.

„Ich meine, dass ich dich sehr mag und das Kind werde ich auch mögen. Ich werde aber hier nicht bleiben, verstehst du? Ich meine, dass ich weiß, du bist versprochen und schwanger auch. Aber jetzt bist du noch Lettmann. Nicht meine, aber eine, verstehst du? Ich glaube, ich rede Unsinn. Verzeihung." Johanna hat ihn dann geküsst. Näher sind sie sich niemals gekommen. Sie hätte das mit dem Bett gern auch noch gemacht. Nicht nur, um ihm eine Freude zu machen. Das konnte man bei Christen nicht wissen, bei Theologen schon gar nicht. Ihr war an diesen Sommertagen selbst nach Bettenteilen. Das war der beste Grund.

„Dein Gott hätte da nichts dagegen?"

„Mein Gott." Er sagte es und lachte, wischte sich über den Mund, als würde das den Kuss wegmachen. „Unser Gott ist nicht das Problem. Eher das Gewissen. Was ist, wenn der Fiebelkorn irgendwo im Krieg hängen blieb und ich mache mich an seine Verlobte ran. Das ist ... Das geht nicht, Hanna."

„Das geht nicht, Paul." Sie ahmte den Satz nach, als wäre sie ein Gaukler auf dem Jahrmarkt. Das Gespräch hat mit seiner Liebe zu ihr nichts gemacht, eher mit ihr. Sie war beleidigt. Fehlte noch, dass sie sich für einen hinlegt und der will nicht. Der bleibt neben dem Bett mit seinem Gewissen stehen und streitet lieber, als ihre Brüste anzufassen und sich raufzulegen. War alles denkbar damals. Johanna ging mit ihren Problemen und dem dicken Bauch nach draußen. In den Spargelreihen stellte ihr das Schicksal dann ein Bein. Das lacht nicht. Es kichert nicht einmal leise, wenn es solche Sachen mit einem macht. An Gott hat sie dabei nicht gedacht, obwohl sie an ihn glaubte. Über ihre eigene Schippe rüber, über so ein winziges Ding kann man auch stolpern. Sie stürzte mitten in eine Reihe, so verdreht, dass sie nicht wieder hochkam. Die Schippe schlug ihr seitlich gegen die Wade, dass beides daran kaputtging. Gott oder Schicksal, das war deutlich genug. Da versuchte man einmal im Leben klarzukommen und dann so etwas. Es war doch nur ein klitzekleiner Kuss. Später hörte Johanna, was die Leute im Dorf redeten. Über Paul Neumann sagte keiner etwas Schlechtes. Die jungsche Lettmann bringt den um den Verstand mit ihrem Arschgewackel und den Röcken. Immer diese Röcke.

Lischen kommandiert im Schlafzimmer und Johanna gehorcht. Sie legt sich aufs Bett. Wenn das Kind schon mit seinem Doktorkoffer kommt. Auf ihre Töchter hören Mütter nicht. Das war schon immer so. Aber auf echte Ärzte hört man. Sie legt sich ohne Rock aufs Bett und die Tochter fummelt am Bein herum.

„Was hatten sie damals gemacht? An deinem Bein?"

„Meniskus oder so."

„Ah, klar. Tut das weh?"

„Wie meinst du das?"

„Na, ob es wehtut, wenn ich das Bein so drehe."

„Klar tut das weh." Johanna verzieht keine Miene dabei. Ihr Schmerz ist kein Berg und kein Prophet, das nicht. Aber noch entscheidet sie selbst, wer hier zu wem geht. Solange sie hier ist, wird das nicht anders werden. Der Schmerz ist höllisch und genauso geht sie damit um. Die Hölle ignoriert man am besten. Lischen wundert sich vielleicht, warum sie keine Miene verzieht. Im Krankenhaus gibt es bestimmt viele, die nur so tun als ob. Die schreien und jammern wie beim Weltuntergang. Johanna hat die Kinder ihr Leben lang vor solchen Sachen gewarnt. Aber alle kann man sowieso nicht warnen.

„Und das hier?"

„Tut auch weh."

„Das?"

„Auch."

„Mama, das muss einer unbedingt mal schallen. Daran kommst du nicht vorbei."

„Schallern, also."

„Quatsch, Ultraschall, ein Röntgen, nur weniger schädlich. Man muss reinschauen, in das Knie. Das mein ich."

„Ach Lischen, was soll das bringen?"

„Ich schätze, eine eitrige Entzündung und die kriegst du nicht einfach mit Antibiotika weg." Johanna wollte nie Ärztin werden, nicht einmal Krankenschwester. Gibt viele, die die Arbeit mit Kindern unterschätzen. Die sollen sich mal in den Kreis stellen und fünfundzwanzig Stimmchen kreischen die Zeilen. „Und wer sich umdreht oder lacht, der kriegt den Buckel voller Schacht." Johanna war eine Kindergärtnerin, der dabei immer mulmig war. Sie hat zum Parteihaus gesehen und gedacht, dass man wirklich oft den Buckel voller Schacht kriegt. Wie Kinderlieder so dicht am Leben sind, das weiß auch kaum einer. Als ob sie die Kurzen nur auf eine Linie gebracht haben. War nicht jede in der Partei, das darf man nicht vergessen. Linie, Linie und dann dieser Wissenschaftler, der sagte, diese Linie macht Ossis zu Nazis oder zu Kinderschändern.

Lischen legt eine Tablettenschachtel auf den Nachtschrank. Sie schreibt ein Rezept und füllt eine Tabelle in einem kleinen schwarzen Buch aus. Auch gut, dass nicht einmal die Herren Doktoren Medizin verschenken können. Was wäre, wenn Johanna nach Gift fragt? Eines, mit dem man einfach einschläft und dann nie wieder aufwacht, zumindest nicht in dieser Welt. Was wäre dann? Johanna stellt die Frage nicht und Lischen sagt, dass sie nun wieder eine Tochter ist. Sie grient.

„Du wolltest, dass ich etwas mache?"

„Ich will dich nicht belasten. Hast ohne mich bestimmt genug um die Ohren."

„Um die Ohren, pah. Deshalb bin ich ja hergekommen zu dir." Bevor das Kind hier nur herumsitzt oder noch öfter ins Auto muss, gibt Johanna ihr was zu tun. Es ist schön, dass sie da ist. Es geht ihr gut, soweit Johanna das sehen kann. Könnte etwas mehr essen, sonst fällt sie noch vom Fleisch. Aber sie hat ihren Sport, der wird sie schon auf Zack halten. Das mit den Männern wird Johanna nicht ansprechen. Sie muss das Kind jetzt nicht reizen. Würde sie schließlich auch nicht wollen, dass sie einer nur immer mit dem Altenhaus nervt. Man muss nicht in jeden Wald reinbrüllen, um es zu versuchen. Um zu hören, wie die Stimme als Echoschrei zurückkommt. Wer viel versucht, der scheitert viel.

Johanna holt die Liste aus dem Flur. Diese Listen, immer nur diese Listen. Sie gibt Lischen die Mappe. Das Kind nickt gleich, als hätte es das erwartet. Solche Mappen geben sie in Berlin den Leuten bestimmt auch. Verschwinden nicht nur auf dem Land die Menschen, ohne ein einziges Wort zu verlieren. Lischen lobt das Krankenhaus. Das ist mal gute Arbeit. Johanna würde gern sagen, dass sie ihn gleich in den Keller gebracht haben, dass sie gleich ein Laken rüber-gezogen haben. Mit dem Ding kann doch kein Mensch mehr aus den Augen gucken. Dass sie Willi gleich abgeschrieben haben. Keiner fragte, wie sie das so sieht. Vielleicht macht ihre Tochter das Gleiche in ihrer Riesenklinik in Berlin. Das kann Johanna nicht wissen.

„Ich brauche dann seinen Ausweis und euer Familien-buch."

„Weißt doch, wo ..."

„Ja, aber ..."

„Nichts aber, deine Aufgabe. Ich mache meinen Kram und du deinen." Johanna hat das ein wenig zu laut gesagt, geht und räumt die Küche auf. Sie putzt in den nächsten Stunden die Wohnung, während das Kind telefoniert. Lischen fährt einmal weg, für lange Zeit. Wenn man so etwas wieder erlebt, nun schon zum zweiten Mal, dann kann man schon auf komische Gedanken kommen. Johanna steht ziemlich lange auf dem Flur und starrt die Garderobe an. Wieso hän-gen da Willis Jacken? Ob Lischen auch verschwunden ist? Ob sie langsam alle verschwinden? Hanna, die Ewige, die

Bleibende. Das können sie ihr aufs Grab meißeln. Sie will mit dem ganzen Mist nichts zu tun haben. Sollen sich doch die Töchter um den Kerl und seinen feigen Abgang kümmern. Ja, wieso soll sie immer jede Schweinerei ausbaden? An diesem Freitag ist nichts anders als an allen Freitagen der Welt. Nur, dass sie sich nicht mehr zurückhalten muss. Sie muss nicht darüber nachdenken, ob sie heute schlechte Laune hat und ob er schuld daran ist. Verdammt noch einmal. Der ist ab heute an allem schuld.

Johanna geht mit der Drahtbürste über den Maschendraht. Den Hühnern ist das egal, wie sauber dieser Zaun ist. Johanna nicht. Vor allem, wenn morgen die Kinder kommen. Wie merkwürdig das Leben so spielt. Die eine Tochter hat Kinder, gleich Zwillinge. Das ist schon alles in Ordnung. Nur bei Netti und Lischen kann man ins Grübeln kommen. Die Eine kann nicht und die Andere will nicht. Wird sich beides in diesem Leben nicht mehr ändern. Lischen kommt einfach nicht mehr zurück von ihren Besorgungen. Dann erledigt sie die ganze Liste gleich auf einmal, auch gut so. Johanna scheucht die Hühner in den Stall. Gackern hat nichts mit Quatschen zu tun. Sie räumt den Hof auf, fragt sich vorn am Tor, wie Lischen das zugekriegt hat. Oder der Kerl war heimlich hier in der Nacht.

Hinten schmeißen die Bäume ihre Blätter in den Garten. Dagegen kann man nichts tun. Die Bäume wären schon lange fort, wenn Willi nicht sein Machtwort gesprochen hätte. Einer, der vom Busch richtig Ahnung hat. Ein studierter Buschmann. Johanna lacht ein paar Mal, erst leise und dann lauter. Die Pausen zwischen dem Lachen fühlen sich träge an. Sie kippt die Blätterhaufen auf den Kompost direkt auf die dünne Erdschicht. Unten faulen die Federn eines verschwundenen Hahnes. Von drüben winkt Irmchen ihr zu. Bauen ihr großes Zelt schon ab nebenan. Man kann der Jugend nicht verübeln, dass sie ihr Leben noch genießt. Jugend ist Jugend und Johanna ist auch nicht von vorgestern. Aber die Nachbarn sind so alt wie ihre Töchter und

160

sollten ihre Flausen schon mal unter Kontrolle kriegen. Das Leben ist kein Spielplatz. Johanna hebt die Hand und winkt. Sie zeigt ihr einfach die Handfläche. Keine Waffen, keine Vorwürfe.

Ende 1946 im Trubel. Der Krieg war zu Ende und das Morden ging noch eine Weile weiter. Die Angst vor den Russen hatte sich bestätigt. Johanna lag in einem angebombten Krankenhaus. Ärzte gab es zur Genüge. Damals war plötzlich jeder Arzt und eigentlich hätte man sich deshalb sorgen müssen. Das Zimmer hatte keine Fensterscheiben, nur so Pappe in den Rahmen gedrückt. Sie hat es gehasst. Dann doch lieber die Frühlingsluft im Raum. Bei der Geburt waren zwei Hebammen dabei und sie hat sich keine Zeit gelassen mit der Moni. Das Baby schrie. Sie nicht. Dann drückten sie ihr das Fleischbündel auf die Brust und gratulierten zum Mädchen. Jemand streichelte ihr übern Kopf. Sie hat das wirklich gut gemacht fürs erste Mal. Nun lag sie in dem Zimmer mit Papplicht. Der Putz war kaputt. Muss jemand von draußen reingeschossen haben. Ein Waschbecken gab es, zu dem sie noch nicht ging. Man konnte nicht wissen, ob da braune Jauche aus dem Wasserhahn kam oder vielleicht Staub. Dann lieber überhaupt nicht waschen. Johanna hatte im Lazarett vorher viel über Krankheiten gehört und übers Vergiften und übers Anstecken. Das konnte man sich an jeder Ecke holen, so wie den Tod überhaupt. Die Russen hatte es nicht gestört, dass sie schwanger war. Das war das erste Mal im Leben, dass sie vor anderen weinte. Waren nur die Russen und keine Menschen in der Nähe. Beim zweiten Mal heulte sie neben Willi und vor ihr lag die vierjährige Leiche auf dem kleinen Bett.

Eine Schwester kam ins Zimmer und brachte ihr das Kind. Es fühlte sich wie ein Vorwurf an, dieses Baby. Der Vater war verschwunden und hatte eine Aufgabe für Johanna hiergelassen. Sie haben ihr die Aufgabe ins Bett gelegt und gefragt, wie sie heißen soll. Monika Siglinde Lettmann? Sie kann sich nicht erinnern, wer den Namen vorgeschlagen hat. Vielleicht jemand, der gerade eben im Raum herumstand. Vielleicht jemand aus der Vergangenheit. Ja, Monika Lettmann passt. Dann gingen alle raus und sie war mit dem Ding allein. Sie mochte das Kind nicht. Es hatte seine Augen und seine Nase, etwas kleiner, aber ohne Zweifel seine Nase. Das winzige Williding sah sie an. Wenn nicht alles so kaputt gewesen wäre, auch sie selbst ... Wie ein Pappfenster, das auf einen großen Wind wartet. Einen, der alle Erinnerungen zerhackt. Einen, der Papa wieder ganz machen kann. Einen, der alles kann. Sie hätte das Willi-Kind am liebsten aus dem Fenster geworfen. Vor einen klappernden Laster hätte sie diese Augen geworfen. Leichenlaster, Leichenlaster. Ja, man ist jetzt Mutter für immer. Herrgott, sie waren nicht einmal verheiratet. Sie hatte nichts zu erwarten von dem Lump, der einfach weg ist. Nun sorgte das Baby dafür, dass er wohl nie mehr zurückkam. Eine Aufgabe, die Monika Lettmann heißt. Gegen Nachnamen hilft nur ein Mittel.

Johanna lag auf der Seite in diesem Bett. Sie hätte nicht herkommen sollen. Wenn sie das Baby zuhause bekommen hätte, dort ganz allein. Dann hätte sie es wegschmeißen können. Ruhig sah die Kleine aus mit geschlossenen Augen. Hatte seine Wimpern, seine Lider. Das Ding hat sogar geschnarcht und Johanna ist vor Schreck etwas weggerutscht, beinahe aus dem Bett gefallen. Sie konnte es nicht anfassen. Das haben sie also aus ihr herausgeholt. Hässlich war es und eine Riesenaufgabe. Irgendwann fasste sie es ganz kurz an. Wollte nur schauen, ob sie sich das Ganze nicht nur einbildet. Da hatte sie sich die größte Mühe gegeben mit den Schmerzen und dem Zeug. Und dann mochte sie nicht, was dabei herauskam. Das Ding konnte nichts dafür, das verstand sie schon. Ein Bündel, das sich kaum bewegte, das irgendwann ein ganzer Mensch werden wollte. Sie warf das Baby nicht aus dem Fenster, nicht in den Dreck der Straße. Sie lernte mit der Aufgabe zu leben und mit der Nase auch. Die konnte nichts für ihren Weglaufvater. Später liebte sie das Kind von ganzem Herzen. Trotzdem gab es diesen einen Moment im Papplicht, als sie es am liebsten abgemurkst hätte. Ein für allemal Schlussmachen mit dieser Warterei. Warten und warten auf Willi.

Drinnen klingelt das Telefon. Johanna beeilt sich schon. Man kann nicht schneller, als man kann. Am Apparat meldet sich Lischen und ihr ist klar, das Kind ist abgehauen und hat ein schlechtes Gewissen. Ja, die will nur schnell eine Ausrede loswerden. Johanna kennt das. Sollen sie doch alle verschwinden, wenn sie wollen. Ihre Tochter fragt, ob der Vierecker Friedhof in Ordnung ist. Was weiß Johanna denn? Natürlich ist der in Ordnung. Sie kann sich kaum vorstellen, wieso Lischen anruft und solche dämlichen Fragen stellt. Ob der in Ordnung ist. Was soll mit dem nicht stimmen? Ohne großes Trara ein Loch gegraben, dann rein mit dem Lump und eine Pappe drüber, damit er noch ne allerletzte Chance hat. Damit er auch mal sieht, was ein kleiner Raum im Papplicht mit einem Menschen alles macht. Sie haben auch nie darüber gesprochen, welcher Friedhof und welches Grab. Familiengräber gibt es hier schon lange nicht mehr. Man kann Willi auch nicht zu den Lettmanns legen. Das waren ihre Leute und nicht seine. Sie hört ein Tuten, weil Lischen aufgelegt hat. Johanna versucht, sich an die Sätze dieser Krankenhausliste zu erinnern. Wie war die Reihenfolge? Stand dort etwas von dümmlichen Fragen? Bitte belästigen Sie die Verwandten mit lästigen Fragen. Punkt drei oder was?

Beim Mittagessen sitzt sie allein. Auch gut, dann passt keiner auf, wie wenig sie eigentlich auf dem Teller hat. Kann sie das meiste aufheben für die Kinder. Am Wochenende volles Haus, schon bei dem Gedanken wird Johanna schwer ums Herz. Sie freut sich ja, dass die mal wiederkommen. Die Zwillinge hat sie ein paar Jahre nicht gesehen. Setzt man Kinder in die Welt und die wieder Kinder. Das hört nie auf. Sie schüttet Kartoffeln in eine Tüte und packt das

Ganze in den Kühlschrank. Ein Auflauf nach Rezept, jawohl. Geschichtetes Essen für geschichtete Arbeiter. Was für eine merkwürdige Zeit das ist. Sie bringt die Küche auf Vordermann und dann hört sie ein Auto vorfahren. Sie kann jetzt nicht wieder damit anfangen, immer nur an Willi zu denken. Später vielleicht, aber nicht jetzt. Es wird Lischen sein, die mit ihrem silbernen Auto auf den Hof fährt. Sie wird Willi nicht dabei haben oder sein Laken. Sie hat nur ihre Liste mit. Johanna wischt den Boden, scheuert Fliesen ab und versucht, ihr eigenes Spiegelbild darin wegzuschrubbeln. Glänzt schon alles und das alte Gesicht verschwindet nicht. Lischen steht mit ihrer Jacke im Flur. Schön dick die Jacke, damit friert sie nicht so schnell. Bestimmt teuer, aber das Mädchen soll mal ruhig zeigen, dass sie wer ist. Das silberne Auto vor der Garage könnte Lischen auch an der Straße stehen lassen. Soll das ganze Dorf es sehen, wenn es vorbeifährt. Guck ma an, bei Fiebelkorn ist der große Reichtum ausgebrochen. Solcher Neid kommt von allein und er geht auch so.

„Mama, darf ich fragen, was du da machst?"

„Siehste doch."

„Ja, seh ich. Ich will es nur mal hören."

„Ja, ja."

„Wieso meine Mutter mit den entzündeten Knien auf dem Küchenboden rumkrabbelt. Du wirst auch kein vernünftiger Mensch mehr, oder?"

„Was soll ich denn machen?" Noch sauberer werden die Fliesen nicht. Wenn sie weiterscheuert, kommt sie noch in der Hölle an. Auch wenn hier keine Pfützen aus Blut sind, müsste man nur durchhalten.

„Keine Ahnung, setz dich in die Stube. Strick oder lies oder was weiß ich denn. Aber auf der Entzündung würde ich nicht rumrutschen, ehrlich. Na sag mal!"

„Ist doch gut. Zieh erst mal die Jacke aus, bevor du deine Mutter anbellst." Schon klar, das Kindchen hat Recht und Johanna meint es ehrlich. Sie weiß nicht, was sie machen soll. Der Schuppen hilft nicht mehr. Vielleicht hätte sie Lischen die Liste nicht geben sollen und sich selbst damit beschäftigen. Dann würde ihre Jüngste nicht rumbellen. Doktoren und Hunde.

„Komm jetzt", sagt Lischen und hilft ihr vom Boden hoch. Das Kind ignoriert einfach, dass sich Johanna gleich hier auf den Stuhl setzen will. Sie hat ihre vier Buchstaben schon fast drauf, da zieht die Tochter sie weiter. Ab in die Stube. Johanna wird auf das Sofa geladen. Dann läuft das Mädchen ein paar Mal hin und her. Wie ein General, manchmal sieht sie aus wie ein General. Ihr blonder Kopf in der Höhe und die Schultern gerade. Ja, ihre Arme schlackern manchmal beim Gehen. Aber gerade jetzt ist sie ein General. Johanna würde sich nicht wundern, wenn es heute auch Frauen gibt, die so etwas wirklich machen. Generalinnen heißen die, weil es Generalsfrauen schon gibt.

Lischen erzählt, dass sie die Liste beinahe fertig hat. Es ist doch okay, wenn sie Moni und Gerd mit zwei Sachen beauftragt. Hätte sich Johanna denken können, dass sie die Dinger wieder abgibt. Ist die Frau Doktor zu fein oder zu faul, alles allein zu machen?

„Was meinst denn? Ich hab dir die Sachen doch gegeben."

„Ja, Mensch. Aber Gerd kann Grabsteine machen und sie Wörter."

„Macht in Sprache, die Moni."

„Genau. Du wirst doch deswegen nicht zicken, oder?"

„Nicht in diesem Ton. Wie kommt ihr immer darauf, dass ich Probleme habe?" Von Grabsteinen will sie nichts hören. Die haben mit Toten zu tun. Die haben mit Besuchen auf dem Friedhof zu tun. Mit alten Blumen, die man wegträgt und mit neuen, die man hinträgt. Die haben damit zu tun, dass irgendetwas völlig zu Ende ist. Meistens ein Mensch. Mit Willi ist das anders. Johanna ist nicht doof. Aber solange die Liste nicht weg ist, will sie so etwas nicht hören. Sie wird es den Kindern schön machen, wenn sie hier sind. Sie werden ganz ruhig beieinander sitzen, so wie früher vielleicht. Nur ohne Willi. War auch nicht immer da, also solch ein Unterschied macht das Ganze dann im Endeffekt auch nicht. Nur noch nicht daran denken. Deshalb hat sie Lischen die Liste gegeben, damit sie genau solche Sachen noch in die Hinterkammer oder den Schuppen schieben kann.

„Ist deine Sache", sagt sie und die Tochter schaltet den Fernseher an. Sie sitzen in der Stube. Die Jüngste stellt die Heizung ein. Wärme, wie man sie will. Schön. Sie sehen komischen Leuten dabei zu, wie sie auf einer sehr bunten Treppe schlimm singen. Johanna weiß, wie schrecklich schief manche Kinder singen. Irgendwann merken die aber, dass andere besser sind. Im Normalfall sagt es ihnen jemand, der sie gut leiden kann, und dann lassen sie es in Gottes Namen. Im Idealfall läuft es so. Da fragt man sich, wieso den Leuten im Fernsehen niemand gesagt hat, dass sie es lassen sollen. Belästigen einen mit ihrer Dummheit, also ehrlich. Aber vielleicht rutscht an einer schiefen Dummheit jeder gute Rat ab. Lischen kichert über das Geträller. Johanna versteht es nicht. Woran merkt man, wenn man zu alt ist? Sie hat ein Buch gelesen, in dem ein Mann sein Gedächtnis verliert und dann rumirrt. Irgendwann denkt der, er ist aus der Vergangenheit zum Jetzt gereist. Absurde Ideen haben Schreiber manchmal. Aber ehrlich, es gibt Tage, da versteht sie das Gefühl sehr gut. Sie wünscht sich, dass einer sie an den Ohren zieht, damit sie aufwacht. Hat selbst Kindern nie anne Ohren gezogen, aber manche hätten es verdient. Weihnachtslieder, Frühlingslieder, Herbstlieder. Jede Jahreszeit hat ihre Lieder, nur der Sommer nicht. Lischen sagt, dass sie Abendbrot macht. Johanna lässt sie nicht allein in die Küche gehen. Die Stullen sind schnell fertig und der Tee auch keine große Sache. Dann diskutieren sie kurz und Johanna gewinnt. Gegessen wird immer noch in der Küche. Das fehlt noch, sich vor den Fernseher pflanzen und dort nebenbei die Stullen in den Mund stopfen, während man über die armen Kinder lacht.

Die merken es doch selbst in der Sendung, dass sie schief sind. Die übelste Sorte Nichtmerker, nicht einmal, wenn die beleuchteten Preisrichter es ihnen sagen. Sehr deutlich, fast unhöflich. Sie mag diesen Dieter Bohlen nicht. Vielleicht hat dem einer zu doll an den Ohren gezogen.

Das hat sie damals schon immer gesagt. Das könnt ihr mit den Kindern nicht machen. Die kriegen dabei bannig Wut und die bleibt drin, bis sie alt und grau sind. Dann laufen welche ein Leben lang durchs Leben und treffen ihre Kinder mit der Kindergartenwut. Aber wer so schief singt, der kann einen auch zur Weißglut treiben.

„Mama, soll ich dir sagen, wieso das mit den Männern nicht klappt?"

„Keine Ahnung."

„Dich wurmt das doch, bin ja nicht doof. Als Ärztin und als Frau, soll ich sagen?"

„Wieso?"

„Jetzt nicht, oder wie? Was soll ich dir sagen?"

„Reg dich ab, Lischen." Johanna wischt ein paar Krümel vom Tisch in die offene Hand. Sie schließt den Dreck in der Faust ein und lässt ihn über dem Teller fallen. Sie hat schon genug gegessen. Man will einige Sachen nicht haben. Muss einem die eigene Tochter nicht auf den Senkel gehen, als würde man sich als Mutter nicht auch den Kopf zerbrechen. Das Mädchen ist allein und weiß es. Johanna kann sich an einer Hand abzählen, wieso die es mit Männern schwer hat. Haben bestimmt Angst vor der. Ist nicht so, dass die noch besonders gut aussieht oder mithalten kann mit denen in der Werbung. Anti-Age, Willi hat ihr schon erklärt, was das heißt. Sie hat es trotzdem nicht verstanden. Gegen das Altern, solche Cremes gibt es also. Die helfen dem Lischen auch nicht, einen zu kriegen. Gegen ihr Schicksal und gegen die Einsamkeit. Im Grunde sind sie sich ähnlich. Eine ist allein, weil die Männer immer verschwinden, bevor sie merken, wie toll sie ist. Selbst mit blonden Strähnchen. Die andere ist Johanna Fiebelkorn. So bescheuert muss man erst mal sein, den eigenen Mann zweimal in die Welt zu lassen. Dann sitzt man wieder jahrelang in der Gegend herum und wartet. Nicht nur Willi liegt in seinem Keller herum. Sie sitzt hier, bestellt und nicht mehr abgeholt.

„Lass mal gut sein." Die Tochter nickt.

„Kannst es mir später erzählen, wenn du es schon weißt. Ich glaube, ich will jetzt nicht. Mir rauscht der alte Kopp schon dermaßen. Mir rauscht die ganze Sache immerzu nur von einem Ende zum anderen, verstehst du?"

„Ja klar, musst jetzt nicht drüber reden. Wenn du nicht willst."

„Weiß nicht."

„Ist dir schlecht?" Die kann sich in einem Augenblick verwandeln. Muss man als Doktor wohl können, damit man im falschen Augenblick nicht falsche Sachen macht. Gott hat für seine Doktoren auch einen Plan, eine Liste, wer wann bei wem versagt.

„Wieso?"

„Du bist blass, finde ich. Du schwankst auch, aber das muss ich dir nicht sagen. Ist dir schlecht? Musst du spucken?"

„Ach, hör auf." Man merkt schon, dass sie es gut meint. Eine Frage, die man tausendmal so stellt, tausenden oder mehr Kranken, die klingt ebenso. Das kann einen schon wütend machen. Als würde es sie etwas angehen, ob sich ihre Mutter übergeben muss. So weit ist es noch nicht. Sie behält ihr Essen bei sich, auch wenn es nicht viel ist. Sie behält auch für sich, wie schlecht ihr manchmal ist. Sie könnte sich die vermaledeite Brille in den Mund schieben und das Glas kauen. Sie würde nicht aufhören, auch wenn ihr das Blut schon aus den Mundwinkeln tropfen würde. Sie würde sie einfach runterschlucken. Wenn nicht die Brille schuld an dem Schlamassel ist, wer dann?

„Ich bin alt und nicht halbtot." Lischen wiederholt ihren Satz. Alt und nicht halbtot. Halbtot. Das Kind hilft ihr wohl beim Aufstehen.

Johanna will einfach nur noch schlafen, lässt sich aber in die Stube setzen. Dort hat sie keine Ahnung von den Sendungen, die Lischen mit ihr sieht. Es flackert ein paar Mal von vorn. Ein Schaukelstuhl, den keiner wollte, wackelt ohne Willi einfach weiter. Sie könnte meinen, dass sie zwischendurch wieder Sachen reden. Wenn die Jüngste ihr nun sagt, warum sie die Männer so in den Wind schlägt, würde Johanna es nicht merken. Wie betrunken fühlt man sich in manchen Augenblicken. Kann einem auch kein Arzt dagegen helfen. Willi schon, wenn er dort sitzt und seine Augen fragen. Er dürfte fragen, ob ihr schlecht ist, weil er es nie ausspricht. Seine Augen, dieses Grau, dieses Harte darin, hinter dem sich Johanna immer versteckt. Sie will wieder in seine Augen. Tür zu und Ende der Geschichte. Irgendwer sagt etwas von einem Schlafmittel. Keine Ahnung, ob es aus dem Fernseher kommt oder von Lischen. Johanna könnte es selbst gesagt haben. Aber das Haus torkelt so dermaßen, dass es schwerfällt, Wörter nacheinander zu hören. Wie, was, Schlafmittel? Nur das nicht. Sie will jetzt nicht weich im Kopf werden durch solche Pillen. Sie sagt es und ihr Körper schwankt wie ein alter Kahn. Schluss und weg, wie alles im Leben.

„Kannst du? Das Fenster? Danke", sagt sie und ein Mädchen mit Sommersprossen zieht ihr das Federbett bis zur Nase. Nur nicht aufs Gesicht. Dafür ist es noch zu früh. Wieso muss eigentlich alles verrecken auf der Welt? Die Männer, der Frieden, die Listen und die Pläne, die Bomben und die Länder, die Kinder, klein und groß und dann die Liebe, die man an die anderen verschwendet.

9.

Irgendwo lärmt ein Radio. Klar, die Frau kann singen, aber wieso macht sie es hier? Johanna wird ganz langsam wach, als hätte sie tausend Jahre geschlafen. Die Vorhänge sind offen. Vor dem Fenster fallen Blätter. Wie windig es heute sein muss, dass die Blätter sich nicht entscheiden. Hoch oder runter? Die Tür ist offen und sie hört viele Leute, erkennt die Stimmen der Kinder. Moni, ihr Gerd, das Lischen und zwei andere Männer. Zwillinge erkennt man an der Stimme. So etwas lernt man erst, wenn man welche kennt. Etwas scharrt an den Wänden und schwere Dinge machen schwere Geräusche. Man kann sich nicht gegen Gedanken wehren. Die sind frei. Vielleicht wird ein Sarg im Raum hin und her geschoben. Weiß doch keiner, wo diese triste Kiste hingehört. Ans Fenster oder an die Heizung, in den Flur oder lieber doch in die Stube. Sie ist hellwach und schlägt die Bettdecke zurück. Könnte neue Federn vertragen. Irgendwann jeht allet in Dutten.

Johanna dreht sich und steht auf. Sie schüttelt das Bett, ganz leise. Man muss die Falten mit der alten Hand aus dem Stoff streichen. Das kann sie gut. Dann geht sie ins Badezimmer. Niemand bemerkt sie, bis sie fertig ist. Zwei Strumpfhosen zählen noch lange nicht als Zwiebelschichten. Sie zieht das dunkle Kleid an. Sie ist nicht dumm. Sie weiß, dass ihr Willi nicht mehr lebt und kann sich schon mal an dunkle Sachen gewöhnen, die sie ab jetzt immer tragen wird. Sie trägt Trauer, schon klar. Aber traurig ist sie deshalb noch nicht. Er hat sie schließlich nicht gefragt, ob er weg darf. Sie kämmt sich die langen, grauen Haare. Im Spiegel denkt die Frau, dass weiß vielleicht doch schöner wäre. Sieht man nicht wie ein streunender Hund aus, der zu alt zum Krepieren wird. Den holt keiner mehr ins Haus. Willi mit seinen weißen Haaren. Manchmal sieht er richtig unecht aus, als hätte ihn einer ins Leben reingemalt. Ausgedacht. Kein Mensch hat solche weißen Haare. Sie geht hinüber. Es ist halb elf. Sie sieht schon auf dem Flur, dass die Kommode und die Schrankwand herumstehen. Wie bekommt sie das nun wieder abgebogen? Hat man selbst als Mutter den Töchtern immer gepredigt, dass es der Anfang vom Ende ist, dass keiner bis in die Puppen schlafen sollte, solange er lebt. Als würde man von den Toten auferstehen, nur weil man lange schläft. Wieso sie immer nur an diesen Kram denken muss? Das Leben geht weiter, weiter, weiter. Das hört nicht auf, nur weil er weg ist. Sie schiebt das Grübeln auf den Schlaf und auf die eigene Schwäche. Den Rücken zurück und die Beine leicht auseinander. Dann die Arme in die Seite stemmen und grimmig gucken. Moni steht auf einer Leiter. Gerd kriecht am Boden in der Ecke und die Zwillinge streichen auf einem Tapeziertisch lange Papierrollen ein. Lischen sieht sie als Erste.

„Oh, jetzt können wir uns etwas anhören, Leute", sagt sie. Sie müsste nicht so dämlich grinsen dabei. Johanna merkt schon, dass es ein Scherz sein soll. Moni springt beinahe von der Leiter und läuft durchs Zimmer, um ihre Mutter in Arm zu nehmen.

„Mama, es tut mir leid", sagt Moni. Sie drückt ihren Kopf an die alte Schulter. Fängt die nun auch mit diesem Entschuldigen an. Das kann Johanna nicht hören.

„Wir haben einfach angefangen. Wir gönnen dir ja den Schlaf und fragen konnten wir eben nicht. Weißt du? Wir hatten es versprochen und das gilt doch noch, oder?" Johanna nickt nur. Sie kann nichts sagen, weil sie nicht weiß, ob sie noch sprechen kann. Dann lieber nicht, bevor nur ein Krächzen aus ihrem Mund kommt. Solche Langschläfer kommen überallhin, aber nicht in Himmel.

„Zu fünft geht das auch rasend schnell. Ach ne, hätten wir das schon letztes Jahr gemacht." Die Brüder lassen die Tapeten liegen. Dicke Leimtropfen poltern auf eine Folie. Kommt man sich fast wie in einem Museum vor, wenn alles so eingehüllt ist mit dem durchsichtigen Zeug. Sie strecken die Hand nach vorn und Johanna zieht sie an die Brust.

Diese tollen Burschen kennt sie noch, als sie so klein waren. Mal keine falsche Scheu. Manchmal vergisst sie, dass es zwei verschiedene Menschen sind. Ist schon sonderbar mit denen, die wirken, als hätten sie nur ein Gehirn. Früher war Johanna neidisch auf sie. Natürlich ist das dämlich gewesen. Aber wie die so wenig redeten und sich trotzdem verstanden, danach suchen andere ein Leben lang. Selbst wenn die mal stritten, dann redeten die dabei nicht. Willi sagt immer, die schmeißen sich ihre Gene an ihre Schädel. Die beiden heben sie ein Stücken an. Sie bekommt zwei Küsse auf die faltige Wange und wackelt, als sie wieder auf den Boden gestellt wird. Lischen boxt einem der beiden an die Schulter.

„Seid vorsichtig mit Oma." Sie nicken und gehen grinsend zum Tapeziertisch zurück, obwohl ihnen wohl zum Heulen ist. Die Stube ist beinahe fertig. Wann haben die nur die alte Tapete von der Wand geholt? Johanna hätte es gern gesehen. Vor ihr stehen zwei Töchter.

„Macht ruhig weiter, Kinder", sagt die Fiebelkorn und streichelt zwei Mädchenköpfe. „Ich komm und guck zu."

In der Küche stehen viele Plastikschüsseln und Töpfe. Tupper heißen die, jetzt weiß sie es wieder. Da hat wohl jemand vorgekocht, weil er damit gerechnet hat, dass sie schwach ist. Johanna könnte sich für dieses Langschlafen ohrfeigen. Noch mehr, weil sie nicht allein ist. Man kann Kinder nicht erziehen und es dann selbst ganz anders halten. Die wichtigste Mahlzeit des Tages, was ist nun damit? Sie will nicht frühstücken.

Johanna setzt sich auf Willis Stuhl und sieht ihrem Finger zu. Oben auf dem Deckel sind die Tupperschachteln rau. Damit sie nicht verrutschen und die ganze Soße auf den Boden kleckert. Ihre Fingerspitze holpert auf den Rillen entlang. Sie atmet ein paar Mal ein und aus. Sie kann hier nicht einfach herumsitzen, während die Kinder die Stube machen. Ist das gerecht? Oder nützlich? Sie weiß nicht mehr, ob Willi die Stube vorgeschlagen hat oder ob es ihre eigene Idee war. Auch egal. Die Stube hat's schließlich gebraucht, ob Johanna nun wieder allein ist oder nicht. Sie riecht keinen Leim und kein Essen. Neumodischer Kleber und neumodische Schachteln. Ihr Finger mag den Deckel. Johanna zieht ihn weg, steckt die Hand in die Tasche, damit sie nicht weiter sinnlos rumgrabscht. Das mit dem geschichteten Essen kann sie sich wohl aus dem Kopf schlagen. Hat sie ihre Kinder wirklich so erzogen? Bringen immer ihr eigenes Essen mit, wenn sie kommen. Als würde ihnen nicht schmecken, was hier auf den Tisch kommt. Johanna geht hin und fragt, was sie machen soll. Wenn die schon planen und anfangen, sollen die auch bestimmen. Alle gucken komisch.

„Mama, wir brauchen hier keine kaputten Knie", sagt Lischen. Auf ihren Haaren sind orange Farbspritzer. An dieser blonden Frisur liegt es nicht, dass sie solche Sachen sagt.

„Aber", sagt Johanna. Sie räuspert sich. Natürlich ein trotziges, ein „Aber" wie aus dem Buch. Ihr fällt ein, dass sie einmal einen Spruch gelesen hat. Irgendwann fing sie an, mit einem Bleistift schöne Sätze in Büchern zu unterstreichen. Sie ist nicht so merkwürdig wie Willi, nein. Der hätte die Sätze auf Listen geschrieben und nach irgendwas geordnet, vielleicht nach richtig und falsch. Die Schöpfung ist ein Witz und der Mensch ist die Pointe. Johanna fühlt sich wie die Pointe des heutigen Tages. Sie ist überflüssig. Als würde das irgendwie mit ihrem Knie zu tun haben und nicht mit ihrem Alter. Moni geht zu einem Eimer und gibt Johanna einen kleinen Pinsel.

„Kannst mir helfen. Lass dich von Lisel nicht ärgern", sagt sie. Johanna versucht ein Lächeln und starrt dann wieder auf die Folie am Boden. Mit diesem winzigen Pinsel wäre es eine Sache von Monaten, das Zimmer zu streichen. Sollte man die Tapeten nicht erst trocknen lassen, bevor man streicht? Die Kinder werden schon wissen, was sie machen. Johanna lässt sich an die Wand stellen und streicht neben Moni. Immer ein kleines Stückchen nach dem anderen. So kommt man auch vorwärts. Ist nur Ansichtssache, dass man dabei nicht ins Verzweifeln gerät. Ja, sie vergisst das Grübeln. Immer nur ein kleines Stückchen Tapete, das ist genug für den Moment. In der Ecke hinten steht ein Radio mit zwei Lautsprechern. Es dudelt vor sich hin. Ab und zu pfeifen die Jungs. Sind schon Mitte zwanzig die beiden. So schnell kann es gehen. Die Mädchen müssen ganz verrückt nach ihnen sein, wie die sich bewegen, als wäre das ganz normal, so zu sein. Als wäre Stillstand unnatürlich. Johannas Pinsel hält kurz an. Die meisten Leichen im Lazarett waren jünger als ihre Enkel. Dann wieder ein kleines Stückchen. Wozu sollte man auch die ganze Zeit an die Vergangenheit denken? Das hilft kein Stückchen an der Wand.

Moni schiebt Johanna immer an die Wände, an denen in der Mitte nichts gestrichen ist. Man wird doch das bisschen Schmerz im Knie aushalten. Wie auch sonst? Einfach auf einen Stuhl ins Zimmer setzen, während andere arbeiten. Das machen die nicht für sich selbst, oder doch? Willi könnte sich setzen, das steht fest. Der würde noch kommandieren und darauf achten, dass hier alles richtig geht. Sie ist nicht Willi und wenn er so feige ist, hat er das Kommando eben verloren. So sieht es aus. Irgendwann merkt sie, die Wand vor ihr ist schon orange. Müsste man eigentlich nicht weiterstreichen ab hier? Aber sie wird nicht aufhören, bevor die Stube wieder neu ist. Er muss schließlich zufrieden sein, obwohl ihm das Kommando fehlt diesmal. Jemand schaltet das Radio ab. Moni fasst ihr an die Schulter. Lass mich einfach in Ruhe. Johanna sagt nichts. Der Pinsel bewegt sich von allein. Immer ein kleines Stückchen, links, dann drehen, dann rechts. Dann absetzen und wieder ran.

„Mama, du kannst aufhören. Wir sind fertig", sagt Moni hinter ihr. Johanna merkt, wie ihre Tochter an der Schulter zieht. Was soll denn das schon wieder? Sie will doch einfach nur hier weiter, weiter. Das muss doch fertig sein, bevor Willi nach Hause kommt. Sie wirft den Kindern nichts vor.

Sollen die doch aufhören, sind schließlich auch nur Menschen. Die Enkel können überhaupt nüscht für die ganze Misere hier. Aber Moni soll mit dem Rumgezerre aufhören, sonst wird es hier gleich ungemütlich.

„Mama?" Der Druck an der Schulter lässt nach.

„Ich mach das nur fertig", sagt Johanna. Ihre Stimme ist leise, weil sie weiß, dass es Unsinn ist. Sie kann nichts dagegen machen. „Das dauert ja nicht die Ewigkeit. Ich mach das schon." Der Trotz, dieser Trotz. Dann sollten sie ihre Mutter einfach in Ruhe lassen. Dann müsste hier niemand wütend sein. Jemand sagt etwas von Abendbrot und alles egal. Links und rechts, das ist nicht schwer. Muss man kein Genie sein, einfach absetzen und ansetzen. Dann neue Farbe. Als sie auch noch Lischens Stimme hört, reden beide auf sie ein. Sie sind doch längst fertig. Muss nur noch trocknen das Ganze, mehr nicht. Nein, nein, nein. Zum Teufel noch eins. Kann man nicht einmal in Ruhe seine Tapete, seine eigene Tapete zu Ende machen, oder was? Johanna merkt, wie sich ihr Körper spannt. Wenn die wieder an ihr rucken, sollen sie was erleben. Hier kriegt sie niemand mit Gewalt weg. Die Stube muss gestrichen sein, basta. Da diskutiert sie mit den Kindern nicht. NEIN! Die machen aber auch gar nichts richtig. Fangen tausend Sachen an im Leben und dann stehlen sie ihrer Mutter noch den letzten Nerv. Das hat sie nicht verdient. Das hat die Fiebelkorn weiß Gott nicht verdient. Wie ausdauernd die hinter ihr brabbeln. Die werden schon merken, wer hier den längeren Atem hat. Sie geht nicht weg, bis alles wieder in Ordnung ist. Der Letzte macht das Licht aus und das wird sie sein. Also weg mit euch.

„Geht doch essen. Ist mir egal. Ich habe zu tun, versteht ihr das nicht?" Sie kann Lischens Gesicht an der Wand sehen, streicht sie die Tochter gleich mit an, wenn es eben sein muss.

„Wir verstehen schon."

„Ja, dann geht doch endlich." Nun zerrt Moni wohl an ihrer Schwester. Die hat auch einen Dickschädel, das grenzt an Dummheit. Lischen bleibt da und Johanna setzt ab. Setzt wieder an. Sie stupst mit der orangenen Farbe gegen die Wange ihrer Tochter. Die Augen weiten sich vor Schreck. Doch Johanna malt nicht hinein. Das fehlte noch. Dann wäre sie die Böse hier. Dann könnten sich die Kinder die Sache so drehen, wie sie es brauchen. Sie ist alt, aber nicht plemmplemm. Logisch ist das Zimmer fertig. Sie will trotzdem nicht aufhören. Das verstehen die einfach nicht. Das kriegen die nicht in ihre Köpfe.

„Aha, so ist das also", sagt Lischen. Moni ist weg. Sie sind wieder allein. Die Ärztin und die Kranke. Beide Kinder, die meistens einsam sind. Die Tochter stupst ihrer Mutter mit dem Pinsel auf die Stirn.

„Verträgst das Echo auch? Das weiße?"

„Lass das", sagt Johanna. Wut kann einen genauso schnell im Regen stehen lassen wie ein Kerl. Wenn man sie am meisten braucht, verschwinden sie. Die Tochter weicht ihrem Pinsel aus. Naja, dieses Judozeug hilft auch nur manchmal. Johanna erwischt das Kind am Bauch. Dann der Pinsel über ihre Schulter, das Nicki, orange. Erschrocken steht Lischen im Raum. Johanna setzt nach und lacht dabei. Von der Tochter umarmt, malt sie den Rücken an. Frau Doktor macht es genauso. Der Apfel fällt nie weit. Das ist nun mal so. Lischen lacht. Die Familie schaut von der Tür aus zu und traut sich nicht hinein. Könnten sich auch gleich Appelsinennasen holen. Dann flüstert Lischen, dass sie ihn noch einmal gesehen hat. Papa. Dass sie ihn doch überreden wollte. Mit einem modernen Schrittmacher wäre das alles nicht passiert und das Lachen klingt plötzlich nach einem Weinen. Johanna lässt den Pinsel fallen und nimmt Lischens Gesicht in die Hände. Sie ist hier nicht in ihrem Auto. Hier gibt sich jeder so viel Mühe, alle beisammen zu behalten wie Johanna selbst.

„Du kannst nichts dafür, mein ...", sagt Johanna und drückt das orangene Gesicht an den Hals. Die Tochter schluchzt und lacht und beruhigt sich langsam. Ist doch nichts Großes dabei. Im Kindergarten hat das mit dem Gesicht auch immer geholfen. Dann drückt man die Kleinen, bis sie wieder wissen, dass sie nicht allein sind. Ganz schön kräftig für eine Frau, die Gute. Johanna japst nach Luft. Lischen lässt los und dann prusten sie zusammen. So bunt muss man erst mal aussehen. Die Familie ist in die Küche und auch Johanna lässt sich nun hinführen. Hier will keiner, dass es den Kindern noch schwerer fällt, als es ohnehin schon ist. Dieses Herzschrittding hat Schuld, weil es nicht da war? Wenn einer schuld ist, dann dieses olle Nasenfahrrad. Da muss sich Lischen nichts vorwerfen. Das Abendbrot ist ordentlich, sogar mit Kerzen und danach sitzt sie mit den Töchtern allein. Eine ganze Weile ist es still. Johanna zerbricht dieses Warten nicht. Wenn ein Schweigen mal nicht irgendwo lauert, dann sollte man es aushalten. Sie wartet auf die Töchter und auf das, was man als Mutter jetzt sagen muss.

„Wir haben uns das aufgeteilt, Mama", sagt Lischen.

„Gut."

„Beim Amt ist alles erledigt. Kannst du darüber reden?"

„Wir müssen", sagt Johanna. Moni ist still. Sie schaut so, als würde sie auf etwas warten. Johanna weiß nicht, was die Kinder erwarten. Ihr sind solche Sachen in letzter Zeit nicht passiert. Die Zeit ist anders, ist doch alles neu heute und das Sterben. Ach, das Sterben.

„Ich hab alles abgemeldet, auch bei der Bank. Ist für dich Dienstag okay? Ich musste ja einen Zeitpunkt aussuchen. Ich wusste ja nicht, was … Ich dachte, dass Dienstag gut ist, weil wir dann noch hier sein können. Ich hab mir frei genommen. Moni und ihr Künstler können auch." Lischen legt ihrer Schwester die Hand auf den Arm. Man könnte denken, dass Lischen Trost braucht. Die kippt einem noch weg, wenn man nicht aufpasst. Johanna würde es genauso machen. Wenn das Leben einem richtig eine langt, dann gibt man sich doppelt so viel Mühe. Dann macht man alle Sachen auf einmal.

„Eure Schwester kann nicht? Muss auch nicht aus Amerika herkommen, nur weil euer Vater sich verkrümelt hat."

„Er hat sich nicht verkrümelt. Das weißt du doch, oder?" Moni wirkt wütend. Bestimmt, weil sie immer noch wartet und Johanna es einfach nicht macht. Was denn? Heulen vielleicht? Das bringt nix. Darauf kann sie lange warten, wenn es das ist.

„Lass mich damit in Ruhe."

„Aber du kannst dir in dem Punkt ... Du musst", sagt Moni.

„Nichts muss sie. Erst mal muss sie gar nichts." Lischen fährt ihr dazwischen und blickt zwischen Schwester und Mutter hin und her.

„Richtig, nichts muss ick." Drei Frauen, die gleichzeitig ausatmen. So muss man sich sammeln und dann redet man einfach, als wäre nichts gewesen.

„Ich werde versuchen, etwas zu sagen."

„Am Dienstag?"

„Ja."

„Was ist am Dienstag?"

„Mama, hör auf damit. Du weißt es doch. Am Dienstag bestatten wir deinen Mann, unseren Papa."

„Ach ja, klar. Dann sag was."

„Ich versuch's. Wenn nicht, ist doch auch nicht schlimm, oder?"

„Mach so, wie du kannst."

„Den Grabstein macht mein Gerd. Kann aber sein, dass er länger braucht als Dienstag. Also ich rede und er den Stein?" Lischen nimmt ihre Hand von Moni weg und blickt sich in der Küche um.

„Dass wir die Stube angefangen haben, ist okay?" Johanna nickt. Sie kann nichts sagen. Was wollen die denn alle von ihr? Was ist denn hier nur los? Alle wollen ihren Willi unter die Erde kriegen. Was muss, das muss. Ist auch wieder wahr und ob er nun wegläuft, ob er nie zurückkommt. Ob er nun in den Himmel flüchtet oder sonst etwas.

Sie wird sich darüber keinen Kopf zerbrechen, zumindest bis alles erledigt ist. Das wäre doch gelacht. Johanna hat schon ganz andere Sachen geschafft, auch ohne Willi.

Moni zieht die Zeitung zu sich. Sie blättert darin und schiebt sie dann zu Johanna über den Tisch. Das Kind hat dabei die Augen zu, als hätte sie Angst vor ihrem Blick. Johanna versteht nicht. Moni deutet mit dem Kopf nach unten und Lischen zeigt mit dem Finger auf die Seite. Johanna will nicht hinsehen und ihre Augen gehorchen ihr nicht. Vor ihr liegt die Seite mit den Toten. In der Mitte ist ein großes Viereck, ein schwarzes. Darin sein Name: Wilfried Fiebelkorn. Nach einem langen und erfüllten Leben geht er in Frieden auf die Reise. Agronom, Phänologe, sorgender Vater und liebender Gatte. Darunter stehen die Trauernden. Johanna Fiebelkorn steht dort. Wieso steht ihr Name dort? Die Töchter unter ihr und auf der anderen Seite einige aus der Familie. Johanna sieht hoch und dann liest sie die Anzeige noch einmal. Die Namen stehen wie in einer Liste. Das haben die Kinder schön gemacht. Das gefällt Willi bestimmt, wenn er es liest.

„Was wollt ihr von mir?" Johanna weiß es wirklich nicht.

„Gar nichts. Du sollst einfach ..."

„Wir wollen nur da sein für dich. Dass du nicht kaputtgehst, Mama."

„Dass ich nicht kaputtgehe."

„Mensch, das war doch Papa, unser Papa." Nun fängt Moni mit dem Flennen an. Als wäre das ansteckend, macht Lischen gleich mit. Die hat so viel geheult in letzter Zeit, dass da überhaupt noch Tränen drin sind. Johanna spart ihre alten Tränen noch. Die ollen Troppen wird sie hier vor den Kindern nicht auf'n Boden schmeißen. Sie wird irgendwann einmal das Haus damit bombardieren. Ja, genau wie im Krieg. Sie wird einfach abheben und von oben die salzigen Dinger auf das Haus werfen, bis nur noch Schutt und Asche übrig sind. Johanna presst die Lippen aufeinander. Die Töchter aus ihren verschmierten Augen schauen sie an. Sie sagt nichts. Wozu auch? Was heißt das, wenn man ein erfülltes Leben hat? Was wäre denn das Gegenteil? Ein unerfülltes? Gatte und liebend also. Ob sie damit einverstanden ist, weiß sie im Moment noch nicht. Durch diese Anzeige kommt Willi auch nicht wieder zurück und zu den Töchtern. Man könnte aus der Haut fahren, weil er so mir nichts dir nichts weg ist. Reicht ihm nicht, dass er Johanna damit ärgert. Nein, die Kinder heulen, heulen und heulen wegen ihm. Was dachten die denn? Dass der ewig lebt?

„Wir sind alt. Das ist nun mal so, Kinder", sagt sie und steht auf. Das Schluchzen setzt sich an den alten Möbeln fest. Erst heulen sie ein Schloss voll, dann die kleine Wohnung. Sie kann die Kinder auch verstehen. Ist traurig, wenn einem der Vater wegstirbt. Aber, Herrgott noch mal, der war 83 Jahre alt. Soll man denn hundert werden? Sie sagt, dass sie nicht kann und die Töchter lassen sie gehen. Obwohl es schon düsterlich ist draußen, zieht sie sich die Jacke an. Die dünne, mit Absicht die ganz dünne. Eigentlich mehr eine Strickjacke, mehr Loch als Stoff. Sie geht raus. Die Zwillinge lehnen am Zaun vorm Haus und rauchen. Das muss ihre Mutter regeln. Omas schimpfen wegen so etwas nicht. Johanna lächelt ihnen zu, ganz kurz und im Gehen. Zum Schuppen, dort zieht sie die Tür auf und geht rein. Alles ohne Licht. Es ist still hier. Ab und an hört sie ein Auto auf der großen Straße. Ist zum Glück keine Hauptstraße mehr. Die meisten Leute fahren am Dorf vorbei. Wer hier fährt, will auch etwas hier. Es ist ihr alles zu viel auf einmal. Sie kennt sich selbst gut. Wenn nicht sie, wer sonst. Sie weiß, dass es zu viel ist. Manche können das Grübeln nicht lassen, obwohl sie es besser wissen. Vielleicht sollte sie auch heulen hier im Schuppen, wenn es wieder geht. Sie wartet nur und weint nicht. Willi, Willi. Was hast du den armen Kindern nur angetan? Sie hat sich etwas vorgenommen und nun macht sie es auch. Koste es, was es wolle. Durchhalten, zusammenreißen, bis der wirklich weg vom Fenster ist. Tot und begraben. Eins nach dem Anderen. Danach meinetwegen, danach kann sie sich selbst zermartern mit ihren Gedanken. Das hat man davon, wenn man sie alle überlebt. Irgendwann ist man ganz mutterseelenallein auf der Welt. Die Welt der Töchter ist nicht ihre. Amerika ist nicht ihr's und Hamburg ist nicht ihr's . Berlin schon gar nicht. Ein Altenstall ist nicht ihr's . Und Alleinsein eigentlich auch nicht. Nichts, wenn es nicht sein muss.

Johanna steht lange im dunklen Schuppen. Sie bewegt sich kaum. Die Kälte zerrt an ihren Armen und Beinen. Für den Schmerz ist das auch nicht das Wahre, wenn man so im Frost rumsteht. Der Schmerz kann sie mal gernhaben. Autotüren klappern und eine laute Bumm-Bumm-Musik kommt in den Schuppen. Allein ist man trotzdem. Dann brausen die Zwillinge weg mit ihrem Lärm. Was haben die schon zu tun mit Alleinsein? Wer jung ist, soll jung sein. Alles andere ist unnatürlich. Lischen sagt ein paar Sätze auf dem Hof. Johanna murrt und geht raus. Das Mädchen flüstert, als würde sie hier schlafen. Johanna ist fast steif gefroren. Alles taub, dass man kaum denken kann. Was los ist, fragt sie. Sie machen sich Sorgen, sagt die andere. Sie kommt ja schon rein, sagt sie. Johanna wird umarmt. Wie warm sich Töchter anfühlen, wenn man lange draußen war. Johanna wird in ihrem Kopf nichts anrühren, bis die Geschichte vorbei ist. Sie lässt alles stehen und liegen, wie es ist. Danach kommt der große Putztag, aber wozu sollte sie das überstürzen?

Eine ihrer Töchter fragt, ob sie heute auch ein Schlafmittel will. Wieso Schlafmittel? Das ist also der Grund, wieso ein toter Hahn sich an den Menschen rächt. Johanna ist gar nicht bescheuert oder schwach. Sie wurde nur vergiftet.

„Hört mir bloß auf mit dem Kram, ja?"

„Aber gestern ..."

„Nichts gestern. Ich will die nicht." Fehlt noch, dass ihr jemand das Hirn kaputtmacht, jetzt mit dem Zeug. Sie will einfach nur schlafen. Neuer Tag, neue Todesanzeigen. So sieht es aus. Ob Gerd mit den Jungs weggefahren ist? Moni sagt, dass die beiden zur Disko wollten und dass Gerd seine Entwürfe malt. Johanna will nicht wissen, was sie damit meint. Hier kümmern sich alle nur um Johannas Sachen. Keiner kümmert sich um seinen eigenen Kram. Als wäre sie irgendwie wichtig. Das würde Willi ihr nicht durchgehen lassen. Das nicht. Sie sagt, dass sie schlafen geht. Meinetwegen sollen die doch die ganze Nacht entwerfen und den nächsten Tag auch noch. Ihretwegen sollen die doch für immer in ihrem Tanzlokal bleiben oder im Fernsehen. Sie will nur Ruhe, niemand soll ihr den Kopf durchschütteln. So durchschütteln, dass die Sachen durcheinanderfliegen und sie sofort aufräumen müsste. Nein, nein. Schluss damit. Im Badezimmer schaut die Frau im Spiegel so grimmig, als wollte sie ihr gleich eins überziehen. Vielleicht ist sie die Pointe von heute. Kann sich schließlich niemand aussuchen, was er ist und wie er es wird. Wie schnell die Tage manchmal fliegen, obwohl so überhaupt nichts passiert. Potapitsch, Potapitsch.

Am Sonntag geht Johanna nicht in die Kirche, weil im Dorf kein Gottesdienst ist. Sie müsste gefahren werden. Sie müsste fragen vorher. Klar, die Kinder wären da. Die würden das gern machen. Aber sie mag irgendwie nicht. Auf den Kram mit der Wahl hat sie auch keine Lust, weil sie niemanden sehen will. Sie müsste erzählen, was es Neues gibt. In dem Punkt sind Kirche und Wahl ein und dieselbe Soße. Das Wetter, die Steuern, der liebe Herr im Himmel und dann ist da noch die Sache mit Willi. Ach, wie traurig, Frau Fiebelkorn. Mein Beileid, Frau Fiebelkorn. Das können die schön für sich behalten. Die Mädchen halten sich wacker, straff. Sind auch ihre Mädchen, da kann sie etwas mehr erwarten als von fremden Kindern auf der Arbeit. Der kleine Ausrutscher nach dem Abendbrot, den hat sie schon verziehen. So eine Anzeige kann einem aber auch zusetzen. Wenn Johanna die Kammer im eigenen Schädel nicht so fest verschlossen hätte, wäre diese Anzeige da auch durchmarschiert wie ein Kosak. Jemand erzählt, dass Netti schon losgeflogen ist. Soll morgen Mittag ankommen. Muss erst so etwas passieren, bis die Familie wieder zusammen ist. Johanna kennt das und beschwert sich nicht.

Mit Moni und Gerd klebt sie traurige Blumenbilder auf einfache Karten. Die drucken die Kinder mit einem tragbaren Computer aus. Diesen Maschinen hat sie noch nie getraut. Willi ist immer hin und weg, wenn er vor so einem Ding sitzt. Er versteht die genauso wenig wie sie. Aber er freut sich, was die Zeit mit den Menschen anstellt. Johanna traut ihr nicht, dieser Zeit. Wenn die Kinder das Ding schon mithaben, kann es auch helfen. Zwanzig Einladungskarten machen sie für die Beerdigung. Den Stresemann laden sie auch ein, obwohl der bei der Stasi war. Ihnen hat er nichts getan, vielleicht sogar ab und an geholfen. Willi und er verstanden sich, wenn man von der Sache mit der Partei mal absah. Man kann doch nicht nur die einladen, die einem nichts getan haben. Oder nur die, die nicht in der SED waren. „Abschied nehmen" schreibt Johanna mit langsamer Schönschrift. Was für ein Betrug. Abschied nehmen macht keinen Sinn, wenn einer schon weit weg ist. Man muss sich nichts einreden. Dass er irgendwo oben in den Wolken hockt und alles sehen kann. Das kann nur einer und der heißt nicht Wilfried Fiebelkorn.

Sie können keine Karten verschicken, auf denen sie Willi beschimpfen. Einer ist weg und alle baden es aus. Das geht nicht. Sie vertraut Monika, die verdient mit Wörtern ihr Geld. Na ja, mit Lesen, aber irgendetwas ist ja immer. Johanna sieht in der neuen Stube, wie die Kinder die Möbel hereintragen. Lassen sie einen nicht mal dabei helfen. Sie ist nur alt und nicht aus Papier. Natürlich soll der Schrank an die Stelle, an der er vorher auch war. Der Monika könnte sie noch etwas vormachen beim Schleppen. Aber sie sagt nichts. Sieht nur zu, wie die Zwillinge mit ihren jungen Armen und ihren jungen Rücken den großen Schrank reinbringen. So langsam und vorsichtig, Willi würde es mögen. Sind auch seine Enkel. Man kann die Farbe überhaupt nicht riechen, aber es riecht nach Moderne in der Stube. Lischen bringt den Schaukelstuhl rein und Johanna steht auf. Sie schwankt leicht, weil sie zu schnell war.

„Den nicht", sagt sie. Die Tochter fällt fast auf die Nase mitsamt dem ollen Skelett.

„Was?"

„Den will ich nicht, das dumme Ding."

„Aber Mama."

„Was? Nichts aber. Raus damit." Lischen verschwindet wieder und Johanna muss das dünne Stuhlding nicht mehr ertragen. Konnte sich sowieso keiner raufsetzen außer Willi. Der soll mal schön mit ihm zugrunde gehen, der verdammte Stuhl. Auch eine Form der Rache. Man könnte auf den Dachboden kriechen. Irgendwo dort müssen seine Register stehen. Wann die Stiefmütterchen blühen, wann die Tulpen Wurzeln schlagen, wann Regen zu viel Regen ist für dieses Blumenzeug. Das kann er sich jetzt alles von unten angucken. Wer braucht sein Schaukelding noch und seine Listen auf dem Boden? Jetzt sitzen die Kinder still im Zimmer, bis die Zwillinge anfangen, von der Disko zu erzählen und wie langweilig die Mädchen hier sind. Das mögen die beiden nicht so gern. Das hätte sich Johanna denken können. Ihr Großvater war auch kein Kind von Traurigkeit in seinem England. Hat nie was erzählt, aber sie konnte sich das vorstellen. Gene an den Schädel werfen. Moni und Gerd sagen, dass sie morgen noch einmal nach Hamburg müssen. Ist es denn in Ordnung, wenn die Brüder nicht bei der Beerdigung sind?

„Warum sollen sie? Ist ja nicht so, dass sie ständig mit ihm zu tun haben. Wollt ihr nicht? Habt ihr Angst?" Die beiden sehen sich gegenseitig an, dann wieder zu Johanna. Sie reden ohne Worte miteinander und Johanna kann als Einzige nichts hören. Wie ein Flüstern, das sich und die Stille selbst belügt. Man muss dieses Orange jetzt zusammen erobern, gehört keinem von allein. Für Gespenster hat Gott auch Regeln aufgestellt. Die Enkel schämen sich, weil sie nicht kommen. Sie zucken mit vier Schultern und reden von der Arbeit. Johanna versteht schon. Warum sollten die beiden zusehen, wie Hände voll Erde auf einen schäbigen Sarg geworfen werden? Das muss nicht sein, wirklich nicht.

„Bleibt mal auf Arbeit. Das ist nichts Großes."

„Ja, aber Opa."

„Der ist eh weg, könnt ihm auch nich helfen, wenn ihr da rumsteht."

Beim Abendbrot staunt Johanna über ihre Älteste. Das läuft nicht mehr so wie früher. Dass die Kinder von den Müttern das Kochen lernen. Die hat es sich selbst angewöhnt, aus dem Fernsehen vielleicht oder was weiß Johanna denn. Kocht ganz gut das Mädchen, nicht so verquere Sachen wie Lischen. Indischer Quark, so ein Kram. Bratkartoffeln und jut is. Johanna hätte mehr Speck rangemacht. Sind trotzdem gut. Die falschen Hofeier schmecken. Mein Gott, wenn man im Leben alle Sachen auf dem Teller lässt, die man nicht so gern hat, dann würde man so aussehen wie die Mädchen in der Werbung, die stumm in der Gegend rumlaufen, als hätten sie sich auf der Flucht verirrt. So müssen die Mädchen in den Lagern ausgesehen haben. Johanna kann es sich nur vorstellen wie in Büchern. Sie war nie in einem Lager und sie kannte keine, die zurückkam. Verhungert oder satt, Geschmack oder nicht, das war bei denen sicher die kleinste Sorge.

Sie würde gern wissen, was Willi zur neuen Stube sagt. Sie kann ihn nicht fragen. Mein Gott, das macht einen richtig fuchtig, wenn man es merkt. Man kann den überhaupt nichts mehr fragen. Ob er mal so nett ist und die Pfanne vom Schrank holt. Sie selbst ist zu klein, vielleicht vom Alter. Ohne ihn ist nichts mehr mit Pfannensachen, keine Bratkartoffeln. Sie kann nicht mehr zuhören, wie er eine Lanze für die Wahl bricht. Kein Gezeter und Gezerre mehr, wer was wie wählen wird. Irgendwer wird auch gewählt, wenn die Eheleute Fiebelkorn nicht hingehen. Johanna redet über Politik, weil die Kinder nichts sagen. Wer hat denn gewonnen? Wer regiert denn nun? Steht alles im

Computer. Bestimmt gibt es auch Maschinen, die das Ergebnis vorher kennen. Manche Tage zerrinnen zwischen den Fingern. Lischen ist mit den Karten losgefahren und steckt sie schon in Briefkästen oder mitleidige Hände. Einige wollte sie persönlich überreichen. Gutes Kind. Vorm Einschlafen kann Johanna die lange Tafel fast sehen, glatt und weiß. Zu Ehren dieses einen Mannes. Eigentlich gehört er vor Gericht, über Tote kann keiner richten. Das Thema ist vorbei. Abschied nehmen. Ein liebevoller Gatte, was er nicht alles war. Was ist jetzt mit ihr? Wer kümmert sich um sie? Sie meint nicht dieses Stubemachen, dieses Rumstehen und am Arm festhalten oder vom Boden hochhelfen. Was ist mit ihr? Wieso fragt keiner, wie es ihr dabei geht?

Das Fenster ist offen. Die kalte Luft bläst ihr an die Nasenspitze. Alles taub, das ganze Gesicht schon taub. Die Augen sind zu kalt, um zuzubleiben. Wieso fragt Willi nicht, wie es ihr geht? Das wäre wichtig. Mein Gott, nur eine kleine Frage in der großen Welt. Er muss nicht extra aus dem Keller der Klinik kommen. Er soll einfach hier sein und sie ansehen. Das hat er mit ihr gemacht, der Lump. Seine Augen sollen fragen. Dann könnte er sehen, wie ihr zumute ist. Ihr geht es nämlich dreckig mit der ganzen Sache. Einer, der abhaut, um seine Frau kleinzukriegen. Dabei kam die vorher schon nicht an die obersten Fächer in der Kammer. Womit hat sie das denn verdient? Sie hat ihn manchmal angezickt. Ja, mein Gott. Sie ist auch nur eine Frau. Oft hat sie sich auch ekelhaft Mühe gegeben, damit er es nicht immer abbekommt. Launen und Latten am Zaun sind doch kein Grund, sich so dermaßen an ihr zu rächen. Er hat sie nicht geliebt, ihr stummer Gatte. Das muss es sein. Wenn einer einen richtig liebt, dann haut er nicht so ab. Nicht spurlos und nicht wortlos. Wer liebt, der bleibt.

Wer vor einem brennenden Schloss steht, ist allein. Johanna mit einer Horde Kinder davor und es half nichts. Man fühlte sich trotzdem ganz allein, hielt die Kurzen anne Schultern und einen drückte man ans Knie. Und allein war man trotzdem vor dem Feuer. Willi rannte irgendwo rum und die anderen Eltern auch. Sie war die Kindergärtnerin. Die Frau, nach der sich keiner umdreht oder lacht. Im ersten Stock dieses orangene Leuchten aus den Fenstern. Dahinter war die Küche und das große Zimmer mit der Flügeltür. Sie hatten fast ein Jahrzehnt dort gewohnt. Johanna hatte Kinder gewickelt und Geschichten vorgelesen und nun leuchtete es von drinnen, obwohl dort keiner mehr war, obwohl keiner zuhause war. Sie hat da drinnen gekocht, Zwiebeln geschält und Fläschchen auf'm Herd warm gemacht. Sie hat Willi beim Denken zugesehen, ihn geliebt. Die Feuerwehr lief überall herum, rollte Schläuche und schrie. Was wollten die noch löschen? Im zweiten Stock schauten Flammen aus den Fenstern. Bei Fiebelkorns war erst mal nur ein orangenes Licht an, aber die Flammen waren noch nich fertig. In dem Punkt hatte Johanna kaum Hoffnung. Da steht man, hat seine schwarze Hose an, drückt eigene und fremde Kinder an sich. Ja, ganz allein. Sie rief einem rothaarigen Frechdachs zu: „Reiner, du bleibst schön hier." Fehlte noch, dass der Feuerschopf wirklich ins Feuer rannte. Sie war in dem Moment nicht auf Arbeit. Sie war eigentlich überhaupt nicht. So musste sterben sein. Man sieht die Fenster von draußen und kann nicht mehr zurück. Man kann nichts machen und muss sich damit abfinden. Man schafft es nicht und dann denkt man an die Sachen, die man drinnen gemacht hat. Das Feuer kriecht und rennt durchs Haus, wo früher Dreiräder und Kartoffelkörbe standen. Das weiß man alles. Johanna wusste, dass der Tod keine Scherze macht und sie weinte nicht. Sie stand nur dort mit den Kindern und wartete auf Willi. Ohne den wäre sie dort keinen Schritt weitergegangen. Wenn der in den Flammen geblieben wäre, weil er die Bücher holt, dann wäre sie hinterher. Sie hätte die Kinder kurz geknutscht. Sie hätte auf eine andere Frau gezeigt und gesagt: „Du da, pass ma auf die Lütten auf." Flammen und Lichter machen einem auch nur Angst, wenn man es zulässt. Ihr wäre alles egal gewesen, wenn Willi wieder weg ist. Er kam zurück. Es dauerte ewig und sie sah ihn an. Er mit dem ganzen Ruß im Gesicht. Er hatte das doofe Gerippe in der Hand. Er umarmte sie und die Kinder, als hätten sie sich fünf Jahre nicht gesehen. Manchmal kommen einem Minuten vor, als wär's ne Ewigkeit. Manchmal lernt man in einem Lidschlag auch, wie Sterben ist. Dafür muss man nicht tot gehen. Nein, nein. Der Herrgott sagt es einem vorher. Man muss nur zuhören und aufpassen.

10.

In dieser Nacht kann Johanna nicht schlafen. Das hat Lischen nun von ihrem Schlafmittel. Treibt die eigene Mutter noch in den Wahnsinn mit dem Schiet. Sie liegt im Bett und hört den Wind vorm Haus. Das Dach raschelt, als würde von oben jemand Regentropfentränen raufschmeißen. Wie der Herbst manchmal so ist. Ihr fallen Lieder ein, die man mit Kindern singt, wenn bunte Blätter fallen. Vom Regen singen wenige und von diesem Matsch, der ein brauner Klumpen auf der Erde wird. Blätter, die fallen. Ja, ja. Nach einer Weile, sie weiß nicht, eine Stunde oder eine Ewigkeit, steht sie auf. Sie zieht eine Strumpfhose an. Wie die Knochen manchmal knacken, als hätten sie keine Lust mehr, weiterzumachen. Dann ein graues Kleid, dunkelgrau, fast schwarz. Seine Seite ist leer. Man mag irgendwie nicht hinsehen. Zimmer können größer wirken auf einmal. Man ist allein. In der Küche gibt sie sich die größte Mühe, leise zu sein. Irgendwo flüstern die Kinder oder die Ruhe mit ihrem Spott. Irgendjemand lacht immer als Letzter. Man muss nur das Licht ausschalten und genau hinhören. Johanna ist alt geworden. Kann es den Kindern nicht verübeln, dass sie deshalb komische Sachen denken. Mama versteht nicht, was hier passiert. Mama glaubt an Gott, wie dumm, didi, dumm.

Es ist kurz nach drei. Vor ein paar Wochen hätte sie es keinem geglaubt. Wenn Willi gesagt hätte, du frierst in deinem Leben auch noch mal. Wart nur ab, bis ich weg bin. Es ist so bannig kalt. Die Strickjacke hilft keinem dagegen. Er hat meistens Recht, ihr guter Mann.

Sie bereitet das Frühstück vor, füllt den Wasserkocher auf, stellt das Geschirr bereit. Dabei weiß sie nicht einmal, wie viele Kinder noch hier sind. Das mit dem Flüstern, alles Einbildung. Das Besteck glänzt auf dem Küchentisch und dann schaltet sie das Licht aus. Dieses Funkeln ist so verkommen und so verlogen. Wen soll das noch beeindrucken, ob bei Fiebelkorns der Tisch prächtig ist? Die Tafel wird ihr Abschied. Sie kann nicht anders, dieses Wort mit den drei Buchstaben. So ein unsagbar dämliches Wort aber auch. Ab zu den anderen, eingesperrt, denn der alte Fiebelkorn ist nicht weg für immer. Ist nur unterwegs. Wie Männer manchmal sind. Gehen und sagen kein Wort und dann machen sie Männersachen in der weiten Welt. Meist kommen sie ja in einem Stück zurück und den Weibern bleibt nichts übrig, als zu warten. Dat wird schon wieder, Johanna. Willi ist kein Gör, kann selbst aufpassen.

Wenn es dunkel ist, schrumpft ein Zimmer manchmal. Ganz simpel, einfach Licht aus und man ist weniger einsam. Wunderlich und komisch, bestimmt auch verwirrt, aber nicht wahnsinnig. Den Schritt können die anderen ohne sie gehen. Sie weiß, worauf sie noch wartet.

Nach einer Weile kann jeder im Dunkeln sehen. Das braucht seine Zeit, aber es geht. Im Korb bei der Tür liegt die Zeitung oben auf dem Stapel. Man muss dieser Anzeige nicht zu viel Gewicht beimessen. Ausschneiden, aufkleben, einrahmen? Nein, zu viel des Guten. Manchmal schüttelt man den Kopf und kein Mensch sieht's. Johanna wischt sich mit der Hand über die Stirn. Sie ist nicht müde. Ach, nein. Bäcker und Melker bleiben auch nicht länger in den Federn. Warum soll sie's besser haben? Wie Netti wohl aussieht nach all diesen Jahren? Ob sie wirklich eine fette Amerikanerin geworden ist? Ob man es sieht? Johanna steht auf. Die Dunkelheit wackelt zwischen ihr und den Küchenwänden herum. Kein Tanzen, eher ein besoffenes Schwanken. Die Küche torkelt und sie wartet das ab. Sie steht das aus, bis das Zimmer wieder ruhig ist. Sie geht einen Schritt nach dem anderen ins Schlafzimmer. Eines ihrer Beine hat es schwerer wegen der Entzündung. Man kommt trotzdem dorthin, wo man hinwill. Sie nimmt sich Monis Buch und geht damit in die neue Stube. In der Tür bleibt sie stehen. Von der Straße kommt Licht durchs Fenster.

Auf dem Sofa liegt jemand. Er atmet leise wie ein Kind, das nur so tut, als würde es schlafen. Sie kannte diese

Burschen. Nach einer Weile hatte man den Dreh raus. Manche wollten nur die Blütenblätter haben. Wer als erster schläft, wer als letzter noch schlief, bekam ein Blättchen mit Faserstift gemalt. Das war der Hort der DDR, Belohnen und Disziplinieren. Wessen Blume ganz war, der bekam am Jahresende ein Geschenk. Nix Großes, aber eine Belohnung. Einige waren so versessen auf die Blütenblätterchen, die machten extra Traumatmen. Es gab auch welche, die sich aus Blumen und Belohnungen nichts machten. Johanna weiß, das hier ist ihre alte Wohnung und nicht die Arbeit. Sie weiß, dass auf diesem Sofa kein Willi liegt. Hach, der würde die neue Stube glatt kaputtschnarchen in der ersten Nacht. Johanna kichert lautlos. Wird wohl das Lischen sein. Die hat noch keine eigene Familie und ist genauso allein. Wird einsam sterben wie ihre kranke Mutter. Wer entscheidet diese Dinge? Nicht fair, nicht fair. Es geht überhaupt nicht darum, ein guter Mensch zu sein. Johanna wird jetzt nicht durchs Zimmer schlurfen mit dem dicken Knie. Sie wird das Kind jetzt nicht streicheln, damit es keine Albträume hat. Johanna steht herum und es gibt kein Kinderzimmer mehr im Haus. Wind und Regen ahmen auf dem Dach einen alten Mann nach, der mit der Kiepe übern Hof ist. Es gibt welche, denen reicht das schon. Die füllen ihre Kiepe mit Scheiten. Na klar, alle zerschlagen zuerst irgendwas mit der großen Axt des Allmächtigen. Sie füllen und sie tragen. Sie schütten und sie gehen. Sie füllen und sie tragen. Immer das gleiche Spiel.

Im Schlafzimmer schließt sie das Fenster und setzt sich auf einen Stuhl. Sie liest das Buch, ohne die Worte zu verstehen. Sie ist nicht schwer von Kapee auf ihre alten Tage. Das nicht. Sie vergisst nur alles sofort wieder, weil das Grübeln alle Worte im Kopf kaputtschlägt. Alle Sätze im Buch des Allmächtigen nur große Holzstücke, die man schlägt und trägt. Am Ende wird geschüttet und nichts bleibt übrig. Nichts, womit sie etwas anfangen kann. Nach ein, zwei Stunden merkt sie, dass sie nun doch den Ungarn liest.

Zwei Männer, die der Krieg nicht losgelassen hat. Ein Buch über Schuld und Vergangenheit, wirklich nichts Neues. Beim Lesen kriecht die Zeit am kaputten Bein hoch. Ein Mann weiß und einer wartet. Vielleicht macht sie das öfter in nächster Zeit. Ihr ist egal, wie wirr die Wörter im Kopf danach liegen. Aufräumen machen alle Kinder zusammen.

Johanna geht in den Flur und schiebt den Tisch von der Wand weg. Nicht so still, wie sie's gern hätte. Sie zieht eine Tüte aus einer Schachtel und beißt ein paar Fäden kaputt. Die neuen Bänder hat sie schon auf dem Tisch vorbereitet. Dann grübelt sie und blättert mehr Geldscheine auf den Tisch, als sie es normalerweise macht. Enkel 50 Euro, Kinder 100. So macht sie es schon lange. Diesmal bedeutend mehr. Sie weiß nicht, wie sie das ganze Geld alleine loswerden soll. Sie braucht die Sachen von heute nicht, die Kinder sind noch jung. Sollen die doch überlegen, was sie damit anfangen.

Das letzte Hemd ohne Taschen. Was man so denkt, obwohl man überhaupt keine Taschen hat an einem Trauerkleid. Man könnte Kindern die Scheine still und heimlich in die Jacken packen. Nicht, dass sie das Geld kaputtwaschen aus Versehen. Das fehlte noch. Das gute Gesparte der alten Fiebelkorns. Johanna schiebt den Tisch zurück und sucht in der Küche Umschläge. Allet fängt an, sich vor ihr zu verbergen, Brillen, Umschläge, Erinnerungen. Sie lässt sich Zeit beim Suchen, dann steckt sie die Geldscheine zu gleichen Teilen in die Umschläge. Sie leckt ihren Handrücken an und dann die Kuverts. Gut verschlossen auf den Frühstückstellern. Das ist eine Mahlzeit. Wenn sie damals solch eine Oma gehabt hätten, wäre vieles leichter gewesen. Die Kinder sollen es besser haben, obwohl keiner auf dieser Welt mehr weiß, was besser ist. Das müssen sie selbst entscheiden. Geld hin oder her.

Die Kinder stehen nacheinander auf. Als hätten sie vorher überlegt, wer das kleine Bad wann benutzt. Man kann es nicht allen recht machen, so viel weiß Johanna ja. Wenn einer ihr Bad zu klein findet oder sich wünscht, sie soll doch zwei oder drei haben, dann isser hier falsch. Die Enkel sitzen zuerst beim Frühstück. So unaufhaltsam wie Jugend eben ist, so zappelig, so stark. Sie hört nicht wirklich zu, aber die beiden Jungs geben sich große Mühe. Einer erzählt von der Diskothek und dass die hier komische Musik an haben. Viel zu laut und viel zu alt ist alles. Wie geht das denn zusammen, laut und alt? Ab und zu nickt Johanna. Man muss ab und an nicken. Man muss nicht zu allem seinen Senf geben, aber die sollen merken, dass man noch nicht weg ist. Die Brüder berühren ihre Kuverts nicht einmal.

Moni und Gerd kommen an den Tisch, dann Lischen. Auch der Tisch in der Küche ist zu klein, selbst wenn er ausgezogen ist. Essen ist wie Krieg, nur schöner ist es, aber kleiner. Ihre Töchter reden über Johannas Knie und Wechseljahre. Die sind schon lange vorbei und heute kann man sie verhindern? Irgendwer nimmt ihre Hand, obwohl sie sich gerade eine Stulle aus dem Korb nimmt. Sie spürt Monis Arm und dass an der Innenseite etwas unter der Haut ist.

„Das ist ein Stäbchen, Mama." Sie muss wohl erschrocken aussehen, deshalb erklären die Kinder schnell und durcheinander. Fühlt sich wirklich an, als hätte das Kind eine Kugel unter der Haut. Wäre nicht das erste Mal, dass so etwas in den Menschen herumwandert. Schießen einen in ihren ollen Kriegen an und dann wandert diese Russenmunition in einem herum. Mal zum Herz, mal zum Verstand, wie es der Herrgott sich ausdenkt. Am Ende bringt einen die Kugel doch um, wenn man nicht damit rechnet. Wie schrecklich sind diese Zeiten, wenn Kinder das freiwillig machen? Weil man denkt, dass man nicht mehr wechseln will. Weil man seinem eigenen Körper nicht vertraut und Kleinfamilien sind doch super.

Nach dem Frühstück öffnen die Kinder die Umschläge. Große Augen, geschüttelte Köpfe. Johanna lächelt und wird umarmt. Einer fragt, wo sie so viel Geld immer rumliegen hat. Na, hör mal. Das wird nicht verraten. Das Geheimnis nimmt sie mit ins Grab. Nicht einmal Willi kannte alle Plätze. Der hat auch nicht sauber gemacht im Haus so wie die Heute-Männer. Die Enkel wollen fahren, entschuldigen sich noch, dass sie morgen nicht kommen. Brauchen sich nicht entschuldigen, können ja nix dafür, dass der weg ist.

„Bleibt ihr ma bei euern Miezen, die brauchen euch mehr als ick", sagt Johanna. Die Enkel lachen und sagen etwas, was sie nicht versteht, obwohl sie überhaupt nicht von der Liebe gesprochen hat. Moni und Gerd fahren und Johanna sieht, dass sich die Älteste ein paar dicke Kullertränen verdrückt. Kommen doch morgen wieder. Da muss das Kind nicht heulen. Willi war ihr Vater und vielleicht ist Moni deshalb so dicht am Wasser gebaut. Dafür kann Johanna auch nichts. Als Letzte fährt Lischen mit ihrem silbernen Auto. Praktisch, wenn man seinen Schuppen immer dabei hat. Wer sagt einem denn, dass die nicht auf der Autobahn plötzlich ausflippt und schreit und solche Dinge macht. Dann krachen die großen Laster in sie rein und sie ist schneller bei Willi, als ihm lieb ist.

„Fahr vorsichtig, mein Lischen", sagt Johanna. „Musst nicht schneller sein als die anderen." Die Kleine nickt nur und winkt beim Wegfahren. Am Ende der Straße hupt sie noch einmal. Johanna hört es und setzt sich auf eine Bank, die nass vom Regen ist. Langsam kriechen ihr die Kälte und das Wasser untern Rock, durch die Strumpfhose, betäuben ihren Schoß. Den braucht man in dem Alter sowieso nicht mehr. Der ist zu nichts zu gebrauchen. Das bisschen aufs Klo gehen, so hat der Schöpfer das nicht gemeint mit den Frauen.

Mehr als eine Stunde sitzt sie auf der Bank. Die Latten sind ganz grün vom Herbst, kalt und feucht. Die Hühner hat sie schon lange vor den Kindern gefüttert. Zum Glück brauchen die keine Umschläge. Naja, lange machen die es auch nicht mehr. So viel ist sicher. Lässt Willi sie einfach mit allem allein. Manchmal hat sie auch Lust, einfach abzuhauen. Sie würde keinen Koffer packen für diese Reise. Hopp und weg. Dann fällt ihr Gott ein und was der dazu sagt. So geht das nicht, mein Kind. Ich hab's euch nicht zu schwer gemacht, also lebt nach meinen Regeln. Wie hat

Neumann immer gesagt, man muss Platz lassen für Jesus. In jedem Herzen braucht der einen Platz, damit man weiß, was Gut und Böse ist. Der braucht mehr Platz als Großfamilien. Auf einmal ist in Johannas altem Herz so viel Platz für Jesus und der merkt es nicht einmal. Keiner kommt und setzt sich auf den leeren Stuhl, kein Willi, kein Jesus. Männer sind auch alle gleich.

Sie kann sich nicht mehr daran erinnern, warum sie aus dem Boot gefallen ist. Die anderen erklärten es ihr später, aber sie glaubte ihnen nicht. Sagten ja nicht einmal alle das Gleiche danach. Warum man solche Sachen wohl vergisst? Johanna war fünf Jahre alt und die Familie war an der Ostsee. Einmal im Jahr machten Lettmanns diesen Abstecher. Meistens nur einen Tag. Richtigen Urlaub konnte sich ihr Vater nicht leisten. Wenn man nicht aufpasst, kann an einem Tag schon alles vor die Hunde gehen. Helmut hat später gemeint, Klein-Johanna hat den ganzen Tag schon rumgenörgelt. Soll ein Wunder gewesen sein, dass die Zicke erst im Wasser aus'm Boot gesprungen ist und nicht schon unterwegs aus der Kutsche. Wenn Lettmanns zur See fuhren, haben sie das mit der Kutsche vom Hof gemacht. Sehr schwarz und ziemlich groß. Ihr Vater hat immer gesagt, dass die Pferde das auch einmal brauchen. Immer nur auf dem Feld, davon wird man plemmplemm. Johanna fragte sich später, ob das für Menschen auch gilt. Natürlich wurden die Gäule in der Erinnerung größer, wenn man die schon als Kind kannte. Gilt für viele Sachen im Leben: Kutschen und Mutterliebe, Regenpfützen und vielleicht auch der Sonnenschein. Eigentlich müssen es ganz normale Pferde gewesen sein, aber in Johannas Kopf sind sie riesig geblieben. Sitze, die nach Leder rochen, und kleine silberne Griffe an den flachen Türen, die mehr funkelten als Sterne oder als Gewitterleuchten.

Helmut sagte, Johanna wollte von Anfang an nicht mit ins Boot, weil ihr irgendwer Märchen erzählt hat.

Klabautermann, an den hat sie lange nicht denken müssen. Johanna und das Gespenst der Meere. Das konnte nicht gutgehen. Dann wurde das Wasser unten zum Wasserdach. Wenn man reinfiel, waren die Wellen auf einmal über einem. Es war still. Als könnten Gespenster ein Mädchen in die Griffel kriegen und es dann schaukeln. Als hätten die Johanna gleich in eine Wiege gelegt. Die kleine Lettmann, guck einer an. Erst ein paar Zentimeter unter Wasser und oben war alles unendlich weit weg. Das schaukelnde Boot und die Familie. Johanna schrie und merkte, dass es unter Wasser nichts brachte. Sie stampfte und damit war es nicht anders. Sie blickte nur noch hoch. Die Welt rutschte weg, verschwand so langsam, dass man zuschauen konnte. Mit fünf denkt keiner ans Sterben. Man hat vielleicht ne Heidenangst vor Geistern und vor Klabauterern. Aber ein Grab ist was für Erwachsene. Unsichtbar griffen die wirklich nach Johannas Fuß und zogen sie runter. Man kommt nicht mehr zurück. Wer zu viel Salzwasser schluckt, der geht nicht unter, der verschwimmt für die ganze Welt.

Sie sah die Hand erst, als sie sie auch spürte. Griff von oben durchs Wasserdach und packte sie anne Schulter. Der Arm war nackt und riesengroß. Das kann keiner im Leben mehr vergessen. Auch wenn man nicht mehr weiß, dass man ein bockiges Kind war oder warum man bei diesem Ausflug fast absoff. Diese Hand packte so fest, dass die von unten vor Schreck sofort losließen. Wenn einer wie ihr Vater zugreift, dann kann ihm keine Macht der Erde was aus den Händen reißen. Er zog sie aus den Wellen und ihr war erst nur schwindelig. Sie sah sein Gesicht und wurde dann ohnmächtig. Der Ausflug war damit wohl vorbei und die Familie machte ein Riesentrara, weil Johanna noch eine Weile lang bewusstlos war. Wenn die Gespenster einmal an einem gezogen haben, vergisst man's nicht. Wie alles verschwimmt, wie alles leiser wird, wie sie einen schaukeln, wenn sie jemanden wirklich mögen.

11.

Die Kinder sind weg. Willi ist weg. Und Johanna weiß, dass nur eins von kurzer Dauer ist. Im Flur denkt man ans Telefon. Wen sollte man wirklich anrufen, wenn einer verreckt? Einer geht ja immer. Vielleicht sollte man einfach mal den Hörer nehmen und dann so lange auf die Tasten kloppen, bis man den lieben Gott am Apparat hat. Sie würde kein Wort sagen. Sie kennt sich, mit richtiger Macht konnte sie es nie auf'nehmen oder mit richtiger Stärke. Sie würde zuhören, wie der sich vorstellt und der würde wissen, dass Johanna dran ist, weil er alles weiß. Er würde auch wissen, wieso sie anruft. Und deshalb müsste sie nichts sagen. Der Anruf allein würde schon ausreichen, damit er sich schlecht fühlt in seinem Schloss ganz oben inne Wolken. Sitzt weit weg und entscheidet Dinge, von denen er keen Schimmer hat. Das haben Götter und Zentralkomitees gemeinsam. Soll der feine Herr im Himmel auch mal runterkommen und sich den Kram ansehen, den er hier fabriziert. Schon klar, das darf man als Christ nicht denken. Christen sind nur Menschen. Sie geht mit erhobenem Kopf am Telefon vorbei. In der Küche putzt sie Rosenkohl und schält Kartoffeln. Wenn man viel überlegt, vergeht die Zeit langsam. Das Einzige, was man noch hat, läuft an einem runter, wie Wasser an einem Schwimmer.

Der Kohl schmeckt überhaupt nicht. Liegt daran, dass er nicht aus dem Garten kommt. An Johanna kann es nicht liegen, weil am Kohlkochen nichts schwierig ist. Das kriegt sie noch gebacken, auch in ihrem Alter. Man kann sich schwer vorstellen, wie es ist, in einem Altenstall zu leben. Setzen einem das Essen vor, wischen einem den Arsch ab, putzen einem zwischendurch die Nase. Man ist doch kein Tittengör. Man hat doch viel gesehen. Als würde das alles nichts mehr bedeuten. Alles umsonst gewesen.

Johanna dürfte die Leiter nicht von der Wand nehmen. Sie weiß, dass sie nicht mehr hochkommt, wenn sie von den dürren Sprossen abrutscht und sich langmacht. Sie stürzt nicht ab, obwohl sie nicht alle beisammen hat im Flur. Sie schiebt die Falltür hoch und steigt auf den schmalen Dachboden. Im Schloss hatten sie einen Dachboden, der sich sehen lassen konnte. Man hat es den Kindern zwar verboten, aber eine Mutter wusste, dass die trotzdem oben spielten. So geräumig, wie der im Schloss war, hätte man dort Flüchtlinge unterbringen können. Drei, vier Familien, dafür hätte es gereicht. Willis Metallschränke sahen damals kleiner aus, wie sie da oben standen. Johanna kann unter dem Dach nicht aufrecht gehen. Gebückt hinkt sie neben dem Loch auf einen der Schränke zu. Keine Ahnung, was man jetzt schon wieder von der Sache halten soll. Manchmal hat man die besten Einfälle und weiß nicht einmal warum. Dann sieht man sich selbst zu, wie man eine Leiter holt und auf den dürren Sprossen hochklettert. Manchmal bückt man sich auf dem Dachboden und sitzt schließlich vor einem Metallschrank, auf dem vorn zig Etiketten sind. Der kleine Schemel ist schön unbequem und Johanna fühlt sich wie ein dreckiger Dieb.

Die Kinder hatten nie Tagebücher oder so etwas. Auch gut, wenn man nicht in Versuchung kommt. Als wären die Aktenschränke hier oben Willis geheimes Tagebuch. Was glaubt sie denn? Vielleicht, dass all seine Träume hier aufgeschrieben sind? Dass sie den Beweis seiner Liebe oder seiner Untreue oder seiner Bosheit hier findet? Johanna lässt sich Zeit. Auch wenn ihr Knie so verdreht zu pochen beginnt, sitzt sie mit einer ruhigen Hand im Rücken und wartet. Sie wird seine letzten Geheimnisse nicht aus diesen Schränken fischen. Nein, sie will nur in der Nähe sein, falls sie es sich doch anders überlegt.

Hinter Johanna schaut jemand auf den Dachboden. Muss heimlich die Leiter hoch sein und dann dort gewartet haben. Ach, wer hochsteigt, der fällt auch tief. Johanna dreht sich um und sieht Netti ins Gesicht. Schaut herrlich aus das Kind. Ihre roten, langen Haare fallen auf den staubigen Boden, wie eine aus'm Magazin. Herrjemine, sie lächelt nur und sagt eine Weile überhaupt nichts. Wird doch nicht stumm geworden sein. Johanna fühlt sich wie beim Indianerspiel. Dabei kann man gegen eine Amerikanerin nicht gewinnen. Sie winkt, obwohl ihre Tochter direkt vor ihr ist.

„Mein Mädchen", sagt Johanna.

„Komm mal, komm runter, Mama." Auf der Leiter findet Johanna schon, dass es im Flur nach Fremden riecht. Vielleicht merkt man es am Geruch, wenn einer sich sehr verändert. Haben sich fast ein Jahrzehnt nicht gesehen. Nicht einmal, als Willi im Krankenhaus war, konnte Netti übern Teich kommen. Es riecht nach Entfernung an sich, nach Heimatlosigkeit und Johanna kennt beides von früher. Als sie beide Füße auf dem Boden hat und sich umdreht, steht Netti direkt vor ihr. Herrgott nochmal, die 60 Jahre sieht man der nicht an. Ist stramm geworden um die Hüften und steht gerade, wie es sich gehört. Breites Lächeln, traurige Augen. Sie kommt ganz nahe heran und drückt ihre Mutter mit ganzer Kraft. Das Lischen hat schon einen Druck drauf wie ein Mann. Aber Netti ist noch stärker. Was will man mehr? Bevor man zugrunde geht, zeigt einem jeder, wie stark er geworden ist. Das ist ein Fakt, keiner wirft ihre Töchter leicht aus ihrer Bahn. Wenn andere schon jammern im Wind, stehen die noch wie ne Eins und als wenn das nicht reichen würde, sehen die dabei noch gut aus.

„Ist lange her", sagt Johanna und umklammert Netti. Sie mochte diese Tochter immer lieber als die anderen. Sie weiß, dass Mütter so etwas nicht sagen oder denken sollten. Aber bei Netti hatte sie immer das Gefühl, das Kind ist ein Teil von ihr. Bei den anderen war es fremd, was die Hebammen ihr zeigten. Natürlich kann man solche Menschen oder Babys kennen- und liebenlernen. Aber bei Netti war es anders. Es fühlte sich an, als hätte Johanna sich verdoppelt. Als würde sie sich selbst dort liegen sehen. Artiges Kindchen zwischen all der Ganovenbrut. Das hat sich nicht verwachsen. Auch wenn das Mädchen so heimatlos riecht. Johanna sieht sich selbst in fremden Augen. Man sagt das so dahin, ein Stückchen der Mutter ist immer bei einem, auch wenn man fortgeht. Nun ist sie wieder da und Johanna spürt es deutlich, das Stückchen von sich, das ihre Tochter wieder mitgebracht hat.

„Viel zu lange, finde ich", sagt Netti und drückt weiter. Sie müssen viele Umarmungen nachholen. Die anderen kamen mehrmals im Jahr zurück zu ihr. Moni am meisten und jedes Mal wurde gedrückt. Johanna mochte das nie wirklich und Willi schon gar nicht. Aber als Mutter kann man nicht immer danach gehen, wie man es selbst mag. Sie wusste von der Arbeit, dass dieses Gedrücke sein muss. Solange Netti sie vor der Leiter festklammert, fühlt sie sich nicht allein. Johanna weiß nicht, wer hier wessen Einsamkeit zerdrückt. Sie macht mit und Netti prustet, weil Johanna doch mehr Kraft hat, als man meint.

„Ich Idiot, nagel dich hier im Flur fest, wo du doch frierst", sagt Netti und lässt los. Ihre Mutter hält sie auf Armlänge vor sich und sieht an ihr herab. Schön gewachsen ist die. Der sieht man an, dass sie viel überstehen würde, wenn das Leben es darauf anlegt. Feines Kind, feines Kind. Netti zieht sie in die Stube.

„Man kann die Farbe noch riechen hier. Den Schaukelstuhl hast du entsorgt?"

„Ja, wie war dein Flug?"

„Bis auf die tausend Kontrollen ging alles gut." Als könnte man kontrollieren, ob einer böse ist. Man kann sich Sicherheit auch einreden, wenn man sie braucht.

„Ich bin so schnell wie möglich hergekommen. Weißt ja, dass bei uns die Uhren anders ticken als hier. Gewöhnt man sich dran, auch an alles. Da dachte ich mir, ich treffe Moni und Lischen noch. Na ja, die kommen bald wieder, oder werden, tun sie es nicht?"

„Morgen ist der Tag", sagt Johanna. Sie hält es kaum auf dem Sofa aus. Noch sentimental werden hier, oder wie? Sie würde gern aufstehen und die Tochter vom Boden heben, dann festhalten. Niemand sollte gezwungen werden, über den Ozean zu ziehen.

Netti wiederholt ihren Satz, dass morgen der Tag ist. Sie setzt sich auf einen Sessel und schiebt eine Schale auf dem Tisch zurecht. Es läuft mit den Waisenkindern ganz gut. Die wird nie eigene haben, aber fremde machen schon genug Radau. Das kann man gar nicht glauben. Ihr Mann baut überall große Häuser und mit dem Geld könnten sie sich den Arsch abwischen. Sie können noch nicht drin baden, aber viel fehlt nicht mehr. Ihr neues Haus ist schön geworden. Thomas hat sich das gut überlegt. Er wollte eigentlich nach Deutschland mit, aber Netti wollte das nicht. Ist nicht sein Vater, hat sie gesagt. Natürlich hat sie Recht. Aber Johanna mag es nicht, wenn Frauen alleine in der Weltgeschichte herumreisen. Kann einem hinter jeder Ecke einer auflauern und dann liegt man da, im Dreck wie früher. Sicherer wäre es mit Mann, aber es ist nicht sein Vater. Johanna kann kaum zuhören. Sie interessiert sich schon dafür, was Netti zu erzählen hat nach so langer Zeit. Es liegt nur an den Umständen, deshalb kann sie sich kaum konzentrieren. Was war jetzt mit der letzten Wahl? Ach ja, hier haben sie auch gewählt. Keinen Neuen, wie es aussieht. Wie man so Bescheid wissen kann, obwohl man auf der anderen Seite der Welt lebt.

„Was muss, das muss, hab ich dann gesagt und dann haben wir es einfach versucht. Kannst ja nicht immer nur weglaufen oder Angst haben, das ist schon klar. Er hat sich dann getraut und danach tat sich viel verändern. Ach Jesus, nicht nur das Geld. Darum geht es ja nicht nur im Leben."

„Was hast du gesagt?"

„Was muss, das muss."

„Bist unsere Tochter."

„Immer gewesen und immer geblieben, Mama."

„Ja." Als würde das Mädchen ahnen, dass Johanna es nicht mehr lange aushält. Sie steht vor der alten Mutter auf, weil sie mal die Küche und den Hof sehen will. Die Hühner gibt es noch, ja. Moni wollte die weghaben und Vater auch. Es reicht, wenn ein Fiebelkorn das Federvieh braucht. Dann bleibt es, wo es ist. Sie reden wenig bis zum Abendbrot. Johanna erzählt, wie Willi damals den Orden für seine Listen bekam und Netti erklärt, wieso sie nicht mit der Arbeit aufhören will. Sie könnte, will aber nicht. Mein Gott, die hätte eigene Kinder verdient. Johanna fragt sich, was an diesem Mädchen anders ist als an den beiden anderen. Vielleicht kommt es darauf an, wie glücklich man mit seinem Babybauch rumläuft. Das überträgt sich irgendwie auf die Kleinen im Inneren. Die arme Moni kann nichts dafür, dass Johanna sich die ganze Zeit ärgerte. Da war Willi das erste Mal weg. Bei Lischen kam die Sache mit dem Schloss dazwischen. Und bei Sophia muss alles ganz schief gegangen sein. Kommt nicht von ungefähr, dass nur Netti eine echte Fiebelkorn ist. Die steht gerade, die blickt nach vorn und die heult nicht wie ihre Schwestern.

„Am Donnerstag ist er gestorben?", fragt Netti. Sie stehen hinter dem Schuppen. Ein nasser Wind gräbt sich durch die Baumkronen und schmeißt Blättermatsch herunter. Ein schöner Herbst sieht anders aus.

„Ja, Donnerstag."

„Tat es weh?"

„Meinst mir oder ihm?"

„Papa."

„Ich glaub nicht. Würde so'n Herr Doktor einem auch nicht sagen, denk ich."

„Stimmt schon. Wir lassen's ?" Johanna nickt. Mit dem Kind braucht sie nicht alles tausendmal wiederkäuen. Ein und denselben Mistgedanken immer wieder im Kopf herumwerfen, bis er wie ein Echo wird. Willi, Willi, Willi, Willi und Schluss. Sie gehen ein Stück in die Wiese und Johanna hört Geschichten aus dem Leben der Tochter. Irgendwann schwankt Johanna so stark, dass Netti sie festhalten muss. In ihrem Alter braucht sie keine Spargelreihen mehr, um mit dem Herrgott in Kontakt zu bleiben. Netti lässt den Arm unter Johannas Hand. Mutter und Tochter stützen sich. Es ist völlig egal, wer hier ohne wen noch was könnte. Johanna zeigt Netti den Baum, den Willi-Baum. Während Netti später in der Küche erzählt, dass dieses Amerika nicht kochen kann, brät Johanna ein paar Eier mit Speck. Die Tochter sitzt und erzählt. Oder erzählt die doch genauso viel wie Lischen? Aber bei ihr stört es weniger. Muss wohl an Johannas Launen selbst liegen. Der andere Grund ist ja abgehauen. Manchmal merkt sie es Willi an, wie sie sich selbst fühlt an einem Tag wie diesem. Heute ist alles locker und gelöst. Heute wird sie keine Bäume mehr ausreißen und keinem den Hals umdrehen. Da können ihr die Sorgen am Buckel runterrutschen. Sie dreht den Schieber und das Fett spritzt ihr auf den Handrücken. Mit Hitze könnte man sich auch betäuben, nur gäbe das mehr Spuren. Ob Netti weiß, was der Schuppen für ihre alte Mutter bedeutet? Dem Kind ist es zuzutrauen.

Netti will später schlafen als sie. Diese Zeitumstellung, wenn man von der anderen Seite kommt. Vorm Gang ins Badezimmer setzt sie sich noch einmal zur Tochter. Deutsches Fernsehen haben sie drüben auch. Die Welt ist kleiner geworden und leider rutscht man dadurch auch nicht dichter zusammen. Wie nebenbei sagt Johanna das Wort „Testament" und Netti schaltet den Ton aus. Ein Nachrichtensprecher bewegt den Mund und keiner kann ihn mehr verstehen.

„Wollt dir nur sagen, wo es ist."

„Wo?"

„Da vorn im Schrank", sagt Johanna und deutet mit der Hand auf die Schubfächer. Im unteren liegt ein ranziger, alter Ordner. Davon hatten Fiebelkorns genug in ihrem Leben. Willi hat die Teile gesammelt und man kann Etiketten, auf denen Versuchsreihen stehen, leicht austauschen. Man kann „Versicherungen" draufschreiben. Was hat ihr letzter Wille eigentlich in dem Ding zu suchen? Für solchen

Schriebs ist es Verschwendung, einen ganzen Ordner zu nehmen, selbst wenn hunderte davon nutzlos herumliegen. Johanna schaut rüber. Netti sieht entspannt aus. Nicht sorgenlos, aber wie eine Frau, die sich auch mal die Hände schmutzig macht. Die kommt schon klar. Netti nickt still und zieht den Mund in die Breite. Genau, zu dem Thema soll sie nichts sagen und sie wird es nicht tun. Johanna nickt. Wenigstens eine weiß, dass man nicht ewig lebt, dass selbst Mütter irgendwann den Löffel abgeben müssen.

„Und tun wir die restlichen Reichtümer dann in der ganzen Wohnung suchen?"

„Hmm."

„Ich will es überhaupt gar nicht wissen. Bestimmt, irgendwo werden hier noch tausende Ostmark rumliegen, obwohl das schon vor der Vergangenheit gewesen war." Netti hebt ein Kissen vom Sofa hoch und schaut darunter nach.

„Wir halten nichts von Banken", sagt Johanna. Außerdem will sie heute nicht veräppelt werden. Netti steht auf und geht in Richtung Schubfach. Sie wird doch nicht? Dann dreht sie sich und hockt vor Johanna auf dem Boden. Sie redet in der Höhe, in der man mit kleinen Kindern spricht.

„Da seid ihr schlauer als alle Amerikaner zusammen. Gibt keinen, der keine Schulden bei uns haben tut."

„Sag nicht immer tut. Du nicht, oder?"

„Ich nicht. Jesus steh mir bei!"

„Lieber lass ich unser Geld hier versauern, als es denen in Rachen zu schmeißen", sagt Johanna. Sie weiß nicht, wieso sie das erklärt. Das ist, als würde man sich entschuldigen für etwas, das man selbst nicht begreift. Da kann doch keiner etwas für. Fiebelkorns und Banken, das würde nicht lange gut gehen.

„Ich wollte nur einen Scherz machen", sagt Netti.

„Schon klar. Ich geh ins Bett."

„Ich hab dich lieb, Mama."

„Weiß ich doch." Man könnte dem Kind jetzt sagen, dass

ein Testament nicht bedeutet, man will unbedingt vor die Hunde. Ich hab dich lieb, als würde Johanna noch heute ihrem Willi nachstellen. Nein, so weit kommt es noch. Wenn sich einer bewegen muss, dann der feine Herr. Nichts sagen und verschwinden und nichts sagen. Wenn Johanna ihrer Tochter etwas in der Art sagen will, würde die es deutlicher verstehen. Es ist so, dass alte Menschen manchmal ans Sterben denken. Und viel können sie den Kindern sowieso nicht hinterlassen. Müssen sich schon um die Wohnung kümmern, haben den Hof am Hals und die dummen Fragen danach. Abwickeln nennen die das, wenn einer weg ist. Als wären vorher Sachen aufgewickelt, die dann heruntermüssen. Was für ein Unsinn, als wäre das letzte Hemd wirklich ein Hemd.

Netti erwischt sie im Flur. Steht einfach da. Johanna kommt aus dem Bad und ihr stockt kurz der Atem, weil sie das Kind nicht im Flur erwartet hat. Wieso rechnet man immer mit dem Schlimmsten? Man kann sich doch freuen, wenn die Tochter mal wieder hier ist. Sie leckt sich über die Lippe, nickt, lächelt und will ins Schlafzimmer gehen.

„Hab ich dir schon gesagt, dass du gut aussiehst, Mama?"

„Ich ja auch nicht."

„Tust gut aussehen."

„Danke, Kindchen."

„Mein Akku ist schwach. Hast du was dagegen, wenn ich kurz einen Zuhause-Anruf mache? Kostet einen Batzen Geld."

„Ach, immer nur das Geld. Mach ma."

„Okay, danke."

„Schon in Ordnung."

„Schlaf gut." Nettis Worte klingen wie letzte Worte. Johanna ist das zu viel. Sie schließt die Tür und steht noch eine Weile hinter dem Ding herum. Wie eine dünne Holzschicht Menschen manchmal voneinander trennt. Sie hört Nettis Stimme dumpf auf dem Flur. Klingt, als würde sie mit

Willi reden. Vielleicht haben die sich abgesprochen. Alle wissen Bescheid, dass er nur einen seiner schlechten Witze durchzieht. Alle, nur Johanna nicht. Das Kind ruft den jetzt an und redet über die Beerdigung. Kostet sicher eine Stange Geld, im Jenseits anzurufen. Egal, morgen kommt er ein für alle Mal unter die Erde. So sicher wie das Amen in der Kirche. Johanna hört den Namen Thomas und Schatz, schon ist es vorbei mit der ganzen Verschwörung. Sie achtet heute darauf, dass das Fenster auch offen ist, legt sich hin und das mit den Zähnen ist auch so eine lästige Geschichte. Das Federbett geht ihr bis zum Kinn und sie denkt, Kinder mit nem Willen kriegen was auf die Brillen. Dieser letzte Wille ist auch nichts Piekfeines. Jeder hat schließlich einen. Man kann doch nicht ein Leben lang aufpassen, dass alles mit rechten Dingen zugeht. Dass keiner irgendwen bevorzugt und dann hört man am Ende damit auf, nur weil man nicht mehr lebt. Das wäre nicht richtig. Oh nein. Das alte Ehebett ist zu groß für einen allein und der Herbst ist auch zu leise, draußen, wo er hingehört. Manchmal ärgert man sich, dass dieses Gegrübel einen nicht so leicht loslässt. Morgen ist ja auch noch ein Tag. Dann sieht die Welt schon anders aus.

12.

Was für eine Laune soll man haben, wenn das Licht an einem Tag so grau beginnt? Die Jahreszeit macht den Himmel hässlich. Da helfen nur warme Gedanken und nicht einmal das gelingt. Johanna ist im Badezimmer fertig, aber sie lässt Netti weiterschlafen. Hat sich aufs Sofa gequetscht das Kind. Hätte sogar den Tisch verrutschen dürfen und das Sofa ausklappen. An Platz soll es den Kindern hier nicht mangeln. Aber vielleicht schläft so eine bescheidene Tochter auch bescheiden. Johanna schiebt es auf das andere Ticken, dass Netti bis in die Puppen pennt. Was soll's? Sie haben genug Zeit, bis die Gäste ankommen. Sie isst allein ihre Honigstulle zum Frühstück, ordnet danach ein paar Brettchen und taut die Brote für die Schnittchen auf. Sie holt das silberne Besteck aus der Kiste hinter der Truhe im Schlafzimmer und wäscht es sorgfältig ab. Nicht, dass einer noch meint, ab jetzt riechen die Sachen bei Fiebelkorns schlecht. Nur weil keiner mehr seine Nase übers Besteck hält. So schnell geht das nicht. Im Schlafzimmer liegt ihr dunkles Kleid auf dem Stuhl, die schwarzen Strümpfe und der Hut oben drauf. Die Fetzen müssen sich noch eine Weile gedulden.

Die Kinder kündigen sich durchs Telefon an und trudeln dann nacheinander ein. Man merkt überhaupt nicht, wer noch fehlt. Das macht die ganze Sache auch nicht leichter. Zwischendurch steht Netti auf und ihre Töchter gackern wie die Hühner auf dem Hof. Hier und da wird in irgendwelche Speckfalten gekniffen. Die sollen bloß ihre Finger bei sich behalten. Gerd sitzt in der Stube und Lischens Freundin setzt sich dazu. Was soll die hier? Kannte Willi überhaupt nicht. Ein Maul mehr zu stopfen. Johanna überflüssig. Sie kann im Flur und in der Küche wenig helfen. Es sind einfach zu viele Menschen in der kleinen Wohnung. Da kann eine alte Frau denen nicht andauernd mit ihrem Bummelknie vor die Füße rennen. Sie sagt, was die machen sollen, und es wird gemacht.

„Netti, wir müssen einkaufen."

„Ich komm schon."

„Haben nicht den ganzen Tag." Heute hat sie Narrenfreiheit. Johanna kann ab jetzt alles sagen und machen. Sie könnte zum Beispiel nackt in den Flur und sich dort auf den Kopf stellen. Sie könnte polnische Lieder pfeifen und dabei Fliegen fangen. Natürlich würden sich die Kinder darüber wundern. Wäre am schlimmsten, wenn es keinen stört. Ja, das macht die immer, wenn sie aufgeregt ist. Noch nie gehört, dass Menschen sich nackt auf den Kopf stellen und in ihrem eigenen Flur Lieder pfeifen? Das macht man hier so. Aber abgesehen davon würde es keiner verbieten, weil sie allein die Gelackmeierte ist. Willi war schließlich ihr Mann.

In Nettis geborgtem Auto lacht Johanna laut auf. Das Kind schnallt sich so brav an und kommt dann mit dem Schalthebel nicht zurecht. Dieses Auto springt und rumort. Sie kommen dem Zaun ziemlich nahe. Fahr den ruhig kaputt. Er repariert das wieder, wie er immer alles wieder hinkriegt. Automatik, nicht Automatik. Netti lacht auch, weil es ihr nicht peinlich ist. Man kann sich an fünf Fingern abzählen, wie Lischen reagiert, wenn sie mit ihrem Silberauto herumstolpert und einer es wagt, deswegen zu lachen. Den Dickschädel hat die aber nicht von Johanna. Wie Kinder manchmal so unterschiedlich sind, obwohl sie aus'm gleichen Schoß fallen.

Sie fahren zur Markthalle, zu der sie immer mit Willi fährt. Zwischen den Bäumen steht Helmut in seiner Uniform. Als die Befreier sie damals vom Laster gezogen haben, war ihr Bruder auch verschwunden. Er hält sich zwischen den Bäumen die Pistole an den Kopf und lacht, als würde das irgendwie witzig sein. Johanna drückt ihre linke Handfläche gegen die Seitenscheibe. Sie macht den Hals gerade und sieht wieder nach vorn, weil sie mit solchen Spinnereien nur Zeit vergeudet.

„Drei", sagt sie und Netti fährt langsamer an die Kreuzung heran.

„Was?"

„Na, drei."

„Mama, tust du mir gerade ansagen, wie viele Autos da vorn warten? Das musst du nicht machen."

„Oh."

„Kannst aber."

„Is rot." Was sich in Jahren einschleift, kann man nicht mir nichts, dir nichts abschaffen. Das ist mit automatischen Gängen so und mit dem ganzen Leben. Ist nicht mit Absicht und eigentlich geht es niemanden etwas an. Sie fahren heute zur Halle. Dabei wird immer angesagt und dabei sieht man tote Soldaten im Wald. Netti weiß von alldem nichts und die Alte wird kein Wort verraten. Für kein Geld der Welt.

Zwischen viel zu hohen Regalen arbeiten sie die Einkaufsliste ab. Man rechnet mit 15 und dann werden es wieder mehr. Das passiert nicht zum ersten Mal. Hinter jedem Punkt ist am Ende ein Häkchen und sie packen den Kram ins Auto. Netti zieht sie ein Stück weg, damit sie die Kofferraumklappe nicht auf'n Schädel kriegt. Das Kind schmeißt das Ding runter, als würde so ein Auto gar keinem gehören. Geld, Frauen und Autos soll man nicht verborgen. Dabei gibt es heutzutage Firmen, die genau das machen. Johanna schüttelt den Kopf.

„Geht es, Mama?"

„Wird schon." Sie fahren zurück. Die Ampel ist grün und Johanna spricht es aus. Sie verschweigt, dass der Wald leer ist und zwischen dem Blätterzeug kein Toter dämliche Witze reißt.

Die Familie hat schon gegessen. Gut, dass sie wegen dem Einkauf den kleinen Tisch nicht mit allen teilen. Ist auch nicht weiter tragisch. Sitzt man gut zu zweit in der Küche. Netti schlürft, als wäre sie schlecht erzogen. Aber das Geräusch ist tausendmal besser als der jammernde Wind und als flennende Kinder, die Blut am kleinen Knie haben. Moni und ihr Gerd stehen schon fix und fertig inner Tür. Schauen wie beim Weltuntergang.

„Lasst die Tür nicht so lange offen."

„Ach, du meine Güte." Moni geht mit den schmutzigen Stiefeln ein Stück durch den Flur und umarmt das alte Fiebelkorn-Muttchen. Irgendwo stehen andere Töchter herum. Dass sie das noch einmal erleben darf. Was soll dieses Gefühlsblödeln denn immer? Sie haben keine Zeit. Johanna Fiebelkorn wird sich heute keinen Patzer leisten.

„Is keen Offenstall hier. Also hopp, hopp." Die beiden ziehen ab und die Luke ist zu. Es braucht nicht mehr als fünf Minuten und die ganze Wärme verschwindet aus einem Haus. Dass die Jugend das nicht versteht. Ob es ihr jemand krummnimmt, wenn sie die ganze Bagage jetzt vor die Tür setzt? Macht den Friedhofskram doch ohne mich. Man weiß gar nicht, was die immer wollen. Als würde das etwas mit ihr und ihrem Leben zu tun haben, was hier vor sich geht. Nein, lasst mich mal. Der Friedhof ist nicht ihr Metier. Weil die anderen schon vorgefahren sind, ist in der Küche reichlich Raum. Sie bereiten fünf Tabletts mit Schnitten und mit Obst vor. Salatschüsseln und Pudding. Ein Kasslerstück, das Willi gefallen würde, wenn er irgendwo zuschauen könnte. Man kann über Lischen sagen, was man will. Aber die hat echt ein Händchen für dieses Dekorieren. Das war nie Johannas Welt, dieses piekfeine Tischzeug. Wenn man so alt ist, hat man schon viele Tafeln gesehen. Aber woher weiß Lischen, was gut aussieht? Man steckt in fremden Köpfen nicht drin, nicht einmal in Töchterköppen. Lischens Freundin, diese Manuela, scheint ne Nette zu sein. Johanna hat keine Lust, sich mit der zu unterhalten. Ist aber in Ordnung, wenn Lischen nicht so allein auf der Welt ist. Wie kleine Mädchen hängen diese Stadtgören über den Tabletts und zupfen am Essen herum. Die kichern und lächeln sich an. Ein richtiges Lachen ist heute verboten. Man lacht nur einmal zum letzten Mal. Ja, man meint fast, dass man Willis Grunzen noch hören kann, wie ein ganz leises Echo.

Johanna zieht sich langsam um. Schwarz war nie ihre Farbe. Dafür braucht sie niemanden zu fragen. Das weiß eine Frau von ganz allein. In dem Punkt hat sie Willi auch niemals belatscht. Wie sieht das aus? Solche Fragen sollten Frauen überhaupt nicht stellen. Ziehen sich erst für die Herrenwelt an und dann fragen sie. Die Männer sollen staunen und zappelig werden. Viel mehr kann eine Frau für die Kerle nicht machen. Sie legt keinen Schmuck um. Man kennt diese Beerdigungsgebote nicht alle, hilft auch das Alter nicht weiter. Gibt viele, die keen Schmuck tragen. Dann wird wohl etwas dran sein. Johanna kämmt ihre Haare. Ein gutes Fräulein zieht den Kamm einhundert Mal durch. So etwas vergisst du nie mehr. Es reichte nicht, dass ihre Mutter ihn immer aufsagte. Jede Schwester hat den beim Kämmen wiedergekäut, als wäre das ein verdammtes Gebet. Einhundert Mal entlang. Einhundert mal entlang. Kannst dich nicht mit deiner Natur anlegen. Johanna mag es nicht, dass sie beim Kämmen immer noch diesen Satz kaut. Sie bindet sich einen Dutt und setzt den Hut oben rauf. Kein Schleier. Sonst könnte man meinen, man heiratet den nächsten Mann. Den Gevatter Tod, oder wie? Der einzige Schleier, den sie jemals getragen hat, liegt in einer Truhe auf dem Dach. Sie rückt den Hut zurecht und streckt den Rücken. Auf dem Flur warten die anderen.

„Bin ich ne gute Witwe?" Johannas Kopf platzt gleich vor Anstrengung. Was darf man machen? Was darf man sagen? Manchmal ist es gesünder, es einfach rauszulassen. Lischen heult die Schulter ihrer Freundin voll. Mensch, Netti steht doch daneben, sie könnte sich an ihre Schwester lehnen und nimmt diese Manuela. Die kann sie ein ganzes liebes Jahr mit Tränen vollschütten, aber ihre Schwester ist viel seltener da. Was so ein Teich mit Schwestern macht, möchte Johanna überhaupt nicht wissen.

„Wer sich nicht am Riemen reißt, kann gleich hierbleiben. Verstehen wir uns?" Lischen beruhigt sich wieder. Diese Manuela Sonstwie schaut erschrocken und Netti sagt nichts dazu. Johanna hebt die Arme und dreht das schwarze Kleid im Flur herum. Eine tanzende Witwe muss nicht lustig sein. Wenn sie sich nach rechts dreht, tut ihr das Knie weh. Sie hört damit auf und sieht zu, wie der Flur sich weiterdreht.

„Und?", fragt sie.

„Tust toll aussehen, Mama." Netti schnalzt und Lischen fragt, ob ihre Ela mitkommen darf. Soll sie doch. Wen kümmert diese Freundin schon. So groß kann eine Frauenschulter überhaupt nicht sein, damit Lischen sich dahinter versteckt. Hoffentlich passen die Kinder gut auf, dass alle vernünftig bleiben. Das könnte wichtig sein. Diesmal.

Zum Friedhof hätte man auch zu Fuß gehen können. Wen stört das bisschen Regen schon? Anständige, norddeutsche Strippen aus'm Himmel, damit kommt sie klar. Wenigstens ist Monis Auto dunkel. Wie würde das aussehen, wenn eine frischgebackene Witwe aus einer silbernen Kiste steigt? Guck ma an: Den Mann holen sie aus'er Leichenkutsche, schon sitzt die im neuen Funkelding. Am Tor warten Moni, Gerd und zwei Männer, die ihr irgendwie bekannt vorkommen. Sie wird doch nicht ihre eigenen Leichengräber im Kindergarten ausgeschimpft haben? Möglich, nur fällt ihr nicht ein, woher sie die beiden Kerle kennt. Ihre Hand wird geschüttelt und die Fremden drücken Mitleid oder Beileid aus. Johanna im Regen. Sie nimmt, was man ihr gibt. Ihr bleibt ja nichts übrig. Jemand sagt, ihre Tochter hat schon eine Stelle ausgesucht. Man kann das ändern, wenn die Gattin es wünscht.

„Danke, nein. Keine Extrawürste. Lassen Sie uns anfangen", sagt sie. Als wäre das nicht schon anstrengend genug, wollen die auch noch diskutieren. Mit ihr diskutiert man nicht. Das müssten die wissen, wenn sie im Kindergarten waren. Was geht es sie an, wer wo wann oder wie begraben liegt. Der Jüngere der beiden hakt sich bei ihr ein, wie eine Gewohnheit, die man nicht loswird. Aber ein schmucker Kerl ist er. Sie lässt sich in die kleine Kapelle ziehen. Irgendwo bollert ein Ofen, sieht keen Stich gegen den kalten Herbst. Es gibt einen, der hier nicht frieren wird bei diesem Theater. Am vorderen Ende steht der schwere Sarg aus schwarzem Holz. Er ist geschlossen. Keine Versuchung. Vielleicht will man einen letzten Blick auf Willi werfen. So dumm ist Johanna nicht. Einmal reicht. Sicher, die haben ihn bestimmt schick gemacht, wie die Eckmann in der Klinik meinte. Wozu müssen Kerle gut aussehen? Die müssen gut stehen und gut gehen, die müssen viel aushalten und viel schleppen können. Wieso sollen die im Sarg anders sein? Johanna ist umringt von ihren Töchtern. Hier oder da schluchzen Leute. Sie sieht ein paar Gestalten aus der Vergangenheit. Erinnerungen oder echte. Bei einigen hätte sie gewünscht, dass die vor dem Fiebelkorn verrecken. Man kann so etwas nicht entscheiden und dafür beten geht noch weniger.

Der Leichengräber erzählt vorn, dass es ein trauriger Anlass ist, weshalb man heute zusammenkommt. Johanna nickt. Sie sieht nach vorn und konzentriert sich ganz auf ihre Moni, die neben dem Sprechenden steht. Dunkle Strähnen fallen der Tochter auf ihre Stirnfalten und sie schnieft ein paar Mal. Auch eine, die ihr Gesicht vor Schmerz ballen kann. Vielleicht sollte Johanna hingehen und ihr ein Taschentuch geben, damit sie sich nicht vollsaut. Alle würden wegsehen und sie würde ihrer Tochter die Nase putzen. Wenn das Leben nur immer so einfach bleiben würde, wie es einmal war.

„Es ist immer traurig, wenn ein geliebter Mensch plötzlich von uns geht. Aber wenn es einer ist, der so ein gutes Herz hatte, dann fällt es uns noch schwerer, es zu verstehen. Als würde man eine Leere auf einen Schlag spüren, die in unserer Mitte durch diesen Verlust entsteht. Möge Gott sich seiner Seele annehmen, so wie er immer seine Schritte lenkte. Wir sprechen nun das Vaterunser, bevor die Tochter noch ein paar Worte sagen möchte. Bitte stehen Sie kurz auf, wenn Sie können." Da fragt man sich schon, ob einer solche Worte sagen darf, wenn er kein Priester ist. Willi würde es freuen, dass sie für ihn beten. Man schafft es irgendwie, das Ganze zu überhören, was der Mensch dort über ihren Willi von sich gibt. Was suchen die eigentlich hier, die ihn nicht kannten? Man kann den Totengräber nicht ausladen. Man kann das Flennen nicht ausladen. Aus allen Ecken kommt es auf Johanna zugerannt. Diese Ela-Freundin kann sich kaum noch zusammenreißen, weil Lischen kurz vorm Kollaps ist. Am liebsten würde Johanna statt eines Gebets eine saftige Ohrfeige ausgeben. Der ganzen Welt ins dreckige Gesicht reinschlagen. Nur nicht weinen, nur keine Tränen. Lischen muss mehr Achtung vor ihrem Vater haben. So soll das hier nicht laufen. Netti streichelt ihrer Schwester von hinten übern Rücken. Moni hat die Augen zu. Denn dein ist das Reich und die Kraft und die Herrlichkeit in Ewigkeit. Amen.

Ein paar stille Momente. Wie kann es sein, dass einem dieses Schweigen der eigenen Wohnung hinterherkriecht? Man könnte meinen, dass nicht das Haus damit geschlagen ist, sondern Johanna selbst. Momente werden verewigt.

„Wilfried Fiebelkorn war mein Vater. Wenn ich hier stehe und weiß, dass er nicht mehr da ist, denke ich dreimal. Ja, ich denke dreimal an ihn und wie er war. Ich denke daran, wie er unter der großen Eiche saß. Er schnitzte da, wie er immer war. Er machte uns Flitzebögen und es war völlig egal, ob die gingen. Also fürs Pfeileschießen waren die nicht zu gebrauchen, dafür nicht. Das Zweite, was mir einfällt, ist meine Hochzeit. Da sagte er, dass ich nur auf eines aufpassen muss. Dass der nicht so wird wie er. Ich habe ... Also ..." Moni dreht sich vom Mikrofon weg. Johanna weiß nicht, ob ihr diese Ansprache gefällt. Man kennt doch Beerdigungen, die sind nicht so privat. So etwas sagt man nicht, wenn andere dabei sind. Man kann regelrecht Angst bekommen, was der dritte Augenblick ist.

„Das Dritte, was mir einfällt, ist, wie er am Fenster saß mit seiner Zeitung. Wie er bis zum Ende immer wusste, was er macht und gemerkt hat, was um ihn herum passiert. Kein daddeliger Greis, ein schlauer Mann und ein ehrlicher

Vater. Ein stiller Mensch." Jede kann nur einen begrenzten Vorrat an Stille ertragen, dann langt's.

Genug ist genug.

Johanna nickt ihrer Tochter zu und hofft, dass die es sieht und versteht. Ist genug, Kind, musst dich nicht noch mehr quälen da vorn. Feine Rede. Moni sagt etwas zum Totengräber und kommt dann zur Familie. Ihr Gerd nimmt ihre Hand, weil manche Umarmungen einen erst richtig fertigmachen in solchen Momenten. Zwei Männer reißen die Türen auf und der Sonnenschein poltert inne Kapelle. Sie stapfen zum Sarg und heben das Ding zu viert an. Sie tragen ihn vorneweg und Johanna geht allein hinterher. Irgendwo in ihrem Rücken sind alle anderen. Nun muss sie Willi doch wieder hinterherlaufen und kann sich nicht dagegen wehren. Sie geht gerade und schaut nicht zu der schwarzen Kiste. Der Horizont sieht zugezogen aus, als würde der Regen dort warten, bis sie hier fertig sind. Keine Ahnung, ob man Särge nicht in nassen Boden packt. So etwas ist Männersache und ist nicht ihr's . Das Ding steht neben einem Loch. Gut rechtwinklig und düster wirkt das Ganze im Boden. Mit zwei Seilen lassen sie die schwere Kiste hinab und Johanna sieht den Grabstein zum ersten Mal. Groß und schwarz hat Gerd ihn gemacht. Mit silberner Schnörkelschrift steht dort der Name Wilfried Fiebelkorn. Ein guter Mensch ist man im Leben wie im Tode, steht dort und es ist in zwei Spalten geschrieben. Wirkt richtig, als müssten Leben und Tod auf zwei verschiedenen Seiten einer Liste stehen. Das Ganze sieht aus wie ein aufgeschlagenes Buch. Aber Johanna stellt es sich eher wie zwei Seiten auf einem Klemmbrett vor. Schön haben die Kinder das gemacht. Es passt zu Willi und er wird schon eine geraume Weile hier allein sein mit dem Stein. Da kann er es auch schön haben. Vielleicht könnte der Stein etwas kleiner sein, weil er kein Aufschneider war. Niemals. Aber die anderen Gräber sind auch nicht bescheidener. Dann steht es ihm auch zu. Was Recht ist, muss auch Recht bleiben. Zwei Töchter stehen hinter ihr und Johanna bückt sich. Sie kommt nicht bis zur Erde runter. Die verdammte Brille, dieses störrische Ding. Sie kann doch nichts dafür, dass sie nicht neben ihm saß am Ende. Sie wusste doch nicht, dass es diesmal anders kommt. Sie wollte doch nur noch schnell ...

Gerd hockt neben ihr auf dem Boden und flüstert. Sie kann ihn erst nicht verstehen, weil oben so ein mächtiger Wind rauscht, als würde hier einer atmen, den man nicht sieht.

„Brauchst nicht runter. Ich helfe dir schon", flüstert er und greift einen großen Klumpen feuchte Erde. Johanna streckt sich wieder hoch. Jeder Zentimeter schmerzt auf einmal. Der Schwiegersohn hält den Batzen inner flachen Hand direkt vor ihre Brust. Johanna nickt, greift sich ihren Matsch und klatscht das Ganze oben auf den Sarg. So wunderbar lackiert das Ding dort in der Grube liegt, ist es eine Schande, diesen Matsch raufzuschmeißen. Glänzt heller als ihre Fliesen in der Küche, so ein Sarg. Nur spiegelt sich kein altes Gesicht darauf, sondern der Himmel. Johanna dreht sich weg und geht an die Seite. So wie man es eben macht. Warten, dass die Leute ihr alles geben, was ihr zusteht. Sie kann sich kaum beherrschen, flüstert ein paar Worte, die in ihrem Schal verschwinden. So ein Hut hilft gegen Widerworte auch nicht wirklich. „Das klären wir noch. Das klären wir noch", sagt sie, aber niemand antwortet. Die Kinder werfen ihren Dreck auf den Sarg und die Fremden machen's nach. Alle laufen wie in einer Militärparade an Johanna vorbei und geben ihr die Hand. Knickse und Verbeugungen. Hat sie die hier ausgesucht? Kann doch keiner wissen, wer sich benimmt und wer nicht. Rößler, Goede, Schmidt, Kahnheim, Ganz und Schulze. Ja, manchmal fallen einem nur die Namen ein und nicht, warum man die eingeladen hat. Auch den letzten lässt sie vorbeimarschieren und seine Hand vorstrecken. Was kann an Beileid herzlich sein? Ein Händedruck, ein

Abschied, ein Glückwunsch, die können so sein. Johanna dreht sich weg von alldem. Sie lacht nicht und dreht sich nicht mehr um. Nur nicht zurücksehen. Nur nicht merken, wie die das Loch für immer zuschütten. Vielleicht ist der Sarg leer. Solche Geschichten kennt man doch. Willi steht irgendwo hinter einer Hecke oder einem Baum und sieht zu. Er muss etwas vortäuschen, weil ihm die Leute von früher auf den Fersen sind. Ja? Nein. Was wissen Fernsehsendungen schon vom echten Leben? Wenn Willi sich irgendwo versteckt, dann hinter ner Wolke. Wenigstens das könnte Gott ihm doch erlauben. War schließlich ein grundanständiger Mann. Wem schadet es denn, wenn er noch zuschaut oder sich kurz bei ihr entschuldigt?

Die Tafel ist weiß und lang. Zuhause wäre nicht genügend Platz gewesen. Damit hat Lischen schon Recht. Aber im Sportlerheim beim Fußballplatz, wirklich? Ist keine hundert Schritte von ihrer Wohnung weg, hach. Aber ein schöner Raum sieht anders aus. Die Kinder haben die Wände mit grauen Laken ausstaffiert. Hier und da stehen einfache Kränze. Was die Blumenhändler wohl ohne das unsägliche Sterben machen würden? Könnten ihre Läden sofort schließen, wenn keiner mehr abkratzt. Auf einer tadellos glatten Tischdecke glitzert ihr altes Silber, weil irgendwer stundenlang daran rumgeschrubbt hat. Johanna steht an der Giebelseite und Lischen schlägt mit einem Löffel gegen ein gutes Kristallglas. Weil das Mädchen noch immer nicht weiß, wohin mit all der Kraft. Trainiert und trainiert und dann hat sie zu viel des Guten. Johanna räuspert sich und sagt einige Worte. Sie hat sich vorher alles auf einen Zettel geschrieben, den sie niemandem gezeigt hat. Sie wird das durchziehen. Koste es, was es wolle.

„Ich danke euch allen, dass ihr gekommen seid. Lasst uns doch nach diesem Beerdigen noch ein paar Stunden an meinen Mann denken. An Herrn Wilfried Fiebelkorn. Er hätte das so gewollt, dass ihr hier ordentlich zuschlagt und dass ihr die Köpfe nicht in Sand steckt. Das Leben geht weiter, so oder so. Wie er schon sagte." Sie hat noch mehr Worte vorgeschrieben, kann aber nicht. Bis hierher und nicht weiter. So fehlerlos wie diese Sätze wird sie nichts mehr herausbringen. Ihr Mund öffnet sich noch und eigentlich sieht man immer aus wie ein Karpfen, wenn man so an einer Trauertafel steht und kein Wort mehr kommt. Als hätte sie in ihrem Leben alles schon gesagt, was gesagt werden musste. Nun ist sie alle. Kann keiner von einem verlangen, weiterzugehen und weiterzureden, wenn nichts mehr geht. Moni hilft ihr beim Hinsetzen und eröffnet dann die Tafel. Die Leute langen ordentlich zu, wie sie es verlangt hat. Johanna kriegt selbst keinen einzigen Bissen runter. Ein Mann, den sie nicht kennt, quatscht sie jetzt von der Seite an und sie nickt nur betroffen. Ja, schlimme Sache, wenn einer von heute auf morgen nicht mehr atmet. Ja, was soll man machen? Die Wege des Herrn sind so, wie sie sind, sowieso.

Johanna steht vor den Kuchen und überlegt, wann sie die gemacht hat. Was soll man mit der ganzen Zeit anfangen, wenn man auf einmal allein ist auf der Welt? Sie wird die Dinger wohl gestern gebacken haben und hat es nur vergessen. Vor dem Schrubben der Fliesen oder vorm Aufräumen des Hofs vielleicht? Wer weiß das schon genau. Ihre Kuchen müssen gut sein. Es sind die ersten Teller, die beinahe leer sind. Sie hat keine Lust auf diesen süßen Kram. Sie will nur sehen, welche Kuchen ihren nun Konkurrenz machen. Gar keine. Sie lächelt kurz und erinnert sich, dass sie nun Witwe ist. Lachen verboten und lächeln auch. Neben ihr stehen die Schulzes und loben diese Kuchen. Sie drücken ausdauerndes Beileid aus. Permanent oder penetrant? Johanna hat davon ausreichend bekommen. Man weiß nicht, was man mit so viel Mitleid kaufen soll. Sie sitzt an der Tafel und hört das Tuscheln. Wie die Alte das wohl erträgt? Ob die daran zugrunde geht, wenn sie nun allein mit dem Hof klarkommen muss? Da sitzt man in dieser Runde und weiß nicht, was man sich einbildet und was nicht. Netti meint, dass es eine ruhige und eine gute Bestattung war. Ach, was soll der ganze Mist. Johanna will nur noch nach Hause und die Türen schließen. Sie will sich auf seine Seite des Bettes setzen und dort so lange warten, bis er zurückkommt. Und wenn schon. Und wenn sie dabei verhungert, dann grübelt sie auch nicht weiter.

Die Sonne geht vor den Fenstern unter. Man muss sich nichts dabei denken. Könnte auch in ein rechteckiges Loch fallen, die olle Feuerkugel. Und jeden Morgen erscheint eine neue am Himmel. So alt kann keiner werden, dass er das mal erlebt, wie die verreckt.

„Wollen wir dann?", fragt Netti. Das Kind hat seine Mutter schon länger angestarrt. Ach, bestimmt sind Johannas Wangen eingesunken. Sie hat graue Augenringe, die zu den Trauerfetzen passen. Glasig, weil von innen das ganze Salzwasser gegendrückt. Gut, dass Netti fragt. Keine Ahnung, ob sie jetzt schon gehen darf. Sie will nicht hören, wie sich das Dorf wieder das Maul deswegen zerreißt.

„Meinst du, das geht?"

„Du bist die, um die es heute geht, Mama." Johanna wird dem Kind jetzt nicht den Kopf zurechtrücken. Es geht nicht um sie. Es ist nie um sie gegangen. Der Herr steht immer schön im Mittelpunkt. Auf dem Feld war es so und bei seiner Beerdigung ist das nicht anders. Willi ist der, über den man redet und sie steht nur daneben. Alle Welt interessiert sich für die Verluste der Parteien bei dieser Wahl und wie sehr die gerade an Boden verlieren. So viel Erde brauchen die gar nicht, dass sie nicht alle ein Grab abkriegen würden. Alle Welt redet vom Herbst und wie der Winter wohl wird in diesem Jahr. Alle Welt redet von sich selbst. Sollen sie doch alle an ihren Worten ersticken. Johanna tut sich das nicht mehr an. Nur die Ruhe. Türen zu. Schluss mit Flennen. Die Kinder heulen in einer Ecke wieder Rotz und Wasser. Das hat so gar nichts mit Wetter oder mit Wahlen zu tun. Aber ganz ohne Gäste kann man keinen unter die Erde bringen. Wie fühlt er sich nun, da unten in seinem Matschegrab? Ob er's schon bereut? Netti reicht ihr den Mantel und den Schal. Den Hut nimmt sich Johanna selbst vom Haken. Ihre Tochter führt sie raus und sie nickt stumm seiner Tafel zu. Ein Abschied von der Abschiedstafel. War ein guter Tag für diese Sache.

Zuhause wird es nicht leichter für sie. Die Kinder sehen zerknittert aus, kommen nach und nach hinterher. Moni und ihr Gerd sind die Letzten, die im Haus Fiebelkorn aufschlagen. Hat sie es doch richtig gemacht beim Erziehen. Kannst niemals ganz sicher wissen. Man sollte ein paar Mal im Leben beerdigt werden, damit man merkt, wie gut man seine Kinder erzogen hat. Lischen hatte ihre liebe Mühe, aber sie ist die Jüngste. Vielleicht haben die auch ihr Leben lang Narrenfreiheit. Johanna steht inner Tür und verabschiedet sich zuerst von Lischen.

„Ist es denn in Ordnung, wenn du alleine bist, Mama?"

„Du hast ja deine Manuela."

„Ich, ja. Hmm, was ist mit dir?"

„Nichts. Ich komm schon klar." Johanna sieht der Freundin ihrer Tochter fest in die Augen. So gute Freunde hat sie in all der Zeit nie gehabt, dass die sich so um einen sorgen.

„Pass gut auf mein Lischen auf, ja?"

„Mach ich, Frau Fiebelkorn. Mach ich", sagt die. Ihre Stimme zittert, als würde sie der alten Kindergärtnerin direkt ins Gesicht lügen. Was geht es Johanna an, wer hier lügt. Hauptsache ihre Töchter kommen heil dorthin, wo sie hinwollen. Man muss in einem einzigen Herbst nicht Mann und Tochter mit Matsch bewerfen. Sie umarmt die beiden Gören, obwohl sie dieser Manuela nicht übern Weg traut. Kümmert sich rührend um's Lischen, kann vielleicht kein schlechter Mensch sein. Nur meistens wollen die auch etwas dafür zurückhaben. Die Zeche muss jeder für sich allein bezahlen. Die beiden Berliner fahren mit ihrem Silberauto vom Hof. Lischen winkt noch. Die kann nicht aus ihrer Haut. Flennt ja schon wieder, als wäre es wieder ein Abschied für die Ewigkeit. Wenigstens hat sie es geschafft, heute nicht vor Kummer umzukippen. Wie stünde Johanna dann als Mutter da, wenn das die anderen sehen, wenn sich das rumspricht?

Im Lazarett konnte man manchmal seine Ruhe haben. Johanna hat sich dann mit oder ohne Schwestern aufs Dach gesetzt. Wenn man im zweiten Stock ganz hinten im Flur war, konnte man eine kleine Luke auf'machen. Dahinter war eine schmale Leiter und die ging zum Dach hoch. Solche reichen Leute hatten ja keen Dachboden. Das verstand sogar eine siebzehnjährige Bäuerin wie Johanna Lettmann. Man kann seine ganzen Reichtümer nicht in Staub stellen und darauf warten, dass der Winter alles kaputtfriert. Die Zimmer in den oberen Etagen waren protziger als alles unten. Liegt auf der Hand, woran das gelegen hat. Unten hatten die schon hunderte Soldaten auf Tragen durchgebracht und wieder nach draußen getragen. Das schleift selbst den schönsten Prunk nach einer Weile in Dutten. Die zweite Etage nannten sie im Lazarett den Jammerstock. Man konnte kaum etwas hören, nur ab und an so ein Stöhnen. Konntest denken, dass hier nur ein einziger Verwundeter lag, der auf Teufel komm raus nicht sterben konnte. An den Tod gewöhnt man sich, aber an dieses Quälen davor niemals. Sieben oder acht halbtote Männer lagen hier. Jeder hatte seinen eigenen Raum. Ein Doktor hatte mal gesagt, dass man mit denen sehr vorsichtig sein muss. Waren entzündet wie verrückt und stanken auch so. Wenn man die nach unten geschleppt hätte, wäre das ganze Haus ein Jammerschloss geworden. Die Halbtoten taten keiner Seele etwas. Bekamen es nicht einmal mit, wenn sich Johanna an denen vorbeischlich und aufs Dach ging. Nur ab und an stöhnte einer, wie man beim Sterben stöhnt. Nur war es nicht vorbei, das war es nicht. Da fragte man sich schon, was die dem Herrn im Himmel getan hatten, dass die das verdienten. Ein oder zwei von denen waren in Johannas Alter, sahen aber schon steinalt aus.

Auf dem Dach hatte man nicht viel Platz. Man konnte runterschauen in den Hof, wo die beiden Sorten Laster ankamen. Die Felder konnte man sehen und weiter hinten ihren kleinen See. Hier stöhnte keiner und Johanna hatte genug Zeit, um zu träumen. Dass einmal ein Mann kommt, der von Kriegen nichts weiß. Der hat ein Schloss wie das hier, nur heil und ohne Gestank. Darin wohnen sie dann zu zweit. Keiner sonst wäre dabei, keine Dienerinnen und kein Haus'meister, kein Gärtner, kein gar nichts. Sie würde sich um alles allein kümmern und Kinder würde sie kriegen. Fünf Bengel und zwei Mädchen, die man fein anziehen kann. Ihr Mann würde auf sie einreden, dass sie doch die Diener ins Haus lässt. Aber sie würde sagen: „Latt mir ma mien Ruh." Er würde vormittags wegreiten, abends wiederkommen. Er würde ihr auf dem Klavier Lieder vorspielen und dabei lächeln. Außerdem würde er loben, wie schön gepflegt sie den Garten immer hinbekommt. Wirkt fast, als hätte sie mal einen gekannt, der sich mit Pflanzen auskennt.

„Wisst ihr, wen ich mal heirate? Einen Prinzen oder einen Grafen." „Träum weiter, Kind", hatte Mutter gesagt und das Träumen half doch. Wenn man so erzogen ist, dass man nicht wegläuft, dass man am nächsten Tag wieder zu diesem Gruselschloss geht, dass man sich freiwillig für diesen Mist meldet, blieb einem nur das Träumen. Im Lazarett selbst war keine Zeit dafür. Dafür musste Johanna schon aufs Dach hoch. Keine Ahnung, ob das Träumen davon abhängt, wie nahe man anne Wolken dran is.

Da sitzt man nun im eigenen Flur auf'm Hocker und schaut den Kindern beim Verschwinden zu.

„Wenn wir nicht wüssten, dass Netti noch bleibt, wir würden auch noch eine Weile bei dir bleiben", sagt Moni. Was soll das denn bitteschön? Was hat die mit ihrer Schwester zu tun oder wer wann abhaut?

„Ihr habt euer Leben und ich meins", sagt Johanna. Sie versucht zu lächeln, damit es nicht so böse wirkt. Ihre

Älteste wiegt den Kopf. Die wägt ab, ob sie jetzt so mir nichts, dir nichts inne Welt darf. Schon klar.

„Stimmt auch. Wir machen uns nur Sorgen, Mama."

„Ja."

„Der, also mein Vater war dein Mann, dein Mann. Ich müsste ihm doch noch sagen, dass ... Ich wollte, ich könnte." Das Kind sinkt vorm Hocker in die Knie. Die sind nun auch schon sechzig Jahre alt, die Dinger. Sie jammert, was das Zeug hält. Manchmal fehlt Johanna das Schloss und das Dach, die Wolken auch. Da ist kein Kraut gegen gewachsen, dass die Töchter die alte Wohnung in ein Jammerschloss verwandeln. Johanna streichelt ihrer Ältesten übern Schädel. Das wird schon wieder. Der war doch steinalt und Schmerzen hatte er auch keine. Ihre Töchter kennen den Tod nicht annähernd so gut, wie sie ihn kennt. Auf manche Bekannte kann man im Leben auch gut verzichten.

„Ist doch alles gut, Monikind." Im Weinen überschlagen sich die Worte der Tochter, dabei verdient die ihren Lebensunterhalt mit den Viechern.

„Ich mein, du weinst nie. Mama, das ist nicht gesund, ehrlich."

„Wer sagt das denn?"

„Komm schon. Das weißt du. Das weiß man doch. Du musst auch zusammenbrechen, hast ihn doch geliebt, oder nicht?" Nun wird Moni noch frech. Johanna kann es ihr nicht verübeln. Heulende Menschen sind Verwundete. Wenn sie einem eine runterhauen, hat das nichts zu sagen. Aber ganz langsam und sicher wird Johanna irgendwie schlecht. Ihr Bauch zieht sich zusammen und die Galle steigt hoch. Dieser schlechte Geschmack auf der Zunge, widerlich. Runterschlucken. Es wird kein Doktor auftauchen, der Moni etwas zur Beruhigung gibt. Lischen ist ja schon weg. Manchmal spritzen die einem so viel, dass man wieder alle Tassen in Schrank packen kann. Manchmal zu viel, sodass einem Schaum aus dem Mund troppt. Wo die Tränen am Ende rauskommen, macht keinen Unterschied.

Johanna hebt den Kopf und sieht Gerd in die Augen. Der ist kein Fiebelkorn, aber doof ist er trotzdem nicht. Er versteht den Blick und hebt seine Frau auf. Die klammert sich an ihn und weint, als wollte sie damit nie wieder aufhören.

„Drück sie mal fester, min Jung. Das geht alles vorbei", sagt Johanna und reibt sich die Handgelenke. Es klingt nach Sandpapier und nach Kinderbastelstraßen, wenn die alten Hände über alte Gelenke schurren. Netti ist nirgendwo zu sehen oder zu hören. Vielleicht ist sie im Schuppen, wie es sich gehört. Moni wischt ihren Tränenschmadder aus dem Gesicht und fährt Johanna mit den Fingern durch die Haare.

„Wir fahren dann", sagt Gerd und Johanna steht auf. Das Knie und die Übelkeit sind zwei Banditen, die einem mächtig auf die Nerven gehen. Im Flur ist sowas besonders schlimm. Johanna bekommt ein Lächeln auf die Reihe und kneift Moni in die Wange. Sie winkt aus der offenen Tür und zieht sich ein rotes Tuch um den Hals. Das dunkle Auto mit dem Elend fährt vom Hof. Sie kann nicht sehen, ob Gerd oder Moni am Steuer sitzt. Man kann nur hoffen, dass er die Kiste nach Hause bringt, heil und ohne Kratzer. Reicht schon, wenn er seine flennende Frau daneben hat. Andere Menschen wissen gar nicht, wie es sich anfühlt, mit einer Leiche durch die Gegend zu kutschieren. Eine Sache mehr, die man seinem schlimmsten Feind nicht wünscht.

Johanna ist allein im Flur. Sie hört das Hupen. Das machen die Kinder immer, bevor sie am Ende der Straße um die Kurve biegen. Sie sagt: „Natürlich hab ich den geliebt." Als Kindergärtnerin hat man ein Ohr für trotzige Widerworte. Die müssen die Lütten nur kurz gucken lassen und man hört es durch die Wände. Wenn man den Beruf so lange gemacht hat, ist es jedenfalls so. Johanna weiß, dass ihr eigener Satz voller Trotz ist. Sie hat keine Lust mehr, aufzupassen und gerade zu stehen. Diese Übelkeit zerknirscht einem den Bauch. Man krümmt sich mit den Händen auf den Rippen und man spürt den Ekel. Natürlich hat sie. Was die sich manchmal denken. Natürlich hat sie.

In der ganzen Wohnung keine Spur von Netti. Da kann man als Mutter schon auf dumme Gedanken kommen, wenn man seine Tochter vermisst. Sie zieht sich die dicke Jacke über. Grau. Das wird doch als Trauerfetzen durchgehen, oder nicht? Sie schmeißt einen Schal an Hals. Wie die auf die Idee kommen, dass sie ihn nicht geliebt hat? Was soll das ganze Aufsehen um diese Liebe eigentlich immer? Als ob es nichts Wichtigeres gibt auf der Welt, als immer nur zu lieben. Vor dem Zaun steht ihre Tochter. Den Maschendraht hat sie gut hinbekommen. Glänzt, als hätte Willi den gestern erst um den Hühnerhof gezogen. Die Viecher scharren in der Erde und Netti dreht sich zu Johanna um. Das Kind wischt sich über das Gesicht, aber Rotz und Wasser sind nicht zu sehen. Nun hat es die auch noch erwischt. Ihre brave Tochter. Aber was soll man seinen Kindern schon vorwerfen? Es gibt daran nichts zu rütteln, ist ne tragische Geschichte, wenn einer stirbt. Da kann der olle Tod dein alter Bekannter sein oder ein Fremder, wenn er einen holt. Traurig ist das Ganze so oder so.

„Holst dir noch den Tod hier draußen", sagt sie und Netti nickt stumm. Johanna weiß nicht, ob ein Herbst in Amerika genauso ist. Vielleicht kennt das Mädchen richtige Jahreszeiten nicht mehr. Was für ein Verbrechen wäre das, wenn man den Herbst und den Winter einfach abschafft, weil sie einem nicht in den Kram passen?

„Kommst rein? Ich mach nen Tee." Johanna will nicht draußen stehen, obwohl es gegen die Übelkeit hilft. Sogar das Knie fühlt sich besser an, wenn sie nicht im Haus ist. Kälte kann einen fertigmachen oder sie kann helfen. Netti nickt und geht zum Haus.

„Sie sind ja weg, oder?"

„Alle weg."

„Gut. Ich werde noch bis morgen oder übermorgen bleiben."

„Ach, lass deine alte Mutter mal in Ruhe, ja?" Netti dreht sich vor der Tür um und blickt wortlos in Johannas Gesicht.

Was sie von dem Satz nun hält, ist Johanna egal. Irgendwann erfriert jedem das Denken mal. Man geht weiter und weiß, dass das dahinten auf der Hühnererde irgendwo liegt. Rührt sich nicht und hält die Luft an. Man kramt nicht mehr, man erinnert sich nicht. Man geht einfach ins Haus und lässt das Denken draußen verrotten. Wenn sie das Grübeln mit 80 nicht losgeworden ist, dann wird das nichts mehr. Mall im Kopf kann sie noch werden, aber gedankenlos ist man dann auch nicht. Wie die Sache mit Emil und schon haben die Gedanken sie wieder inne Griffel. Ist keiner mehr da, der ihr mal die Falten von ner Stirn wischt. Die eigene Tochter kann man damit nicht belasten. Also wie immer, der eigene Kram ist der eigene Kram.

Beim Abendbrot sieht Johanna ihrer Tochter beim Essen zu. Nein, sie kriegt selbst nichts runter. Ihr ist schlecht, weniger als vorhin, aber man merkt es noch in den Eingeweiden. Wer zu viel runterschluckt, dem schlägt das auf den Magen. Da braucht man kein verdorbenes Essen für.

„Fahr mal morgen schon, Kindchen."

„Wieso denn?"

„Weil ich es sag."

„Mama, tu ich dich stören irgendwie? Ich kann auch den ganzen Tag nichts sagen tun, wenn du es lieber hast."

„Das kannst du, aber ich will meine Ruh."

„Okay." Johanna blickt übern großen Tisch. Für zwei Leute hat dieser Küchentisch allemal gereicht. Für einen allein ist er groß und protzig. In Nettis Augen kann man sehen, wie traurig und wie alt sie schon geworden ist. Irgendwann muss die auch ihren Löffel abgeben. Da führt kein Weg dran vorbei. Als Mutter kann man nur hoffen, dass man dann schon auf der anderen Seite wartet und das nicht auch noch miterleben muss. Kindersärge, Vätersärge. Wozu gibt man sich ein Leben lang Mühe, wenn die Särge am Ende gleich aussehen? Zum Glück versteht Netti sie gut. Sie wird morgen schon abfahren. Mittwoch ist ein guter Tag fürs Fliegen, sagt sie.

„Dann tust du weniger Touristen in den Airbussen haben. Ich will ja auch meine Ruhe haben, verstehst man?"

„Allet och bissel viel, mein Kind."

„Ja, das Gleiche. Bei mir."

„Gut." Johanna wird ihrer Tochter nicht übers Maul fahren, weil die so ein komisches Deutsch redet. Bei Kindern geht das, bei Entwachsenen nicht. Nur schade, dass so ein guter Mensch keine eigenen Kinder hat. So ein schlechter Kerl kann der Thomas gar nicht sein, dass er die guten Fiebelkorn-Gene kaputt macht mit seinen amerikanischen.

Am nächsten Tag hat sich die Tochter wieder an Deutschland gewöhnt. Doch keine, die bis in die Puppen pennt. Sieben Uhr ist nicht so früh, wie man früher in Stall musste. Aber heute eine ordentliche Zeit zum Aufstehen. Johanna wartet in der Küche auf Netti. Die Hühner sind versorgt. Der Hof gefegt und das Brot aufgetaut. Wer hatte die fixe Idee, sie kommt nicht mehr klar, nur weil sie mit sich und dem Herrgott nun allein ist? Die werden schon sehen, wer zuletzt lacht. Netti wirkt frischer und nicht so jämmerlich wie gestern. Johanna schiebt ihr die Zeitung hin. Dann kann das Mädchen mal sehen, was hier inne Kaffs passiert.

„Willst nicht wieder herziehen?"

„Och, Mama."

„Könntest sogar Arbeit kriegen." Johanna kichert und blättert die Zeitung um. Es raschelt und rauscht dabei und Eselsohren haben keen Humor. Sie zeigt auf eine Anzeige. Die Totenseite daneben beachtet sie nicht, weil sie Netti nicht aufregen will.

„Was tut denn ein Kuh-Manager machen?", fragt ihre Tochter.

„Weiß nicht. Nix für dich?" Netti grinst. Sie sagt etwas von Bonusgeldern und dass Manager gerade nicht so gemocht werden. Johanna hat es nicht geschafft. Sie hätte Netti gern noch einmal laut lachen gehört, bevor die wieder übern Teich geht. Auch so eine Sache, die Willi immer hinbekommen hat. Er war der Witzige. Er war der Lustige. Bei

Johanna Fiebelkorn kriegt keiner seine Zähne auseinander, wenn sie witzig sein will. Dabei waren seine Witze nicht mal zum Lachen. Er konnte es nur gut und hat sich dabei selbst zum Löffel gemacht. Löffel, Löffel, was soll das Grübeln?

Netti zieht ihre Jacke an. Viel zu dünn das Ding, aber mit den Speckrollen an der Hüfte friert die nicht so schnell. Wenn ihr Mann gut verdient, sie gut versorgt, stimmt das Leben doch. Johanna wie ne Kerze inner Tür.

„Ich überlege mir das noch einmal, das mit dem Cow-Manager." Johanna lacht zu sehr, drückt das Kind und schiebt es dann nach draußen. Genug ist genug. Netti spürt es natürlich, aber egal. Johanna will nicht mehr die Brave sein. Sie will nicht mehr herumstehen und anderen beim Heulen zusehen. Nicht auf dem Boden, nicht im Auto, nicht auf der Erde, nicht bei den Hühnern, nicht bei der Eiche, überhaupt nicht. Netti steigt in ihr ausgeborgtes Auto und rauscht davon. Johanna hört das Hupen. Manchmal, wenn der Wind eine kurze Pause macht und es ganz still überm Dorf ist, wird man hellhörig. Die Bäume und die Hühner halten ihr Maul. Ja, selbst die Hunde kläffen nicht und dann klingt so ein Hupen, als wäre es ein Wort oder ein ganzer Satz. Nur, dass Johanna nichts versteht. Sie dreht sich zur leeren Wohnung um. Nun ist es beinahe eine Woche her, dass der inne Prärie verschwand. Johanna allein mit ihren alten Gedanken.

Na, dat kann ma lustig werden.

13.

Wann denkt sich ein Donnerstag aus, ob er Regen oder Sonnenschein einpackt? Am Mittwoch vielleicht oder schmeißt ihm das ein Fremder in Koffer? Durch ein geputztes Küchenfenster sieht man besser, wie der Wind an Regenfäden zerrt und wie jetzt alle nur noch schräg kommen. Da steht man nun, schaut einfach zu und wundert sich immer noch über die Welt. Johanna kratzt sich am Hinterkopf und starrt die leere Küche an. Vielleicht sollte man nicht mehr so viel sauber machen. Wenn es muschelig wäre, würde einem die Stille nicht so ins Genick gaffen. Man würde meinen, dass doch ein Mensch allein so viel Dreck niemals hinterlässt. Und dass hier nachts die Toten wilde Feste feiern und aufräumen, da denken die im Traum nicht dran. Aber Johanna kennt sich und wird sich nicht mehr ändern. Auf dem Tisch ist kein einziger Krümel. Wie sie das immer schafft, alle Krümel der Welt von diesem Tisch zu kriegen? Seine Krümel, ihre Krümel.

Diese Beerdigung hat ziemlich gut geklappt. Sie hat den Töchtern nicht gesagt, wie gut sie das gemacht haben. Immer hackt sie nur auf Lischen herum, dabei hat die Kleine die Liste gestemmt. Johanna Faulpelz-Fiebelkorn und dann noch meckern. Das sieht ihr ähnlich. Sie hat keine Lust, bei dem Sauwetter rauszugehen. Trotzdem zieht sie die Jacke an. Manchmal, ohne darüber nachzudenken. Manchmal, gerade weil man keine Lust darauf hat. Das Tor zur Straße ist zu, irgendwer kriegt den Riegel immer runter. Der Willi hat die Weisheit auch nicht mit Löffeln gefressen. Die Welt dreht sich weiter. Ja, Tore gehen auf und wieder zu. Die Hühner merken von alledem nichts. Die können einem mit ihrer Sturheit auf den Senkel gehen. Man schreit sie an und die bleiben so oder so blöde. Johanna hasst die Viecher und wird sich nichts mehr gefallen lassen.

Sie geht raus und sieht sich auf der Veranda den schiefen Regen an. Schräg ist englisch und englisch ist modern.

Vielleicht nur gerecht, dass der Herbst in diesem Jahr trostlos ist. Sie hat genug Mitleid bekommen. Man könnte die Vorratskammer bis unter die Decke vollstapeln, aber essen kann man's auch nicht. Johanna geht die Stufen einzeln herunter und macht auf jeder eine kurze Pause. Sie tritt auf der Stelle und hält sich an einem Pfeiler fest. Wie eine alte Frau keucht sie jetzt und steht gebeugt im Regen. Herrjemine, kein Wetter für Latschen. Eine Erkältung fehlte ihr noch oder weiterer Fußpilz oder irgend sowas. Sie schlurft durch zentimeterhohen Matsch nach hinten und steht beim Hühnerhof wieder still. Was wollte sie hier noch mal? Mensch, im Haus hatte sie doch eine Idee oder davor. Es fällt einem am wenigsten ein, wenn man es am meisten braucht. Von einem Moment zum anderen wäscht einem das Wetter alles weg und nur die Sorgen bleiben übrig. Das ist zum Aus-der-Haut-fahren. Sie macht ein paar Schritte in Richtung Haus und hört Hühner gackern. Die rauschen mit den Flügeln, als wären sie traurig. Sind die letzten Mohikaner, die solchen Lärm machen. Die Letzten, die einem noch auf den Senkel gehen mit ihrem Krach. Johanna will Ruhe und dann weiß man sowieso wieder nicht, was man damit anfängt. So läuft das im Leben. Man rennt einem einzigen Wunsch hinterher wie ein Irrer. Liebe, Häuser, Stille oder sonst was. Und wenn man es dann bekommt, steht man da und ist 'ne Runde schackedoof. Man weiß nachher nie, was man mit sich und seinen Wünschen anfängt. Da sieht man, dass alles ein Ende hat. Träume, Wünsche, Männer, Regen und Schmerz. Hühner auch.

Johanna geht zum Schuppen und holt sich das Luftgewehr. So schwer kann das eigentlich nicht sein. Sie hat schon oft zugeschaut, wie Willi das macht. Einfach zielen und abdrücken. Es sind keine Menschen und hier entscheidet Johanna, wer wann traurig ist. Auf halbem Weg fällt ihr ein, dass sie das Gewehr auch laden sollte. Man kann nicht mit seiner Wut auf Hühner schießen, auch wenn die einem die Eingeweide umdreht. Mit Bomben auf Spatzen, oder wie? Sie sucht in der Werkbank nach Munition. Wird sicher in kleinen Dosen sein, sie hat das mal gesehen. Nun rutscht das Schießgewehr seitlich an der Bank entlang und klatscht auf den Boden. Scheint aber noch heil zu sein das Ding. Warum ist die Fiebelkornsche auch so düddelig und stellt das Eisen schief in Schuppen? Jedes Werkzeug hier riecht nach Männern. Man weiß nicht, ob Männer nach Werkzeug riechen oder umgekehrt. Man weiß, dass hier nichts nach Willi riechen kann. Als wären Schraubenschlüssel und dreckiges Öl das Parfum der Kerle. Ach was, da sind diese Dosen also. Sie greift nach dem Blech und stöhnt laut beim Aufheben des Gewehrs. Der Lauf hat Schmutz abbekommen und sie wischt ihn anner Brust ab. Da ein Lappen. Sie putzt den Matsch ganz weg. Früher hat man die Dinger noch richtig gebaut, die halten ewig. Sie will gar nicht sehen, wie ein neumodisches Schießgewehr aussieht nach so einem Gepolter. Was soll man mit der Gegenwart schon tot bekommen?

Es geht einfach nicht. Wieso sollte es auch leichter sein, als man denkt? Irgendwann knickt das Ding doch noch wegen Johannas Geduld. Sie schiebt die Bleidinger in kleine Löcher. Ein paar fallen auf die Werkbank, kullern irgendwohin und sind verschwunden. Egal, was man macht, man sollte es richtig machen und nicht halbherzig. Keine Zauberei. Sie wird das doch hinbekommen. Beim Stricken hat sie es ja auch mit winzigen Maschen zu tun. Kann doch nicht so schwer sein. Vor ihr liegt das Gewehr. Willi kann nicht mehr widersprechen oder sie rausscheuchen. Das ist nichts, was eine Frau machen sollte. Er sagt immer, dass sie die toten Viecher noch früh genug sieht. Jeder macht seinen Kram und manches geht alleine besser. Soll Willi doch bleiben, wo der Pfeffer wächst und dort irgendwem Vorschriften machen. Kommandieren und abhauen. Dann ist man selbst schuld, wenn man nichts mehr zu sagen hat. Johanna ist doch kein Tittengör.

Mit dem Gewehr unter'm Arm hinkt sie zu den Hühnern. Ach guck an, wie still die sein können, wenn einer mit nem Gewehr kommt. Johanna schaukelt die Waffe in der Hand und reibt sich ein Ohr. Was juckt das denn jetzt so? Ihre Hand reibt gedankenlos die Haare. Sie macht sich selbst ihre schöne Frisur in Dutten, bis die Kopfhaut mehr schmerzt als das Knie. OhGottohGottohGott, Hühner sind keine Menschen. Man kann flennenden Töchtern keinen Genickschuss verpassen, damit sie ruhig sind. Aber das hat doch überhaupt nichts mit Viechern zu tun. Wenn die Lärm machen mit ihrem Rauschen und einen zur Weißglut treiben, dann geht man hin und murkst die alle ab. Wieso sollen die länger leben als Menschen? Die legen so wenig Eier, als würden sie es nur drauf anlegen. Keiner ärgert einen Fiebelkorn oder er muss mit Konsequenzen klarkommen. Sie schießt von der Stelle zweimal. Dann kommt nur noch Luft beim Abdrücken. Warme Luft hat noch keinem geschadet. Die Hühner flattern und machen jetzt erst richtig Lärm, um sie zu veräppeln. Keins liegt auf dem Boden. Keins will jetzt gerupft und ausgenommen werden.

Johanna geht nachladen und dann zeigt sie es ihnen. Keiner lacht sie aus, nicht in diesem Leben. Sie geht zur Werkbank und fummelt das Blei ins verknickte Gewehr. Geht schon besser als beim ersten Mal. Am besten man nimmt die Dose gleich mit, dann muss man mit dem Knie nicht immer zum Schuppen. Ihr ist dabei nach Lachen und nach Schreien zumute. Die alte Schreikröte. Sie geht wieder hin und will abdrücken. In dem Moment rutscht sie auf dem matschigen Boden aus und macht sich lang. Johanna auf der Seite. So ein Gewehr ist eine beschissene Stütze. Das merkt man erst, wenn es drauf ankommt. Mitten in den größten Dreck ist sie geplumpst und bleibt vor Schreck gleich ma glatt liegen, statt sich sofort aufzurappeln. Die Wange und ein Auge in der Pfütze. Braun sieht der Herbst von unten aus, der alte Störenfried. Jeder hat eine Grenze, bis zu der er gehen darf. Das ist jetzt zu viel. Womit hat sie diesen Sturz verdient? Meine Güte, es reicht doch, dass Gott ihn zu sich geholt hat, dass er es gemacht hat, als sie die Brille suchte, dass er sie einfach ganz alleine lässt. Nun liegt sie da im Modder vorm Hühnerhof. Johanna lässt das Gewehr los und stöhnt, weil der Schmerz bei Alten länger braucht. Ach, mit 82 bricht eine Hüfte schneller als ein Kristallglas auf ner Totentafel. Bleibt nur die Hoffnung, dat nüscht kaputt is. Sie ist selbst schuld. Was für ein Weib macht so was, hier mit Männersachen die Zeit totschlagen. Wie dämlich kann man sein?

Wer dauernd im freien Fall ist, muss ja mal aufs Maul fliegen. Frechheit und reine Schikane. Wenn einem das Leben mit seinen Strapazen von vorn ins Gesicht pfeift, das kann sie noch vertragen. Aber mitten in den Dreck, das nicht. Die Welt steht auf der Seite und die Hühner rauschen weiter ihren Jammer in Tag. Sollen doch verhungern. Man könnte auch gleich bei denen draußen liegen bleiben. Wie hat er das gemacht mit dem Luftanhalten, mit dem Herzanhalten? Johanna wird nicht im Modder vor die Hunde gehen. Sie winkelt die Beine an und stemmt sich langsam hoch. Mit dem Arm reibt sie sich den Bauch. Lieber Schmutz auf den Sachen als im Herzen. Dann schabt sie sich den Schmutz von der Wange. Auf der Augenbraue hängt ein ekliger Klumpen. Alles Dreck. Und logisch, hat der Regen plötzlich keine Kraft mehr, sie sauber zu bekommen. Sie schüttelt den Kopf und versucht aufzustehen. Sie braucht mehrere Anläufe, zieht sich schließlich am Maschendraht hoch und kratzt sich die Kruste vom Kinn. An der Hand kann man erkennen, wie viel Schlamm man abbekommen hat. Ein Wunder, dass du nicht erstickt bist. Sich bei diesem Wetter in eine Pfütze legen, eine bescheuerte Idee. Wenn sie nicht Johanna Fiebelkorn wäre, sie würde auf der Stelle losheulen, so lange, bis einer kommt und hilft. Kinder können das stundenlang. Dann steht man als Kindergärtnerin auf der anderen Seite des Spielplatzes und sieht nur zu. Man merkt, wie dämlich Menschen meistens sind. Man merkt auch, wie ausdauernd einer ist, wenn er sich alleine fühlt. Johanna streckt den Rücken durch, auch wenn es wehtut. Sie nimmt die Schultern zurück und lässt das Gewehr im Dreck. Eh keine Hilfe gegen die Welt. Wenn Gott sich entscheidet, sie zum Prügelknaben des Jahrhunderts zu machen, was kann man tun? Es ertragen? Die andere Wange auch noch in Schlamm schmeißen? Im Badezimmer wäscht sie sich so ausführlich, als wäre es mehr als Modder gewesen. Als hätte sie am Boden eines Lazaretts gelegen und durch den Dreck direkt in die Hölle geblickt. Sie hat sich damals nicht die Seuche geholt, sie wird auch das hier überleben.

Johanna bringt vor dem Spiegel die Frisur in Ordnung. Man kann allen Dreck abwaschen, mit dem man im Leben beworfen wird. Fein, kein Krümel mehr im Gesicht zu sehen. Sie zieht sich um und bindet ein schwarzes Tuch um den Kopf. Manche Sachen macht man aus den falschen Gründen. Hauptsache ist doch, dass man sie macht, oder nicht? Sie will nur sehen, wie sie als Witwe so ausschaut. Es ist keiner hier, der bezweifeln könnte, dass sie Willi liebt. Daran ändern schwarze Farben überhaupt nichts. Diese Frau mit ihren eingefallenen Augen sieht annehmbar aus. Sieht aus wie hundert Jahre voll Strapazen. Eine, die man mal eben in Dreck schmeißt. Die rappelt sich schon auf und macht sich wieder zurecht. Wieso muss alles immer ordentlich und sauber sein? Weil es das Letzte ist, das sie selbst entscheiden kann, und das Letzte, das ihr niemand wegnimmt.

Sie wischt das Waschbecken ab und geht inne Küche. Durch das Fenster kontrolliert sie, ob man einen Frauenabdruck im Matsch sieht. Falls die Nachbarn rüberschauen, sollen sie nichts merken. Johanna ist in ihrem ganzen Leben nur einmal aufs Maul geflogen. Die Hühner werden es keinem sagen. Wenn die verhungern, dann hat sich das Elend sowieso erledigt. Sie weiß, dass nun die Ruhe kommt. Solange sie nicht hinaussieht zu den Viechern, kann sie alles machen. Wonach ist ihr denn jetzt? Es gibt keinen, der sie nun noch aufhalten kann.

Sie setzt sich in die Küche und zerknirscht ihr sauberes Gesicht. Der Kopf fällt auf die Hände, die Ellenbogen auf der Tischkante. Johanna schluchzt ein paar Mal laut. Mein Willi. Sie will nicht flennen wegen ihm. Aber mittlerweile ist es egal, ob er es verdient oder nicht. Johanna bis oben gefüllt mit bannig Wut und dem Kram, von dem Moni sprach im Flur. Tränen rollen an ihrem Oberarm herunter. Man kann sich nicht erklären, wo die Dinger herkommen. Aus ihren Augen bestimmt nicht. Sie schaut auf die nassen Bahnen, auf die Kurven. Da steckt nicht einmal genug Kraft drin, dass die auf der Tischfläche ankommen. So erbärmlich ist ihr Schmerz, dass er nicht einmal den sauberen Tisch versaut. So jämmerlich ist dieses Weib geworden.

Die Klingel geht und Johanna weiß nicht, wie lange sie hier sitzt. Ihre Arme sind trocken und taub. Nun ist es anner Zeit aufzustehen. Man sollte die Hoffnung nie verlieren, dass vielleicht ein Fremder vor der Tür steht. Ja, ist doch denkbar, dass irgendwer noch nichts von dem Drama gehört hat. Sie wünscht sich nur einen Besuch, ganz ohne das Thema Willi. Sie wischt ihr Gesicht sauber. Sowieso alles schon trocken. Sie ruft im Flur: „Ich komm ja schon." Kurz starrt sie in Spiegel. Mein Gott, wie eine Heulsuse sieht sie nicht aus und sie öffnet dem Besucher. Dass ihr noch einmal etwas Gutes passiert, ist nicht drin. Es steht kein ahnungsloser Mensch vor dem Haus, sondern die wacklige Person, die sich Pastorin nennt. Was für einen schicken, schwarzen Mantel die anhat. Vielleicht stellt die Kirche jedem von ihnen solche Trauerfetzen umsonst zur Verfügung. Johanna würde es nicht wundern. Ist noch keine vierzig das Mädchen. Was weiß die schon vom Leben, selbst wenn sie eine Frau ist? Und obendrein kommt die von sonst wo, um hier den Leuten Gott zu erklären.

„Ich grüße Sie, Frau Fiebelkorn."

„Frau Pastorin."

„Ja, wollen Sie mich sehen? Vielleicht können wir einen kleinen Kaffee trinken." Seit wann geht es nach ihrem Willen? Seit einer geschlagenen Woche hat sie kein Wörtchen mehr mitgeredet. Die junge Frau wartet ihre Antwort auch nicht ab, sondern schiebt Johanna einfach beiseite. Man kann sich gegen Gott nicht wehren und gegen seine Diener auch nicht. Johanna nimmt dem Kind die Jacke ab und zeigt auf die Stube. Das Kind wirkt etwas nervös, sagt aber wenig. Johanna fällt das Wort nicht mehr ein: Kordulenz oder Kondulenz. Es war so ähnlich wie Dekadenz. Nur das war es nicht. Das Mädchen setzt sich aufs Sofa und sagt, dass diese Wohnung sehr schön ist. Kann man sich auch nichts von kaufen.

„Ich bin hergekommen, um zu fragen, wie es Ihnen geht mit dem Verlust. Frau Fiebelkorn, wir kennen uns jetzt ein paar Jahre vom Sehen, von den Andachten ...“ Johanna unterbricht das Mädchen ungern. Aber wo will die hin mit dem Gerede?

„Dann fragen Sie mal.“

„Ja, Frau Fiebelkorn, wie geht es Ihnen jetzt?“

„Muss ja, ne.“

„Ich kann Ihren Schmerz verstehen. Ich weiß auch, dass der Herr über uns wacht. Viele fragen, warum.“

„Ich nich.“

„Ich verstehe. Sie sind wütend. Sie sind bestimmt wütend. Ich kann Ihnen nur sagen, dass ich den Schmerz nicht lindern kann. Ich nicht. Der Einzige, der das kann, wohnt auch in Ihrem Herzen, Frau Fiebelkorn. Sie können sich besinnen, wenn Ihnen danach ist. Wollen Sie den Segen des Herrn empfangen?“

„Ach, bitte.“ Die Pastorin will schon anfangen. Johanna weiß nicht, was sie mit dem Segen jetzt soll. Erst schmeißt er einen in Matsch und dann kommt sein Mädchen an, seine Dienerin, und segnet für ihn. Hört denn der Blödsinn niemals auf?

„Dat muss nich sein. Jetzt nicht. Danke“, sagt Johanna.

„Kann ich Ihnen dann ein Stück aus der Bibel vortragen, über das Sie vielleicht nachdenken können?“ Endlich fällt Johanna der Name wieder ein.

„Das wär schön, Frau Mischowdschin.“

„Micovčin."

„Ja, Verzeihung."

„Hören Sie bitte. Das ist aus den Predigersprüchen über die Ordnung im Zeitenwechsel, Frau Fiebelkorn." Johanna versteht nicht, wie man so nervös sein kann, wenn man solche Worte sagt. Dieses ständige Aufsagen ihres Namens kann sie auch nicht ertragen. Frau Fiebelkorn hier, Frau Fiebelkorn da. Sie weiß noch, dass sie so heißt. Da braucht sie keine Kirche für. Das Kindchen zappelt auf dem Sofa. Fühlt sich nicht wohl in seiner Haut, aber wer geht schon gern zu Witwen und erzählt ihnen was von Gott?

„Alles hat seine Stunde und es gibt eine Zeit für jegliche Sache unter der Sonne. Eine Zeit für die Geburt und eine Zeit für das Sterben, eine Zeit zu pflanzen und eine Zeit, das Gepflanzte auszureißen, eine Zeit zu töten und eine Zeit zu heilen, eine Zeit einzureißen und eine Zeit aufzubauen, eine Zeit zu weinen und eine Zeit zu lachen, eine Zeit zu klagen und eine Zeit zu tanzen." Die Pastorin macht eine Pause und ruckelt sich die Kissen zurecht im Rücken. Johanna hat das Ganze schon verstanden. Aber die Bibel ist ausführlich, so wie die Schöpfung auch. Alles ausführlich. An was für Kleinigkeiten so ein Gott denken muss und dann werfen ihm die Menschen das vor, wenn sie krepieren. Menschen sind halt dumm, könnten's in tausend Jahren längst kapiert haben. Ham se aber nich. Johanna würde gern fragen, woran man diese sogenannten Zeiten denn erkennt. Sie kann sich nicht vorstellen, dass die Jungsche die Antwort wüsste. Vielleicht wissen Slowaken oder Tschechen oder wo immer die herkommt solche Sachen. Eine Zeit zum Pflanzen ausreißen, also. Kann man sich eigentlich selbst rausreißen? Das Herz vielleicht? Das Grübeln?

Manchmal bekommt man, was man verdient. Johanna hat gestaunt, wie Willi in diesem großen Schwerin mit den Straßen zurechtkommt. Sie hat ihn angebellt, weil er von ihr wissen wollte, wo nun das Schloss ist. Was wusste sie denn? Sie war da auch noch nie gewesen. Die Stadt lag schon immer so weit im Westen, dass keiner wusste, ob die Grenze davor oder dahinter war. Johanna hat sich an diesem Tag an einem Brief festgehalten. Kein Wort darüber, dass ihr eigentlich gar nicht nach dieser Fahrt zumute war. Als Frau musste sie da durch. Wenn dein Ehemann einen Orden vom Minister kriegt, wo sollte man als Frau sonst sein?

„Von der SED hättest dat nie genommen, oder?" Sie hatte die Frage mitten in seine Straßensuche geschmissen. Er stellte das Auto an Straßenrand und rannte rüber auf ihre Seite. Wenn man noch nicht achtzig ist, kann man noch laufen. Er hielt ihren Kopf und half beim Aussteigen. Er sagte, was er denen von der Partei damals gesagt hätte. Hinten reinschieben, das hatte sie auch erwartet. Es war im Sommer vor zehn Jahren. Dann ist der Gute vor seinem endgültigen Abgang noch zehn Jahre ein Ordensträger gewesen und sie die Frau von einem Ordensträger. Na immerhin.

Johanna hat den Namen dieses Ministers vergessen. War Innenminister, wirkte wie ein ernstes Kind zwischen all den Leuten, die ihn angehimmelt haben. Willi ging hoch zum Pult und nahm die kleine Schachtel entgegen. Er sagte artig „Danke" und dass man eigentlich keinen Orden verdient, wenn man so wie er ist. Wenn man etwas gern macht, will man nix dafür. Wie er da oben stand, hat Johanna sich auf einmal klein gefühlt. Sie saß mit hundert Leuten davor und hat immerzu nur genickt. Merkt kaum einer, dass man hier endlich einmal einen guten Mann auszeichnet. Sie hat genickt, vielleicht für sich ganz allein. Das ging wie von selbst. Als Willi dann wieder neben ihr saß und ihr die Schachtel rüberschob, hätte sie das Ding beinahe fallenlassen. Ehrennadel in Silber. Das ist sowieso das beste Metall auf der Welt. Gold glänzt zu hässlich. Sieht aus wie Kuhpisse, wenn du ehrlich bist. Eigentlich müsste Schweigen Silber sein. Willi hat den ganzen Tag nicht aufgehört zu grinsen. Danach waren sie noch auf einer Feier, wo man herumstehen musste. Was haben wir mit denen zu schaffen, hat sie gefragt. Er sagte, weiß nicht genau. Sind auch Menschen.

Ein Landrat kam und hat ihrem Willi gratuliert. Der hat die Hand so lange geschüttelt, beinahe schon unanständig. Sie haben erst nicht verstanden, dass es ihr Landrat war, der extra nach Schwerin gefahren war. Ach so, einen Landrat hat man heute. Willi konnte sich nicht verkneifen zu sagen, dass ein guter Landrat wohl teuer ist. Der, wie hieß er noch gleich, hat sogar gelacht deswegen. Auf der Rückfahrt verschwand das Willi-Grinsen dann und er wurde sehr ernst. Orden bedeuten mir nichts, hat er gesagt. Danke, dass du mitgekommen bist, hat er gesagt. Sie hatte keine Wahl, aber wenn man etwas gern macht. Da hatte er schon Recht. Damals war er noch klar im Kopf. Damals hätte er nie sein Herz wegen einem Jux angehalten. Am nächsten Tag kam dann ein junger Mann von der Zeitung zu ihnen. Der Bengel hat wenig gelacht und viel gefragt. Sie ist durchs Haus gelaufen und hat den Kaffee gesucht, den Netti geschickt hat. Dabei hat der von der Zeitung nicht einmal seine erste Tasse ausgetrunken und sie rennt wegen dem durchs Haus. Einen Tag darauf stand ihr Willi in der Zeitung und er konnte sein Bild gut leiden. Johanna fand es zu protzig, gönnte ihm aber seinen Ruhm. Manchmal kriegen die richtigen Menschen ihre Orden für die falschen Sachen.

„Eine Zeit zu lieben und eine Zeit zu hassen, eine Zeit des Krieges und eine Zeit des Friedens", sagt die Pastorin und wartet. Die Schachtel mit dem Silberorden liegt im Schubfach unter'm Testament. Johanna hat das Ding schon ein paar Mal herausgekramt in den letzten Jahren. War wirklich ein schöner Tag in Schwerin.

„Frau Fiebelkorn?" Sie sieht dem Kindchen in die jungen Augen. Was will die hier? „Wollen Sie es noch einmal hören?"

„Ach ja, Kindchen. Das wär lieb", sagt Johanna und passt diesmal besser auf. Wenigstens versucht die einen nicht mit den eigenen Worten besoffen zu quatschen. So eine Bibel hat schon mehr Jahre auf dem Buckel als alle schnieken Pastorinnen zusammen. Eine Zeit zu suchen und eine Zeit zu verlieren. Johanna könnte diese Stelle immer wieder hören. Liest ganz gut, diese Mischowdschin. Bestimmt im Kindergarten schon gelernt, als die anderen noch sabberten. Die Bibel klingt manchmal wie ein Kindergedicht und dann wartet die wieder. Johanna will nicht vorlaut sein oder aufdringlich, aber einmal noch, wenn's geht. Nur einmal.

„Natürlich. Es sind die Worte des Herrn, die einen trösten können, wenn nichts mehr hilft. Frau Fiebelkorn, ich will noch sagen, dass es mir leid tut, dass ich nicht bei der Bestattung sein konnte. Ihre Tochter hatte im Pfarrhaus eine Nachricht hinterlassen, aber ich war gerade im Ausland."

„Das ist schon gut, mein Fräulein. Lesen, nur lesen einfach", sagt Johanna. Sie will keine Ausreden mehr hören. Sie ist jetzt 82 Jahre alt. Wer will ihr denn was vormachen? Wen kümmert es, wer auf dieser oder jener Beerdigung war? Moni hat ihre Sache doch gut gemacht fürs erste Mal. Zumindest würde es ihr gefallen, wenn ihre Älteste bei Johannas eigener Beerdigung die Leute auch so zum Flennen bekommt.

Irgendwann merkt sie, dass das Mädchen noch zappeliger wird als vorher und sie belässt es dabei. Ja, mein Gott, soll die eben aufhören mit dem Lesen. Sie kann ja schon mit ihrem eigenen Leben weitermachen, als wäre hier kein Mann gestorben in irgendeinem Kaff. Soll die doch zu ihrem Gott zurück inne Kirche und da kichern sie, weil eine Alte im Matsch voll aufs Maul rauf ist.

„Gehen Sie ruhig. Ich komm zurecht", sagt sie an der Tür.

„Sie haben mein Mitgefühl, Frau Fiebelkorn. So ein Verlust schmerzt, das ist klar." Johannas Schmerzen sind ihre Sache. Schön, dass sie nicht ein einziges Mal das Wort „Beileid" hören musste bei diesem unsäglichen Besuch. Frau Pastorin hätte noch den ganzen Tag bleiben können, wenn sie nur immerzu aus der Bibel gelesen hätte. Aber zehn Minuten, mehr war ihr der fremde Tod nicht wert.

„Machen Sie's gut."

„Ja, leben Sie wohl." Johanna knallt die Tür hinter dem fremden Kind in die Angeln, als wäre es das Letzte, was sie tut. Sie atmet einmal aus und geht langsam in die Stube. Man kann die Wärme nicht aus'm Zimmer kriegen, die ein Besuch reinschleppt. Kurz Fenster aufklappen und dem Mädchen beim Losfahren zusehen. Niemand hupt am Ende der Straße. Fenster wieder schließen und hoffen, dass das nun der letzte Besuch in Gottes Namen war. Sie bekommt ihr Gesicht ganz nahe anne Fensterscheibe. So dicht, dass die Brille fast gequetscht wird. Die hat doch das Tor offengelassen. Manieren sind das heutzutage. Na gut, sie braucht keine Jacke, um das wieder in Ordnung zu bringen, und schlüpft inne Lederlatschen. Sie schlurft vorn raus. Immer bleibt alles an ihr hängen, als wäre man im Kindergarten. Das Tor wehrt sich. Verflixt und zugenäht. Sie geht einen Schritt zurück und dann wieder ran. Fängt sie eben noch einmal an, als wäre nüscht gewesen. Der Riegel passt mal wieder nicht zu diesem Tor. Hat dieses Mädchen, von Gott geschickt, ihr altes Tor in Dutten gemacht? Sie kann sich das schon vorstellen, wie die heimlich den Riegel austauscht, damit sie morgen wiederkommen kann. Ja, nur der liebe Herrgott kriegt das Tor zu. Johanna gibt es auf und schlurft durch den Modder zurück zum Haus. Sie schwankt, aber sie fällt nicht. Als sie auf den Stufen steht, hört sie ein Krächzen von hinten. Sie dreht sich um und sieht, dass auf dem offenen Tor eine Elster sitzt. Ein schönes Tier, schwarz und weiß. Ein Vogel, der keinen Schmuck und keine Farben braucht, um in der Welt klarzukommen. Die Elster steht mit ihren dürren Beinchen auf dem toten Eisenstab und schaut sich um. Dann pickt das Viech gegen das Tor und Johanna weiß nicht, was sie davon halten soll.

„Verschwind da, du Vogel", sagt sie leise. Man weiß nicht, ob die Viecher überhaupt hören. Haben schließlich keine

Ohren am Kopf. Das Tier krächzt, weil ein offenes Tor ein Grund zum Lachen ist.

„Hau ab hier", ruft sie lauter. Doch das Viech bleibt nur stehen, dreht den Kopf zur Seite und schaut sie schief an. Ihr kriegt die Johanna Fiebelkorn nicht klein.

Auf einmal versteht sie es. Willi kommt als Elstermann zurück. Nun wartet er da auf'm Zaun, bis sie wieder im Haus ist. Er wird den Riegel einrenken, weil Menschen zu doof zum Sterben sind. Er wird nach hinten fliegen und den Hühnern die Leviten lesen. Er wird hier draußen auf sie warten. Kann er lange warten, wenn er will, der Drücke-berger. Bleibt nicht hier und bleibt nicht im Himmel. Nir-gendwo kann man es ihm recht machen. Den Kerl kann sie nicht ertragen. Wie er mit seinem Auftritt gewartet hat, bis alle weg sind, bis jede Tochter tausend Tränen inne Gegend geschmissen hat. Als Vogel also, als Elster auch noch. So nicht, mein Freund. Johanna hebt ruckartig die Arme und schreit, dass er sich zum Teufel scheren soll. Sie streift nen Latschen ab und nimmt ihn umständlich inne Hand. Wenn er nicht hören will, muss er fühlen. War im Leben doch auch kein Idiot, fängt erst nach seinem Tod damit an, oder wie? Johanna wirft den Latschen mit aller Kraft und das Ding segelt so gut, dass es die Elster voll erwischt. Das Viech quietscht erbärmlich und rutscht vom Zaun. Man kann die Federn herumfliegen sehen. Versteht nicht einmal, wo der Schlag eben herkam. Er rutscht erst durch den Modder und dann schlägt er die Flügel sauber. Nun fliegt er wieder und Johanna hat die Hand vorm Mund.

Ihre Finger sind feucht, weil von irgendwo einer drauf-heult. Sie dreht sich um, wie sie ist und geht ins Haus. Das hat sie nicht gewollt. Mein Gott, sie wollte ihm doch nur einen kleinen Schreck einjagen und nun hat er so jämmer-lich geschrien. Der kommt so schnell nicht wieder. Den ist sie jetzt für immer los, weil sie so ein garstiges Weib ist. Warum kann sie sich nicht beherrschen?

14.

Man braucht manchmal nur etwas Ruhe, um wieder klar im Kopf zu werden. Wer kann es einem verübeln, was man mit der Elster angestellt hat? Sie musste auch ne Menge einstecken in den letzten Tagen. Sie ist alt, aber sie ist nicht aus Stein. Ach Gott, ihr Herz wird auch nicht jünger. Sie sitzt auf dem Hocker im Flur und wartet, dass jemand anruft. Sie wollte ihre Ruhe und nun hat es nicht lang gedauert. Sie erträgt die Stille nicht. Der Fernseher kann dabei nicht helfen und das Flüstern inner neuen Stube hat sich auch verkrümelt. Jetzt sitzt die gottlose Stille wieder über Türen und vor Fenstern und man kann nirgendwo hintreten, ohne die zu spüren. Man hört den Regen von oben ans Dach drücken und man weiß nicht, welche Richtung im Flur das kleinste Übel ist. Vorn die offene Küchentür mit der Luke oben. Überall Willis Sachen. Hinten ist die Eingangstür oder Ausgangstür, wie auch immer. Dort steht der Latschen im Flur. Sie kann den nicht mehr anfassen und zur Seite schieben. Nicht einmal wegtreten kann sie das Ding. An irgendetwas muss es ja liegen, dass sie sich nicht beherrschen kann. Sie wird jetzt besser aufpassen, was sie anfasst. Der Latschen tut so, als wäre er unschuldig an der Misere. Unschuldig und windschief vor der Tür, das hässliche Ding. Aber das Telefon steht gerade zur Tischkante. Ja, Johanna wird einfach auf den kleinen Tisch schauen. Was soll das auch?

Sie fällt beinahe vom Hocker, als das Telefon wirklich bimmelt. Sie hatte schon total vergessen, weshalb sie hier sitzt. Kann man abnehmen? Wenn es Willi ist oder Gott oder ein anderer Diener von dem, kann sie nicht einfach wieder auflegen. Dann steckt sie bis zum Hals drin und niemand würde ihr helfen. Es klingelt einmal und zweimal und dann noch öfter. Manchmal vergisst man, wie man dieses Klingeln beendet und wie widerlich das Telefon heult. Stille hin oder her. Johanna nimmt den Hörer in die Hand.

„Am Apparat", sagt sie, weil sie ihren Namen nicht weiß.

„Mama, ich bin's. Lischen." Lischen ist kein Ganove und mit Gott hat sie nichts am Hut. Die nicht. Ihre jüngste Tochter in der Leitung, das hat sie jetzt gebraucht. Das Kind erkundigt sich, wie es ihr so geht, so ganz alleine. Johanna hört nur auf die Stimme. Nur nichts von der Elster oder den Hühnern sagen. Dann sagt sie es doch, dass sie die Viecher gern abgeknallt hätte.

„Das kriegen wir schon hin. Wenn du es wirklich willst, also morgen auch noch, meine ich. Wie war der Besuch?"

„Was?"

„Na, die Pastorin war doch da, oder etwa nicht?"

„Ach so, ist, glaube ich, ein gutes Mädchen."

„So?"

„Hat fein gelesen und ist schnell wieder weg. Ich kann das ganze Mitleid nicht ertragen. Jedem sein Leid, weißt du."

„Ja, kann ich gut verstehen. Es tut mir auch leid, das mit der Beerdigung. Ich weiß, wie du das siehst. Ich kann es mir echt vorstellen. Ich kenne dich ja. Meine, meine liebe Mama, ich wollte wirklich nicht so doll weinen. Aber er fehlt mir jetzt schon so. Weißt du?" Johanna atmet einmal alles aus.

„Ja. Bist meine Jüngste, meine Beste."

„Ich wünschte nur, dass ..." Johanna will keine Wünsche mehr. Sie weiß nicht, wie sie auf'm Hocker sitzen soll. Immer wieder schaut sie zur Luke und sieht nach, ob der Latschen noch da ist. Beides bleibt, wo es ist. Das Schicksal wird ihr das Leben auch nicht mehr erleichtern. Sie steht auf und stöhnt, obwohl sie es nicht will.

„Alles in Ordnung mit dir?", fragt Lischen.

„Ich geh nur rüber mit dem Telefon."

„Das Knie?"

„Ja, das Knie." Lischen erzählt, was in der Klinik los ist. Vielleicht hat Johanna die ganze Sache missverstanden. Kann doch keiner wissen, dass die eigene Tochter als Doktorin auch ein guter Bekannter vom garstigen Gevatter ist. Dass sie nicht früher darauf gekommen ist. Die beiden müssten sich vonner Arbeit doch bestens kennen. Trotzdem bleibt es ihre Kleine, das störrischste Mädchen. Der Hocker macht in der Küche ein hässliches Geräusch auf den Fliesen. Sie hätte sich lieber auf einen der Stühle setzen sollen. Aber ein Telefonhocker ist ein Telefonhocker und bleibt das auch. Nun sitzt sie mitten vor einer leeren Arbeitsfläche. Man sitzt viel tiefer als am Küchentisch. Das Telefon hat kein Kabel, um das man sich kümmern müsste und am anderen Ende ist die gute Tochter dran. Sie erzählt vonner Rückfahrt und dass sie mit dieser Pastorin telefoniert hat.

„Ich hatte das Gefühl, die wollte sich drücken. So etwas kann ich ja gar nicht haben, Mama. Herrgott, das ist doch ihr Job. Stell dir mal vor, ich würde bei einigen Menschen sagen: Nein, lasst mal. Die operier ich nicht. Also die auf keinen Fall. Das geht doch nicht, oder?"

„Braves Mädchen, stimmt wohl", sagt Johanna und hört genau zu. Lischens Stimme tut irgendwie gut. Tut gut, dass Willi vorm Fenster vorbeigeht. Die Latzhose ist ihm ein bissel eng geworden, weil er zugelegt hat. Wird keiner einem alten Mann vorwerfen, wenn er ein paar Pfunde zu viel auf'n Rippen hat. Der Gute schaut nicht rüber und geht einfach von links nach rechts vorbei, als bräuchte er was aus'm Garten. Könnte sich gleich um die vermaledeiten Hühnerviecher kümmern. Das wird sie ihm nachher sagen. Damit das ein für alle Mal ein Ende hat, dieses vermaledeite Gegacker auf'm Hof.

„Also mach's gut, Mama. Ich wünschte, ich könnte irgendwie mehr für dich machen. Sagst du, wenn du etwas brauchst? Oder wenn ich Urlaub nehmen soll und zu dir kommen, ja?"

„Alles in Ordnung, mein Lischen. Mach dir mal keen Kopp um die alte Mutter."

„Aber du würdest fragen, versprich es!"

„Hoch und heilig."

„Gut. Ich hab dich lieb."

„Ich dich auch, mein Mädchen." Johanna wollte ihr eigentlich noch danken. Die hat sich allein um die ganze Liste gekümmert und was hat die jetzt davon. Nicht einmal ein Dankeschön kriegt sie zu hören. Beim nächsten Besuch wird Johanna ihr einen großen Umschlag geben. Auch Ärzte sind mal knapp bei Kasse. Man kann das Tuten in der Leitung auf Dauer nicht ertragen, also muss man in den Flur und das Telefon auf- und weglegen. Sie zerrt den Hocker auf seinen Platz zurück. Merkst erst nach Stunden, was du gesehen hast. Komisch, oder? Zuerst fragst dich, ob du jetzt endgültig plemmplemm inne Birne bist. Hat sie gerade ihren toten Mann vorm Fenster gesehen? Hat sie sich den nur gewünscht, weil die Tochter so viel redet? Ja, Versagen ist menschlich. So musste es kommen, damit sie völlig von ab ist. Ihr Willi vor einem Fenster. Sie spürt einen Stich im Bauch, der kalt sein müsste. Er fühlt sich warm an. Willi ist zurück, obwohl es nicht sein kann. Da hat er es doch nicht mehr ohne seine Hanna ausgehalten, da, wo er nun ist. Wer will einen Fiebelkorn aufhalten, wenn er zurück zu seiner Frau will? Es gibt nichts, was da im Weg rumstehen dürfte. Gott oder Teufel macht mal Platz, damit Willi nach Hause kommt. Johanna geht inne Küche und wartet artig, ob sie ihn noch einmal vor die Augen kriegt. Was macht er eigentlich auf'm Hof? Ach, die Regentonne. Er wird sicher aufpassen, dass das Ding nicht wieder überläuft bei dem Sauwetter. Man kann sich in aller Ruhe seine ersten Worte überlegen, wenn man so viel Zeit hat. Wenn er reinkommt, wird sie keine Vorwürfe machen. Nein, die ganze Wut der letzten Tage ist doch kindisch. Schön, dass wieder da bist. Das wird sie sagen und sie wird hingehen und seine Hand schütteln. Dann werden sie schlafen gehen und sie wird ihm erzählen, dass er eine gute Beerdigung hatte. Ein Stein mit einer Liste drauf, wer hat das schon? Das war eine Feier, da hätte sich ihr Tränen-Willi auch nicht beherrscht. Ach, das mit dem Latschen tut ihr so leid. Willi wird es vergessen haben, oder? Er wird sich zu ihr ins Bett legen und sie kann seine Stirn streicheln, bis er keine Sorgen mehr hat. So wird es passieren, wenn er reinkommt. So und nicht anders.

15.

Am nächsten Tag sieht die Welt schon anders aus. Johanna macht die Augen auf und kann sich genau erinnern, wie er mit der Latzhose übern Hof ist. Sie ist mall geworden. Klare Sache. Ihr tut der Kopf weh, als hätte sie gestern jesoffn. Man kennt das ja, das kommt vom Heulen. Macht einen ganz irre, wenn man seine Tränen tagelang nicht loswird. Das Motto des Tages – Zusammenreißen. Sie kriegt alles auf die Reihe, selbst wenn der Kopf sich wie ein Knie anfühlt. Egal, solange man am Leben ist, kann man sich immer wieder hochrappeln. Genau das hat Willi nicht begriffen. Wie kann der sein Herz? Wem wollte er damit was beweisen? Hat doch keiner zugesehen bei seiner dämlichen Aktion. Es ging auch nur um seinen Stolz und seine Beherrschung. Dann ist man so toll, dass man im Tod erst merkt, dass es zu toll war. Aber ab heute ist Schluss mit lustig. Man fühlt sich manchmal, als würde man auf einer Dachkante mit dem Rad fahren oder Kindern hinterherlaufen, die da oben spielen. Wer so jung ist, kennt den Tod noch nicht und die Angst vor dem alten Knaben. Die kommt erst, wenn einem Kindergärtner jahrelang von Hexen und Rumpelstilzchen und solchen Sachen erzählen. Johanna, es reicht! Reiß dich am Riemen, sonst kannst du was erleben.

Johanna setzt sich auf und schaut das Schlafzimmer an. Seine Seite ist leer, wie es sein muss, wie er es haben wollte. Die Tapeten haben die gleichen ollen Muster und die gleichen galligen Farben von gestern. Wenn man jahrelang in einer Wohnung haust, merkt man nicht mehr, wie diese vier Wände einen einsperren. Man wird selbst ganz grau und gallig darin. Vorm Fenster steht Willi und lächelt sie an. Ach, auch schon wach, meine Beste. Sie starrt ihn einfach nur an. Die Wellen in der Gardine ziehen an seinem Bild wie in einem Spiegelkabinett. Kein Zweifel, dort vorm Fenster steht ein toter Mann. Einer, den man im Sarg in die Erde lässt und dann mit Schlamm beschmeißt, der kommt nicht zurück. Johanna ist kein Dummbeutel. Sie dürfte sich so etwas nicht einbilden. Trotzdem lächelt sie ihn an und hebt eine Hand zum Gruß. Wieso ist er denn gleich raus, der Gute? Der will doch nicht etwa verhungern auf seine alten Tage. Einfach ohne Frühstück auf den Hof. Das geht doch nicht. Meine Güte, was soll das? Er kann überhaupt nicht da sein. Wieso machste dir nen Kopp? Johanna ist kein siebzehnjähriges Ding mehr, das echten Schmerz noch nicht begreift. Sie wirft sich im Bett nach hinten. Ihr Kopf fällt weich aufs Kissen und sie zieht das Federbett übers Gesicht. Man passt eine ganze Woche auf, dass einem kein Laken rübergezogen wird und vergisst die Wege des Herrn dabei. Wer seinen eigenen Atem spüren kann, findet die Welt auf einmal ganz winzig. Das Laken wie ein Dach aus Meerwasser. Als wäre man gerade beim Runtergehen, beim Untergehen. Man muss nur loslassen können. Hier reißt sie kein starker Arm aus der Geschichte raus. Nein, diesmal nicht. Die meisten Menschen sterben im eigenen Bett. Das war schon immer so und es wird sich nicht ändern. Wie doof drückt sie sich das Federbett auf ihre Stirn, klammert die Finger fest um den Stoff. Kinder werden auch unsichtbar, wenn sie sich die Augen zuhalten.

Was möchte Willi denn von ihr? Soll sie ihm verzeihen? Wie kann man das verlangen, wenn man es nicht versteht? Johanna verstärkt ihren Griff noch mehr, weil die kleine und die große Welt sie heute am Tüffel tuten können. Sie will nichts sehen und sie will nicht spinnen. Manche reden sich ihr ganzes Leben Hirngespinste ein. Schön, fängt man auch reichlich spät mit an, oder nicht? Irre kommen mit dem Lauf der Welt nicht zurecht und mit den Kleinigkeiten, um die sich der Herrgott selbst nicht kümmert. Schlappschwänze. Sie ist keiner von denen. Nein. Johanna Fiebelkorn. Nein und nochmals nein. Sie wird damit aufhören, sich selbst das Hirn zu zermartern und zwar sofort. Warum sie ihren toten Mann vor dem Fenster sieht, ist völlig EGAL. Dieses Hirngespenst ist schweigsam, also kann sie es ignorieren. Sie wird mit erhobenem Kopf ins Badezimmer gehen und sich fein machen. Sie wird in der Küche sitzen und eine Schmalzstulle essen. Wenn ihr so ist, wird sie dabei zur Seite lunschen. Irgendwann wird er schon sehen, wie schick die Frau ist, die er ganz alleine lässt. Sie wird sich mehr bemühen, weil das alles eine Probe ist. Kein Verbiegen und kein Spinnen mehr. Sie wird einfach Johanna Fiebelkorn sein, nur ein Stückchen besser als die letzten Tage. Ja, eine einsame, eine gute Witwe. Das geht schon. Das geht schon. Ob man verliert oder gewinnt, kann man nur selbst entscheiden. Sie reißt die Decke zur Seite und setzt sich hin. Ihr ist schwindelig. Der Kopf dreht sich und das Hirn tut weh. Hat sie gestern getrunken? Eigentlich nicht.

Johanna steht auf und ignoriert den Schmerz. Sie sieht nicht zum Fenster und geht wirklich mit erhobenem Kopf ins Badezimmer. Man muss nur wissen, wie man den Blick nach vorne kriegt. Einen Schritt nach dem anderen, das ist der ganze Trick im Leben. Irgendwo beschweren sich Hühner darüber, dass sie ab heute ihrem Ende entgegensehen. Die können überhaupt nichts dagegen machen. Ahnen es vielleicht, wissen aber nichts. Es muss schlimm sein, wenn einem der Hunger die Eingeweide nach außen drückt. Im Badezimmerlicht schlägt sie sich an die Stirn, weil sie vergesslich wird. Ganz langsam geht sie zurück ins Schlafzimmer, den Kopf immer geradeaus, als gäbe es überhaupt kein links und rechts, kein gestern und kein morgen. Sie nimmt das Glas vom Bettschrank. Ohne die Dinger, die im Wasser so eklig verzerrt grinsen, kann selbst sie der Welt nicht mehr die Zähne zeigen. Zurück ins Badezimmer humpeln und alt sein. Wenn man ihn nun zum zweiten oder zum dritten Mal verjagt hat? Was macht man dann? Willi gibt ihr ja eine Möglichkeit nach der anderen, dass alles wieder schick wird in ihrem Leben. Sie hat sich dermaßen über ihn aufgeregt. Vielleicht kann jeder die Gedanken der Menschen hören, wenn er mal im Himmel ist. Dann wüsste Willi wenigstens Bescheid. War kein Zuckerschlecken, die fünf

Jahre ohne ihn auszuhalten. Oder die Woche. Hat sie mit Moni sitzen lassen. Wieso sie ihn trotzdem geheiratet hat, kann sie im Moment nicht sagen.

In der Küche ist am Tisch viel Platz für sie. Schmalz aufs Brot, obwohl heute eher Honigtag ist. Man muss sich nur eine Sache im Leben fest vornehmen und dann schafft man's. Die offene Tür stört sie beim Essen. Nicht beachten. Man könnte den Flur sehen und den einzelnen Latschen. Jawohl, man könnte sich klar werden, wieso nur ein Latschen auf dem Flur steht. Sie würde den ganzen lieben Tag nichts anderes machen, als vorm Fenster sitzen. Warten auf Willi. Immer nur warten auf Willi. Jetzt könnte das doch endlich ein Ende haben, wo er doch tot und begraben ist. Macht alles nur noch schlimmer.

Sie holt die Zeitung nicht aus dem Briefkasten, weil der draußen ist. Sie will gar nicht wissen, wie man mall-im-Kopp noch steigert. Das Telefon klingelt eine Weile und hört dann auf. Wenn man am Küchentisch sitzt, hört die Zeit auf, einem auf'n Senkel zu gehen. Nichts hält ewig, Liebe nicht und Stille auch nicht. Ein Wind rauscht um die Dachkanten. Ach, heut mal keen Regen? Wie freundlich. Wem kann man dafür danken? Der echte Lettmann-Schmalz vom Hof früher war bei Weitem besser als dieses plörrige Zeuch und Grieben sind das auch keene. Sie war nie mäklig, aber was gesagt werden muss. Schon wieder klingelt es im Flur. Diesmal steht sie langsam auf. Es ist nicht leicht, das Fenster zu übersehen. Niemand steht auf'm Hof und glotzt von draußen dümmlich rein. Nichts ist dort, was eigentlich schon in Himmel gehört. Kein Willi, kein gar nichts. So weit ist es schon, dass sie Angst vor Gespenstern und Wahnvorstellungen hat. Dass so etwas ein schlimmes Ende nehmen muss, hat man an Emil gesehen. Elendig zugrunde gegangen in seinem Heim. Da hocken alle und schaukeln vor den Scheiben, weil draußen ihre Geister grinsen. Man steckt nicht drin in alten Köppen. Selbst, wenn die es wirklich sagen, warum sie so hocken, kann man nichts auf'm Hof sehen. Sollst die ganze schöne Lebenszeit nicht für Tote verschwenden, nein, nein. Damit können sich die Bekloppten hinter Kindergärtnern anstellen später. Sie hat nie Strichliste geführt, welche Kinder wann verreckt sind. Aber es waren viele.

Johanna schwankt im Flur, weil sich das Haus im Wind dreht, weil das Haus so viel Gegenwind auch nicht ertragen kann. Sie nimmt den Hörer trotzdem in die Hand.

„Hi, Mama." Die Netti also. Das Kind klingt wieder so weit weg, als könnte man dort wissen, was Willi so treibt. Ein Ozean ist Dreck für Familien. Diese Dinger gehören abgeschafft, weil so viel Wasser für nichts zu gebrauchen ist, weil's jede Familie kaputtmacht. Bei einem Fiebelkorn dauert's nur länger als bei anderen.

„Ja, am Apparat."

„Ich bin heil hier angekommen in meinem Land. Ich wollte aber nicht deswegen anrufen. Ich wollte dir etwas Wichtiges sagen."

„So?"

„Tust du mich bitte für ein paar Minuten ausreden lassen, ohne deine Kommentare dazwischen?"

„Was sein muss. Weiß gar nicht, was ihr alle für einen Aufriss macht."

„Ich, ähh. Ich liebe dich."

„Ich dich auch, Netti." Johanna hört dem Knattern in der Leitung zu. Sie kann sich erinnern, wie die damals das Kabel durch den Ozean gelegt haben. Sie hat das auf Fotos gesehen und war geschockt. Wenn die Stasi gewusst hätte, was man alles erfahren konnte, ohne dass sie es erfährt. Die hätten gleich aufgehört. Johanna dachte bei den Fotos, der Mensch macht nicht einmal vor diesen Wellen halt, weil er es allen beweisen will. Es rauscht und dann knattert es wieder. Sie fragt ihre Tochter, ist die Leitung in Ordnung?

„Ich tat mir das so gut überlegen, bevor ich angerufen habe, Mama. Und jetzt kann ich einfach nicht. Ich kann nicht mehr, verstehst du?" Johanna kennt dieses Keuchen.

Ihre gute Netti verliert die Beherrschung, weil sie zu weit weg ist. Ihre letzte Tochter also auch noch. Immer rein ins alte Mutterherz mit euren Dolchen. Stört ja keinen, wenn einem die Töchter das Herz bei lebendigem Leibe rausschneiden mit ihrem Geflenne. Dabei war doch Netti ihre Einzige. Herrjemine, und nicht mal vorwerfen kannste es irgendwem.

„Ich wollte nur sagen, dass ich alles versteh, was du machst."

„Wieso? Was meinst du? Netti?"

„Ich meine das allgemein, Mama. Ich tu es begreifen, was du jetzt machen wirst. Ich kann es verstehen. Alles klar?"

„Du musst nicht schreien, Kindchen. Mit meinen Ohren ist alles in Ordnung."

„Ja, mit den Ohren. Mama, ich sage nur ... Ich meine, ach."

„Am besten, du überlegst vorm Reden. Dass das nicht in eure Köppe reingeht. Man kann nichts im Leben rückgängig machen. Einer ist tot, ja, dann ist er tot. Aaaaalles klaaaaar?" Johanna redet sich in Rage. Sie erklärt, dass keiner zurückkommen kann, wenn er mal drüben ist. Sophia konnte nicht und Willi jetzt auch nicht. Mein Gott, sie sieht es ja selbst ein. Johanna ist auch traurig. Nur will sie die Vorwürfe ihrer Kinder nicht mehr hören. Wer wen wann geliebt hat, geht die doch einen feuchten Dreck an.

Der Latschen im Flur steht immer noch so, wie sie ihn gestern allein gelassen hat. Von einem Moment zum anderen hat man sich manchmal die ganze Wut aus der Seele gequatscht und irgendwer am anderen Ende der Leitung heult jämmerlich. Obendrein ist Netti zu weit weg, um in den Arm genommen zu werden. Was soll sie denn machen?

„Wir telefonieren wieder, wenn du alle beisammen hast. Ich muss. Meine Serie fängt an", sagt Johanna und es tut ihr jetzt schon leid. Sie wollte diesen Hab-dich-lieb-Kram sagen. Niemand ändert sich selbst von heute auf morgen. Erst die Elster und nun noch Netti. In der Stube starrt Johanna das Sofa an. Ihr Strickzeug liegt dort und sie kann sich nicht erinnern, wie das dahin kommt. Da steht man inne Tür und fragt sich, ob man noch alle Tassen im Schrank hat. Man fängt doch nicht auf seine letzten Jahre an, die Zügel loszulassen. Vielleicht wäre lesen jetzt gut. Sie könnte auch in die kleine Fernsehzeitung schauen, die immer freitags in der großen ist. Vielleicht zeigen die ein Paar, das zusammen irgendwohin will. Das würden die vom Fernsehen nie machen, wenn einer abkratzt unterwegs. Wie unglaublich verlogen das doch ist. Das wahre Leben sieht ganz anders aus. In echt geht man zu zweit los und kommt allein zurück.

Nun sitzt sie auf dem Sofa und weiß nicht, wie sie selbst dorthin kam. Auf ihrem linken Bein liegt das Fernsehprogramm. Auf dem anderen die Stricknadeln. Man könnte von einem Tag auf'n anderen leben. Durchhalten ist alles. Man könnte sich auch zu den anderen Bekloppten sperren lassen. Man wäre nicht mehr allein mit diesem Teufel, der auf Türen hockt. Man kann auch zum Fenster sehen und grinsen, als wäre man blöde. Willi steht dort. Der Wind wischt seine Haare zur Seite. Bei Gott, der sieht manchmal aus wie'n Eskimo. Der Wind verschiebt ihm seine Gedanken im Kopf und ein Herz hat er auch nicht. Ach ja und den Winter überlebt der sowieso nicht. Willi hat eine Schippe in der Hand und keinen Besen. Sie hat doch den Hof gerade gestern gefegt. Was will der denn mit der ollen Schippe? Er wartet auf Johanna. Du großer Gott, er will es ihr heimzahlen. Willi will sie unter die Erde bringen und gräbt jetzt ein viereckiges Loch auf'm Hof. Dann legen sie sich zusammen rein, oder was? Sie will nicht verrotten. Die Stricknadeln rutschen ihr vom Bein und kullern durch die neue Stube. Das klimpert unter ihr wie in einem Güterzug, wenn man in eine neue Heimat fährt. Man kann doch erwarten, dass man gefragt wird, bevor sie einen rüberbringen. Sie lebt doch noch. Er soll ihr bloß nicht mit der Schippe kommen, bloß nicht damit. Sie sieht nach draußen und lächelt. Er wird sie noch nicht kriegen, aber es ist schön, dass er da ist. Groß und stark.

Er sieht aus wie einer, der spielend leicht Wolken beiseiteschiebt. Ein liebevoller Ehemann, der mit dem Regen Schluss macht, wenn seine Frau im Modder landet. Alles nur, weil der bescheuerte Himmel sich auch nicht beherrschen kann. So, so, die Schippe also. Daraus wird nichts, mein Lieber.

Es ist nicht leicht, sich zu konzentrieren, wenn vorm Fenster ein Gespenst wartet. Na, sie kennt den ja. Der flunkert ihr nichts vor. Er wollte ihr nie was Böses und ist trotzdem abgehauen. Wie der Jesus jetzt mit dem Willi unter einer Decke steckt und Johanna schrumpft. Und hat sich dran gewöhnt, dass ihr Herz kleiner wird. Beide Männer, die drinnen stecken, machen gemeinsame Sache nun. Sie wollen sie kurz und klein kriegen. Sie schaut nach den verschwundenen Stricknadeln. Ihr Kopf schmerzt, als wollte er sofort auf'n Hof ins Erdloch. Dann stößt sie sich die Schulter am Tisch und zuckt vor Schreck. Dabei racht auch noch das Knie irgendwo ran. Das ist doch ungerecht. Stille oder Flüstern, Verschwinden oder Warten, Schmerz oder Glück. Alles hat seine Zeit, oder wie? Wieso passiert ihr dann alles immer auf einmal? Ihre Zeit ist noch nicht gekommen, basta. Es ist noch nicht der richtige Moment für sie. Sie will nicht tot sein bei dem im nassen Grab. Ja, irgendwann wird auch sie aufhören mit dem ganzen Krempel. Aber sie entscheidet. Sie entscheidet doch.

Selbst der Wind hört auf, sich an den Kanten des Hauses zu reiben. Johanna spürt seit einigen Wochen zum ersten Mal echten Hunger. Das hat man nun davon, wenn man stundenlang auf'm Sofa hockt. Jedes Mal, wenn man zum Klo humpelt, fragt man sich, ob Willi wieder für immer weg ist. Dann steht er anner gleichen Stelle. Sie reibt sich den Bauch und wiegt den Kopf hin und her. Was für ein weicher, alter Körper. Willi nickt draußen und lässt sie endlich in Frieden. Er klatscht in die Hände und geht zur Seite mit seiner Schippe. Kein Toter mehr vorm Fenster, das hat was für sich. Wie der schon läuft, das ist so klar. Johanna erkennt Heimlichtuer am Gang und Jesus im Himmel kann kein

Mensch sehen. Der schlendert bestimmt auch mit seinen Jesushänden in Hosentaschen ums Haus. Nein, den kann sie noch nicht sehen. Dann wäre allet vorbei, dann kann sie nur noch auf Männer mit weißen Westen warten.

In der Küche liegt überall die Sauerei vom Frühstück herum. Sie räumt nichts auf. Wen stört das bisschen Haushalt schon? Man räumt auf und räumt auf und dann fühlt man sich allein, weil man auch von allen verlassen ist. Sie wird erst mal nicht mehr saubermachen. Es gibt keine Listen für Witwen, für werdende gibt es welche. Aber die hat Lischen sauber abgehakt. Wer hat neue Vorschriften für Johanna? Ihr alter Vater, Gott hab ihn selig, würde ihr ins Gewissen reden. Hanuschka würde der Alte sagen. Er dachte immer, dass polnische Namen zarter sind und besser zu zarten Menschen passen. Was an ihr zerbrechlich sein soll? Hanuschka, ich hab dich nicht als Idiot inne Welt gesetzt. Nein, hat er nicht. Johanna murrt und blickt zum Fenster. Willi schaut zu, wie sie die Küche doch wieder in Ordnung bringt. Was kann man schon gegen sich machen? Sie wischt eben die Arbeitsfläche zum vierten Mal ab, als die Klingel geht. Sie schaut zum Fenster. Willi ohne Schippe. Gut, sie wüsste nicht, ob sie den reinlassen will. Jetzt noch nicht. Wird wohl jemand anders sein. „Ist gut. Ist gut", ruft sie und schlurft durch den Flur. Sie achtet peinlich genau darauf, nicht gegen den Latschen zu kommen und zieht die Tür einen kleinen Spalt auf. Zwei Nachbarn stehen vor ihr. Sie haben einen großen Korb in den Händen und sehen aus, als wäre die Welt gerade am Untergehen und nicht die Sonne. Na, was? Wieder traurige Leute. Das Haus Fiebelkorn für heulende Versager.

„Ich hab grad wenig Zeit", sagt Johanna, ohne die Tür weiter zu öffnen.

„Ja, Frau Fiebelkorn, wir wollten nur ..."

„Schon gut. Ich danke Ihnen."

„Es ist so schlimm. Es tut uns leid." Stecken jetzt alle unter einer Decke, oder wie? Johanna sagt, sie sollen ihren

Korb auf die Veranda stellen. Sie spricht ja gerade mit Amerika und natürlich ist das eine dreiste Lüge. Man kann denen nicht verraten, dass sie den lieben langen Tag einen Toten vorm Fenster anstarrt. Die Nachbarn verabschieden sich und einer will sie trösten, indem er sie anfasst. Johanna zuckt in Flur zurück. Hier wird nichts angefasst. Entschuldigung, sagt der vor der Tür. Sie knallt das Ding zu und sagt drinnen Entschuldigung und Danke. Sie kann nicht. Manche sollten sich überlegen, was sie mit ihrem Tun so anrichten. Vielleicht will eine wie sie doch nur vergessen, dass sie allein ist. Dann kommen die in Scharen zum Haus und sagen solche Wörter wie Beileid, Mitleid und Überhauptleid. Ach, steckt euch doch eure Gefühle in die eigenen Taschen. Sie will das alles nicht mehr haben.

Mit der Klinke der Küchentür in der Hand hört sie, wie draußen ein Auto hupt. Da zuckt man doch zusammen und weiß ganz genau warum. Sie schaut raus und dort wartet Willi ja. Nur wegen ihr ist der zurückgekommen, nur weil er warten will. Wollen mal sehen, wer hier den längeren Atem für dieses Indianerspielchen hat. Ach, sie macht sich nichts vor. Wer keinen Atem mehr hat, der hat wohl den allerlängsten. Johanna humpelt langsam durch die Küche zur Kammer. Sie zieht die getäfelte Tür auf und stellt sich zwischen die Regale mit Einweckgläsern. Sie macht die Kammer dicht und es ist totenstill im Inneren. Sie will nicht, dass er mitbekommt, wie kaputt die Witwe schon ist. Lange hat sie es ja nicht ausgehalten ohne ihn. Der Plan, der Plan, diese Johanna bekommen wir kurz und klein. Warum denn? Warum muss ihr das denn passieren? Geht doch alle zur Hölle mit eurer Liebe.

Mit geradem Rücken steht sie im Dunkeln und ihr Kopf wippt vor und zurück. Ihr Fiebelkorn-Schädel benimmt sich wie in Schwerin und dann laufen ihr dicke Tränen aus den Augen. Kein Zweifel, aus ihren Augen. Ihre eigenen Tränen. Man könnte annehmen, die Dinger machen Geräusche. Nein, sie tun es nicht. Sie purzeln geräuschlos über die Wange und man merkt, wie es warm wird im Gesicht. Die Kopfschmerzen, die eben besser geworden sind, kommen doppelt zurück. Haben nur gewartet, dass Johanna endlich mit dem Flennen anfängt. Sie steht, schluchzt und sieht die Hand vor Augen nicht. Man kann sich die Tränen tausendmal aus den Augen wischen. Wenn man nicht aufhört mit dem Jammern, ist das wie Schneeschippen, obwohl noch welcher vom Himmel kommt. Ein Gesicht mit so vielen Falten wartet ja nur auf Regen. Nun war ihr ganzes Leben doch umsonst. Sie hat verpasst, wie er seinen Hut nahm und abdankte. Drei Töchter sind zu schwach, um mit dem verdammten Drama fertig zu werden. Ein Schloss ist bis auf die Grundmauern runtergebrannt und Sophia hatte gar keine Chance auf dieser Seite. Lütt Hanna, die Versagerin. Das Heulen zwischen Kirschen und Gurken hilft ihr ja auch nicht. Wenn sie in die Küche zurückgeht, wird sie ihn wiedersehen und Willi wird erbärmlich aussehen, weil er nicht rein darf. Wieso der immer ihre Schultern anfasste, wenn sie traurig aussah. Als hätte sie ihr Herz am falschen Fleck, oder wie? Die Kammer hat keine Fenster. Auch gut so. Kann wenigstens keiner mit seinen Gefühlen im Weg herumstehen oder ihr ein schlechtes Gewissen machen.

Johanna zittern die Beine so sehr, dass sie nichts mehr oben hält. Sie rutscht und fällt in diesem Loch von einer Vorratskammer auf den Boden. Sie stößt sich ziemlich. Irgendetwas scheppert und fällt im Dunkeln runter. Wasser plätschert, als hätte ihr alter Schädel ein Rohr erwischt. Die Fliesen fühlen sich feucht und kalt an. Sie findet es schön. Die Kälte hier unten hat was für sich. Johanna völlig am Boden zerstört. Sie ist alle, hat keine Tränen mehr übrig. Die Kopfschmerzen sind weg. Kamen vom Überdruck in ihrem Kopf. Ihr tut der Körper trotzdem weh, aber irgendwas is ja immer. Wenigstens kann sie auf dem Boden wieder denken. Ach, das wird sie jetzt mehrmals am Tag machen. Sich einfach in der Kammer auf'n dunklen Boden schmeißen. Es riecht nach Gurkensaft mit Dill. Beim nächsten Mal wird sie sich vielleicht nicht inne klebrige Brühe schmeißen. Alles ist besser als nichts. Sie rappelt sich auf. Man merkt, dass man zu alt ist, wenn das Aufstehen mehr schmerzt als das Hinfallen.

Johanna holt einen großen Topf aus dem Schrank. Sie kann ihren Arm kaum bewegen und scheppert absichtlich laut mit den Töpfen. Sie stellt das Ding unter den Wasserhahn und sieht zu, wie Wasser über den Rand fließt. Man kann auf einen Wasserhahn schlagen mit all seiner Kraft, man kann den Topf auf'n Herd feuern. Wer hat noch Angst vor Pfützen? Aus dem Kühlschrank holt sie Kartoffeln und Rosenkohl. Von wann ist das Zeuch eigentlich? Unwichtig. Sie schüttet alles in Topf und tippt mit einem Finger auf die Wasseroberfläche. Wellen wallen, Wellen, Wellen. Es gibt nichts Schöneres im Leben. Es gibt eine Zeit für Wellen und eine fürs Ertrinken. Als das Wasser zu brodeln beginnt, zieht sie den Finger weg. Mit Wischlappen und Eimer aus dem Bad kümmert sie sich um die Sauerei inner Kammer. Runter kommt man immer irgendwie. Die guten Gurken weckt man ein und gibt sich solche Mühe. Sie weiß noch, dass Willi daneben stand und gute Ratschläge gab. Mach des so und mach des so. Als hätte der einen Schimmer vom Einwecken und vom Leben.

So alt musste Johanna also werden, um zu merken, dass sie selbst Potapitsch ist. Ihr Mann hat nur rumgesessen, mit dem Stock gewedelt und dabei geschrien. Man rackert und rackert und es nimmt kein Ende.

Johanna wischt die Küche gleich mit. Ach, die Stricknadeln liegen noch überall in der Stube. Nach einer geschlagenen Stunde kommt sie wieder hoch und geht rüber. Vier der fünf Nadeln findet sie locker. Aber manche Sachen verschwinden eben für immer. Das Schlafzimmer ist eiskalt geworden, weil das Fenster auf ist. Die gute Wärme verschwenden, damit fängt sie jetzt also an. Sie bleibt stehen und stützt sich an einer Wand ab. Im Spiegel ihres Schminktisches kann sie ein Elend sehen, das ihre Augen im Kopf hat.

Der Tod auf Latschen. Latschen, was für ein Anblick. Am

Arm hat sie schwarze Flecke und überall geronnenes Blut. Hat sich wohl in der Kammer am kaputten Glas geschnitten. Das Gesicht kann sie nicht ansehen. Das ist nicht der Mensch, der man noch sein will. Davon hat man auf Dächern nie geträumt, von sonner Tragödie hier. Neben dem Bett liegen noch Lischens Pillen. Wie wär's denn damit? Ist es das, was der Tote da draußen will? Ja? Sie geht hin und schnappt sich die Schachtel. Mit Kortison also. Die Packung ist noch voll. Sie sieht zum Fenster und schmeißt das ganze Pillenpaket gegen die Scheibe. Willi sieht finster aus und deutet mit dem Finger auf sie. Dann wedelt er seinen doofen Finger hin und her, als wäre sie ein kleiner Hund oder so etwas. Also das will der Herr auch nicht, ja? Was soll sie denn machen? Er könnte wenigstens so viel Anstand haben und es aussprechen. Viel kann man nicht mehr kaputtmachen an ihr. Willi blickt nach unten und lacht. Er erzählt irgendwem irgendetwas und Johannas Atem steht still. Ohne Luft zu holen, humpelt sie zum Fenster. Immer anner Wand lang. Olles Knie. Ach, je oller, je doller. Dauert nicht mehr lange und sie ist die olle Alte. Du lieber Gott, jetzt steht nicht nur Willi draußen. Er kriegt eben nichts allein auf die Reihe. Man kann einen kleinen blonden Kopf neben seinem Knie sehen und Johanna weiß schon, wer da steht und gemeinsame Sache mit ihm macht. Das, das, das ist doch nicht gerecht. Ehrlich, sie hat sich solche Mühe gegeben und nun das ganze Gespenstertheater vorm Fenster. Sie will Sophia überhaupt nicht sehen, geht aber trotzdem einen Schritt weiter. Das Kind sieht glücklich aus. Willi merkt noch nicht einmal, wie dicht Johanna am Fenster steht. Sie hält den Atem an und Sophia zeigt in ihre Richtung. Beide sehen her und natürlich streichelt er ihrer Tochter den Kopf. Johanna wollte es nicht wahrhaben. Aber nun ist es sicher wie das Amen in der Kirche. Sie hat die Toten am Hals und wird sie nie wieder los.

Vor der Nacht klingelt es noch einmal an der Tür. Sie interessiert sich nicht dafür. In der Küche stinkt der leere Topf auf'm Herd vor sich hin. Ist nicht so, dass sie jetzt in Flammen aufgehen will mitsamt der Wohnung. Sie sitzt am Küchentisch und starrt auf die Zeitung. Donnerstag, 10. Oktober 2013. Das war am letzten Wochenende. Ob die Kinder mit den Toten unter ner Decke stecken? Legt das Ding mit der Totenanzeige mal schön in die Küche, damit eure Mutter richtig vor die Hunde geht. Damit sie sich selbst das Hirn zermartert und dann inner Blödheit in Loch auf'm Hof fällt. Hinfliegen ist sie ja nun gewöhnt. Die Gespenster stehen draußen. Müssen regelrecht sportlich sein, wenn sie immer so ums Haus fliegen und gerade in das Fenster schauen, hinter dem Johanna gerade ist. Man sitzt mit seinem Schmerz und dem steinalten Körper inner Küche und macht nüscht. Das tut nach einer Weile auch weh und es hilft kein Kraut dagegen. Man fragt sich, wer hier wen abfackeln sollte. Der Herd geht aus, weil die Gasflasche leer ist. Ja, es riecht nach verbranntem Gummi und verkohltem Essen. Aber man lebt noch, man ist noch drinnen. Sie wird keinem den Gefallen tun und mit denen verschwinden. Warum sollte es die stören, wenn sie sich eine Weile gedulden da draußen? Wenn man tot ist, hat man alle Zeit der Welt.

Ach, wär er doch ein Baum im nächsten Leben. Dann kriegt er alles zurück, jede einzelne Sekunde des Schlamassels. Sie wird Gott anbetteln, dass er ein Gewitter macht. Soll der Blitz den Fiebelkorn treffen. Sie hat sowieso keine Lust mehr aufs Schaukeln. Die Suppe kann er auslöffeln. Sie wird nicht zum Fenster gehen und es aufreißen, damit der Gestank aus der Küche verschwindet. Die Toten können zetern, wie sie wollen. Man hat das alles schon einmal gehört. Keiner wird Johanna auf den Hof zerren, vielleicht noch an Haaren. Nein, solange sie atmet, kriegen die ihren alten Körper nicht inne Griffel. Im Badezimmer kommt ihr die Idee, dass dies der schlimmste Tag im Leben war. Sie kann sich nur das Blut vom Körper waschen und sich abfinden. Es ist so, wie es ist. Sie nickt zum Fenster. Schon saudunkel draußen, man kann nicht mal Gespenster erkennen. Aber die sind noch da und Johanna sagt artig „Gute Nacht, meine Lieben". Sie geht ins Schlafzimmer. Hat sie doch glatt vergessen, dass die ums Haus flattern und hier auch warten. Sie kann das offene Fenster nicht ertragen. Was soll sie dagegen tun? Hingehen kann sie auch nicht, weil ein schmaler Spalt denen schon reichen wird, damit sie einen rausziehen. Da steht man nun mit seinem komischen Kopp und war doch immer ein vernünftiger Mensch.

Johanna zieht vorsichtig das Federbett herunter und stopft es unter den Arm. Sie hat vergessen, wie schwer das Ding ist. Nur vom Faltenwegklopfen merkt man es ja nicht. Wer will schon in einem zerknitterten Ding liegen und immer nur ans Ertrinken denken? Ach, das Wasser im Allgemeinen ist ne ewige Plage. Sie tastet sich an den Wänden lang und schaltet kein Licht mehr an. Vielleicht sind die draußen dumm und blind. Wenn Johanna nur leise genug in die Stube kommt, kann ihr nichts geschehen. Die werden eine Weile treudoof in der Gegend herumstehen und dann wieder zurück in den Himmel flattern. Ja, Fliegen zum Licht. Das wäre mal was, dann hätte sie die Gespenster auch auf dem Gewissen. Das Sofa ist bequemer als eine Kiste auf einem Laster. Man hat nicht nur so ein winziges Atemloch und man weiß, wo man ist. Kein Holpern, wenn man die Decke über den Kopf zieht und seinen eigenen Atem atmet. Man schläft gut ein, wenn der ganze Tag so verhunzt war. Was für eine ausgleichende Gerechtigkeit ist das? Man könnte meinen, dass jeder im göttlichen Gefüge in seinen besten Jahren zum Gespenst wird. Im Himmel geben sie einem eine Generalüberholung und dann taucht man als zwanzigjähriger Heißsporn wieder auf, um die Zurückgebliebenen zu verspotten. Man hat das geblümte Kleid an, an das er sich nicht erinnern kann. Nein, junge Menschen sind keine guten Menschen. Das Leben schleift und poliert jeden Dämlack, als wäre er ein silbernes Tafelmesser.

16.

Der 4. Oktober 1951 hätte der schönste Tag in ihrem Leben sein sollen. Johanna wusste noch, was Mädchen so träumen. Ganz in weiß mit einem Blumenstrauß. Bei ihr waren es acht oder neun gelbe Rosen mit Beerenkraut dazwischen. Wie ein Edelmann hat Willi sie inne Kutsche gehoben. Das Ja-Sagen war leicht und man wusste nicht, was ewig heißt. Bis dass der Tod euch scheidet. Der Neumann hat sich inner Kirche ein paar Tränen verdrückt, weil er Johanna so gern mochte. Trotzdem hat er dieselben Sachen gesagt wie bei allen anderen auch. Es war nicht seine einzige Hochzeit im Leben. Nur war es die einzige, bei der sie vorn am Altar stand. Sie hat sich groß gefühlt neben diesem Mann. Er hatte einen braunen Anzug an und zupfte sich die ganze Zeit am Kragen. Willis Hals und ein Hemd, das konnte nicht gut gehen. Sie haben sich solange geküsst, wie es irgend ging. Die Kirche fing an zu klatschen und ein paar Bengel haben ein klassisches Lied gesungen. Willi hat nach dem Kuss seine Wange an ihre gehalten und versprochen, dass er nicht mehr abhaut. Für immer, hat er ihr zugeflüstert.

Sie hatten achtzig Gäste, wenn man die von der Partei mitzählte. Nach der Kirche dann das große Essen und Willi nahm sie mit. Johanna hat noch protestiert. Mensch, was machst du denn? Wir können die nicht allein sitzen lassen. Ihm war es gleich. Wenn er etwas wirklich wollte, dann nahm er es sich. Sie wusste vorher, worauf sie sich einlässt. Später merkte sie, dass er nie ein Kerl zum Bäumeausreißen war. Er war einer zum Bäumehüten. Ein Schäfer im Wald.

Sie dachte erst, er will sofort in die Kiste steigen und ist deshalb von den anderen weg. Sie hätte es schön gefunden, obwohl es beide nach seiner Rückkehr nicht so christlich hielten, wie's hätte sein sollen. Der war doch schon vor seinem Verschwinden so ein Kerl, dass sie von einem einzigen Mal ein Kind bekam. Die Moni, die arme Moni.

Willi ist an diesem Donnerstag, diesem Hochzeitstag, eine Stunde lang mit ihr verschwunden. Die Lettmanns haben einen Aufstand geprobt deswegen. Es war egal. Diese eine Stunde war die schönste in ihrem Leben, auch wenn sie sich gewünscht hatte, nackt mit ihm zu sein. Sie saßen am See. Sie saßen einfach nur nebeneinander. Sie hörte seine Stimme und sein Versprechen und sie redeten wenig dabei. Wollen wir zurück, hat sie ein paar Mal gefragt. Noch nicht, hat er gesagt, als würde er auf etwas warten. Es passierte nichts und nach einer Weile war es ihr auch egal, wer, wo und warum auf sie wartet. Sie hat begriffen, dass sie ab jetzt den neuen Namen schreiben muss. Geübt hatte sie ihn da schon hundertmal. Ein Donnerstag. Sie weiß, dass es kitschig und blöde war. Deshalb hat sie es nie einer Menschenseele erzählt. Irgendwann sind sie zurückgefahren zu den anderen. Es wurde viel gebechert und getanzt. Es wurde viel dummes Zeug erzählt und trotzdem spürte sie den See noch. Hatte sie sich doch einen Nachtschwimmer genommen? Vielleicht hatte sie für diese Kerle einfach eine Schwäche, vielleicht schon immer.

Es ist zu spät zum Aufwachen. Johanna hört keinen Hahn und keine Hühner. Wenn man die jeden Tag füttert, weiß man überhaupt nicht, wie schnell die einem unter den Fingern weghungern. Auch kein Grund, aus'm Haus zu gehen. Ging einer die Hühner füttern und dann haben die ihn erwischt. So läuft es im Leben. Sie kann sich erst nicht bewegen, weil alles nur schmerzt. Wie man mit solchen Schmerzen einschläft und so fest, als würde man nie wieder aufwachen. Sie muss den neuen Tag nicht mit Fehlern von gestern anfangen. Hinsetzen und einsehen, das Sofa ist doch kein so gutes Bett. Zu weich und zu klein. Was soll's? Mit einer Hand auf'm Tisch stemmt sie sich hoch und sieht, dass vorm Fenster noch mehr Leute stehen. Man meint erst, dass es heute Lebendige sind und sieht dann ein, dass die Toten immer mehr werden. Unkraut vergeht nicht. Ist sie selbst das Unkraut oder die vorm Fenster? Wer kann das so wissen? Es gibt eine Zeit aufzustehen.

Die Küche stinkt immer noch, als hätte hier wer gekokelt. So ähnlich roch das Schloss, in dem sie ihre Sachen suchten. Das macht einen fertig, wenn alles verkohlt ist. Nichts haben die Flammen gelassen, was sie nicht mit eigenen Händen rausgetragen hatten. Da war so viel Schwarz und so viel Staub, das hätten tausend gute Frauen im Leben nicht wegputzen können. Johanna holt sich Brot aus'm Korb und setzt das Messer an, um eine Stulle abzuschneiden. Sie legt das Messer wieder weg und sieht sich die Küche an. Alles sauber, wenigstens das hat sie hinbekommen. Wenn es auch stinkt, es glänzt trotzdem. Der Boden ist gut und sie selbst ist auch am Leben. Sie holt das Federbett und bringt es ins Schlafzimmer zurück. Dann eben ohne Frühstück. Wieder streicht man Falten und Wellen aus alten Betten. Jeden Morgen das gleiche Theater. Dann setzt sie sich auf seine Seite. Keine Ahnung, weshalb. Man sinkt als Frau tief, wenn man das einmal macht. Er mit seiner Männerkuhle auf seiner Seite. Vor ihr das Fenster und Willi lächelt. Er redet mit irgendjemandem, der kleiner ist, und Johanna weiß schon, wer da noch wartet. Das sind alle Toten aus ihrem Leben. Helmut steht schräg hinter Willi und ihr Vater ist da. Der Emil hat es sich nicht nehmen lassen, hier aufzutauchen. Ja, immer herein. Johannas Leben ist ein Offenstall, ein Willkommensgruß an all die Toten. Eigentlich mochte sie diesen Emil nicht. Er war immer zu grob und sie hat nie gewusst, ob der sie nicht anpackt, weil er immer so brutal daherredete. Willi mochte ihn, schon klar. Und im Grunde hat sie sich umsonst den Kopf zerbrochen. Er hat ihr nie einen Grund dafür gegeben. Keiner von denen da draußen hat ihr jemals etwas Böses gewollt. Es gab Versehen und es gab Unglücke. Mein Gott, kein Mensch ist perfekt. Wenn er das gewollt hätte, hätte er uns besser gemacht bei seinem Schöpfen und Basteln. Johanna sieht hundert Kinder von der Arbeit. Alle sind vor ihr gegangen. Sie ist die Letzte und versteht nicht mehr, wieso sie Angst vor denen hatte. Die wollen nichts Böses. Das haben die als Menschen nicht gemacht und für Gespenster gilt das doch genauso. Stehen seelenruhig vorm Fenster und warten darauf, dass Johanna auch rauskommt. Sie quält sich hoch und stöhnt. Ihr Arm brennt wie Feuer, weil er gestern im Gurkenschmatter aufgeplatzt ist. Sie wandert an der Tapete der Stille hinterher und kommt beim Fenster an. Sie klappt das Ding zu, wie es sich gehört und humpelt schließlich in Flur. Sie bückt sich zum Latschen und schiebt ihn anne Seite. Ja, der wird auch nicht mehr glücklich hier. Ist jetzt ganz allein neben all den Paaren. Johanna dreht sich und sieht inne Wohnung zurück. Die Türen sind offen, aber das war immer so. Als Kindergärtnerin gewöhnt man sich jahrelang daran, dass man keine Tür zumacht. Die Kleinen sollen immer zu ihr können, wenn sie sich die Knie aufschlagen. Man wird solche Angewohnheiten zuhause nicht los. Man ist der Mensch, der man ist durch seine Taten. Durch das, was man getan und ertragen hat.

Das Badezimmer ist sauber. Sie könnte sich noch eine Weile aufhalten, weil es ja nicht eilt. Sie will sich nichts mehr einreden. Keine Angst mehr, keine Ausreden, kein weiteres Grübeln. Das ist vorbei. Sie schminkt sich das schmerzverzerrte Gesicht und lächelt dann ihrem Spiegelbild zu. Wir sehen uns nicht zum letzten Mal, Frau Fiebelkorn. Sie zieht ein geblümtes Kleid an. Das mochte er immer am liebsten und so schnell ändert sich der Geschmack nicht. Auf dem Flur hängt ihre Jacke und die Silberkette geht ganz einfach zu. Schön, wenn auch Stiefel mal passen. Sie will eine gute Figur machen. Man läuft nie wie ein Hausierer durchs Leben, dann soll es auch am Ende nicht passieren. Johanna steht vor der Tür und schurrt mit den Stiefeln auf dem Boden. Ihr ist, als würde sie hineingehen und nicht nach draußen. Sie putzt sich die Stiefel für diesen Marsch. Was weiß sie schon, wie es jetzt weitergeht. Dann öffnet sie die Tür. Fein, wie die sich vor dem Haus verteilt haben. Als hätte eine Kindergärtnerin die ordentlich in die Gegend gestellt. Ganz vorn steht Willi und nickt. Das war immer ihr Guter. Sie geht raus und zieht die Tür ran. Johanna schließt ab und macht sich keene Sorgen mehr. Ob man sie finden wird, ob die Mädchen klarkommen, ob sie nur ein Punkt in einer großen Liste ist.

Es gibt eine Zeit zu gehen.

Lesen Sie weiter ...

Christian Kahl

Das Verschwinden der Luft

Thriller

272 Seiten, 15,90 EUR

ISBN: 978-3-86327-040-7

© Divan Verlag 2018
Ein Projekt der BlueCat Multimedia GbR
Landgraf-Karl-Str. 40, 34131 Kassel
www.divan-verlag.de
Umschlag und Titelfoto: Katrin Kawinkel, katika-media.de
Satz: Katrin Kawinkel, katika-media.de
Schrift: Gentinum Basic
Druck und Bindung: MCP, Polen
ISBN: 978-3-86327-044-5